わが小林一三

清く正しく美しく

阪田寛夫

河出書房新社

目次

わが小林《こばやし》一三《いちぞう》　清く正しく美しく

プロローグ

一九五七年の一月二十六日付ニューヨーク・タイムズに、小林一三《いちぞう》の訃報が写真入りで載った。二段抜きの見出しは「元閣僚、少女歌劇創始者の死」となっている。和服を着た遺影も電送されたものか、黒衣に頭から上を合成して作る葬儀用速成写真らしいのが、身だしなみのよかった故人に気の毒な気がするが、一月二十五日大阪発ＡＰの記事を私の拙い逐語訳で引用する前に、小林一三の眼について触れておきたい。

大阪に生れ育ちながら、ついに私は直接故人に逢う機会に恵まれなかった。報道写真でしか知らない小林一三の印象といえば、小さな体に比例した小さめの端正な顔、七三に分けた短い白髪と、その眼だ。特に大きな眼だったわけではなく、形容するのがむずかしいが、眼で覚える顔立ちというものがあるとすれば、小林一三がそれだ。列車の中から時の大臣と握手している写真、汽船のデッキに並んで立っている写真、空港あたりで美女たちにとりまかれている写真、ふしぎに旅立ちの場面が多い人だが、画面の中心近くに立つ小柄な老人の、白髪の下にその眼がついていれば、説明を見なくても間違いなく小林一三とわかるのであった。

昭和十五年（一九四〇年）、経済使節として石油供給の要請に、当時のオランダ領東インド（蘭印）総督政府のあるバタヴィアへ出かける際の新聞写真を、中学生だった私は今も覚えている。その年彼は六十七歳だが、やはり清潔な白髪と、どちらかといえばやさしげな、人の心を引きつける眼で、甲板に大勢と並びながらひとり遠くを見つめていた。

ところで最近ごく親しい人から、少年時代にこの眼の鋭さに打たれた話を聞いた。彼は私とは違って、至近距離から初老の一三を直接見たのだ。ハーゲンベック・サーカスが来た年というから昭和八年で、その夏神戸に近い六甲山の、戦争中まであったロープウェイ山上駅に近い、桜里園という貸別荘に彼自身の祖父を訪ねて行った時の経験である。ロープウェイ同様貸別荘も阪急電鉄の経営で、ここを借りた人は朝事務所へ行って食料や雑貨を注文すると午後には大阪の阪急百貨店から山上まで配達してもらえる仕組になっていた。小林一三がその一号荘を使い、彼が泊りに行った祖父の家はすぐ下の二号荘だった。この人の祖父は南海電鉄に関係していたから阪急電鉄の小林とは顔見知りで、散歩で出逢うと立話をする。その朝は絶えず霧が谷から這い上って来て、下の岩場で離れて待っていた少年には先方の顔の輪廓もおぼろだった。それなのに眼の光だけが乳色の霧を貫いて見えたという。子供心に凄い眼の圧力だと感歎したそうだが、年譜をみると昭和八年夏は小林一三を総帥とする興行資本がのちの東宝として東京へ進出する前夜、また阪急社長の身分のまま請われて東京電灯の再建に赴いていた六十歳の一三が、郷誠之助男爵に代って社長に就任する直前でもある。因みに東京電灯は南満洲鉄道を別にすれば、当時我国第一の大資本の電力会社であった。

あらためて、先のニューヨーク・タイムズをはじめ、手に入った何枚かの写真を見直すと、なるほど一見、まなじりが八の字に下って愛想よげなのに、切れこんだ瞼に護られた深い場所に眼球が据わっていて、そう思えば随時発光しそうな近より難い気配がみえてきた。

小林一三が初対面の人から名刺をもらうところを見ていた人の手記がある。もらった名刺をそのままいこまずに眼の前にかざし、声に出して姓名を読み上げ、

「だれそれさんとおっしゃるんですな」

と念を押した上で、その視線を相手の顔にまともに投げかけ、「焼けつくように激しく」凝視した。「人の名前を忘れるようじゃ成功しない」と口ぐせのように若い部下を叱っていた小林だが、なるほどこれで名前と顔を同時に記憶できるのかと、見ていた人は舌をまいたという。

若い頃の写真の眼の光は素直だが、齢《とし》をとってから発光の奥行きが深くなって来ている。この眼で直視されたら恐ろしかっただろうと思われた。そして、その眼はまた、よく溢れる涙の容れ物でもあったことがだんだんとわかってくるのだが、――さて、冒頭の追悼記事の内容は次の通りである（カッコの中に、引用者であり訳者である私の註を入れた）。

「日本の有名な宝塚少女歌劇団（Takarazuka girls' opera troupe）の創始者小林一三が本日心臓病で死去した。八十四歳であった。彼は第二次世界大戦直前の公爵近衛文麿による二度目の内閣に於て商工大臣であり、戦争直後幣原喜重郎首相のもとに国務大臣であった。

小林氏は一八九二年（明治二五年）の慶応大学卒業生であるが、日本による真珠湾攻撃数カ月前に、商工大臣を辞した。当時彼はヒトラーが英仏との戦いに勝って世界経済はいずれナチ（ドイツ国家社会党）の線に沿って再建されるものと信じていたにも拘らず、日本の国家による経済統制に抵抗した。

彼は一九〇七年（明治四〇年）一電鉄線の経営陣の一人となり、数年後、大阪から宝塚まで三十マイル（実際は宝塚線と箕面支線を合わせて約二九キロ）の路線を運行するこの会社のヘッドとなった。営業促進のため、小林氏は宝塚終点を音楽ホールに転換しようと決意し、近郊の家庭の娘たちを募って、雪・月・花そして星と呼ばれる四つの組に編入し、音楽とバレーを教えた。

少女たちは西洋のフィニッシング・スクール（若い婦人に社交界に入る準備を授ける学校）に

似た課業を施す、郊外のオペラ学校に生活した。その行動の規律は極めて厳格で、少女たちの達し得難い香気は、彼女らをして日本人ファンのアイドルたらしめた。彼女らのモットーは『清くあれ、正しくあれ、美しくあれ』であった。

ために事業は大当りで、現在その電鉄は毎日七十万人の乗客を運んでいる。歌劇団は三百五十名の若い女性団員を持ち、多くの現代アメリカ・ヨーロッパのミュージカルやオペラやオペレッタを、日本固有の芸能と同じく立派に演じてきた。

小林氏は一九四六年（昭和二一年）陸軍元帥ダグラス・マッカーサーの指令に従って無任所大臣を辞した」

外国人特派員の筆になると思われる右の記事は、小林一三の生涯の要約としては、数字や固有名詞そのほかに小さな間違いが幾つか認められる点も含めて、いささか切口が大胆すぎるかも知れない。参考までに引用するが、たとえば『日本の企業家昭和篇』という書物のカバー裏に印刷された、小林一三の紹介文は次の通りだ。

「戦前いち早く大衆消費市場に着目した先駆的企業家。電鉄経営に宅地開発、娯楽施設、ターミナルデパートなどを組み合わすという独創的アイディアによって、阪急グループを作り上げた」

また私註を加えると、「阪急グループ」とは現在資本の上では阪急電鉄、阪急百貨店、東宝をそれぞれ中心とする三群に大別され、それらに属するホテル、劇場、映画、放送、バス、タクシー、不動産販売、旅行斡旋など、大衆相手に物やサービスや娯楽を売ることを主な仕事とする二百ないし三百の会社を言う。いまの常識でいえば、こちらの方が妥当な要約で、ＡＰ特派員のは、一人の男の生涯から根や幹を切り棄てて花だけを摘んだものと批判されることだろう。実はこれから書く小説も、同様に花の部分にこだわりすぎる、とのそしりを受ける恐れがある。だが、それが私の好みであり、また「小説」と称するゆえんだとお許し頂きたい。

最後に最も私的な註として、私の下の娘が現在宝塚の生徒であり、ニューヨーク・タイムズ風に言えば、一三が作った「郊外のオペラ学校」で生活していることもつけ加えておかねばなるまい。没後今なお「校長先生」と呼びならわされるほどに、小林一三の生涯と分ちがたく結びつくこの団体の行動の規律が極めて厳格で、モットーが「清く正しく美しく」であることはニューヨーク・タイムズの報ずる通りで、「父兄」の一人として日頃よく承知している。歌劇団を創《はじ》め育てた小林一三の影が、このようになお私や家族の身の上にまで及んでいる。

これでもう話を始めていいのだが、新しく何かを明らかにできるわけはなく、知り得た見聞だけを、お客様には退屈されぬよう、また間違えずに伝えたいと願うばかりである。

1景　甲州韮崎

明治六年（一八七三年）の一月三日に生れたので一三と名付けられたこの小説の主人公が、山梨県韮崎の生家で両親と一緒に過ごせたのは生後八カ月の間だけであった。彼の生涯を強く支配した事実の一つだ。

この年の八月に、母親が病死し、同じ甲州（山梨）の大きな商家から養子に来ていた父が離縁となって生家に戻ると、残された一三は三歳の姉とふたり、孤児として本家の大叔父の一家に引き取られてそこで大きくなった。大叔父は、一三の祖父の弟で、この人が家督をついだのは四人兄弟の上から三人がつぎつぎ早世した為である。小林の本家は布屋と称し酒造業、絹問屋、質屋をいとなんで、昔から商人の町である韮崎でも小野家の富屋と並ぶ大きな商家だった。町なかの甲州街道沿い一ブロックの本家の跡地が、いま「ぬのや駐車場」と、地区の小公民館と、児童公園になっていて、当時十一あったという蔵のうち残された一棟の大きさと合わせ考えると昔の規模がわかる。

三男坊だった一三の祖父は別家したが、先に言った通り早死して、その上連れ合いも先に死んでいたから、一三の生母も孤児として、同じ本家の世話になって成人した。彼女が養子を迎えて別家を再興したばかりの時に、またこうして一三とその姉が孤児になってしまうという不幸が続いたのだ。

「ココニ、二代ノ孤児本家ニ養ハル」

晩年、一三が過去帳に自分の家系を書き入れた文章の、結びの言葉である。

小林一三が生涯、無宗教を標榜し通したのも、小さい時に両親を亡くして宗教的な体験をする機会が無かったからだと言う人がいる。一三自身が、数多くの著述の中で、自分は母を亡くして以来葬式というものを出したことがない、従って家には仏壇も無い、

「親に育てられれば、なにしろ日本は仏教国だから、親の口から仏教に関する言葉くらいは聞かされていたかもしれぬが孤児の私には、さうしたチャンスも与へられなかつた」

と繰返し述べている。その代りに「無理をするな」とか「平凡主義」などの処世観が自分の宗教になったと彼は説いているけれども、実はこの境涯が一三の心の深みの中に「最後に頼むものは自分以外には決してあるものじゃない」という覚悟を次第に固めて行くのである。この景では、いわばその源流のあたりをたずねることにする。

「小林一三翁追想録編纂委員会」作成の年譜によれば、二歳の時に一三は祖父の立てた別家の家督を相続したが、自分ではどれだけの財産があるのかも知ることが出来ないままであった。もっとも、孤児ながら、本家の人たちからも町の人々からも「ぼうさん」と呼ばれて育ち、これは土地の言葉ではきわめて尊敬の度合の高い呼び名であって、韮崎の中で当時この名で呼ばれたのは一三ひとりだったと、実姉堀内たけよほか何人かの人が証言している。

「大変きかん坊で、この『ぼうさん』、何をしても負けたことなし……、曲ったことも大きらいで、親類の子と喧嘩をして、伯母さん達に怒られても、相手に悪いところがあれば、決してあやまりません」

「布屋（小林家）は造り酒屋だったので、酒粕が沢山あって、子供達のお八つにもなりましたが、

一三さんは『こんなもの……、まずいから、くれっちまえ』と、友達にやってしまいます。だから、ぼうさんは喧嘩も強いけれど、酒粕もくれるというので、みんな集まって来て、一三さんは、すっかりだいかん（大将）でした」（『小林一三翁の追想』より。堀内たけよ談――昭和三六年現在九一歳）

一三が育った本家の住居と店の部分は、「江戸中期の代表的な町家づくり」として、昭和四十四年、阪急電鉄の経営する「宝塚ファミリーランド」の奥まった庭園に移築された。昔の街道の匂いも残る風格ある建物である。ここで慶応義塾に入る十五歳の年まで一三は育った。ただし、前述のごとく、一三の実家ではない。

本家の子孫で韮崎町長を務めた小林観寿郎が、昔一三の供をして小学校（公立小学韮崎学校）へ送り迎えしていた番頭から聞いた話がある。小学校時代の一三は身のこなしが素早く、叩いておいて相手の腋の下をかいくぐって逃げる離れ業を得意とした。腕力だけの餓鬼大将ではなかったところは実姉の回顧談と同じだが、変っているのはその餓鬼大将が友達を集めては酒蔵の中で芝居の真似をしたことだ。

「初めて見た芝居と寄席」という随筆を、小林一三が演劇雑誌に載せたのはそれから六十五年経過した昭和二十二年だが、そこに韮崎町に初めてできた芝居小屋へ見物に行った話が出てくる。恐らく明治十五、六年頃というから、十歳になるかならぬかで芝居を見た記憶だ。先ず芝居の内容はとんと「記憶がない」しかし、絵本太功記十段目の「夕顔棚のこなたより現はれ出でたる武智光秀」という「せりふ」だけは耳に残って、後日よく真似てやったとある。ここは役者が喋るのではなく、いわゆる「チョボがたり」の浄瑠璃で語られる部分だから、「せりふ」というのは、「ふしまわし」の意味に近いと思われる。文字づらだけでなく、レシタティヴのふしまわしの面白さに併せて惹かれたに違いない。少年時代、彼が本家の酒蔵に手下を集めてやらせた芝居の真似とは、一人ずつかわりばんこに、この、

「現はれ出でたる武智光秀」

の一節を、自分でしぐさ入りで歌いきそう、学芸会のようなものであったのだろう。そして演者の中では、なにしろただ一人本物を見ている強味で、一三のふしまわしと役者の物真似が抜群にうまく、その点でも誰も頭が上がらなかったに違いない。

一三の通った公立小学韮崎学校は最初は蔵前院の寺院に仮設された寺小屋まがいのものだったが、明治十三年、一三が入学して三年目に校舎が新築され、生徒も明治五年制定のヨーロッパ式学制による新しい教育を受けた。但しその学制においても唱歌だけは「当分之ヲ欠ク」と規定してあった。教えようにも、文部省の人たちにも西洋音楽が感覚としてつかめていない。従って方針の立てようがないまま放置されていた。伊沢修二という教育学者が明治八年アメリカに渡り、留学中にドレミファなるものを初めて実際に習い、この時日本の音組織にないファの音が出せなくて毎日懊悩したといわれるが、彼が遥かボストンから「学校唱歌ニ用フベキ音楽取調ノ事業」の必要を説いた上申書を同僚と二人で文部省に送ったのが明治十一年、新設された音楽取調御用掛に就任して有名な「音楽取調ニ付見込書」を提出、日本のわらべうたと西洋の童謡の音階を「折衷シテ新曲ヲ作ル」方針を打ち出したのが明治十二年、アメリカ人メーソンを招き洋楽器を輸入して音楽伝習生二十二人の教育を始めたのが明治十三年、「蝶々」や「蛍の光」を含む最初の小学唱歌集が出版されたのが明治十四年、上野に移され改称された音楽取調所の第一回卒業演奏会に箏と胡弓伴奏の「仰げば尊し」斉唱や、幸田延女と遠山甲子女の「洋琴連奏曲フンテン作『ラスト・ローズ・オブ・サンマー』」が演奏されたのが明治十八年であった。

卒業した音楽伝習生が各府県の師範学校に散って音楽教育を始め、その教え子たちがまた卒業して実際に教室で唱歌を教え始めるのはまだ先のことであって、新築の韮崎学校でも小林一三が生徒であった時代にはとても間に合わなかった。そこで、三味線とひびきあって語られた「現はれ出でたる武智光秀」は、一三少年たちにとっては、思い切り都風の、しかも現代音楽であったわけである。

もう一つの要素は、いますこし複雑な体験だ。韮崎の劇場で見た芝居の中身はまるで覚えていない一三少年が、「時姫」という美しい女の名前と姿だけは心に灼きついて、綺麗だったと感じ入っている。ところが、次の朝か、翌々朝か、芝居小屋のそばを通って学校へ向うみちすがら、「色の黒いアバタの不容色の小男」に遇ったところ、

「あれが時姫になった役者だ」

と人から教えられ、「役者って穢いものだと思った」のであった。教えたのは小学生仲間ではなく、一三のお供をして学校へ通ったという本家の番頭だったに違いない。

両方の記憶を重ねると、一三少年のなかに鑑賞家と批評家、夢を追いつつ醒めた人、とでもいうべき気質を感じる。また、早くも興行というものの本質についての、なにがしかの発見をしてしまった子供だとも言える。これが、あと五、六年たった慶応義塾生時代に、学校裏の小芝居通いから歌舞伎と壮士芝居への傾倒につながって行くわけだが、それは次景にまわす。

韮崎に汽車の線路がついたのは明治三十六年（一九〇三年）で、それまでこの町は信州佐久地方への分岐点の宿場として、また富士川上流の舟つき場として、江戸時代からの米や繭の集散地として栄えてきた。小林本家の布屋が生糸にも手を出して、横浜の原商店と取引を始めたと自叙伝にあるのが、ちょうど蓬萊座と称する芝居小屋が初めて町にできた明治十五年頃である。明治

二十年東京に出て、慶応の生徒になった一三は、それ以後毎年夏休みに信州へ繭買いにやらされ、製品のデニール検査を担当させられた（『逸翁自叙伝』）。

デニール検査は、明治十年頃から信州あたりの水力利用の製糸場で採用し始めたフランス式検査法で、当時の製糸場では工女のひいた糸をその場で抜取検査して、太さを基準に品質を判定したから、工女からは何より「デニール」が恐れられたという。繭の買付けも駆引きのいる仕事で、生半可な知識や覚悟でやれることではなかったろう。本家の布屋が製糸場も直営していたか、それとも資金や繭を貸しつける問屋だったのか、その布屋で一三がどのていど仕事をまかされたのか、それ以上のことは一切触れていないから判らない。ただ彼が、国際相場にふりまわされて血の小便が出るような思いをする生糸商人の非情な商売を、まだ小さい頃から身近に見聞していること、そして、本人はその家業はおろか、普通の就職さえまともに考えずに、文学と芝居に自分の一生の仕事を求めようとしたことだけは、はっきりしている。

また一三が後年、投機や投機的商法を嫌い、かけごとを嫌ったことも有名で、運賃収入がふえるのが判っていても、阪急沿線に競馬場を造る計画にまで長い間反対し続けたこと、更に彼の生涯の事業が「日銭商売」の電鉄や百貨店、「大砲の音が納まれば次の日からでも開く」という興行に限られたことも、案外そんな所から根を引いているかも知れない。

少し時間を引きもどして、小林一三がその故郷や少年時代をどう見ているか、彼が書き残したものから拾ってみよう。

なまよみの峡間むら山むら雲は
走るが如し駒ヶ嶽見ゆ

なまよみは、甲斐の枕言葉だ。布屋跡地の小公園に、この歌を彫った背の低い自然石の碑があった。歌碑の言葉は、死後出版された詩華集のそれと細部が少し違うようで、いきおいのいい自筆を刻んだいしぶみは、この土地のきつい藪蚊に追い立てられながらしゃがんで眺めた私の目には、

なまよみの峡間連山しら雲の
走るが如き駒ヶ嶽かな

と見えた。たぶんこちらの読み違いだろう。昭和十七年の勅題によって、山梨県の峡北とよばれる富士川上流域の景観を、恐らく記憶と想像によって詠んだ六十九歳の望郷の歌である。私が出かけた日は西の空が曇って連山が見えなかったが、甲府盆地がゆるやかに盛り上がる縁にあたるこの地の眺めが、よけい大きく想像されるのであった。町の北西の後背部から七里岩と称する自然の長城のような絶壁の台地が走り、小林家代々の墓地がその上にある。台地の端から望めば東南の空真正面の意外な高さに遥かな富士が立ち、天気が良ければ町の西南を流れる釜無川（富士川上流）の川原からせり上がる南アルプス連峰の稜線の端に、駒ヶ嶽が空を馳せる筈であった。北は八ヶ岳。うしろを見返れば手前に信州佐久につらなる山の腹がなだらかにふくれ、この町から信州へ分れる古い街道を麓にめぐらせている。山国といっても広くひらけた天を四方にしっかり受けとめた構図は、いかにも壮大な気宇が育ちそうな土地だが、住むにはきびしい所らしかった。

「私は甲斐の山峡に生れて、釜無川と塩川の合流点に育ち、秋毎に洪水の泥に見舞はれて、戦々兢々として、平静の夢を破られて来た」（「私から見た私」）

その甲州で、

「山の谷の石河原みたいな国で、気象が荒くて、地味が痩せてて、酷いところだとされてゐる」

「私は一歳の時に母を亡くして、可哀想な境遇に育った」

とも一三は語っている。

育てられた本家の人々から「ぼうさん」と最高の尊称で呼ばれ、界隈で一番の餓鬼大将だったと本家の子孫や、実の姉までが証言している一三は、『逸翁自叙伝』をはじめさまざまの回想の文章にも先ず弱音を吐くことはなかったけれども、ただ一度だけ、第二次大戦後間もなく、阪急百貨店美術部から出ている雑誌「日本美術工芸」に、自邸内に新築した茶室の命名にこと寄せて、早く亡くなった母や同様に薄倖だった祖父を偲ぶ文章を綴った際、思いが嵩じたせいか、もしくは極めて限られた読者の目にしか触れない安心があったせいか、珍しく、辛く淋しかった幼時の思い出をあからさまに書き記した。

「昭和二十五年四月七日記」とあるから、戦後の公職追放中に書かれた「楳泉亭由来記」がそれで、一三が七十七歳の年の文章である。母が二十二歳の若さで逝き、父が離縁、他家の養子となって家を出たあと、孤児の一三は姉と二人で本家の大叔父に引き取られ、その夫妻を「おじいやん」「おばァん」と呼んで、彼らの六人の子供たち同様に育てられた。

「この『おじいやん』と『おばァん』には実の子同様に慈愛に満ちて可愛がられたけれど、その中に、維百（大叔父の名）の長男は妻を娶り、長女が生れる、この長女は私（一三）より四つか、五つか年下で、私を『兄やん、兄やん』と呼んで居ったから、私は実の兄と思って居ったのである」

ところが、その子がやや大きくなると、「頗る美人で」しかも「お姫さまのように威張って」一三を「居候」と呼ぶようになった、この娘から或日、

「祖母は私の祖母だ、兄やんのおばァんじゃないよ」

と極め付けられて、一三は自分がこの大金持の家の実子でなく、居候だと自覚せざるを得なかった。それでも、生意気な娘の言い草に腹を立てて、

「いじめかえすと、そのお父さんが黙って私の耳を強く引張って憎々しく睨みつける。その眼の恐ろしさは今でも忘れることの出来ないイヤな思い出である。イヤなことだけが記憶にのこって、可愛がられて育ったことは覚えて居ない」

そして「生みの親より育ての親」という諺に反して、「生みっぱなしのお母さんが恋しいのである」と現在形で思いを述べている。

これよりなお四年後、没年の三年前に当る昭和二十九年に、宝塚歌劇でアンデルセンの「みにくい家鴨の子」が脚色上演された。三本立興行の一番目で、小品と言ってもよい童話歌劇だが、これを一三が激賞した挙句、演出を兼ねた作者と作曲家のその月の手当をいつもの二倍出したという逸話がある。異例の出来事に、作者で劇団スタッフの高木史朗が理事長に確かめに行ったら、やはり小林一三の意志を受けた措置で間違いではないと言われた。高木自身も早く母を失い、また体のことで小さい時にいじめられて育ったせいもあって、あひるの一家に生れた格好のわるい親なし子に同化してこの脚本を書いた由だが、八十一歳の小林一三もまた、淀かほる扮する実は白鳥の子に同化してこの劇を見たらしい。その時の批評文が残っている。文中に出てくる「第七場」とは、いじめられて家出したみにくい家鴨の子が、今は美しい白鳥の子に成長して、荒れ果てた故郷へ昔の仲間を救いに戻ろうと決意する、大詰の一つ手前の場面だ。

「『みにくい家鴨の子』は誠によいものだ。第七場「鶴の娘」に助けられ、金の船に乗せられてゆく白鳥の子が、只だ相乗りでスラスラと引込むのは勿体ないと思ふ。この引込みには、淀かほる、八千草薫のスターが、金の船に相乗りでゆくのであるから、何か軽い音楽で、或はここに面

白い主題歌を入れて舞台を一巡するか、或は又、もっと賑やかな引込みがあればよいと思った。」

宝塚歌劇の機関・宣伝誌「歌劇」に載せた文章だ。小林一三としては、あわれな孤児の出世と壮途を、もっと心ゆくまで祝福してやりたかったのだ。彼にとって宝塚歌劇が何だったのかを、これから考えて行くよすがになる逸話である。

一三は大阪池田を墳墓の地とすることを早くから表明していたばかりでなく、慶応義塾を卒業して以来故郷の韮崎にはあまり立ち寄った形跡がない。別家を相続したものの、帰るべき家が無かったせいもあろう。当時一三の実印は本家が持っており、財産はその管理下にあったが、使う方も遠慮なく請求したらしい。十六歳で上京して慶応の寮に入ってから卒業するまでの五年間に受けた仕送りの総計は九百八十何円で、たとえば学校を出て三井銀行に入った時の初任給が十三円だから、一年割りで二百円の小遣は当時の学生としては最高額だったに違いない。本人が自叙伝にそう認めている。ところが、ここまではまだ序の口であった。就職してからは常識とは逆に、仕送り額が一挙に五倍、年額で一千円にふえた。もちろん喜んで送ってくれる筈はなく、「なんとかかんとか文句を言はれながら」請求し続けたのであった。それにしても下宿料が食事込みで月八円、昼の弁当代が月一円に満たなかった時代に、少なくも十三円の月給を取った上に、である。

養子であった一三の父は「甲州でも一二を争ふ富豪」の丹沢家から来ており、離縁後は更に名家である田辺家に再縁したが、その父が蔭で、

「おれは二人の子供を小林家に残して、其養育をお願ひして来たが、養家の財産はビタ一文も貰はない。今日迄二十何年（引用者註・持参金をか？）元利計算すれば戸主である子供達はとてもえらい財産家だ」

と言っているという話を一三は丹沢家の方から聞きこんで、それがいつとなしに「耳の底にこびりついて居った」と自叙伝に書いている。これが強引に仕送りを請求し続けた根拠だと言いたげである。まだそれだけではなかった。更に四年経って、三井銀行名古屋支店時代に借家ながら女中を雇って一軒の家を持つと、「そこに財産といふ観念が心の底に芽出《(ママ)》して、私の財産は全体どのくらゐあるだらうと自問自答」を始めるに至った。そしてそれを明瞭にする為には、「要るだけのお金を、ねだって見ることが一案だと」思いついたというから、思いつかれた方は災難だったが、「叱られながらも必ず送金を得」、その後の送金額は明示されていないものの、約束手形や借入金証書を何通も本家に入れたとある。それでもまだ自分の全財産がどうなったか判明するに至らなかったが、間もなく国会議員をその家から出した為もあって本家はだんだん衰運に傾いた。

「わるい言葉で言ふならば、結局使ひどくといふことになって内心忸怩たりであった」

と自ら記している。大金を何に使っていたかは、あらためて調べることにする。

郷里韮崎についてはこの他に、町一番の呉服屋の一つ年下の娘に進んで字を教え、小学校の放課後鉛筆を削ってやるのを楽しみとした思い出、やはり小学校時代に、先生たちが揃って甲府増山町へ女郎買いに出かけた日に、帰りの峠で馬車が転覆してまた揃って怪我をしたという事故を嗅ぎつけ、教室で受持の教師の前で暴露した思い出、この学校に授業中突然教室へ入ってきては説教を始める奇癖の小使がいて、それが元で彼が免職になりかけた時、町の有力者である本家の当主に頼んで命乞いをしてやったところ、「あの小僧は物が判っとる。ちっとは出世するべいよ」と威張ってほめられたという話だの色いろとあるが、この町が昔から商人の自治で栄えてきたことを誇る気持のうかがえる次の文章が面白い。要約して紹介する。

甲州は信玄の武田家が滅びたあと徳川家康や浅野長政、柳沢家などが統治したこともあったが、それから後は天領になったから武士が少ない。そこで明治維新に士族と平民に分けられた時も、韮崎は町人ばかりだから士族なんかいない。近所かいわいたった一人の士族が、ブリキ屋のじいさんで、彼は日頃一三にとって軽蔑の対象だった。そこへ「こんどの小学校の校長先生は士族だそうだ」という噂が聞えてきた。一三少年は士族がなんだ、ブリキ屋のじじいが校長に乗りこんでくるなんて学界の痛恨事だと慨嘆し、やって来たら、

「ブリキ屋のどんからかん」

とどなりつけて、みんなにはやし立てさせてやると意気ごんでいた。ところが、どうせもんぺなんかはいた、古風な高慢づらのじいさんが来るだろうと高をくっていたら、めったに見たこともない洋服を着た、背の高い若い先生だったから恐れ入ってしまった、というのである。

小学校を卒業すると富士山に近い八代の塾に入り、寄宿舎生活を一年半続けてチフスにかかり、それを機会に家に戻ったが、この頃、

「ぼうさんと呼ぶこと今日より廃止の事」

と自分で書いて、方々に貼って歩いた。翌年（明治二一年）一月、もしくは二月に東京に出て慶応義塾の寄宿舎に入るが、もうこの時は、ひとかどの文学青年になっており、秋に「童子寮」に移ると、いきなり投票によってコンニャク版の機関誌「寮窓の燈」の主筆に選ばれてしまった。いつのまに、なぜ、どんな文学に惹かれたのか、全集その他の著作を調べてみたが、辛うじて次の二行ばかりの消息を拾い得ただけである。

「十四、十五と、それからの二年間は僕の文学青年の芽生える時代だった。あらゆる文学を耽読しつつ、一方に心の隅っこから、愛人松吉の、萌えゆく色を凝視めながら――」

数え年で十四、五歳は、富士に近い八代の成器舎に学んだ時代である。松吉は一三が一方的に想いを寄せ続けていた一学年下の、呉服屋の娘の名前で、娘が強く育つように男らしい名をつける風習がこの土地にあった。「またいとこ」に当るこの娘は間もなく東京上野の呉服屋に嫁ぎ、遅れて慶応義塾に入るために上京した一三は、逢いはしなかったけれども散歩の足がおのずから上野広小路に向いたと言っている。気の毒なことに幼な妻の松吉は早く病死した。

実はその先に、まだ一三らしい後日物語がある。それから何十年か経って、彼女の遺児が成人して大学を卒業し、一三の異母弟を通じて就職を頼んで来た。二つ返事で承知して、初恋の人がこの世に残した忘れ形見を立派に育ててみようと甘酸い心持で待ち構えていたのに、一向に青年が現れない。そのうち、他にいい口があったからと断りが来て、「母子二代を通じて振られけるかな」（「腕白時の思い出」昭和九年三月）。

2景　海を見た日

「三田通りで人力車を降りて、正門を見上げながら坂をのぼり、義塾の高台に立って、生れて初めて海を見たのであるが、其時、どういふわけか、海は真白く、恰も白木綿を敷いたやうに鈍い色で、寒い日であったことを記憶してゐる」

『逸翁自叙伝』第一章「初めて海を見た日」の書き出しだ。

「それは今から六十五年前、十六歳の春、明治二十一年二月十三日である」

と時日も明記しているが、「十六」は数え年で、一三はこの時満十五歳になったばかりだった。

『自叙伝』より五年早く書かれた随筆に、明治二十一年度の日記がみつかったという一節がある。

一三自身その日記の中から、

「二十一年一月十三日東上、二月四日三田慶応義塾入学、益田先生方に寄宿」

と書き写している。これだと正月過ぎに東京に出て、二月はじめまで二十日余りぶらぶらしていた計算になる。

また昭和二十七年出版の著書『私の人生観』の中には、もう少し詳しく上京後の様子が出てくる。正月に東京に着くと神田明神下の親戚方に落着き、それから慶応に入学する迄「十日間余り」の間に、一三少年はジンタの音にひかれて三日か四日続けて浅草へ出かけた。上京して間なしだから懐も豊かで、写真屋の客引きにひっぱりこまれて「硝子版の写真」をとり、テント張りやむしろ張りの見世物小屋で、ジンタの楽隊の「プカプカドンドン」に聞き入りながら、低い桟敷のむしろに坐って「独りシクシクと泣いていた」という。

それぞれに少しずつ入学の日付や上京後の日数が違っているのは昔の思い出だから仕方がないが、それでも気になるのは自叙伝冒頭の、慶応入学の日に三田の高台から「生れて初めて」海を見たというくだりだ。この書き出しには、まるでその朝山梨から笈を負うて上京してきたばかりのようなひびきと気分がある。とても二十日間も東京で遊び歩いたあとのこととは思えない。第一、その日まで、本当に一度も海を見ないでこれたであろうか。

難癖をつけるようだが、当時山梨県韮崎から東京へ出るのに便利なのは、鰍沢まで南下して富士川を舟で静岡県岩淵へ下り、東海道線に乗って新橋に向う方法であった。この経路なら夜中か悪天候でない限り汽車の窓から海が見えた筈だ。余談だが、岩淵駅ではいつも駅前旅館の十五銭の昼飯に「名物として甲州人の待ちこがれていた鮪のさしみが食べられるので嬉しかった」と、自叙伝の別の箇所に書いてある。

――にも拘らず、自叙伝の著者小林一三は、慶応義塾に入ったその日に、三田の高台に立って「生れて初めて」海を見たかったのだ。しかも、それが輝く海でも、青い海でもなくて、白木綿を敷いたような鈍い色だったというのが面白い。これが一三の文学上の好みらしい。なお、昭和五十六年現在慶応義塾に保存されている姓名録には、小林一三の「入社ノ年月」は明治二十一年二月十四日と記されていた。恐らく自叙伝の記述は、誰かに調べさせたこの資料から逆に、上京の日付と入学の日付を定めて書き直されたものと考えられるが、一三が自分の管理外の資料に頼って記録を訂すのは珍しい。

ここで急いで『逸翁自叙伝』の解題を記しておきたい。

新書判にしてちょうど一冊分の長さの自伝は、数え年八十歳を迎えた昭和二十七年四月に、「週刊サンケイ」から傘寿を祝って回顧談を求められたのがきっかけで連載を始めたと、自ら「結び」の章に書いている。だが実はその前に慶応義塾系の人たちで始めた教養文芸雑誌「新文明」昭和二十六年十一月号、二十七年三月号にそれぞれ「生れて初めて海を見た時代」、「二十代」の二篇を掲載しており、週刊誌の連載はこれを受け継ぐかたちになった。

三田の高台から見た海の色の記述に始まる「生れて初めて海を見た時代」は、一三の公職追放が解けて一カ月目に書かれた。内容は数え年十六歳の慶応入学の日に始まる在学時代の思い出だが、結末の数行を、初出の雑誌から引用する。

「五ケ年間三田生活の同窓者の大多数は、今や幽明境を異にしてゐる。生き残つてゐる私は来年は八十歳だ。雀百までといふ諺どほり、私はここに原稿のペンを取り、更に芝居や映画やテレビジョンや、すきな世界に働こうと勇み立つてゐるのである。――九月十二日――」

追放の身分から復帰できたばかりの解放感が、こちらにも伝わってくる文章である。同じ雑誌に二度目に載せた「二十代」の方は、慶応卒業から三井銀行入社までの僅かな期間に彼が味わった第二の失恋を書いた上で、まだ書き継ぐ意志があることを暗示する次の言葉で結んでいた。

「それから（引用者註・三井銀行入社後の意）十数年、私の二十代は銀行員として安月給取りの、あられもないぜい沢生活に自分の家の財産を浪費した、小説的行動は、私の五人のこども、九人の孫、一人の玄孫、と、それから何万人の私の同勤の人達に対して虚言なしに書けるだらうか」

（「新文明」昭和二七年三月号）

長い文章の中で主格を平気で変えてしまうのは一三の昔からの癖で、必ずしも老年のせいではない。家族や傘下の企業の社員たちに「虚言なしに」書けるかどうかの心配までしながら敢えて書き始めるどんな理由が、一三にあったのだろうか。
「週刊サンケイ」の連載は同じ昭和二十七年四月六日号（第一巻七号）から始まったが、如何にもだしぬけに舞いこんだ企画のようで、最初の二回は「逸翁放談」のタイトル、副題が「そのころの大阪」で、三井銀行大阪支店に赴任した日の思い出から書き出された。題名が「逸翁自叙伝」と改まったのは第三回からで、改題は一三の意志ではなかったが、「本格的に筆を執っていたゞくようになりました」と、編集部の断り書きが入り、一回分のページ数もふえた。当時一三は東宝の整理再建に多忙をきわめていた筈なのに、原稿は毎号遅滞なく当時の産経新聞社長前田久吉に直接手渡され、内容は十四年間にわたる三井銀行員時代から、阪急電鉄創業十年間の疾風怒濤時代にまで及んだ。ところが大正六年（一九一七年）あたりへ来て一息ついたところで、突然あわただしくはしょって切り上げられることになり、その事情が、連載最終回の附記で明らかにされた。
「私は来る十月十五日羽田から飛行機で渡米の旅行にのぼる計画である。本編はこれを以て暫く擱筆する。実は『逸翁自叙伝』といふのは私の本意ではない。これは『週刊サンケイ』編集長が勝手に命名したので自叙伝といふと、何だか面はゆく閉口である。私としては『私から見た私』または『私といふ人』と言つたやうな題名で書くつもりであつたが、自叙伝となるといろいろ束縛されるので面白くないやうに思ふ。さて欧米の旅行を終つて、それから再びペンをとり得る勇気があるだらうか――。」（昭和二七年九月二〇日）
　こうして壮年期で終る『逸翁自叙伝』は、一三がこだわっている通り、自伝として全体の構図が整っておらず、時間もまっすぐ進まないで行きつ戻りつの箇所もあり、時代によって精粗の差が大きすぎる。それならば、思いつくまま自在に書いた自伝風随筆集かというと、一方ではそれらの間に後から資料を追加・挿入しながら全体をドキュメンタリーとして構成しようとした痕跡もある。

最初の二章のように既発表の文章を再録したり、或いは手を加えてはめこんでいる部分がかなり多いことも判った。

一三は死後編集された全集だけでも七巻に及ぶ夥しい著作を残した人だが、折あるごとに好んで自分の過去や現在を語ってきた。自叙伝には代筆者がいたという話を聞いたが、些事もゆるがせに出来ない一三の性格を考え合わせると、この一冊は代筆者や助手の恣意や個性が入る余地がないほどに一三自身のものだと、あらかじめ断言できる。その理由として、先ず本人の手によるきびしい校訂を経ていること、更に本人の手によるおびただしい自伝的随筆の堆積が既にあったことが挙げられる。もう一つ、昭和六年の直木三十五との対談に見られるように、一三が六十歳近くなってなお小説家になる志を持ち続けていた点も、傍証のなかに加えてよいかも知れない。

更に細部を見ると、ごく若い頃から――大いに遊んでいたという三井銀行大阪・名古屋支店時代にも、――自分の行動や見聞に関わる資料を保存する本能のようなものが、小林一三の中に何時も働いていたのがわかる。明治何年何月何支店の残高といったものから、お茶屋の勘定書、酒席で作ったざれ歌の歌詞などまでが、偶然にではなく小まめに意志的に残してある。彼にとっては巨大な数字も、鉛筆がきの勘定書も、同じほど大事な資料だったようだ。

そのせいで一層まとまりが悪くなった自叙伝にさし込まれている現場の証拠品のような資料・文章は、治にいて乱を忘れずという格言を、読者に思い出させるほどである。ただの蒐集癖や回顧癖からではなく、自己顕示の欲望とも違う。いつも自分の足跡は無に帰したくない、他人まかせにもしたくない、始めから終りまで自身の記憶・記録にとどめておきたいという執心、そこにしか拠り所はないという気持が、忙しい時にも遊びの時にも絶えず彼に働いていたのだろう。

さて、満十五歳の春先から十九歳の年の暮までの一三の慶応義塾生時代について、自叙伝はまるで芝居と小説にうつつをぬかして、辛うじて卒業させてもらったように述べている。交遊の相手も、「角帯型の義塾青年層でなく、硯友社風のキザな青二才たち」であり、硯友社かぶれのせいもあって、「元禄文学」に日夜読みふけっていたという。

しかし、そもそも一三が芝居や寄席の世界に足を踏み入れたについては、慶応に入ったおかげが大きい。先にあげた明治二十一年の日記から、その成行きがうかがえる。先ず入学したばかりの三月末の夜、塾内の演説館にクラブ会があり、圓太郎、一柳、今輔、新太らの落語、茶碗まわしなどを見物して驚く記事がある。クラブ会がどういう組織であったか、書いた本人の一三が「考えてみたが思い出せない」と断っている。寄席芸のほかに、たとえば四月初めにピアノ独奏、琴とピアノの合奏にロイド氏他の「リージング」などを聴く会もあったが、ちょうど人気の出だした綾之助の女義太夫もこの会で聴いたし、名人円朝（明治三三年没）が約束を破って不参のために代理が来たという日もあった。毎回、中入りの時に茶菓が出た。このクラブ会がきっかけで、一三はその秋から友達に誘われて四国町の春日亭という寄席へ土曜ごとに赤毛布持参で通いだし、日記によると「爾来スッカリ寄席通に軟化」した。

寄席の次は芝居だ。学校の寄宿舎の裏門から赤羽根の兵器所の裏に抜けると、麻布森元町のいわゆる森元町三座があって、ここへもまた同級生の後について行ったのがきっかけで、歌舞伎と壮士芝居の味を覚えた。当時の見物仲間には、のちの劇作家で、左団次と演劇の改革をはかった岡鬼太郎もいた。

「森元町三座」は森元座、高砂座、開盛座で、それぞれ年中休みなしに歌舞伎や新興の壮士芝居を興行していたが、一三はそのすべてを洩れなく見て廻ったという。ある手記には「一年一度も休みなしに見物した」とあるが、興行の変るたびに洩れなく見た、くらいの意味だろう。

「私の芝居知識の手ほどきは、麻布森本《ママ》町で養育されたといふことに緞帳式な低級さで大きくなった」

　例のごとく係り結びのわかりにくい文章だが、「緞帳式」とは、歌舞伎特有の引幕や廻り舞台、セリ出し、花道を許されない、当時のいわゆる小芝居のことを言う。今では引幕より緞帳の方が上等のように思われるが、三宅三郎の「小芝居の思い出」によれば小芝居の緞帳は、どこも粗末な白地の布に墨で贈り主、座主の名と、「のし」の絵がかいてあるていどのもので、ひどい所では布を巻き上げる竹ざおの心棒が露出していたそうだ。役者もまた江戸時代以来の「大芝居」——中村・市村・新富三座に出る者とは、はっきり区別された。要するに設備も悪ければ、役者も有名どころは出ず、従って入場料も安いのが明治二十年代までの緞帳芝居であった。演技も「臭い」芝居が多かったと三宅は書いているが、その代りに先入観なしに通いはじめた小林一三のような連中を引きつける何かがあったに違いない。芝居といえば歌舞伎のほかには考えられなかった時代のことである。

　その小芝居に精勤し、育てられたと称する小林一三が、明治二十一年以来見たものとして書き並べる中に、女役者の一座で人気のあった市川久米八の女歌舞伎や、「川上音二郎のオッペケペー」があった。オッペケペは、自由党の少年壮士だった川上が、落語家の弟子入りをして大阪の寄席に出演中に工夫してはじめた時事諷刺の新形式だ。三味線ばやしにのせてフシなしのあほだら経式に次のような文句を並べ立て、段落ごとにオッペケペッポーペッポーポーで区切って行く。「亭主の職業は知らないが、お娘《むす》は当世の束髪で、言葉は開化の漢語にて、晦日《みそか》の断り洋犬《かめ》抱いて、不似合だおよしなさい。何にも知らずに知った顔、無暗に西洋を鼻にかけ、日本酒なんぞは飲まれない、ビールにブランデーベルモット、腹にも馴れない洋食を、矢鱈に食うのも負惜しみ、内緒でソッと反吐《へど》はいて、真面目な顔してコーヒー飲む、可笑《おか》しいね、オッペケペ、オッペケペッポーペッポーポー」（堀内敬三「音楽五十年史」）

ただし、一三が見た時代の音二郎は、オッペケペをむしろ余興として中幕に使っており、主体は既に壮士芝居に移っていた筈である。演劇改革者の一面もある川上が一時福沢諭吉の学僕であったという符合も面白い。

倉田喜弘著『明治大正の民衆娯楽』によれば、陣羽織に日の丸軍扇を開いて吟じるオッペケペが明治二十一、二年に大阪京都の寄席で大当りをとると、当時大阪に生れたばかりの壮士芝居に刺戟されて書生仁輪加の一座を組み、翌二十三年東上して九月には東京麻布森元町三座の一つ開盛座で幕をあけ、十日間の大入りを記録、次いで浅草で政談演説会を開いて立錐の余地もないほどの人を集めた。開盛座の興行は実は失敗で、すぐ大阪へ戻ったという説（宮本又次「明治大正期大阪の演劇」）もあるが、周知の通り川上や、先達の角藤定憲が関西ではじめた壮士芝居は、やがて東上して旧派である歌舞伎に対する「新派劇」に完成されて行く。小林一三が、のちに彼の持論となる大衆芸能の世界における「西から起こる新風」に、はじめて出くわしたのは、恐らくこの森元町三座であった。

またその川上が最初に売り出したオッペケペをはじめとする壮士節は、やがてバイオリンに旋律をこすりつけて歌う演歌となり、小林一三が或る時それを聞いて、

「これはおもしろい、いまにかういふ音楽の時代が来るのではないかしらん」
と「深く感じた」という事柄に結びつくわけだが、一三の著作類をよく読むと、日本の芸能・演劇・音楽史が音高く流れる大事な地点に、本人も案外それと気付かずに足を踏み入れている場面がいくつも出てくる。明治二十二年十一月二十一日、木挽町に新設されたばかりの歌舞伎座の「舞台開き」を「親戚の人につれられて」一三が見に行ったのも、それらの中の一つだ。

一三が慶応義塾に入る二、三年前――明治十八、九年の東京は、言語、髪型、交際法をはじめ、あらゆる部門にわたって「改良運動」が盛んで、芝居についてもまたイギリス帰りの学者・政治家・啓蒙家である末松謙澄らを中心に、上層階級による「演劇改良会」が作られた。のちの小林一三も一種の演劇改良家だから、この運動は記憶にとどめておく必要があるだろう。時の総理大臣伊藤博文の女婿であった末松の主張は、旧来の陋習を改良して高尚な脚本と近代的な劇場を作れということらしかったが、歌舞伎の「天覧」を実現した以外、大した実績をあげないうちに会そのものは消滅した（新しい劇場を作って、女形の代り女優を使うとか、芝居茶屋を廃止するといった「各論」は、二十数年後明治四十四年帝国劇場の発足で漸く不十分ながら実現されたが、これも結局は中途半端に終った）。――その末松に代って、同じように声高に改良演劇を唱えて出来たのが、一三が舞台開きを見ているという歌舞伎座だった。最初の座主でもあった作者福地桜痴と、改良会に近かった俳優市川団十郎による改良主義の「桜痴歌舞伎」が、その名も「改良座」と名付ける計画があったというこの豪華な、エレクトリア灯を吊した新しい劇場でつぎつぎ上演されることになったわけだ。一三がその開場に立ち会っていることを、ここでは覚えておきたい。

戸板康二（『明治文化史　音楽演芸編』）によれば、「腹芸」で有名な九世市川団十郎は明治十年以前から彼の流儀の「改良」を旗印にしており、明治十一年、当時のわが国を代表する劇場となった新富座開場式に、燕尾服姿で現れて、次のような祝辞を述べたという。

「顧るに近時の劇風たる、世俗の濁を汲み、鄙陋の臭を好む。彼の勧懲（引用者註・勧善懲悪）の妙理を失ひ、徒らに狂奇にのみ是れ陥り、其下流に趣《ママ》く、蓋し此時より甚しきはなし。団十郎深く之を憂ひ、相与に謀りて奮然此流弊を一洗せんことを冀ひ……」

祝辞の筆者は福地桜痴だが、団十郎の舞台は歴史の故実に固執して、清正でも実盛でも「実物のように」扮装し演じられたから、彼の歴史劇のやり方は活歴史——活歴と呼ばれるに至った。団十郎の気持の中では活歴は勧善懲悪に通じ、彼の考える「正しい」歴史を演じることが演劇の「改良」と重なっていたらしい。彼の自宅では国漢学者や歴史家らを集めて求古会というものが毎月一回開かれていたという。

この団十郎の「求古」が、今述べた伊藤博文の女婿末松謙澄の「改良」ともつながったわけで、小林一三が初めて歌舞伎座で見た小芝居ならぬ「本筋の芝居」の背景には、このような時代の流れがあった。ところが、ちょうどその頃また、この種の「演劇改良」を批判した人たちの中に一三の師である福沢諭吉がいたというからややこしい。言うまでもなく、福沢は一三が入学したばかりの慶応義塾の創始者で学校の敷地に住んでおり、一三のいた童子寮二階南端の部屋からは眼の下に「先生」宅の玄関と勝手口が見えた。二人の令嬢がたまに先生の馬車に同乗して出かける日は、寮生数十人が一三の部屋の窓にむらがり、押すな押すなで眺めるのがたのしみであったというが、その福沢は自身の主宰する時事新報紙上に、現実主義の立場から芝居の「改良矯正」の困難を次のように説いている。

——わが国の芝居や唄の文句は下品に流れて風教に害あるものも少くなく、矯正の必要を説く主張に異議はない。しかし芝居浄瑠璃などは人情に訴えて耳目をよろこばせるもので、今の日本人は江戸中期以来の俗音俗芸に耳や目が慣れているから、急に正雅なものに強いて改めて上演させても、見て楽しくないから劇場は空になるだろう。この種の改良は世の中の進歩に合わせて自然に行われるべきもので、その証拠に今の東京の芝居を昔の江戸のそれと較べてみれば、別天地のように正しく美しく変ってきているではないか。だが社会の変化は存外に鈍い。それゆえ、改良家の要諦は、

「唯観念して時節を待つと共に常に注意して其進歩を助く可きのみ」

以下具体的に、今の改良矯正家が芝居の脚色や唄の文句に一切直説法を用い、かくかくなるが故に孝行せよ、しかじかなるが故に忠義をつくせと、まるで書生の漢文の素読をそのまま仮名に改めて七五の調子をつけたような殺風景なものを作るのは、我輩の甚だ取らざる所で云々、とたしなめている。

明治二十一年六月九日の時事新報に載った福沢塾長のこの文章を、慶応に入ったばかりの小林一三が果たして読んだかどうかは判らない。しかし、福沢はこのあとも同じ時事新報紙上に、ある時は「幕間」時間をなくすための妙案――劇場内の両翼に二つの舞台を設けて交互に演ずる「演劇改良比翼舞台の説」――を語り、またある時は脚本の改良に当って肝要なのは高尚な趣向と大衆の人情と座主の経済の兼ね合いを計ること、などと説いている。この急ぎ過ぎぬ、わけ知りの改良論を主軸に、末松謙澄のヨーロッパを手本とする脚本と劇場の改革論、九世団十郎の求古的美的倫理主義など、いわば明治二十年前後の演劇思潮が、明治末の帝国劇場での試みとその挫折を経て、大正から昭和前期にかけて、小林一三という現実的な演劇経営者を通して、実際に手に触れ目に見えるかたちに形成されて行くのがふしぎである。まるで、

「時節を待つと共に常に注意して其進歩を助く可きのみ」

という福沢の教えをそのままに――彼は一向に気がついていないが、「国民劇」に賭けた一三の一生の遍歴は、慶応入学と同時に既に始まっていたと言うべきである。

次は、生涯を通じて一三の志であった小説についてだが、先に触れた通り、十五歳の彼が童子寮に入寮したとたんに、コンニャク版の機関誌の「主筆」に選挙されたという事件が、いかにも象徴的だ。主筆になると雑誌発行の補助金を二十円ずつ、毎月「慶応義塾社頭」の福沢諭吉にじかに逢って貰ってこなければならない。ところが先輩から、あそこへ行くと先生にいろいろ質問を受けるぞとおどかされ、貰いに行く勇気が出なくて苦しんだとある。しかし、一三が慶応時代に残しているいくつかの文学歴をたどってみると、文学の精進そのものよりは、文学に関わる人間関係における積極的な才能の方に感銘を受ける。いきなり童子寮の雑誌の「主筆」に選挙されたのもその一つで、これは十五歳の新入生の言動が、外からみていかにも文学好きで、自信満々の気概を感じさせずにはおかなかった為に違いない。しかも一見人生の達人の一三が、鎌倉に遠足に行って七里ヶ浜の波打際に立つと、風もないのにあとからあとから波が打ち寄せてくる理由がどう考えても判らず、怖くなって逃げ廻るていたらくなのである。

遠足といえば、入学後三年目十七歳で友人たちと江戸川のほとり市川国府台を訪ねた小旅行の漢詩「鴻台雑吟」が残っている。号は靄渓で、小林一三のイニシャルを漢字に変えたものだ。天高く気は朗らかな秋の日、野色に遊意を促されて帝都を旅立つ首途の詩に始まり、詩を吟じつつ稲田や水辺の景色に快哉を叫び、夕方市川の渡しを渡って客舎に一泊した夜中の感懐。――

市川江町夜沈々　夜半忍聞過雁声

寂々寒窓孤不睡　風声四壁座来深

翌朝早く宿を出て、里見の勇士達の古戦場を訪ねると、墓前の道は荒れて落葉に埋れていた。

　人言柏老涙漣々　想見龍拏決戦時
　一片怨魂陰鬼哭　此川此土旧山川

「慷慨々々」「俯仰低徊、無限之感慨」と同行の友人たちの讃辞も一緒に並べてある。恐らく慶応に入る前から、こんな詩歌を文学少年向けの投稿誌「穎才新誌」に載せていたらしいのだが、実はこの「靄渓」の雅号で、同じ明治二十三年の春、彼は新聞小説を郷里の山梨日日新聞に連載した。実績のない十七歳の少年が、いきなり連載小説を書くなどというのは、いかに明治二十三年の昔とはいえ、たとえ原稿料なしにしても、かなり破天荒なことではあるまいか。まして、四十四年後の昭和九年に再読した本人が「一読して其拙《ママ》づいのに驚いた」のだから、やはりこの時代の一三は文学より人事の達人であったと言うべきであろう。なぜ山梨日日に採用されたかは書かれていない。

「こんなものを書いて、それで小説志願者であったかといふ過去を顧みると、何と無茶であったかと、苦笑せざるを得ないのである」

　たしかに「練絲痕」という新聞小説は本当の習作でむらが多い。たとえばある部分は、これは硯友社風といえるのかどうか、ひたすらに詩語を書きつらねて、

「波濤千里、風物一変、杜鵑の一声に心をのゝき、帰雁月に鳴て胸をどり、春の朝秋の夕、間籬の花に露払ふ蝶を恨では、そぞろに故国の風景を書きそめ、茜を残す夕暮に塒に帰る小鳥を見て玉兎一躍、登る鏡はこれぞ、遠き故郷の茅舎《あばらや》に照り輝く月かと思へば、なつかしさも又一入の増鏡……」

　まだ何行分も頑張って続けながら、読者にはほとんど意味が取れず、――実はここは突然何者

かに斬殺された東江学校長レニス宣教師になり代って、その心中の恨み悲しみを作者が述べている所なのだが、――一方、父を失った矢先に、異国人の恋人大森安雄の突然の帰郷が重なって、「語るに友なく、訪ふに人なく」失意の底のレニス嬢の独白は明治開化の世話物風だ。こちらは慶応入学以来の熱心な劇場通いの成果というべきか。

「モー十八日……お帰りが有りそうなものだに……夫れに御手紙の一本位……十八日過《た》つてもまだ一本も……何うしたんだらう……私が不足取者《ふっつか》だからお嫌《きらい》なさつて……イヤイヤ彼《あ》の位約束もあるし、お心も知つて居るし……何うしたんだらう……少しは此方《こちら》の心もお察し被下《くだされ》ばよいのに……ア、私位不幸なものはない……お親父《とつ》さんには分《(ママ)》れ、頼みと思ふ安雄さんは、遠く田舎へ御出で、音信《おとずれ》もしないし、お母《つか》さんはあの通り、ア、ほんに厭な浮世だ……」

東京麻布の東洋英和女学校ラージ宣教師殺害事件が世間を驚かしたのは、一三が十七歳の明治二十三年四月四日であった。警察は容易に犯人の手がかりをつかめず、小説にも書かれている通り、翌日の新聞に無残な刺殺事件がくわしく報道されると、

「幾万の読者はその不幸を愍《あわれ》み、其の賊を悪《にく》むの外なし。噂は取り〳〵《どり》なり、満都の空合、集う所は（レニス）宣教師が殺害話のみ」

やや誇張があるかもしれないが、事件は後世の歴史年表に載るほどの話題になったことはたしかで、一三は尊敬する近松門左衛門の故事から思いついたか、その日俄かに筆をとって新聞記事を素材に小説を書き始め、まだ世の中が衝撃からさめないうち、早くも四月十五日から山梨日日新聞に連載しだした。題名のなかの「練絲」も、韮崎生れの一三が、生糸・甲斐絹の産地である甲州の人々になじみ深い言葉をわざわざ織りこんだ、読者へのサービスと考えられる。サービスはそれだけではない。

「凡そ人は右等の場合（引用者註・殺人事件の起った際）に在て、その不幸を愍み、その賊を悪むに次で、先ず第一に妄想するは、賊は如何なるものか、己れの職分を越へて探偵の権を自己が胸中に収むるものなり」

そんな皆さんのお心になり代りまして、というわけで、推理小説風に仕立てたのであった。そこでヒロインの宣教師令嬢に配するに、父レニス宣教師の教え子で許されぬ仲の日本人の恋人、大森安雄という犯行動機のある架空の人物を設定して、全体の構成を細かく立てるひまがあったかどうか分らないが、とにかく猛烈に書き進める一方で、まだ汽車も通じない交通不便の時代に、甲府の新聞社といちはやく約束をとりつけ、何日もかかる送稿を始めたという手際のよさ、計画性、頭と筆と足の速さ身の軽さは常人の到底及ぶところではなく、諸条件を考えに入れれば文章や構成をとやかく言うのさえ気が引ける。次に書き写すのは、作者の文体に興味をひかれる部分である。

殺人事件が起った直後、夫人の叫びを聞きつけて寄宿舎の学生達がかけつける。その中に、学校創立以来レニス夫妻に目をかけられて来た大森安雄もいる。検屍が終って人々が去ったのち、なお血なまぐさい部屋で「繊顔繊手」のレニス嬢が「熱露滴々襟にしたたれ」る状態で安雄に向って叫ぶ。

「『大森さん何うしたら善いんでせう』

この問は愚なり、然れども愚は平夷世界に在て、段落上の愚なり、意外の世界に在つては、愚を語るも寧ろ、愚に非ずして狂と言ふべきなり、嬢は今狂せり、狂せるが故に、この影もなき問を発せり、……」

こういうくせの強い、それでいて意味の希薄な理窟が、あとあと書かれる小説や歌劇台本の中にも時々飯にまざった砂粒のように出てくる。時代のはやりなのか、それとも何か小林一三の文学観や美意識と関係があるのだろうか。

もう一つ面白かったのは、殺人事件後帰郷する大森が別れの挨拶に来た時に、レニス嬢が涙にくれてとり乱すくだりの心理描写だ。思い入れがあって、突然言葉にフシがついたように調子があがったから驚いた。

「嗚呼又浮世は花に風、月に群雲、是非もなき、斯くとは知らで浅からぬ、恋の淵瀬の波越えて、乗り出《いだ》したる吾妻船、互の思果《おもい》しなき、恋の暗路に迷う身の、うれしき夢を結びつゝ、帆かけし甲斐も情なや、つれなき嵐に此の苦労――察するも又愍《あわ》れなり」

先の美文調とは、また全く違って、義太夫語りか浪花節語りが身を乗り出して美声を張り上げそうな、地に三味線の音の聞えてくる文章である。これも、さまざまな芸能がはめこまれていること自体が歌舞伎の性質であってみれば、新時代の作家として小林一三は、もしかすると、積極的に情景に応じて文体を変えることで、歌舞伎式新文学をうち立てようと趣向をこらしたのかも知れない。

ところが、連載が始まって三、四日目に、警察から干渉が入った。今の人間なら地方紙にのせた小説が思わぬニュース沙汰になったと、却って喜ぶかもしれないが、戦前の検閲はそんなものではない。

一三は学校から呼び出されて塾監局で警官の訊問を受けた。未解決の殺人事件の内情を知っている者だと疑われた為である。警官の詰問に、「私はブルブルふるえた」と自叙伝に書いているが、これは実感だろう。その日、小説の「恋愛破綻の筋書」を説明したことで、拘引だけは勘弁してもらえたが、同じように調べをうけた新聞社から掲載中止の申し入れがあって、連載は九回で打切られた。近松の精神にならったのが、あだになった。文体革新の雄図があったとすれば、それも処女作で挫折した。まだ十分に筋が展開しないうちに大森安雄が宣教師殺しの容疑で逮捕される結末を、一三は急いで書かねばならなかった。最終回は、郷里から東京に戻ってきた大森が、レニス未亡人、令嬢の箱根滞在に同行していて、三人で山道を散策するところから始まる。紅葉を見ながら、こんな会話を交している。

「大森さん、宜い気色じゃァありませんか、ア、宜い心持になった」

声をかけたのはレニス夫人で、答える大森安雄の口から何かに魅入られたように思わずこんな言葉がとび出してしまう。

「左様《さよう》です、秋の眺望は満山の草木紅葉して、血潮を流せし景色は又一層でせうが、併し春謝《ママ》し青緑滴る計《ばか》りの青葉隠れに、杜鵑《ほととぎす》一声血に叫ぶと云ふ所も格別ですナァ、お嬢さん何ふです」

二度まで血という言葉を聞かされて、レニス嬢は「何ごとを感じたるか、俄にブルブルと戦慄」して宿に帰りたいと言い出す。帰り着いた宿に函嶺警察署特務巡査が待ち受けていて大森の同行を求め、忽ち破局になる。

この悪人自滅の幕切れのかたちも南北の芝居のようで、あるいは「マクベス」を思い出す人もあるだろう。作者としては紅毛人殺しの幕切れにふさわしい技法を創造しようと大いに努めたのかも知れない。こうして最後の最後まで力をつくした処女作は、

「憐れむべし大森安雄、屠所の羊か籠中の鳥か、身は縛《いましめ》の縄こそ掛らね、終に嫌疑の雲霧に立籠められしぞ是非なけれ、噫」

と、まるで作者自身、処女作自身の非運を大森安雄の心境を借りて精一杯、皮肉一杯に自嘲するような述懐で終ったのであった。

小林一三の文体が落着くのは、まだ二十五年先の、大正初め頃だ。ある事件をきっかけに私鉄の経営者として独り立ちしたばかりの小林一三が、大変な危機に精一杯対応しながら、なお宝塚少女歌劇の脚本と、小説とを書き分けている時代である。大正四年暮四十二歳で出版した連作短篇集『曾根崎艶話』を読むと、歌舞伎流の雑多な要素の入りまじった装飾的文体から、フシの聞える七五調の心理描写、舞台そのままのせりふなどがほどよく鎮まり整理されて、残った文章が明治末から大正に至る大阪の芸妓たちの生活のかなしみおかしみを湛えるのに、丁度ふさわしい器となった。ただし、ここにも作者によく似た「大森」が登場してくる。

慶応義塾時代の一三は、当時の学生としては破格の年二百円の仕送りを本家から受けていたが、芸者遊びなどしたことはなかった。忘年会や送別会に行った芝浦の料理屋へ、いつも神明の姉妹芸者がやって来るのが唯一の機会で、五、六十銭のその日の会費もきちんと小遣帳につけている。女性との関わりといえば、専ら失恋する一方であった。小説「練絲痕」を書いた翌年の十八歳頃のことだが、この、あらゆる点からみて子供らしくないやり方で書いた小説の作者が、フランネルの着物にひたすらあこがれた時期がある。友人に連れられて、彼の姉が嫁入りしている築地河岸の商船学校長官舎へ遊びに行った時、結婚したばかりのやせ形の若奥様が、丸まげに派手なフランネルの単衣を着ている姿に見ほれてからというもの、どうしても自分もフランネルを着てみたくなってしまった。

ハイカラな慶応義塾も、当時は大ていの塾生は手織木綿の着物姿で過ごし、一三も在学中一度も洋服を着たことはない。洋服など着たくはないが、フランネルだけは諦めがつかない。こんな時に、ただあこがれる一方でなく、手に入れる方法まで何とか考え出すところが彼の特徴だが、一途に思いこんでいるうちに、「横沢君のお祖母さん」という人のことを思い出した。

横沢君とは甲府の友人で、屈指の財産家の一人息子だ。三年前東京に出てくる直前、いとま乞いを兼ねて泊りに行った時に、一三が綿フランネルのシャツを着ていたのを見て、それでは寒かろうからと先方の祖母が本物のフランネルのシャツをくれたことがあった。母親がいないからと同情されていたのだろう。小柄な一三には袖が長すぎるのを肩上げしてくれて、まだ大きすぎると苦情をいうと、洗濯すれば縮むからこれでよろしいと言われた時の情景を、一三はそれ以来思い出すたびに嬉しくて涙を流してきた。その横沢君がちょうど工合よく東京駿河台の病院に入院していたから、遊びがてら見舞に行って、さっそく、

「僕はフランネルの着物がほしいけれど、君のおばあさんにねだって見ようか」

と相談を持ちかけてみた。その祖母同様友人もやさしい男だったから、すぐ連絡をとってくれたらしく、間もなくあこがれのフランネルの単衣が届いた。うす桃色地に桃色の棒縞の入った高級なもので、早速着用して第一番に写真屋へ行ったという。

だが一方年不相応に大人びた側面を発動しては雑誌「都の花」や二葉亭の小説『浮雲』の出版元である金港堂書店に関わりを持つ年長の一かどの人物たちとも、一三はいつのまにか親しくなっている。どこでどうして付き合ったのか、

「金港堂の系統に、僕の保証人などの一連の一つの系統があった」

という自伝の書き方ではよく判らないのだが、慶応義塾の先輩高橋義雄（箒庵）、渡辺治（台水）といった人たちと文学を通じて親しくなったのみならず、就職の世話にもなった。三井銀行入社の保証人になった高橋は時事新報記者だったが、商工業視察に欧米に赴いて開催中のパリ万国博覧会からの通信を大阪毎日新聞に寄せて帰朝後、明治二十四年一月、井上馨の推薦で三井銀行近代化の最初の布石として、中上川彦次郎よりも先に送りこまれた人だ（星野靖之助著『三井

百年』)。ただし師匠の福沢諭吉からは「この大伽藍の掃除に高橋にてなんの役に立つべきや」(同年六月二十四日中上川あて書簡)と書かれるような才子肌のところがあって、晩年は貴紳相手の茶道指導家に納まってしまうのだが、それはまたのちの話だ。一三とはずいぶん後まで縁のあった人だから、もう少し紹介しておくと、前述の『明治文化史　音楽演芸編』では演劇改良会員の一人に数えられ、脚本の改良を目的とした訳業「梨園の曙」があり、小林一三が書いているところでは、高橋は明治二十一、二年頃、福沢諭吉の意見にもとづいて、「これからの日本は実業を盛にしなければ駄目だ、学問をした若い人達よ実業界に入れ」と叫んで「拝金宗」「商制一新」という本を書き、従来官吏、新聞記者、政治家の予備軍の感のあった学校出の青年に、初めて実業界入りをすすめた人物となっている。

次に渡辺は小林一三の慶応在学中、明治二十二年に時事新報から、創刊後間もない大阪毎日新聞主筆に招かれ、翌年二十六歳で社長に選ばれた人だ(『毎日新聞七十年』)。今の新聞社とは全く規模が違うが、この人は時事新報時代から都新聞の経営にも当っていた。社長就任後、被選挙権を得るため年齢を三つ鯖を読んで茨城一区選出の国会議員となり、東京で朝野新聞を買収するなど大変なやり手だったが、明治二十六年二十九歳で死去した。『逸翁自叙伝』に、

「都新聞(今の東京新聞)に大阪から渡辺台水先生が入社するといふ話があって、すすめられるままに都新聞に入社しようとして居ったが、渡辺先生は、どうしても大阪毎日新聞社を離れることは出来ないといふので、此話は中止になった」

とあるのは、このような関わりを、やや不正確に伝えているわけだが、それはともかく、一三にとって、新聞社に入るのは文学修業の方便であった。実行家の一三はその頃、上毛新聞の懸賞小説に「お花団子」という作品を応募して入選、これが三十三回にわたって挿絵入りで明治二十

五年頃同紙に連載されたと言っている。

「時代物は私、現代物は田山花袋、同時に二人がデヴューしたのである」

ともあるが、明治二十年代の上毛新聞が殆ど残っておらず、右の小説の確認も出来なかった。花袋の作品にも該当するものが今のところ見つからない。同紙は前橋で発行され、明治二十二年既に四百号に達しているから歴史は古いが、残存する二十二、三年代の紙面は四ページ建ての素朴なものである。

さて、この夢多い文学青年が、ともかくも銀行員に落着くまでのてんまつは、次の通りである。

一三が図太いのか、自分勝手なのか、それとも当時の「就職」が大まかなものだったのか、実は都新聞に口をかけると同時に、前述の高橋義雄の紹介も受けて彼の勤める三井銀行へ入れてもらい、二十六年正月から働く約束ができていた。

ところが当人の一三は、明治二十五年十二月に卒業して一度郷里へ戻り、正月には東海道線経由で東京へ出るべきところを、途中三島に一泊、翌朝雪の峠越えで熱海に静養中のあの親切な友人横沢を宿に訪ね、そのまま居候になってしまった。同じ宿に来ていた二つ年上の英語を話す娘に夢中になったからだ。朝夕散歩にさそっては得意の文学論を聞かせた甲斐もなく、娘の方は気がなくて、

「小林さん、駄目よ、そんなチョコチョコ歩いては」

などと言われているのに、彼女が帰るとあとに続いて東京へ戻り、例によってなす所なく上二番町の娘の家の前をもっぱら徘徊した。銀行から早く来いと催促されるが、気が進まなくて行かない。普通の先輩ならここで激怒して見放すところだが、高橋義雄は大阪支店長に栄転していたし、彼自身文学青年上がりで、一三の小説家志望に同情的だったのか、——結局最後に一三を叱

りつけて無理矢理四月から銀行へ通わせるようにしたのは、熱海から上京して来た旧友横沢であった。都新聞へ入る話はそれまでに駄目になっていたのだろう。

銀行に入社すると、その頃神田から根岸に移っていた親戚の小林家に下宿した。「十等席小林一三、東京本店勤務申渡」という、明治二十六年四月四日付の辞令が残っている。半年後大阪へ転勤になったあと、家の者が彼の部屋の押入れを片づけると、小説の原稿の山が出てきた。あまりかさ高いので屑屋に売払ったという。

3景　上方へ

小林一三が初めて大阪の土を踏んだのは明治二十六年（一八九三年）、満二十歳の年の九月だ。勤め先の三井銀行の転勤で来たのだが、自叙伝によれば、大阪行きはみずから志願したことになっている。

「私は大阪支店に転勤するまでは本店の秘書課に居ったが、その頃の三井銀行は学校出をドシドシ採用する。採用された行員は本店に四五ケ月勤務してゐると、次ぎから次ぎと、地方の支店へ転勤を命ぜられる。政府の御用銀行として日本全国に支店、出張所等、百ケ所もあるから、北は根室、東北は青森、八戸等の僻地まで行かねばならぬ」

そんなところにやられてはかなわないと思い、秘書課にいたのを幸い、同じ行くなら京都、大阪をとねらっていたところ、大阪支店から人員の要求があったのをいちはやく知って支店長に直接願って望みを達し、同僚に羨まれながら、赴任した。支店長が、就職の際の保証人で文学上の付合いもあった先輩、高橋義雄なのだから、うまくいく筈だ。要領がいいには違いないが、まだ二十歳でそこまで大先輩と親しくなれたのは彼自身の人間の位取りのおかげだから、これも実力のあらわれというほかない。

一三が京・大阪を望んだのは、都会であるためだけではなかった。商業の中心地で大いに業務に励もうという志があったわけでも勿論なく、ひたすら「上方情緒満喫の本舞台」を味得するも

くろみであった。秘書課長にもそれが判っていたと見え、転勤の前に、

「大阪へ行った連中は、必ず初めの一二ケ月は、北浜の素人下宿でわるいことを覚えて、どうも評判がよくない」

と注意され、身の振り方を支店では一番堅い某君に依頼しておいたから、万事彼に頼って行くようにと釘をさされた。

柳行李一個と洋傘を持って、新調の黒セルの夏服姿で東京新橋駅から汽車に乗りこみ、暑くて寝苦しい一夜を明かして次の日もいちにち乗り通した末、午後四時頃、朝日ビール工場の大きな広告が右手に見えてきた。そこが吹田駅で、次が梅田駅とある。急いで荷物をまとめて、ぼんやり町つづきの屋根を見送っているうちに大阪梅田に着いた。迎えもなく心細かったが、人力車に乗って、学校友達に紹介されてきた大川ばたの島平旅館に向かうように命ずると、たちまち夕方の町に車夫は駆けだす。その時われ知らず、尊敬してやまぬ近松門左衛門の「曾根崎心中」の次のひとふしを低唱し始めたと、随筆「大阪行」に書いてある。

「恋風の、身に蜆《しじみ》川流れては、そのうつせ見うつつなき、色の闇路をてらせとて、夜毎にともす灯火《ともしび》は、四季の蛍よ雨夜の星か、夏も花見る梅田橋、旅のひな人、地の思ひ人……」

ところが、いきなり街の左側の、ペンキ塗りの古ぼけた洋館の門に、「曾根崎警察署」と筆太の看板が目に入った。何しろ曾根崎といえば、当時の一三にとっては近松の浄瑠璃の世界以外の何ものでもない。すなわち上方情緒の源泉そのものであった。その大事の三文字が、警察署の名前となって武骨な看板に書きなぐられている。大切にしてきた誇りを踏みにじられたようで、「何という野暮」かと一層気落ちがしたという。少し出来すぎた、一三好みの話のようだが、いましばらくその叙述に従うことにする。

だがやがて人力車は狭い町並みの中に分け入り、両側の軒下に「曾根崎貸座敷」と書かれた細長い行灯が掛っているのが見えてきた。道に打水をきそう少女たちの話す言葉が、はじめて耳にする上方言葉だ。まだ明かるいから道しるべや家ごとの標札の文字まで読みとれる。「蜆川」、そして「堂島」、……上方の文芸に親しんできた者の目にはこの上なく甘美で慕わしい地名に出くわして、ここそ近松の曾根崎新地なのだと、ようやくたのもしく心強くなってきた。淀屋橋を南へ渡って土佐堀川左岸の宿屋につくまでの間に、二十歳の小林一三の頭を占めたのはひたすらこのようなことであった。

いや、まだそのあと、浴衣がけで外へ出て、対岸の中之島の岸に旗を立てて客を呼ぶ夕涼みの小舟を見物しがてら、暑い西日を背に淀屋橋から上流の方角を眺めていた時、鉄輪の音も高く人力車を何台もつらねて、これから座敷へ出かける舞妓たちが通った。芝居と絵でしか知らなかった本物の「活きた舞妓」の姿を追って一三が二三歩踏み出したとたん、あやうく後続の人力車にひかれそうになった。車夫につき倒された一三の目に、「車上の美人が二、三人相顧みて高声に笑う」のが見えた。

「私は大阪に着いたその第一日に於いて、浪花美人の権威に威圧されたのである」

自叙伝の方にもそう書いている。前の景に述べた通り「元禄文学旺盛の」硯友社の時代に文学青年になった一三は、近松・西鶴の熱心な読者だった。

もっとも二十歳の一三は、目に見えた町のたたずまいより、頭の中に描いてきた大阪に酔って目もとが定まらなかった風情だが、記録によれば、当時の大阪には、まだ人形浄瑠璃の町と言っていいような雰囲気があったらしい。一三の来る九年前だが明治十七年の大阪の義太夫愛好者の数は、三万二千四百人以上と年表に出ている。一体どのように数を調べたのか分らないが、大阪市の人口がせいぜい三十万くらいの頃の話だ。——この年は人形浄瑠璃の文楽座が松島から御霊神社境内に移転して美声の二代目越路太夫と人形の玉造を中心に、一方博労町稲荷に新設された彦六座は文楽座から移った三味線の名人団平とのちの三代目大隅太夫を擁して、愛好者の血を沸かせる二座対立のしのぎを削りはじめた時で、彦六座の方は以後たびたび経営者や名称が変ったものの、大正三年までは、まがりなりにも両者が張り合う時代が続いた。

次に明治二十二年にこの町では浄瑠璃の稽古所が、名のある師匠の家だけでも旧市内四区に九十軒近くあった（三宅周太郎の担当した『明治文化史　音楽演芸編』人形浄瑠璃の章による）。くだって明治三十六年頃になっても、大阪には毎夜平均三つの浄瑠璃おさらい会があり、同年大阪市西区靱の宿に泊った人の手記に「夜は一丁ごとに義太夫の会があって、一歩外へ出ると太棹の音で『耳がぼうとしてしまう有様』」と記されている。大阪育ちの作家宇野浩二は中学三、四年生だった明治四十年前後に女義太夫の寄席に通って、近松の浄瑠璃の筋とその中のフシを三十あまり宙で覚えていたというし（日本古典文学大系月報）、兵庫県加古川で生れた三宅周太郎も旧制中学生だった明治四十四、五年頃、東国生れの詩人木下杢太郎が随筆「京阪見聞録」に、大阪は芸術の都、芸を好む人間の巣で、「足一度大阪の町に入ると、四方八方に太棹の音湧く」と書いたのを読んで、よくも大阪の真相をつかんでくれたとひそかに感謝した経験を持っている。

「明治末期までは、大阪は誠に義太夫の町であった。義太夫を知らなければ紳士も、商人も、大工も、役人さえもつき合いが出来ぬ位であった。（略）浄るりに打ちこんで財を傾け、家蔵を売るのは珍しくなくて、浄るりのために一生日蔭者となって終る人さえあった」（前掲書）

大阪の町の方はそんな工合だったが、一三は秘書課長の紹介を受けた手前よんどころなく、大阪支店一堅い先輩の下宿である本町橋東詰南入ル浜側の商人宿に身をあずけた。金ぶち眼鏡に八字ひげを蓄えた先輩に同居させてもらった二階西向きの部屋が、大阪の町に掘りめぐらされた運河の一つ東横堀に面していたから、そこへこれまた大阪名物の夏の西日が一番奥までまともにさしこんだ。ここから高麗橋通二丁目、今の三越支店のところにあった土蔵造りの銀行に通い、昼は馴れぬ業務を見習い、あらゆる風がはたとやんでしまうこの町のいわゆる夕凪どきに暑い下宿へまっすぐ帰ってくる。ちょうどその時間に道頓堀の方角から眼の下の東横堀を、三味線や唄をひびかせた芸者連れの納涼屋形船が続々漕ぎ下ってきた。毎日それをかつ迎え、かつ見送っては、うだるような時をすごさねばならなかった一三が、年来の思いをとげて漸く舞妓とじきじきに対面する機会を得たのは、それから一カ月のちだった。

慶応義塾時代の一三の学友にはふしぎに大阪人がたくさんいて、文楽座の二代目越路太夫の息子のほかに鴻池家をはじめ、大きな商家の息子が多い。その中には酒乱の若旦那だの、花から花に甘露を吸うのが得手で「蝶々」と異名をとった株屋の若主人だのがいる。一三を初めて舞妓に逢わせてくれたのは、この「蝶々」の若旦那であった。今橋西詰を北へ、この土地では「ろうじ」と呼ぶ、細くまがりくねった路地に入って突当り、上った料亭の奥へ通されると意外にもそこが二階で、目の下に土佐堀川がひろがっていた。その立派な二階座敷で、一三の夢が一先ずかなえられた。

「大阪には濃艶の巷が多い、そこには青春の血のもゆる、若人の前途をあやまらしむる誘惑が完備してゐる。お前を、今その危険地帯に放し飼ひしようとするのである、行け！」（小林一三「大阪行」）

これが東京を出発するに当って、小林青年が自分に言いきかせた覚悟の言葉であったという。

その一三が「蝶々」の若旦那の横で、緊張しきって待っている部屋へ、衣ずれの音が聞えてきて、舞妓がひとり、仲居と一緒に入ってきた。風が通るように、浜側の障子はあけはなってあるが、極彩色の厚化粧の舞妓から艶やかな声で、やわらかに話しかけられるたびに、彼女のいい匂いにこちらの肌まで染まりそうであった。慶応の忘年会に芸者が二人来て大騒ぎするのとはだいぶ違った。実はそれに先立つある日、早く下宿に戻った一三が、銀行一の志操堅固で通っていた金縁眼鏡の先輩の大型「博文館日記」を盗み読んでたまげたのだが、そこには彼自身の「風流韻事の艶種」がことこまごまと明記してあった（「下宿の同居生活」昭和八年）。

「年下の私は、さういふ経験がないのであるから、実行方法についてはもちろん無知である。しかし、いやしくも文学青年を志し、恋愛小説を書き、未だ一度も試みざる花柳社会をゑがくほどの横着な、ませた私は、内心、一度ぐらゐたまには誘ってくれさうなものだとうらめしさうに考へてゐる下宿屋の広い座敷に、独り取り残されて輾転反側した」

というような経過もあって、先輩とは別々に住むことになり、東横堀沿いの商人宿から上本町に引越した上で、さっそくこうして念願が成就する運びに至ったわけだ。一三はこの日、女たちの大阪言葉のまるみ、やさしさだけで満ち足りて、この上なく嬉しかった。

自叙伝では、生れて初めて舞妓と言葉をかわすことができた感激の記述のあとに、「斯界練達の士」であった友人から聞かされた自慢話を挿入している。それは手切金なしに愛人を乗りかえて行く秘訣である。

若主人は言う。

「女といふ奴は、別嬪であればある程、浮気性にきまってゐるから、高くとまってゐる第一流をねらふのが一番安全だ。射落すこともラクであれば又いつにても逃げて見せる。故に僕は義理や人情で悪縁だなどといって、一人の女に苦しんでゐる連中を見ると、馬鹿らしさに失笑せざるを得ないのだ。これは誰にでもある自惚れの罪であり、費ったお金に未練のあるシミッタレの証拠だ。逃げようと思へば浮気をし給へ」

引用のあとに、六十年後の「まとめ」が付け加えてある。

「彼は一生この浮気論を実行して他界したのである」

これは一三の批評とも嘆賞の声ともとれる。なぜなら、一三自身は「蝶々」になりきれない人物だということを、間もなく思い知る時がくるからだ。それはまたあとで触れよう。

二十歳の一三にとっては、小説家になりたい望みの方が、まだこの時期は強かった。この頃の大阪毎日新聞社は、社主の本山彦一以下慶応や時事新報出身者が多く、一三が東京で付き合った文学の仲間にも、この新聞社の幹部や記者になった者が何人かいて、またちょうど彼らがその五月に社内で文芸誌を創刊したばかりの時期だった。一三は蜜の匂いをかぎつけたように彼らの下宿を訪ねて、「この花草紙」という名の雑誌について、徹夜で論じ合い、もうさっそく十一月発行の第七号のために「短編読切の『平相国』」を書いた。

この小説は、書き出しの半枚分ほどが自叙伝に引用されただけで、「練絲痕」と同じく全集には採録されていない。

「加茂川の水、雙六の骰、山法師、よしや白河の院は何と仰せられたにせよ、彼様《あん》なもの、我心に叶はぬと云ふものが、広い日本にあらうか？　一天四海、息《こころ》のままに起すも倒《こ》かすも勝手気儘のが、道楽と言へば先ず道楽。（略）保元此来《このかた》一昔の今日、思はぬ出世に思はぬ栄華、イヤハヤ我ながら鼻高平太の昔が忍ばれて可笑《おかしい》。柿色の直垂に縄緒の高下駄、中納言殿のお馬の口を執た昔が、夢の様に見える」

五十一歳の平清盛がざっくばらんに自己を語る、というかたちの一人称小説だ。三井銀行に入社したその年の春、雨降りにズボンに下駄ばきで通勤して「三井銀行員たるものが洋服に下駄ばきは困る」と叱られた一三が、未来の自画像を描いているような気がしてきて、続きが読みたくなった。金縁眼鏡の先輩との同居から解放されて上本町に素人下宿をみつけた一三が、夏以来久しぶりに原稿用紙にうちむかった成果でもある。

東大明治新聞雑誌文庫には、「この花草紙」は五号までしかなかった。創刊号には渡辺台水社長も評論を書いており、「草紙」の名にふさわしく、わざわざ和綴の本に似せた擬古典的装幀が意外に上品で、定価は八銭。中身は批評と解説が半分、創作と翻訳が半分。毎日新聞社員の作家菊地幽芳や宇田川文海が短編小説を書き、編集局長木内愛渓はベルリンの留学先から毎号「ゾラ原著『わが死』」の翻訳を寄稿していた。宇田川の作は友人を誘って淀川方面に花見に行こうとした「余」が、ふと泣き叫ぶ娘を娼妓《じよろう》に売渡す冷酷な両親と人買《ぜげん》夫妻の話を立聞き、義憤にかられてその家に踏みこもうとするが垣根が邪魔で時期を失したという筋であった。ついでに、「わが死」第一回の前がきに、訳者が解説を加えているのを引用しておこう。

「ゾラの名は今欧洲の文学社会に鳴渡りて誰知らぬものも無けれど、写実家の癖とて、描くこと密なるに過ぎ、述ぶること穿つに過ぎ、為めに或は風俗を乱すものもありとて、世上の非難尠なからず。去り《(ママ)》ながらゾラは常に写実派の巨擘《はく》なるのみならず、其理想的の著述も亦稀れならず、茲《ここ》に訳するものの如き、即ち其一なり、ゾラの著作とし言へば、一概に淫猥卑褻のものとのみ心得居るもの若此を繙とかば必らずや思半に過ぐるものあるべし。明治二十五年十二月卅一日伯林の寓居にて愛渓生識るす」

発行所も売捌所も大阪毎日新聞の扱店で、「此花草紙発刊の辞」には、我々はただ誠実に文学を研究したいだけで、人に誇ったり自分をてらう必要もないゆえ、ことさらに主義懐抱などは言わないでおく、とあった。一三は、この雑誌の縁で菊地幽芳に逢ったりすると、一層小説家への未練がかき立てられて、銀行をやめて「大阪毎日」に入社しようかと、一時は本気で思い迷ったらしい。

「この花草紙」探しは、同名異誌と取り違えたりして手間どったが、結局関西のさる図書館に実物があった。

――四百字詰原稿用紙に換算して、僅か六枚の掌篇小説で、一度も改行しない文章と、一人称の清盛の独白に終始するかたちは、当時では意欲的な新趣向だったと思われる。太政大臣が上機嫌で記者会見に応じているようで、「……」だの「馬鹿め！」だの「ハハハ」がしばしば使われ、一人芝居の脚本のようでもあった。まさに言文一致で、三年前の「練絲痕」より一時代分は新しい。だが、小説としては読みにくい。

「例へ常盤（引用者註・常盤御前）を容《いれ》て寵愛すればとて、それが悪罪《わるい》と言はゞ、我が好《すい》た女をまゝに成《す》ることは出来ぬと言ふのか？　馬鹿め！　タカが一人や二人の女を、よし、義朝の妻であッたにしろ、我が眼に止ッたのは、言はゞ左馬頭《さまのかみ》（引用者註・源義朝）の名誉と云ふものじや、と云ふ訳もあるまいが、ハヽヽ天下を握る此清盛が、好《すい》た女郎ならば、つゝこうが、かじろうが、勝手自由にするのは理の当然」

白河院や鳥羽法皇の女性関係に較べれば、自分の方がよほど健全でましなんだと豪語させ、たとい祇王を愛そうが、仏御前をかわいがろうが、天下人の清盛がすることとしては不足はあるまい。「淫楽にふけるなどゝ言う奴の心が知れぬワ」と言わせるくだりは、先日気焔を吹きかけられた「斯道練達」の若旦那を戯画化しているようにも見える。しかし、明治二十六年に二十歳の一三が描いた清盛は、その作者に似てもうすこしさめた眼で自分と他人を眺めることができた。

「人間の生命僅に限りあれば、何時死ぬかわからぬと云ふことを知て、痒《かゆ》い処を掻かずに無理に忍んで嗜好《すき》なものを耐《こら》える白痴《たわけ》もあるまい、（略）之を無理じやと言わば、命をかけて君の馬前に立つ人はあるまい」

君に忠をつくすのは、先ずおのれに忠義をつくす者の表向きの言い草で、危いところはなるべく避け、裏をくぐって身の安全をはかるのがこのおれの奥の手だが、その自分が口ほどにもなく保元・平治の乱で忠義をつくす破目になったのは実は、あの律義な重盛――正直者すぎて、こっちが気が引けて我が子とは呼びにくい重盛の手柄にすぎぬ。

「ヤレ忠孝じやの、ヤレ貞節じや信義じやのと小六《むつ》ヶ敷《しい》こと言わるゝのには、イヤモー彼《あ》れにはトント閉口して居る」

という調子だ。この時期に清盛を描いたのは、人に容れられない強い自恃、直情径行の気質、合理主義、非政治性などに親近感や相憐れむ気持を持った為だろう。しかし銀行の仕事もだんだんと忙しくなったせいか、書きっぱなしの粗雑な感じは免れず、本人が、

「こんなもので果して小説家になり得たであろうか」

と自叙伝に書いている自己診断は、おおむね正確と言わねばなるまい。彼はまだ気がついていないのだが、小説よりもっとなまなましく手ごたえのあるものの魅力が、一三の内側をとらえはじめていた。その一つは三井銀行の信用や力を通じてひらけて来た世界だ。

「政府の御用銀行」と一三は言っているが、彼の入社する十数年前までは、実際に日本銀行の役割を果たしたし、その後も長く各府県の公金を扱う特権を許されてきた超一流銀行の大阪支店員ともなれば、二十歳か二十一歳の平社員の一三が、着任後一、二年で末席ながら地元財界の宴会につらなることができた。

「我が大阪が如何にその規模が狭小であったかを知るに足るべしである」と一三が自叙伝に註記を加えているけれども、当時の「三井」の信用を知るに足る材料にもなる。明治二十年代に入ってようやく「御用銀行」的経営に行詰り、かつて西郷隆盛から「三井の番頭どん、一ぱいどぎゃんでごわす」とからかって盃をさしだされたという長州閥井上馨自身が陣頭に立って改革をはからねばならなかったが、その為既に紹介した小林一三の文学上の先輩で洋行帰りの高橋義雄と、次に元時事新報社長で山陽鉄道社長だった中上川彦次郎が迎え入れられた。そして中上川理事の手で不良貸金の整理、経営近代化、学校卒業者の採用、商業主義から工・鉱業育成の方針へ切りかえられて行くのが、ちょうど一三の入社の時期に重なっていた。

小林一三の目から見た高橋義雄大阪支店長は、

「銀行に出勤する平素の服装は和服で、折鶴三つ紋黒縮緬の羽織といった、役者のように美男子」

で、出勤すると巻紙をひろげて手紙ばかり書いている。「能くあんなに沢山手紙を書く用があるものだ」とふしぎに思っていたら、それは毎日の出来事をくわしく東京の中上川専務理事に報告しているのだと判る。手紙書き以外は支店長として預金増加の運動や得意先との交渉などには頗る無頓着で、一三に言わせれば、

「高橋支店長の仕事は、銀行のことよりも、大阪経済界の情勢を東京に速報することと、花街の交遊に消閑されること」

なのであった。

のち箒庵の名で茶道の指導者になるこの人物は、明治二十八年、日清戦争の軍需景気に大阪中が沸いているさなか、三井呉服店（のちの三越）の経営建直しに東京へ呼び戻され、代って前任

者とはまるであべこべの人間が支店長になって赴任してきた。岩下清周がその人で、写真で見ても、首が太く、上体は大きくいかめしく、剛毅不屈という顔をしている。この人との出会いが、一三の後半生を大きく決めた。

一三の中に眠っていた何かを揺りおこした新支店長の仕事のやり方を、彼はこんな風に記している。

「岩下氏は大阪支店長として、取引先の拡張に、初めて事業と人という近代的感覚を織り込んだ行動を実行した。銀行は預金を扱う、商業手形を割引する、担保を預かって貸付金をするという千篇一律の取引より、一歩進んで事業と人という取引関係を開始した」

この十年前、岩下は三井物産パリ支店長時代に、持前の工業立国論から大製鉄所のプラント輸入などを献策して、容れられず辞職した経歴がある。品川電灯社長を経て三井銀行大阪新支店長として赴任すると、たちまち彼は薩州海軍閥の軍艦建造商人たる川崎造船所松方幸次郎と、長州系で軍需品供給事業で大きくなった藤田組藤田伝三郎を新しい取引先として開拓した。

『岩下清周君伝』はその頃の大阪財界を驚かした岩下の登場ぶりを、いきいきと記している。

「君の大阪に来るや、先づ浪速江の長閑さを打破りて、時間の励行を実践して見せた。大阪人は午後五時を約束しても、七時頃に悠然として来る。君は五時を過ぐれば、断然謝絶して会はぬ。又人を訪ふにも約束の時間に屹度行つて、先方の無準備を驚かすこと屢々であつた。大阪人は門地門閥を尊びて、白面の書生の如きは、テンから相手にせぬのを、君は人物本位で、誰にでも会ひ誰とでも交際する。取引所の仲買人の如きは、当時に在ては思惑師よ山師よと蔑視せられてありしを、君は頗る其地位を尊重して、堂々たる紳士として厚遇し、彼等に対する取引に差別的待遇を撤廃せし如きは、他の銀行業者を驚かしたものである」

佐久間象山のいた信州松代藩士の子で、三歳で父を失って親戚に育てられ、続いて養父にも先立たれて東京商法講習所などで苦学した。三井には珍しく慶応出身者ではない。のちに衆議院議員にも打って出る岩下の積極性は大阪財界を驚かしたのみならず、大阪支店の貸出限度額百五十万円を五百万円に拡張するよう本店に稟議《りんぎ》して理事者を驚かせ、規定限度無視の貸出その他の独断専行によって忽ち中上川副長の不興を買った。そのあとは一瀉千里、在任わずか一年で横浜支店長に左遷、辞令を返上して退職、藤田伝三郎らによって設立準備中の大阪北浜銀行創立委員就任と、またたくまに事態を急転回させ、のちに小林一三の運命に深くかかわるいわゆる「北浜銀行事件」の北浜銀行を自ら手がけ、育てることになる。これらのすべては岩下という積極的な男が、三井銀行大阪支店をたった一年の間に嵐のように通り過ぎた結果である。

一三もまた傍杖をくった一人で、代りの支店長が赴任してくると、岩下系の人間として貸付から預金受付係に左遷された。大阪が古い商業都市から脱皮するこの拡張期に彼も小説家志望をいつのまにか忘れ、また平凡な銀行業務のわくを破って、岩下に心服する部下として、親分が支援する川崎造船所に鉄材を輸入納入する新興の鉄商津田勝五郎のために大いに骨折ったが、代金の決済がしばしば円滑を欠き、これも親分に倣ってややもすれば巨額の当座貸越を計上する結果になり、本店の指令を無視した津田勝五郎商店の当座過振で譴責を食ったりしたのだから仕方がない。同僚がいちはやく北浜銀行幹部として出て行ったのを見送りながら、岩下のもとへ走るべきか、このまま三井に残るべきかと迷いながら不愉快な日を送ることになるのだが、しかし、おかげでこの疾風怒濤の時代を回顧する時には、自信をもって、

「私は若き銀行員として、大阪財界の伸びゆく誰れ彼れの幸運を、日清戦争花やかな時代から見ている」

と言い切ることができるわけである。

もう一つ、一三をとらえてやまなかった世界は、花街であった。一三の言い草によればその頃の大阪の花街の繁昌ぶりは、

「大阪マイナス花街、イクォール零」

といえるほどに「傍若無人」であった。お茶屋は現金は駄目で、信用取引の口座を開かぬ限り利用させてもらえないのだが、そこでも三井の信用は大きく、下っぱの行員に至るまで恩沢は行きわたり、「お出入り」の北の新地の茶屋へ行くと金がなくてもいくらでも遊ばせてくれる。深入りをして無理な借金を重ねても、別段とがめだてもせず、「若いものには有り勝ちの道楽と許してくれた」という。それでも大阪に来たばかりの一年間は、一三も小まめに人形浄瑠璃や道頓堀五座の歌舞伎芝居に通い、東京の国民新聞に劇評を投稿し、文学的名所を訪ねて奈良や京都めぐりに精出す日々を続けていた。親しくなった道頓堀浪花座の座主の老人から、興行主としての芝居見物の骨法を教わったのもこの頃だろう。老人は、二階桟敷の、舞台に向って右隅最前列の桟敷を一枡いつもあけておいて、芸妓に囲まれながらうしろむきに舞台を背に坐り、それでいて芝居を見るというのが得意だった。

「役者の声色は、私がかう後向きになって天井を見てゐても、隅から隅まで聞えるその口《こう》せきの如何によって、彼等の伎芸を判断し得るものである。これは声が高くても、大きくても、只それ丈けでは駄目だ。細くても、小さくても、低くても、聞える口せきの役者は必ず出世する」

そしてまた、

「興行といふものは舞台の上の役者を見てゐると失敗をする。この芝居が面白いか、当るか当らぬかは、二階の一番奥のお客様の様子をジッと見てゐると、間違ひのない結論が出て来るものだ。

あのお客様たちがほんたうの芝居好きで、彼等が他を顧みてゐる時は、必ず損だよ」
酒は一滴も飲まない老人がこんな講釈のかたわら、饅頭の小鉢を前に猥談の奥儀を述べて威儀を失わず、聴く者をして襟を正さしめたというが、後世宝塚に大劇場を建てた小林一三が、竣工以来長い間二階A列零番の椅子二脚を定席にしていたのは、この老座主の教えの遺風かも知れない。二階A列零番とは、舞台に向って右隅最前列の席である。ただし、隣の席にいつもお伴した往年の理事長吉岡重三郎の思い出によれば、一三は「幕があくまで客席を、幕が昇ると舞台を」熱心に見ていたそうだ。

芝居の話が出たついでに、一三の発見した大阪千日前の団十郎のことを是非書いておきたい。新開地である千日前の見世物、剣舞、女義太夫の小屋がけにまじって、その名も「改良座」という芝居小屋を本拠に大阪仁〇加《にわか》の鶴屋団十郎一座が、歌舞伎のパロディーをやっていた。自叙伝に、

「大阪の人達の単に仁輪加と軽視してゐたこの俄狂言なるものは、浄瑠璃芝居から分岐して立派な芸術と言ひ得る喜劇であった」

と評価している一三は、自身もまたこの小屋の俄芝居によって上方特有の、いがらいナンセンスに目を開かれた。六十年後に、一三がなおまざまざと覚えていた団十郎の仁〇加の舞台は、たまたま少年時代に韮崎の酒蔵で真似て遊んだあの武智光秀の出てくる太功記十段目であった。以下、一三の文章に多少の説明を補いながら鶴屋団十郎の芸を再現してみる。

十段目尼ヶ崎の場に、鶴屋団十郎扮する武智光秀が鎧姿で、左手の竹藪から出てくる。動きは普通の歌舞伎や人形浄瑠璃と同じだが、酒蔵の一三少年のやりくちと同様に、この光秀はチョボで語られる浄瑠璃の文句を自分で語りながら、

「夕顔棚のこなたより、現れ出でたる武智光秀」

と舞台にあらわれて、

「どうや、立派だっしゃろ」

とお客に話しかけて笑わせる。それから型の如くに、ぬき足、さし足、竹槍をしごいて障子ごしに怪しい旅僧、実は久吉（秀吉）と見破った男を一突きするが、意外にもそこにいた母の皐月《さつき》に深手を負わせてしまう。歌舞伎ではここでは光秀は英雄らしく、あるいは悪党らしく、騒がず非運を体でうけとめる見せ場になるが、突かれた母が七転八倒する声に不審げな面もちで出て来た団十郎の光秀は、

「ヤッ、お母はんだっか、どないしまひょう」

大阪弁でさんざんうろたえたあげく、

「ワァー」

と泣きだす。場内の爆笑を尻目に、すばやく生真面目な芝居に戻る。——よほどこのおかしさに心をとらえられたらしく、それ以来一三は、東京から友人が訪ねてくるたびに、まずは型のごとく心斎橋から道頓堀を案内はするのだが、五座の芝居は絵看板を眺めるだけで通り抜け、千日前に出て、自分の発見した鶴屋団十郎を見せるのだった。改良座に鶴屋団十郎一座がかかった最も早い記録が明治二十六年十一月二日付の大阪朝日新聞にあるというから（「上方芸能」七三号、樋口保美「明治の大衆芸能史」）、ここでも一三は芸能史のよい曲り目にめぐりあえたといえる。彼がただ面白がっていただけではないことが、自叙伝中の次のような西風東漸の喜劇史観によくあらわれている。

「この形式（引用者註・鶴屋団十郎の笑わせ方）が正統的に分派したものが曾我廼家《そがのや》五郎の喜劇

となり、逆転したものが浅草のアチャラカ新劇となって、新時代の感覚を加味して産まれたものが即ちエノケン、ロッパの新喜劇と、変遷してゐる間に元祖の団十郎一座は滅亡した」

エノケン一座もロッパ一座も、昭和十年代には小林一三の手で東京宝塚劇場株式会社の専属になって日比谷かいわいで公演を始めるが、当時古川緑波一座の座付作者だった菊田一夫が、昭和十六年の一月、有楽座の正月公演に「ロッパの開拓者」という時局向きの芝居を書いて、劇場前の道路で一三にひどく叱られた思い出を記している（『小林一三翁の追想』）。菊田にすれば満洲の開拓村に取材したものをいつものアチャラカ物に仕立てる気にならなかったのだが、芝居がはねたあと、有楽座の前の道路で菊田をつかまえた一三はいきなり「君はいつか『弥次喜多お化け大会』というような面白い芝居を書いた人だのに、どうして、あんな生真面目な芝居を書くんだ」と言った。菊田が「今回はわざと笑いを避けて、まともな芝居をと道楽をやってみたんですが」と答えたところ、一三の顔色が変った。

「君はいくつだ」

「三十五です」

「今日は何だ」

「正月です」

「正月はどういう月だ」

とやりとりがあって、

「三十五で道楽とは何事か、道楽はまだ早いッ」

ちょうど筋向いの宝塚公演がはねて若い女性が道に溢れだしたところで、大音声でどなりつけられた。もちろん菊田は一三の言わんとするところを諒解したが、人に見られてこんなにきまり悪かったことはないと書いている。実はそれまでも大爆笑ドタバタ芝居を書くごとに、一三が客席から舞台裏にとんできて、「君は天才だね」と握手してはほめちぎった。まだ若くて「芸術」を捨てきれない菊田は、却って内心がっかりしていたのだという。

――話を戻して、大阪に来て約一年、こうして土地の水や風の匂いが、敏感な一三の心に滲みとおって来た頃に、芝居や絵空ごとではない、なまの「花明柳暗の浪花情緒」の世界が、重いとばりを彼の前にみずからひらいてみせるに至った。もともと人一倍熱意もあり好奇心と創意工夫に富む一三は、宴席から芸妓を垣間みるだけではあきたらず、北の新地の三井系の茶屋に出入りする他に、学友のつてで、南の一流の茶屋の常客になることに成功した。

「粋な南に、不粋な堀江、北の浮気に、実の新町」

むかしの芸妓の気風をうたった俗謡だが、それぞれに河岸や水路に密接した大阪の花街は、明治以後、北の新地（曾根崎川・旧淀川に接す）は役人・実業人の、南の新地（道頓堀）は問屋の商人や庶民の遊び場となり、格式の高い新町は堀江と共に往年の勢いを失っていた（宮本又次「遊里史から見た上方と江戸」）。一三自身の分析では、当時「上流の階級は南北両廓に、問屋、商店は新町、堀江に……」となっているが、「北」と「南」を較べれば、南の方に古い大阪情緒が濃く漂っていた。ただし、南は東京から来た若い「実業人」には、北よりも入りこみにくく、なじみにくい里であった。

ところで、焼けた弁天座（道頓堀五座の一つ）再建舞台開きの日に、その南地へ銀行の取引先である洋紙問屋に招かれて行った一三が、西櫓町の大茶屋得田屋の中二階に、「大阪美人の一人を発見した」というくだりが自叙伝にある。

当時の新聞で調べてみると、「焼けた弁天座の舞台開き」は明治二十七年十月で、四日が開場式、翌五日から「日本大勝利」「千本桜」「曾我対面」の演目、鴈治郎らの出演だったと書いてある。ところが自叙伝では、一三はこれを明治二十八年八月末か九月はじめの日曜日だったとしている。しかも、この朝は銀行へ休日出勤をしたとか、実はその日「日清戦争の勝利を確定的に了解」するに至って、広島大本営まで明治天皇の御機嫌伺候におもむくべく、三井家総帥三井八郎右衛門が三井銀行大阪支店に立ち寄って、階上で虫干ししていた抵当物件の書画骨董の中から献上品を選んだとか、自分は芝居の時間が気になって、品選びが終るや否や虫干道具の片付けもそこそこに弁天座へ駆けつけたとか、実にこまかく、リアリティーをもって一日を描いている。いったい何のためかといえば、

「この芝居見物の帰りに誘はれて行ったお茶屋なるものの中二階で、私は初めて大阪美人の一人を発見した」

という数行を導きだすためなのだった。

更に詳しく調べて行くと、弁天座の舞台開きの日取りが新聞記事と約一年食い違うだけではなく、日清講和条約成立が明治二十八年四月、広島からの天皇還幸が五月であってみれば、八月や九月に御機嫌伺候に出むく道理もない。記憶違いにしては、かなり念の入った間違え方であった。

それにも拘らず一三にとっては、断乎としてその日は日曜で、虫干しの季節で、広島まで戦勝のお祝いにうかがう三井八郎右衛門は二階で献上品を選び、新米銀行員の一三は時間を気にしながらいらいらとそれを眺めていなければならず、そしてこれらの末の芝居見物のあとにこそ、漸くお茶屋のほの暗い中二階から美しいひとが見えてくるのであった。このように他人の容喙できない確乎とした一日、あるいは一瞬間が、一三の生涯の記憶のなかには、要所要所に大小幾つもの結節をかたち作っている。三田高台から見た生れて初めての海と同じように、焼けた弁天座の

舞台開きの夜発見した美しい舞妓も、その結び目の一つなのである。

その夜の美しい雛妓は、大阪の老富豪平瀬露香の手折った蕾だと教わったと、自叙伝に書いてあるが、ここから一三流の獅子の力をふるう努力が始まった。たまたま平瀬家の大番頭の息子が慶応での学友だったところから、彼の紹介を請うてはじめて名にし負う得田屋から「信用取引」を――つまりお出入りを許される。ずいぶんまわりくどい手続きをふんだものだが、ここは三井の社員といおうと、韮崎の金持の息子といおうと、一向に信用してもらえない世界だから仕方がない。

「学校友達といふものは、実に有難いと思った」

と一三もしみじみ述懐している。こうして美しい舞妓を見た感動を踏切台にして、ようやく自前の客として入りこめた南の一流大茶屋の座敷から、一三はれいの平瀬家の痩せた上品な老当主が、燭台の灯の下に老妓にとりまかれてひっそりくつろいでいる情景を襖越しに盗み見、時に三味線の音色や笑いさざめき、小唄の声を洩れ聞いては、想像力を「小説的に感興」させたというし、自身も芸妓や舞妓（東京の半玉）とさしむかい、彼の言葉によれば「女性の温か味を覚えた」のであった。

自叙伝の「その頃の大阪」という章の中に、

「一金何十銭、ろう」

と付け出してある当時のお茶屋の勘定書が出てくる。たとえば、その一枚の勘定書から、「お座敷に電灯を点けたのは、明治何年頃であったか」と自問して、日清戦争の頃はまだ「ろう」の時代だったが、と電灯線が入る以前の色里の客座敷、古い蒔絵の燭台にともる蠟燭からただよう煙と、眠そうな舞妓たちがその芯を切る姿を思い出して行くくだりがある。畳半畳の中に地唄舞

の「雪」を、ゆるやかに舞いおさめた舞妓が、

「ほんまに、えいわ」

と老妓からいたわりの言葉をかけられたあと、床柱にもたれた遊治郎と、――これは一三自身のことだろうか、――火桶にかざす手と手を重ねてみたり、つねられてみたり、「痴態のかぎりをつくして」夜が更けてゆく。……

当然のことながら、以下ここで紹介できる艶事は、一三が自分で書き残した相手とのいきさつに限られる。自叙伝執筆よりはるか前の大正三年（「中央公論」）と、昭和十年代半ば（映画演劇雑誌「ＳＳ」）にそれぞれ書いている二つの挿話がある。

前者はまるで伊勢物語六十九段、むかし伊勢の斎宮と夜をすごした男の話のパロディーだ。――二十二歳の「僕」が三つ年上の芸妓を、梅雨の晴れ間の土曜日の夕方鳥六へ食事に連れ出したあと道頓堀のそぞろ歩きに、ほととぎすの声を聞いたことがあるかと問われたのが糸口で、女に誘われて急に奈良に遊びに行く。湊町から大阪鉄道（のちの関西線）の汽車に乗って、宿についたのが十一時すぎ、「僕」は女中に床を別々にとるように命じたが、蚊帳は一つだ。一つ蚊帳で寝るのは侮辱を受けるような気がしたものの、それを強いては拒まず、雨戸を一枚繰ったり小声で詩吟を試みたりしたあげく、結局、相方のいびきを聞きながら朝まで一睡もできずにすごす。誘われて夜明けの春日の森に散歩に出て、ゆうべほととぎすが啼きましたかと手を握って問いかけられ、「僕」はだまってうつむいて彼女の露にぬれた吾妻下駄とお召の裾を見つめていたが、思いあまって、

「どうしたらいいの」

と顔を上げる。彼女は「何をどうするの」と、すこぶる平気で、「もう一晩とまりなはれや」

と「僕」の顔を見てニッコリ笑った（随筆「奈良のはたごや」）。

作中、小林一三が思わず心のうめきを発する箇所がある。この随筆は、日清開戦寸前の春日の森での一件から二十年後に書かれた。「四十男」になっている「僕」が、開通したての大軌電車で先輩紳士たちを奈良見物に案内する。一行は福沢桃介、長田秋濤、もう一人は玄人っぽい女性だが、桃介の連れだから川上音二郎と死別したのちの貞奴か。折あしく雨に降りこめられて、日暮れどき奈良ホテルで昔話をはじめるうちに、今をときめく松井須磨子に尽くす四十男島村抱月の噂になる。「僕」は島村の境地に同情のあげく、夜も更けたのに「過去の熱烈なる恋」を思い出して、じっとしていられなくなる。その時に噴き出た、テニヲハにかまっていられない叫び声を次に写しておく。

「僕は春日の森が好きだ、森の樹影の朝露が好きだ、朝露を踏み砕く吾妻下駄と、その裾のぬれるにまかすお召縮緬の女が好きだ。アア僕は奈良が好きだ。僕の初恋、三つある初恋の一つは奈良のはたごやに一夜を明かした二十二歳の昔の夢の年上の女が好きだ」

大軌電車の開業は大正三年で、この年小林一三は満四十一歳、「二十二歳の昔」を数え年で逆算すれば明治二十七年に当る。

二つ目の挿話は南地宗右衛門町の小茶屋に出入りした頃とある。霜の降りた寒い夜、一三がまだ「赤襟」で半人前の十五、六歳の舞妓と一つのかいまきにくるまったまま、太左衛門橋北詰東側の空地から道頓堀のななめ向う、弁天座の火事を眺めている。弁天座がまた出て来たが、これは再建の原因となった火事の話だから、もう少し前のことになる。かいまきの女は「あらもう消えてしもう、もっとやけて、こっち側まで焼けるといい」と言う。どうしてそんなに火事が好きなのと聞くと、恨めしそうに、自分の家が焼けるといいのだと答えるばかりだ。彼女が養女になっている旅館はこちら岸にあった。なぜ養家が焼けてほしいのか、とうとう聞き出せぬまま弁天座が焼け落ちるまで二人で見てしまったが、その後間もなく女は下関方面に売られて行った。戦争中雑誌「ＳＳ」に書かれたのはそこまでで、戦後「忘れられない人」という題で書き改められた文章（朝日新聞昭和二七年）が、自叙伝に挿入されているのを読むと、二人の仲は「知れては困るから、内証にしてね」と彼女から固くいましめられるていどまで進んでいたと取れる（この人には後日談がある）。しかし、やはり伊勢物語でいえば、夜にまぎれてやっと盗んで逃げた女を芥川のほとりで鬼に食われてしまった、「女のえ得まじかりけるを」という男の話に似ているようだ。弁天座の火事は明治二十七年五月六日だから、「霜が降りた」とか、相方がこの晩ひいた風邪を正月まで持越したと書いてあるのは例によって一三独特の思いこみだろう。火事の記事が二日後、明治二十七年五月八日の大阪朝日新聞に出ていた。奈良の一件の僅か一カ月前である。
「一昨六日午前三時」南区東櫓町の弁天座から火を失し、劇場はもとより周囲の寄席や人家で全焼二十七戸、半焼十三戸、鎮火したのは暁方の午前五時半だが、

「芝居小屋とて凄まじき火勢にて同座の棟落ちる頃の火は遠く大川近辺の火の見櫓に立たる人の顔を照して眉目明らかに見江たる程なりき」

前夜十一時四十五分に芝居が終ったあと、楽屋三階の床山部屋の鬘師の弟子が釣洋灯《ランプ》の灯を消し忘れて帰り、平真《ひらしん》（註・火口《ほくち》のところを巻かずに平のままつかうランプ芯）から、火が油壺に移って破裂した為だろうとある。河岸の家並みにも延焼したのだから、対岸にいても熱風が巻き上がり、炎や、それが水に映った光景は美しくおそろしいものだったろう。「弁天座の火事」というものが一三の心に異常に強く灼きついている理由の一つにはなる。

一三の「三つある初恋」がいったい何を指していたかは、もう永久にわからないが、大阪に転

勤して二年目に彼も「観照する人」から「みずから主人公を演ずる人」に変ってきた。

翌明治二十八年九月から二十九年九月まで、たった一年岩下清周支店長が在任した疾風怒濤時代に、その部下として一三は初めて存分に力量を発揮したが、ちょうど同じその期間に、可憐な愛人ができた。数え年で一三は二十四歳、愛人は十六歳、

「明眸皓歯、鼻は高く、色は白く、丈はすらりとして品位高雅」

これが自叙伝の書き手の彼女に対する評語だ。どこでどのように出逢ったかは、この女性に限って何も書いてない。ただ、反岩下の新支店長から、君も岩下の北浜銀行へ出て行くのか、それとも残るのか、はっきりせよと責められて閉口していた一三に「可憐な愛人があった」と書いてあるだけなのだ。

以下は私の他愛ない空想にすぎないが、朝から夜までの行動が奇妙にはっきりつながっている、あの二重三重の間違いの焼き付けられた白昼夢のような「弁天座再建の日」の最後に、茶屋の中二階で発見した「大阪美人」というのは、――平瀬老人に手折られた雛妓（彼女は後年高名な芸妓になった）とは別人で、実はのちの「可憐な愛人」その人ではないかという疑いも、ここに表明しておこう。

昭和九年、「サンデー毎日」に「あの頃、この頃」という思い出の記を載せるに当って一三は、この前に文学青年だった頃のことをある雑誌に書いたら、家内や子供たちからあんなことを発表しちゃ嫌ですよと猛烈に抗議されて封じられてしまった結果、青年以後のこと、なかんずく「折花攀柳のことなぞ」もう一生喋るわけにいかない、と前置きに断っている。戦後の自叙伝によって、その約束が、ここに至るまででも既にかなり破られていることはごらんの通りだし、とりわけこの先の記述は彼の生涯の終り近くで初めて明らかにされた部分である。なぜ一三が八十歳近

くなって、家族が嫌がるのを承知で、結婚の事情をはっきりさせようと思うに至ったのか、私にはまだ判らないが、未完で読みにくい『逸翁自叙伝』が、通常の成功物語とはすこし性質の違うものを内側に含んでいることだけは明らかである。先を続けよう。

「愛人」についての記述が最初にあらわれるのは、いま言った通り明治二十九年の夏の終り、岩下が辞職したあとの揺りかえしで、一三が閉口していた、という時期である。店内粛正の助っ人として、切れ者の池田成彬も支店次長として乗りこんで来て、一三は貸付係から預金受付に廻された。

「不平で怏々として不愉快でたまらなかったが、（岩下に従って）北浜銀行に行くことは、大阪人として永久に大阪に在住すべき決心を必要とする。その決心が私にはどうしても出来なかったのである」

同じように、この時一三は、大阪で出来た愛人を、そのまま結婚相手とする決心もつかなかった。七十九歳の一三が、五十六年昔の自分の心理状態につけた解説を、そのまま箇条書きにすれば、

1依然として大阪にとどまるものとすれば、彼女を振り捨てる勇気はない。

2私の生活には沈落する危険性が多分にあったからこれを機会に（耽溺の日常を清算し）その生活を一変したい。

3この際、寧ろ大阪を離れて、私自身の建直しに猛進するのが、正しいゆく道である。

4東京本店に帰って、文学青年的恋愛生活を洗い清めよう。

ということになる。そこでまた保証人である高橋義雄に頼ろうと思い立った。

手紙書きと花街の交遊が仕事だと一三が批判的に眺めていた元大阪支店長高橋義雄は、前述の

通りその頃越後屋から改名したばかりの三井呉服店の理事に転じて東京に戻り、売場を改革して呉服の陳列立売制度を進めようと苦労している最中だった。一三は東上して東京本店への転勤をとりなしてもらうよう頼んで戻って来た。粋な遊び人だからうまくはからってくれるだろうと期待していたに違いない一三にとって、予想外のきびしい返事が来た。

「御希望の件に就いては、上柳支配人（註・大阪新支店長）並に本店秘書課へも一応相談致置候処、本店勤務とありては余り本人の言ふが儘に相成り、後例とも相成候ては如何と申す懸念より、名古屋店詰に相成候由……」

文面は後輩に対しても礼を失わぬ丁寧なものだが、彼の伝えてくれた銀行内部の評判は、自分しか見えずに走っていた若い一三にとって、いきなり足払いをかけられるようなものだった。こんどの大阪支店長はもとより本店の秘書課でも、「貴下は我儘なる人物なりとの評あり」、つまりは「年少気鋭の致す所と」思うけれども、

「今回の挙動の如き決して再びすべからざる事と存候、若し之を再びする時は愈々右評判を実にする次第につき、貴下の前途の為めに名古屋支店に於ては能く銀行の僚属たる本分を御尽し被成様呉々も奉祈候」

今回の挙動とは、一時北浜銀行ゆきをはかったことをさすのか、支店長をとびこえて転勤を謀ったことを言うのか、上司に対する言葉や態度が傍若無人だったのか、それとも人目につくほどの愛人との出入りが咎められたのか。そのあと、

「独り悄然として笹島駅に着いた」

に始まる名古屋時代の記述に入ると、「名古屋へ行ったならば、品行方正で真面目に勉強しようと」内心に固く誓って来たと書いているから、右の四カ条ことごとくに抵触したのかも知れな

い（高橋の手紙は、物持ちのよい一三のことだからもとより大切に保存されていたが、のちにこれを表装して、その一幅を床に掛けた茶席に、手紙の主を正客として招いたことがある）。

ところで、「遠島仰付けられたように心淋しく、しおしおと」赴任した一三は、先ず名古屋に宴会が多いのに驚いてしまった。三井系の銀行、物産、製糸場、それぞれの書生上りの元気な社員がまた実に宴会に精を出す。彼らは「名古屋の遊びは後腐りがないから」と花街での遊び方も派手だった。一三によれば土地の気風もその方面は旺盛で、三井の信用も物を言い、銀行の支店から夜遅く帰る時など、軒先から、

「ちょいと、三井さん、うち、絹夜具です、お寄りなさい」

と声がかかったという。支店は中伝馬町と桑名町の角にあり、三十名ばかりの店員はみな和服。洋服など晴れがましくて着て行けない。支店一同の記念写真でみると、支店長平賀敏だけが、立派な八字ひげをはやしてフロックコートのようなものを着ている。彼は高橋義雄同様、慶応出身者で途中採用の教師上りだから銀行のことは全く知らないが、美男子で給料もいいので花街の盛栄連の芸妓たちが放っておかない。当時キリスト教徒で一三たち書生上りに人気のあった有名な市原日銀支店長や、三井系の各支店長たちの遊び仲間として、平賀の艶名も名古屋の財界、花柳界にひびきわたっていた。一三も「ヤレヤレ助かったと思って安心したのみならず」「強将の下に弱卒なし」という態度で支店勤めができることになった。その上、この支店長には最初から信用され、はじめは計算係長、のちに貸付係長として、仕事のすべてをまかされた。そこで地元銀行の上級社員を語らって会員百余名、商業会議所に事務所を置く「名古屋銀行青年会雑誌」なる情報通信誌の編集発行もした。一三もいつのまにか薄手のなまずひげを蓄え、記念写真では支店長の左隣に腰かけている。

「使はれる方から云へば、このくらゐ好都合の大将はないのである」

　昭和七年の随筆集に収めた平賀への追悼文の一部だが、万事信用して任せきり、という関係は名古屋支店から大阪支店に移っても、更に大正時代に阪急専務と社長の間柄になっても同じように続いたわけだった。この大将は仕事に口は出さないが、面倒はよくみてくれた。一三には口ぐせのように、早く結婚して身を固めるようにと勧めた。

　一三が名古屋支店にいたのは明治三十年一月から三十二年八月までである。宴会好きの平賀支店長（支配人と呼ばれていた）はいつも新趣向の余興を考案する「天才的努力家」であった。加うるに、舞台は芸どころの本場名古屋である。この強将のもとに一三が転勤して以来、三井系各支店の聯合懇親会といった晴れの場所で、平賀の趣向をのみこんで企画・演出・舞台監督をつとめるのが一三の役目になった。ある年の聯合園遊会には三井銀行を記念した、のちのちまで残るような踊りを作ろうということになり、一三の作詞した「園遊会《そのあそび》」に曲と振りがつけられた。

　……松吹く風の袖軽く、丸に三井の比翼紋……
　そもや互の馴れそめは、初手は当座の痴話狂い
　口説もうぶな掛引に、手形い主の横意地も
　送手見たさの女気に、代手寝た夜は夢なれや
　為替枕の重なれば、かくせど色に初紅葉……

銀行用語の語呂合わせで、

　その寿の末長く、一ィ二ゥ三井の万歳や万々歳と唄いける

で堂々とおさまる邦楽新舞踊の大作だ。この振付けと稽古に、連日銀行を半日ずつ休んで料亭に芸妓を集め、各支店長をそれぞれ旦那に持つ重立った姐さんたちが、三味線と踊りの采配を振

った。当日は百何十畳敷の大広間で演じられたが、舞台ものとしては、これが一三の処女作というべきか。一三は演出面のみならず全体のプロデューサーの役目も受持ったようで、この時の鉛筆書きの予算書が、例によって保存されている。芸妓二十五人金六十円、飲食料百人分金七十円の他、お客様帽子手拭代金十五円というのも含めて総額金百七十五円、別に予備費が金三十円計上されている。平賀支店長のこの道の才能を「天才的努力家」と一三は評したが、平賀にしてみれば、一三こその名に値すると言いたいところだったろう。うぶだった頃の大阪での散財が、ここまで身についたわけだ。

この頃の一三には、もはや四年前のような、花街に対する「文学青年的」幻想はない。大阪の北陽、南地の茶屋に場数をふむうちに、ある時は、地唄「雪」を舞う芸妓の両手の指に、鈍金の延板のような太い指環をみつけて感に打たれたり、旧大阪最後のお大尽といわれて粋な遊びぶりで名高い平瀬老人の番頭から、内々主人の名を出さぬ方法でと、借金を申しこまれたり、かつてのあこがれの得田屋の帳場へ勝手に上りこみ、おちょぼの小女に使いに持たせる遇い状の代筆や、長火鉢の前に坐って「あんた、みとってや」と徳利の数読みと燗番を頼まれるのをたのしみにしたり、鏡台のならんだ抱え芸妓の居間に入りこんで向い座敷の動静に聞き耳をたてたり、酸いも甘いもかみわけてこの世界の内側に入りこめた気分であった。ただ、自分の足もとについた恋の火だけは別物だった。こちらは全く煮え切らないのである。

強将平賀支店長などは、のち大阪支店長に栄転するに際し、あとを追って行くに違いないと噂された名古屋の愛人をきれいに片付け、颯爽赴任して行って一三を感嘆させた。一三の方は反対に、「一度は絶縁すべく大決心をした彼女に対して、未練にも綿々たる恋文を」出してしまい、土曜の夕方名古屋発五時の急行列車で五時間かけて大阪へ行き、日曜の夜行の最終時間まで遊んで月曜日早朝名古屋に帰って素知らぬ顔で出勤したり、逆に彼女を名古屋の下宿に呼びよせて、「行きつ戻りつ、ただ逢瀬を」楽しむ生活に逆戻りしていた。銀行を欠勤したことはないが、小林は下宿に大阪の女を引き入れていると、すぐ噂が立ってしまった。心配した支店長から「早く細君を持ちたまえ」と忠告されると、たちまちに、

「そうだ、どうしても持たなくてはいけない、このままでゆけば破滅する」

と反省する。いつまでも下宿住いでは細君が来てくれないと困るからと思い立って、北鷹匠町に新築の家を借り、女中までやとったところが、十六歳の愛人は、「新世帯のもの珍らしさに」大阪から飛んできてしまう。一三も一三で新しい寝具の出し入れもなまめかしいと悦に入る始末だ。ところがそれがしばらく続くと、またしても「堅実なる家庭への望みに」良心の懊悩が始まった。——五十五年後に、本人が思い出してこう書いているのだが、中年以後、部下はもとより逢う人を震え上がらさずにおかなかったきびしい経営者と同一人物とは思えない。金もずいぶん使っている。既に紹介した通り、銀行の月給と賞与のほかに、本家から毎年千円ほど、「なんとかかんとか文句を言はれながら」仕送りを受け続け、名古屋時代に入ると、まだその上に「要るだけの金をねだってみること」にして、そこそこの送金を得たという。農家の作男の賃銀が一年に二、三十円という時代だが、一流のお茶屋に出入りして、その上週に二日ずつ大阪から恋人を呼びよせれば、当然幾ら金があっても足りなかろう。「あられもないぜい沢生活に、自分の家の財産を浪費した」と本人が言うから間違いないが、果たしてその内実はどんなものだったか。

同時代の日記から抄録された一三の句集がある。日付をみると、男世帯を張った最初の正月に始まっている。

明治三十一年一月二日

元旦即吟

万歳の犬に吠らるゝ今朝の春

地元の三河万歳が北鷹匠町の一三の家にも廻って来たのだろうか。それとも正月の紋日だから大阪で愛人と一緒にすごしたのであろうか。

一月十日

三味線のひとり稽古や春の夜

一月十五日

漫吟

梅咲くや隣は便所壁一重

二月十一日

十一時ノ夜行ニテ帰名ノ途ニ着《ママ》ク　此日時々雪、アラレ降ル、風強シ　大阪ニテ実況

小窓からあられ受取る女かな

別れを告げて闇の中に出ると霰が降っている。すこしてのひらに受けて振返り、格子の小窓からのぞいて見送っているおさない愛人の指の上に、せん方なくこぼしてみた。辛い別れの情景か。

この頃、それとは知らされずに出かけた友人宅での見合の席で、相手の姉に当る初対面の夫人からつれあいが外国留学中と聞き、当時「恋愛至上主義」だった一三が見境なく、

「私が女なら、えらくならなくてもいいから外国などへゆくのはいや、と言って泣いて止めるような女でなければ、僕は不賛成だ」

と説き立ててしまい、あとから「小林さんという人は女で必ず失敗する」と言われたことがある。もちろん見合も不首尾に終った。

一三としては、自分の奉ずる恋愛至上主義が、思わず口をついて出てしまったと言うのだが、それなら愛人との恋を全うするかといえば、自分のことは矛盾撞着だらけで、見合が駄目だったときいただけで「心の底から反省」したりする。……

面白いのは、こんな風に往時のことを書きつけて行く自叙伝の立場が、恋愛至上主義の擁護の側にあるということだ。「薄志弱行」は、いわゆる正道に立戻れないことを非難するよりは、むしろ愛人との恋を貫けないで腰の定まらぬおのれの姿に鞭打つ言葉だった。

彼は総括してこう言っている。

「名古屋にいた時代（略）足かけ三年、社交、信用、そして出世、凡そ平凡の俗情に妥協しつつ、私の恋愛至上主義は幻の如く、消えたり浮んだり、まことに頼りない、薄志弱行に一日一日を送ったのである」

大正四年に出版した一三の連作小説集『曾根崎艶話』のなかの一篇に、老舗のぼんぼんと恋に落ちた若い売れっ妓の「梅奴」に、世話焼きで理窟屋で説教癖のあるなじみ客が「恋愛至上主義」を説いて結婚をけしかける場面がある。「大森」という姓のその飄客の言葉や物腰が、小林一三自身によく似ている。作者の一三は、煽動に乗った世間知らずの梅奴に不幸な結末を与えているが、それは書き手の心の中の、ずるいぼんぼんに対する怒りの重さに釣り合っていた。

平賀支店長が大阪へ栄転したのは明治三十二年二月で、堅気の娘との結婚を条件として一三を大阪へ呼び戻してくれることになった。親切な平賀は大阪で北浜銀行専務として活躍している岩下清周に逢って一三の身の上をはかってくれたらしく、間もなく岩下から声がかかって美しい娘の写真が送られて来た。しかし、この縁談も先方から断られた。

4景　結　婚

余談その一。

弁天座の火事の原因にランプの芯が出てきたので思い出したが、一三は三井銀行本店に入ったばかりの明治二十六年四月から数カ月間は、以前神田明神下にいた小林近一の新居、下根岸町の「笛川居」に下宿して、七三に分けた髪をしっかりチックで撫でつけて通勤した。その頭を近一の長女千代がからかうと、

「これはハイカラ頭《とう》というんだ」

といいばって見せ、

「上等舶来ランプの芯」

云々のはやりうたを上手に歌ってきかせたという。小林近一は本家の次男で（一三の亡母の従弟）のち銀行頭取もつとめ、慶応義塾在学中の保証人だから、一三にとっては東京の「おじさん」であった。当時七歳だった倉鹿野千代の回想によれば、親代りに面倒をみている近一夫妻に対して一三は一向に遠慮するところなく、かえって威張ったもので、近一夫人がよく、

「一三さんは小姑のようだ」

と笑った。

目と鼻の先の上根岸町に、文科大学中途退学直前の正岡子規が引越して来たのがその前年二月

で、下根岸御行の松の小林家から鉄道馬車の終点上野公園に出るには、子規の家の近くを通ることになる。俳句と短歌革新の根拠地として往時の根岸には「一種の文学的な雰囲気が」あったと千代の弟、小林泰次郎の回想に書かれているが、一三も「俳句にふけって乱作を試みた」学生時代から根岸の里にあこがれて、小林家に行く時は廻り道をしても子規庵の前を通るほどで、入門したわけでもないのに「新派の俳句から教育されて一足飛びに蕪村宗になった」と言っている（「蕪村の話」「蕪村の手紙」）。しかし、蕪村の再発見者として子規の名が人に知られ始めたのは、もう少しあとのような気がする。

一三が晩年に創立して蔵書を寄贈した図書館池田文庫で、青年時代の彼が手もとに置いて句作に使ったと見える書物——滝沢馬琴翁纂輯という肩書付きの和綴の歳時記や、博文館の俳諧年表、碧梧桐の『俳句評釈』など——をざっと調べた限り、発行日で明治三十一年をさかのぼるものが見当らなかった。私家集に残っている句も、一番古いので明治三十一年正月の作だ。俳句の修業に本腰を入れたのは、だから名古屋支店勤務の頃からだろう。

余談その二。

一三は失意の時や、危機のさなかに俳句や創作に打ちこむ傾向がある。のち阪急電鉄創成時代に大阪市内乗入れ申請にからむ疑獄事件で友人の松永安左衛門（のちの電力界の大立物）とふたりに検事局の捜査が波及し、状況がさし迫って来た時も、一緒に弁護士の事務所に相談に行って待たされている間中一三は俳句を作っていた。それを五十句も紙に書いて「どうだい」と見せられ、「俳句どころの騒ぎかい」と松永が腹を立てた話がある（『小林一三翁の追想』所載、松永の談話筆記による）。

余談その三。

右の池田文庫の一三の蔵書に『峡中俳家列伝』（明治三九年）がある。「目には青葉」の句で有名な山口素堂（一七一六年没）以来の甲州の俳人の列伝で、別刷りの「嵐外十哲」という集合人物画の中に、一三の大伯父小林欽哉（祖父の長兄で一八四七年没。享年三十六）が入っている。長めのふっくらした顔で大柄に見え、ゆるやかな表情も一三とは似ていないが、この人は豪商布屋の当主で、

　隠し事する様にして接木かな
　二三羽で幾羽にも鳴く雲雀哉

というような句を自ら作るほかに、パトロンとして風騒の客を迎え若手の俳人を育て上げ、隣国信州あたりまで「天狗欽哉」の名がひびいていたそうだ。列伝記者の欽哉評に「其の観察は奇警」「着想は嶄新」とある。

　さて、自叙伝に戻ると、明治三十二年早春、一三は大阪支店長に栄転の決った平賀敏から、再び大阪へ行かないかと勧めを受けた。「飛立つ嬉しさ」だったというが、そこへ条件がついたことは先に述べた。

「大阪へ行くとすれば、細君を早く貰ひ給へ、それまでは駄目だ」

　と釘をさされた為に、焦りだした。少くとも二度見合に失敗したほか、「二三の友人から送って来た細君候補者の写真を机の前に飾って、思案投首」の日を重ねる始末だった。愛人のことが知れ渡っているから、聞き合わせに来れば先ず駄目だったろう。窮するとすぐ代案を捻り出す特技を持つ一三は、そこで根岸の小林家に周旋を頼んで東京で見合をしようと考えた。やがて二人の候補者の写真が届くと、一日だけ休暇を取って、同じ日のうちにまとめて見合・即日婚約して帰るという目算を勝手に立てて、夜行列車で上京した。二人のうちの片方に逢えなかったので大

いに屈辱を感じて文句を言ったものの、それでもともかく帰りの夜汽車の時間までにもう片方の娘との結婚を決めた。これで平賀支店長との約束の条件がみたされて、早速大阪転勤が実現した。高麗橋一丁目の社宅が空くまで二カ月の約束で大手通にある友人の持家を借り、東京で結納を交してもらう一方、「お針さん」と呼んでいた名古屋の女中ともども引越して新居をととのえ、もう一度東京へ引返して根岸小林家の大広間で結婚式を挙げた。

自叙伝はこのあたりから、かなり詳しく具体的になる。なにしろ七十九歳になって初めて発表した事実だから、こればかりは以前に書いた文章と比較対照して異同を調べたり、他人の聞き書きから傍証を取ったりするわけに行かない。明らかな誤りや矛盾を除いて、そのままかいつまんで紹介するが、一三の最初の結婚相手は、小林近一夫人の妹が嫁いでいる商家の取引先の「ういういしい丸々肥った小娘で、さして別嬪というのではないが、感じのいい下町の娘」であった。それでも見合の時一目みて気に入ったのではなく、根岸の小林家の連中からその気にならされてしまったのだと断っている。

結婚式の夜は庄屋屋敷風で広大な小林邸内の茶室の広間に泊り、翌日正午頃大勢に見送られて新橋駅を発った。「大阪までが新婚旅行」というのが、見合の前から既に立てておいた実行計画である。車内でさしむかいになって初めて、新妻が眉毛を剃り落としてしまっているのに気付き、一三が驚くという挿話が、会話体で紹介されている。

「その眉毛どうしたの」

「剃りつけて居るうちに、妙な格好になったから全部剃ってしまひましたの」

こんな調子である。剃ったあとに「墨黒々と一文字に」描かれた眉が、真夏のことで汗に流れて見苦しいのに、「をかしいよ」と言ってやっても子供のように平然としている。

「手洗場でお顔を洗っていらっしゃい」

　と洗面所に連れて行くが、化粧箱を持っているくせに、彼女は眉墨を落としただけで、剃りあとを青く見せたままにこやかに戻ってくる。その無邪気で、物事にこだわらない性質を一三は好もしく思い、「これなら愛してゆける」と満足したと書いている。翌朝大阪へ着き、二日目の夜は、今橋西詰の橋の下から二人で納涼船に乗って大川に出た。初めて大阪へ来た頃、西日のさす下宿の部屋でひとり恨めしく眺めた納涼船が、その東横堀や西横堀などから提灯をともして一斉に大川へ漕ぎ出てくる。この時も、新妻が「舷を叩き水をもてあそび、嬉々として大満足である」のを見て、「これならば永く愛し合ふことの出来る生活は可能である」と思ったと一三はもう一度重ねて書いている。

　しかし、その数日後愛人のことが発覚した際の新妻の進退をみると、決して彼女は一三が希望的に解釈したほど「他愛なく」も、「こだわらない性質」でもなかった。自叙伝の記述がそっくり事実をなぞっているとすれば、稚いのは新妻ではなくて、当時の小林一三の女性観察眼の方だった。

　船遊びの夜、十一時すぎに家に戻ると、留守居のお針さんが、不在中に愛人が来て、悄然として帰ったと一三にささやいた。お針さんは、名古屋では芸者屋に身を置いて女の箱屋をつとめていた苦労人だ。一三の愛人とは北鷹匠町の家からの三年来のつきあいでもあるし、こんどの結婚に好意を持っていない。東京から新妻を連れて帰った朝も「けげんな顔付」で二人を迎えた、とある。一三は自分の心のなかだけでなく、身辺にも批判者をかかえていたことになる。

　若い頃の一三は女にもてる方の人間ではなかった。自叙伝は失恋や見合の失敗例に事欠かず、なるほど嫌われたのは無理もないと身につまされるほどであるが、この愛人はその一三から魅力と、将来の可能性とを併せて直感した最初の人であった。男性の中では岩下清周なども早くから一三の人物を見込んだ人だけれども、それは大勢の中のひとりとしてであって、とても彼女の純度には及ばない。その愛人――のちの妻コウに、一三は多分翌日すぐ連絡をとった。そして新婚の妻には銀行の同僚たちとのかねての約束だからと称して留守番をさせて、二泊の予定で有馬へ行った。もちろん、自叙伝の記述が正しければ、の話である。

なぜこの際そんな危い真似をしたか、あるいはせざるを得なかったかは、自註・解説の多い自叙伝なのに、珍しく何とも書いてない。新妻の無邪気さを甘く見こしての行動には違いないとして、もう一つ手掛りになるのは昭和五年の随筆「私から見た私」だ。これは自叙伝以前に妻コウの生い立ちや結婚の事情に触れた唯一の例で、生い立ちはごく簡単に、大阪の豪商「炭彦」の一番番頭として若死をした某が彼女の父親である、と書いているだけで、結婚の事情についても、彼女が一三に対してある信念を持つに至った径路だけを紹介したに過ぎないが（これについては後述する）、右の随筆を収録した小林一三全集第六巻ではその前のページに、偽善家嫌いについての一節がある。要約してみる。

「私の一番嫌いなものは偽善家だ」

これが書き出しだ。――どういうわけか自分は偽善家を人一倍憎らしく思う。それには一つの理由がある。むかし秀才で鳴らした親友がいた。彼は会社勤めを始めて間もなく、新派劇の筋書にある通りに下宿の娘とねんごろになり、結婚を前提に二年間その家の世話を受けて同棲していた。ところが有力な実業家に見込まれて令嬢を嫁に貰う話が持ち上った時に、同棲中の娘を金で片付けて権門に走った。自分はかつてその下宿へも遊びに行き、まだ肩上げのあるふだん着姿で二階へ上ってきた当の娘をよくからかっていただけに、秀才の鮮やかな、冷酷な仕打が甚だ癪にさわってならなかった。ところがその男が栄達して、温厚な人格者として今や世間から崇拝されているのを見ると、一層許せなくなった。よくある話だ、何もそれほど根にもってかれこれ言うには及ばない、好き嫌いをはっきりしてわざわざ世間を狭めることはないとは思っても、おかしいほど反感を持ってしまう自分がごまかせないで困る、という趣旨である。元の文章ではこのあとしばらく主語が行方不明になり、持ってまわった曲折を経た末に、先に述べた妻の紹介につなげてあった。その連結箇所だけを敢えて引用する。

「……その当時小娘の不幸に同情してをった私は、かういふ（註・偽善者の）型の紳士がウヨウヨしてゐる社会相に対して、をかしいほど反感をもってゐる自分の性格が、自然に、交友の間に、好き嫌ひがあまりに露骨になって、お世辞やお愛嬌で当座をごまかすことが出来ず、その結果は、敵か味方かと簡単明瞭に区別して、広い世の中を自ら好んで狭く暮して来た損な性分であることを充分に意識しながら別段に後悔したこともない。それで通し得た自分の幸福を感謝しつつあるので――、誰に感謝するのか、天か、地か、神か、仏か、それは全体、私は誰に感謝するのであるか、と考へるとき、これがいはゆる俗に齢のせゐといふのであらう。

あまりに幸運な私すら、苦しい時の神頼みと同じ意味においてほんとに有難いお天とう様だと感謝してゐる。もし、露骨に言ふならば、この感謝の念が、フトした瞑想の瞬間においてまづ第一に、わが老妻に感謝しなければならぬと、口には言はねど堅く信じてゐる」（昭和五年「文藝春秋」）

やっと、ここで「妻」につながって、私の妻は……と生い立ちの説明に入るわけだ。いま引用した晦渋な部分を抜いてしまえば、出世のために永年の愛人を棄てた男を憎む話が、妻コウとの結婚話と実は論理的に一つのものであることがはっきりする。

もともと「私から見た私」という題名は、昭和五年一月に「サンデー毎日」から来た往復葉書のアンケートの課題なのだが、一三はそれが気に入ったらしい。すぐ一週間後に、「文藝春秋」から原稿の注文があった時、「往復葉書では意を尽せなくて残念に思っていたところだったが、こういう機会を利用しなければ、おそらく再びこういう問題に触れることはあるまいと考えるゆえ喜んで書かせて貰う」という意味の意欲的な言葉で、この随筆を書き始めた。既に引用した昭和二十七年の自叙伝のあとがきにも、「逸翁自叙伝」という題は本意ではなくて、自分としては「私から見た私」というような題名で書くつもりだったと述べている。だから、昭和五年の「私から見た私」と二十七年の『逸翁自叙伝』とは、一三の中では見えない糸でまっすぐつながっている。中心の主題は、結婚問題にある。そして昭和五年の日本では具体的に書けなかったこと、屈折した繋ぎ言葉になった部分を、戦後の昭和二十七年に、一三は腰を据えて率直に書くことで思いを果たした、と言えないだろうか。――愛人に連絡をとった場面に戻る。

有馬に行く日に、規則に従って銀行へ結婚届を出したというから、納涼船に乗った夜から何日も経っていない。結婚後間もない土曜日の午後から、二晩泊りで有馬温泉の「兵衛」へ、一三は愛人を連れ出した。銀行では三四日間の暑中休暇を取った、とある。以下自叙伝の引用。

「彼女は平素から無口であるが、有馬に居った二日間、何もしゃべらなかった、よくこんなに黙ってばかり居られるものと思った、対話は形式の単語にすぎない、枕をならべて眠る。

『少しは笑ったらばどう』

『をかしく無いのに笑へませんわ』

といふのである。

私もまけぬ気になって黙って居った。突然、唇をもってゆく、横を向くかと思ひの外、ジッとして静かに受ける、眼と眼が合ふと鋭く何かに射られたやうに私の良心は鼓動するのである。そして彼女の眼底から、玉のやうに涙が溢れてくる、頬に伝ふ幾筋かの流を拭きもせず、ジッと私を見守るのである。恨むとか、訴ふるとかいふ、さういふ人間的情熱の表現ではない、神秘の世界に閃めく霊感的の尊厳に威圧せられるが如くに、『私がわるかった、わるかった』と、私の声はかすかにふるふのである。

彼女は冷然として、いとも静かに私の手から離れ、そして黙々として知らざるものの如くに寝入るのである。私は夏の夜の明けやまない暁近くまで転々《(ママ)》反側した」

三日目の夜、彼女の家まで送り届けて帰ろうとしたが手をとって放さない。誘われるまま二階に上り、また有馬と同じ不安と恐れの一夜を明かしてしまい、寝不足のまま朝早く家に戻ると、新妻がいない。東京へ一昨日帰られましたと告げるお針さんがことづかっていた手紙は、動転している最中に書いた筈なのに鮮やかな筆跡で、内容も立派なものであった。一三の要約に従って、更に抄録すれば、「お針さんから、その方の十五歳の時から交際して居られるという御婦人の話をききました。わたしはあなたをおうらみいたしません。只々軽率であったことを後悔するだけです。黙って帰ることは誠に申訳なく思いますけれど、ほかにどうすることもできませんから。神さま、私の罪を許し給え」

最後の一句は彼女がメソジスト教会（プロテスタント）の信者であったからであろうと、一三が自註を加えている。このような説明を省いて、事に処しての一三の対応ぶりを自叙伝から抽き出せば、先ず置手紙を繰返し読み、銀行や友人には「妻は里帰りをしている。そのうち帰って来たら披露するつもりだ」と言いつくろうことに決め、しかし淡白な江戸っ子肌の下町娘だから、里で何とか言われて本当にそのうち帰ってくるかも知れないと思い直し、「悪うございました」

とあやまって来た際のこちらの出方を前以て考え、それでも帰ってこないのなら、もう一人の写真のお嬢さんと見合してみようと思い立って、鞄に入れたままの写真を探し出す、——という工合だ。一週間後根岸の小林家から長文の手紙が来た。新妻は二度と大阪へ戻る気はないと固く決心している、一三が東京へわびて来るならまだ一縷の望みがあるがという苦言の書面に対して、自分がどれほど不行儀であったにせよ「逃げてゆくといふが如きは男の顔に泥を塗ったもので、意地からにも帰って貰はなくてよろしい。それよりも、この前見合の出来なかった写真のお嬢さんと見合ひをしたいからお願ひする」と返事を出した（それは三井銀行員としての体面上、結婚している状態を続けておく必要があったからだと告白的説明がついている）。

さすが寛大な根岸の小林家もこれには呆れただろう。あらためて縁談が来る筈もなく、先ず銀行の中で噂が立ち、次に新聞に変名の艶種が出た。平賀支店長も苦い顔をする。一三はやけになって、追い出されぬ先に銀行をやめようかとも考えた。自叙伝の筋を追えばこうなる。

名前を変えて艶種を載せたのは朝日新聞だと一三が書いており、私はその頃の同紙を調べてみた。もし見つかれば、逆に、具体的な年月を一切入れてないこの事件が起った時日を定めることもできるから、年譜にある明治三十二年八月（大阪支店に転勤）から翌三十三年十月（丹羽コウ女と結婚）までの社会面にざっと目を通したが、老眼が進んだせいもあってか、遂に裏付けは取れずに終った。

ちなみに、自叙伝には、その後のコウとの結婚を、年譜の記述よりは一年早く、

「明治三十二年の夏、彼女は早や妙齢十八、花ならば満開、麗艶の期を失はず、私は彼女の養父を説服した。（略）それから五十三年の長い長い私の思ひ出は——」

と、年代入りで書いている箇所がある。コウが一八八二年三月生れで満十七歳。結婚が一八九

九年なら、自叙伝の初出が一九五二年だから、これで計算は合っている。――とすれば、法律上はともかく、最初の妻に逃げられて間もなくに、二人は実質上の結婚をしたことになる。――とすれば、大阪転勤も、最初の結婚も、もう少し早くなければならないが、……

これ以上の細かなせんさくは、ここでは無意味だから、自叙伝に戻って、明治三十二年夏（年譜では三三年一〇月）、一水庵の二階広間で「頭付の鯛の焼ものを中央にして、一家団欒的のお祝ひを開いて式をあげた」ことを伝えておこう。この時彼女の養父は大事な蕪村の短冊を、一三への記念として彼女の荷物の中に持たせてくれた。

だが根岸の小林家には不義理をしたし、養育された韮崎の本家からも、自分に権利があるものとはいえ、引き出せるだけの金を強引に引き出している（そのせいではないが、この頃から当主が政界に出て、本家の家産が傾いたという）。銀行では前からとかくの風評があった上に、生意気と取られ易い性格だから、今回の事件では致命的な烙印を捺されたようなものだ。内も外も孤立無援の状況にあったことだけは間違いない。

四面楚歌の一三が、ではどうしたかというと、愛人の目を盗むように見た、と書いてある。もともと鋭い目玉の一三なのに、そのたび彼女の大きな輝く目に威圧されたという。従順で無口ながら「運命を確信して少しもウロウロしない」十七歳の愛人の毅然たる目を見ていると、彼女の信念の抱く幻想の中に引きこまれるようで戦慄することがあった。一三は多分その目の光を支えに（とりこになったと書いている）針のむしろの銀行へ通ったのだろう。これまでの自負心の大きい、癇の強い、自分中心の一三にはまるで考えられない日々である。翌年の俳句日誌を引用する。

明治三十三年一月十日

十日戎ノ祭ノ為店頭閑　感冒ノ気味アリ早ク就床
向ウ隣ハ琴三味線ヲ教ユル法師ノ宅也
行末を語れど見へず寒稽古
二月九日
口笛は合図なりけりおぼろ月
三月二十四日
一雨毎ニ春色加ワルモノ、如シ　人ハ春ヲ喜ンデ花ニ戯ル、ヲ知ッテ落花無情ノ想ニ沈ムモノ少シ　春今ヤ蕭々ノ雨ト共ニ襲イ来ラントス　ア、花ヲ開クノ雨何ゾ花ヲ散ラサヾランヤ
四月三十日
菜の花の白さよおぼろおぼろ月
八月十日
出行十一時頃銀行ヨリ帰ル　天ノ橋立ニ避暑センガ為メ午後四時十分ノ汽車ニテ出発福知山カツギ楼ニ一泊ス宿賃六十銭　途中
盆踊才子佳人ハナクモガナ

このような月と日を、一三はコウとひっそり重ねていたらしい。先に触れた通り昭和五年の随筆には第一回の結婚の事実を書いていないから、従って、心の闇の表白も弁明もできないわけで、晩年の自叙伝執筆の見えない動機の一つは、去られた最初の妻と、結婚した妻への自責の思いの表明であろう。以下は、自叙伝の中で七十九歳の一三が最初の結婚についての思いを述べているくだりである。

「私は（略）その十五の年からの彼女（コウ）を振り捨てるつもりであったのか、それはそれ、

これはこれと、成行次第、でたとこまかせの臆面もなく、私の良心は麻痺して居ったのであるか、さういふ理智的の意志を質問されたとせば、私は何と返事をしたであらう」

　こちらは屈曲する代りに、文章がほとばしって、書き手の地声が聞える気がする。

「私は、細君といふものは、家のお道具のやうに考えてゐた。その形式の殻を抜けきらない、偽善家のやうな出世主義の生活の夢に、私は未だ醒めきらないからである」

「先輩達から、『早く細君を持ち給へ』と忠告される度毎に、（略）三井銀行にゐる以上は、一日も早く身を堅めなくてはならぬと自問自答してゐた。これは如何にも自己本位の軽薄な考へであったとしても、その当時の社会通念ぐらゐに――我々の先輩の安価な行動を怪しまずに、家庭は家庭、外は外、なんとかなるだらうと、何といふ厚が《ママ》ましい、卑しい考へであったのであらう。私は東京へ逃げて帰られた彼女に対し、実に申訳がなかったと思ってゐる」

「私は彼女（妻コウ）のすべてに満足して居ったけれど、銀行内における私の素行は、極端に非難されて、その不安の念を拭ひ得ないのに、長らく苦しんだ。これは、結果において屈服せしむるより外に途はない。それには恪勤精励、日常の生活において信頼を得るより外に途はないと決心した」

　一三が三井銀行へ入社以来盛んに遊びはしていても、どの時期も銀行内で恪勤精励しなかった例を、自叙伝その他の著作から一例でも拾い上げることができないが、その彼が自分自身に更めて精励を誓ったについては、銀行内の名誉回復だけではなく、自罰の行為という感じも受ける。八十歳になろうとする老人にとって、五十年前のあやまちがあたかも昨日の事件として受けとめられ、噛みしめ吐き出され、それが今なお自身を律しているかのような、言葉のなまなましさに驚いた。それは一度書いてしまったら許され消滅するたぐいの、感傷的な思いとも違った。

また宝塚歌劇の作品を引合いに出すが、『逸翁自叙伝』が一冊の本にまとめられた昭和二十八年から二年後の三十年六月に、宝塚大劇場で「四つの花物語」が演じられた。これは花にちなんだ四つの挿話を織りこんだオムニバス形式の日本物ショウだが、その第三話は花簪にまつわる芸者と車夫の物語で、作者高木史朗によると、当時の宝塚の芸域と観客層をひろげる意図をもって、珍しく新派劇風の仕立てであった。

八十二歳の一三は、もちろん初日が開いて間なしに見に来たが、珍しく何も言わずに帰って行った。最晩年、宝塚大劇場での一三の定席は一階二列目の中央、「ろの23」である。白髪の一三がそこに坐ればすぐに判る。ふだんなら、その日の帰りがけに事務所に寄って、きびしい「駄目」を出す人だが、はじめに演じられた「ブルー・ハワイ」をほめただけで、「四つの花物語」については何も言わずに帰ってしまった。ところが、忙しい筈の一三が、数日後またやってきた。この日も公演をみて、やはり黙って帰った。意気ごんで書いた作者高木史朗は、はぐらかされたような不思議な気持がしたという。いま手もとにある当時の台本を読んでみると、第三話の序幕にいきなり現代の若い恋人同士のこんな会話が出てくる。

女「わたしねえ、あなたに聞いてほしい事があるの」
男「何でも聞くよ、さあ」
女「あのね、あんた私のお母さんが元芸者だったこと知ってる？」
男「へえー、そうか、僕知らなかった」
女「軽蔑なさらない？」
男「いいや、ちっとも」
女「そう、本当？」

男「本当だとも」

娘は、元芸者と車夫の間に生れた子供で、彼女の母親は、昔は羽振がよかったのに没落した家の娘という設定になっている。ドラやおはやしが聞え、歌になって長崎の祭を描いたカーテンがひらくと、一昔前の、長崎の夜の花街を背景にお嬢さん上がりの芸者（長谷川季子）が登場する。父母を亡くして家を支える彼女が、高価な花簪にからんで姉さん芸者たちの辱しめを受けるところを、幼馴染の車夫（明石照子）の義侠心に救われる物語だが、幕の替り目に二人がジャズ化した「深川」のデュエットを踊ったりもする。

一三の批評は次の通りだ。

「『四つの花物語』には失望した。（略）私から見れば第三話は、明治二十二、三年頃、川上オッペケペーの壮士芝居時代の得意な演しものであった棚ざらしの洗張りに過ぎないツマラヌものだと思う。あの頃、庶民階級に喜ばれたものは、人力車夫か巡査が二枚目に光って、その対手は、御大家が落ぶれて芸者に出、時の権力者に反抗して、そこにロマンスが生まれる、ヤンヤヤンヤと大向うを喜ばせた此種のお芝居は、高木君なぞ生れぬ先のことであるから、作者自身の興味から新しいと考えるだけで、私達老人には、一向に興味が乗らないのである。（六月十二日）」（「歌劇」昭和三〇年七月号）

この評に不満な高木は、師である白井鐵造と東宝の演劇担当重役になった菊田一夫にも見てもらったが、決して悪い作品ではないと言われ、若干の手直しをして東京宝塚劇場で再演したところ、もっとふしぎなことに、それをまた見に行った一三が、こんどは速達で、自分が間違っていた、すばらしい作品だと書き送って来た。これは一三のなかに、結婚当時の事件についての負い目があり、それを生涯の終りまで持っていたことのあらわれかと、あとで高木史朗は語っている。

ところで、第一の結婚に失敗して窮地に立った一三を支えた妻コウの信念というのは、彼女のふしぎな幼時体験に基づくものである。数え年六歳のコウが、大阪天満のさる屋敷の前で夕方手まり歌をうたって遊んでいたところ、通りがかりの虚無僧か行者のような異風の男が立ちどまって、いきなり彼女を母親の前に連れて行き、この子には後光がさしている、将来この子を妻にした男は必ず出世して一生安楽にくらせるゆえ大切に育てるように、と告げて立ち去った。コウは母親からその話を繰返し聞かされて育ったので、いつのまにかそれが信念になった。これを彼女から繰返し聞かされた一三もまた、合理主義の屁理窟屋を自認しているにも拘らず、その「迷信」に安堵しているところがあると自らいう。

昭和五年の随筆では、結婚した時に妻からこの信念を聞かされたとしているが、自叙伝には初めて逢って一カ月以内に聞いたとある。ただし、妻の宣告にも拘らず、一三の奮闘も虚しく銀行の中ではこれから六年後に辞職するまで、出世の神様から見放されたままであった。たとえば明治三十三年の暮、三井銀行東京深川支店所属倉庫が箱崎倉庫として独立支店に改組されることになり、一三にその主任として栄転する内示があった。箱崎倉庫は神戸支店小野浜倉庫と共に、のちの東神倉庫（三井倉庫）の母体だが、一つの支店の主任になると社宅料五十円、主任手当五十円、月当り計百円収入がふえる。やっと運が向いてきたと嬉しく、盛大な祝宴に送られて一月に上京、三井高保総長以下に挨拶も済ませ、秘書課でも「おめでとう」と明日渡される辞令を見せてもらったのに、根岸の小林家に一夜を明かして新聞を見たら、三井銀行の更迭記事に箱崎倉庫主任として知らない人の名が載っていた。何かの間違いだからと慰められて銀行に行ってみると、一夜のうちに急転して、一三は次席に決ったと言い渡された。

一年後の明治三十五年には倉庫から追い出されて本店の調査課に「左遷」、これは全国の支店を検査して廻る暢気な部署だが、一三に言わせれば「紙屑の捨て場所」であった。三井銀行は中上川副長が病死して当時本店営業部長の池田成彬（のちの三井合名筆頭常務。日銀総裁、大蔵大臣から枢密顧問官になった）の時代が始まろうとしており、彼に覚えの悪い人間は出世の見込みがなくなった。池田は一三の第一回大阪支店時代末期に、綱紀粛正のため支店次長として乗りこんできた上司だからどうしようもない。明治四十年一月に辞職するまでの間に一三には住友銀行、三井物産、三越呉服店の幹部に招かれる話がつぎつぎ起ったが、悉く最後には「落第」して、結局「紙屑」の中に辛抱せざるを得なかった。

調査課員小林一三の調査によれば、四十九歳で死んだ中上川に代った帝大出身の早川専務理事は侯爵井上馨のロボットにすぎず、三井銀行の指導者としては無方針、無定見、「外交的交際を本職として酒色旺盛、その好人物を朝野に礼讃されるに至った」ような人柄だし、上司の調査課長も理窟は言うが歯がゆいほど腰が弱くて池田営業部長に押しまくられ、そのため調査課は検査課にすぎず、参謀本部としての機能を果せない。人事は何年も滞ったままで、一層面白くない。機会があればとび出したいが、他社に転出する話もふしぎに最後は不調に終り、ただ支店検査の旅行に出てのんきに名所旧跡を訪ね、土地の道具屋でげて物を掘出すのを唯一の楽しみとしていた。

東京では明治三十四年夏以来芝浦海岸の三井の借家に住みついた。鉄道線路から海岸寄り、池や松林のある一帯に銀行地所部の経営による借家が何十軒か建てられ、小林家は汐の満ち干のある池のそばで、松林の向うは遠浅の海岸であった。既に六月に長男冨佐雄が生れていた。続いて長女とめ子、次男辰郎がこの家に生れ、小柄な一三より背の高い妻はオルガンやミシンを覚え、子供を背に負って廊下の雑巾がけに精を出し、親類中の評判は頗るいい。しかし一三は、子供を抱いて海辺を歩いたり、池の蜆をとって味噌汁の身にするといった、穏やかな家庭生活に安住出来ない虫を一匹体に飼っているらしかった。それがどんな種類の虫なのか、彼にとって東京における六年間は「耐えがたき憂鬱の時代」であったという。

明治三十五年二月十日
むつき干す梅の小枝に月日哉
十月七日
中上川様一周忌にて青山墓地へ墓参す
旧き墓新しき墓皆しぐれけり
十月十二日
近松の「曾根崎心中」を読む
この美文の片々は即ち俳句の好材料たり。試に
短夜や初《はつ》は白無垢黒小袖
初霜や一足づつに消えてゆく

ほぼ浄瑠璃の原詞通り。つれづれに近松を読み返し、なお手すさびに暇をつぶしたわけだ。「再考を要すべき句のみ」と、断り書きを添えているが、却って書き手の孤独が伝わってくる。

この年九月子規が死んだが、十月二十日には、その辞世の句「痰一斗糸瓜の水もまに合はず」に寄せて、独吟の気ままな俳諧を試みた。

痰に苦む美人ありけり今朝の秋
一天四海の月の十五夜
斗りたる升一杯の新酒かな

糸より細きくもの巣の露（以下略）

手すさびに見えて、暗がりの中に身を置くような気分の句も、この時期には残っている。

十月二十三日

炬燵して寝ころぶ下をしゞみ川

これは蜆のとれる鹹水の池が家のすぐ前にあるのをしゃれて詠んだのであろう。しかし、心中天の網島道行の川の上に安居している夫婦、と読めば思わぬ無気味な感じが出る。比《ころ》は十月、十五夜の、月にも見えぬ、身の上は、心の闇の印かやと小春治兵衛「名残の橋づくし」にはある。他の日に、

蛍一つ迷ひ行くらん闇の中

俳句の話になるが、妻コウの養父は俳諧の宗匠で、結婚にあたって蕪村の短冊幅二点を一三に贈った。

「ほたむ（牡丹）散てうちかさなりぬ二三片」

「春の夜や宵暁の其中に」

昭和五十六年秋、大阪府池田市の逸翁美術館で開催中の蕪村展を見に行って、私は何よりこの短冊二点を確かめて来た。逸翁美術館は昭和十一年、五月山の麓に一三の住宅として建てられた雅俗山荘を本館としており、昔の食堂や応接間がそのまま展示室に使われている。蕪村の書画、その弟子呉春の画、それに茶器がこの家庭的雰囲気のある美術館の収蔵品の特色だ。

「ほたむ散て」は通常の上下に雲形をすき出した古い内曇短冊を表具したもの、「春の夜や」は派手な金短冊で、どうでもいいようなことだがこれが自叙伝に「扇面幅」とあるのは記憶違いと判った。一三は「当時、蕪村を集めて居った私」への記念として贈られたとするが、他の随筆な

どを参照すると、この二点がのちの一三コレクションの数に入り得る最初のものと思われる。これがきっかけで蕪村の短冊、手紙から順次手をひろげ、数年後「名月や主を訪へば芋ほりに」に芋一つ書き加えた念願の画讃ものを初めて二十円で手に入れた。この時の喜びを書いた随筆を読むと、志を得ず「耐えがたき憂鬱」の芝浦時代と重なるだけに、蕪村に泥み、蕪村を集めずにおれなくなった一三の心情が見えてくる。

そのことをもっと如実に示す、もう一つの蒐集物語がある。

「ほたむ散て」の句は晩年の蕪村と弟子几董との両吟二歌仙「桃李《ももすもも》」の初巻に、発句として使われた。代表作と言われるその歌仙をちょうど二人で巻いている安永九年（一七八〇年）に、師の蕪村が几董にあてて今進行中の連句についてこまごま助言を与える手紙を何本も書いた。この蕪村の手紙が越後柏崎の某家にあることを、明治三十六、七年頃新聞で読んで知った一三が、思い切って柏崎へ手紙を出し借用を申し込んだことがあった。意外にも柏崎の人から快く送られて来た二十四通の手紙を驚喜して読んだ一三は、もう一度「御割愛は出来ませんか」と単刀直入に申し入れてみた。よほど鷹揚な人とみえ、秘蔵品だから全部は困るが、その中の二通だけを進呈するから自由に選んでお取りなさいと返事があった。大喜びで二通を選び白絽一反を残りの二十二通に添えてお礼に送ったという。一三が選び出した二通の手紙も、同じ蕪村展で見ることができた。

右の一通、安永九年七月二十三日の手紙は、「桃李」二巻目の発句「冬木立月骨髄に入夜哉（几董）」を受けた蕪村の返事であった。蕪村は発句を「杜子美か語風有之候」と大いに讃え、

「沓音寒き柴門の外」

「此句老杜が寒き腸」

「杜詩を諷へば寒き唇」

以上三案からワキ句を選んで第三句をつけ、早く返事をほしいと書いていた。手紙ながら真中の三句が小さめの字で一段下げて書かれていて、小ぢんまりと字配りがいい。書としての美しさと共に、一級の資料としての重みを持った手紙で、選んだ一三（三十歳）の感受したものがこちらによく伝わって来た。

まだこの書簡集には後日談がある。約三十年後の昭和六年、秋田の素封家の売立てで入札の下見があった時、目録に「蕪村尺牘巻」の名で出ていたのを一三がみつけた。下見の場所は何所とも書いてないが、目録に惹かれて秋田まで出かけたのだろうか。ともかく、巻物を手にとって調べると、あの時の残り二十二通が洩れなく揃っていた。「如何でか逃すべき」と、断然買い取ったことは言うまでもない。——その二十二の手紙が一巻きの和紙に貼付けられたものは、逸翁美術館の蕪村展では旧食堂の主婦の定席のすぐうしろの壁際に置かれてあった。結婚の贈物「ほたむ散てうちかさなりぬ二三片」に始まるふしぎな縁が、こうして一つの輪に結ばれた時の一三の句。

昭和六年

桃李もの言はず茲に四十年

桃李《ももすもも》咲くや小径も自《おのず》から

時間を戻して、明治三十年代後半の一三の俳句から、蕪村風を引用してみよう。

明治三十五年十一月八日

とまらんとして仁王の口に燕哉

明治三十六年二月十九日

菊五郎（註・五代目）を悼む
梅が香や闇を劈《きりさ》く江戸の町
明治三十七年十月二十五日
九州行途中
天狗の広告目立つ青葉哉

煙草専売法の施行は明治三十七年七月からだが、しばらくは過渡期で民営と両立していたのか。それとも九州では看板もまだ取外されずに残っているのが、旅人の目をひいたのか。口付の天狗煙草は東京の老舗岩谷の製品、これに対抗したのが両切サンライスの京都村井商会で、円山公園の景勝地に掲げたサンライスの大看板が世の非難を浴びる事件もあった。一三が三井銀行大阪支店にいた頃、政府の煙草専売施行の方針をいち早く探知した村井商会は、ひそかにアメリカから葉煙草の輸入をもくろんだ。その支配人が、恩顧を受けた平賀支店長の同窓生と知って、一三が資金融資に一肌ぬいだことがあったが、このため村井商会は巨利を得て東京に進出し、村井銀行を創立したという。

たまたま日露戦争中に、一三にいい話が起りかけた。株式会社に改組して三井呉服店から名前を変えたばかりの三越呉服店に行かないかと言われたのだ。課長級以上、いや副支配人だという話だった。一三は三越の幹部になる以上は、できるだけその株式を持とうと思ったが、金がない。この時村井銀行に、生れて初めて借金の申込みをした。村井家でも、大阪で世話になった小林が三越に栄転して株式を持つのならと、便宜をはかってくれた。ところが、その三越の話も最後にこわれて「落第」したら、銀行も金を返すようにと言ってきた。ちょうど戦争景気で株式が暴騰していたので、買ったばかりの三越株を売った一三が意外な大金を手に入れた。これで、いつでも銀行をやめられる見極めがついた。

明治三十八年二月

砲台を乗取る群の羽蟻哉

四月

京都旅行中

春風や丁稚の髪の五六寸

この句は一三も気に入ったとみえ、前述の『曾根崎艶話』の「梅奴」という小説の中でも使った。大森という一三に似た理窟好きのなじみ客が作って画も描きそえたことになっている。

日露戦争中に大阪の財界にも大きな変動があった。一三の目から見て、大阪財界はこれまで三派鼎立の状況であった。新興町人と旧家財閥が対立しているところへ、長州系の藤田組と結んだ北浜銀行の岩下清周一派が第三勢力として切りこんだわけだった。ところが日露戦争初期に新興町人が脱落して、岩下の重みが一層加わった。

もうすぐ一三の運命を変えることになる豪放な岩下清周は、銀行家というよりむしろ事業家の態度で、小林一三の調べによれば、大阪瓦斯、大林組、大阪合同紡績、日本染工所、新田帯革、豊田織機、森永製菓、星製薬、鬼怒川水電などを援助育成し、また地元北浜の株式・米穀・三品各取引所の殆ど機関銀行として独占的関係を結び、人間関係では右の事業の経営者はもとより多くの人材を育てた。明治三十一年秋のことだが、日本銀行第五代総裁に慶応出身者が推挙されたのを不満として帝大出身の幹部が揃って辞職した時、彼らの多くを大阪に招いて安住の地位を与えたのは岩下で「このストライキによって大阪の経済界は局面を一変するに至ったのである」というのが一三の分析である。詳しく調べると過大評価と記憶違いがあるけれども、大筋に間違いはない。

その岩下から、一三が縁談の心配までしてもらったことは既に書いた通りで、その後も「耐えがたき憂鬱」の東京時代を通じて、支店検査の旅に出ると、一三は何かと理由をつけて大阪へ寄り、平賀支店長宅に厄介になって、北浜銀行へ遊びに行く。東京紀尾井町に邸を持つ岩下が夙川に作った大阪の仮宅にも行って話を聞いた。もしその時「大阪へ来ないか」と誘われれば喜んで自分は三井を飛び出したに違いないが、岩下は指図や意見を言ったりしない。「只だその配下の一人として待遇して居られたのである」と一三は書いている。

ところが日露戦争が終った翌年、満鉄の株式募集をきっかけに投機熱が高まった頃だが、九州の支店検査の帰りに一三が例によって北浜銀行へ顔を出したところ、パリ時代以来誼みを通じてきた桂首相が外債募集を計画しているという噂に関して、岩下からこんな話を聞かされた。日本には相場師としての株屋はあるが、外国のような外債、公債、社債の引受募集、売出しを業務とする会社が一つもない。これからの銀行は、外国の銀行や信託会社のように、その方面に手をのばすべきだ、と。

「北浜銀行がそれを実行するのですか」

という一三の質問には答がなかったが、間もなく三井物産の常務飯田義一に呼ばれて、新しい証券会社を大阪につくるについて、支配人として行く意志はないかと問われた。岩下配下の株式仲買店を買収する話が既に具体化しているというのである。なぜ自分が必要とされるのか判らなくて迷ったが、小林は投機に手を出さない、相場は嫌いだから適任だと言われていると知って心が動き、大阪へ行って、面識のあった売主の仲買店主（島徳蔵）にも逢い、景気のいい話をたくさん聞かされて銀行をやめる決意をした。妻ひとりは、

「大阪へ行くのは気がすすまない。イヤですなァ」

と言葉少なに反対したが、しかし一三は辞職して、大阪へ行った。その首尾は、――一三の死後作製された年譜の明治四十年一月二十三日の項にこう記されている。

一月二十三日　三井銀行を退職。退職金四、八七五円。新設の証券会社の支配人となるため、一家を挙げて（註・妻と二男一女）来阪する。しかるに、到着のその日より日露戦争後の好景気の反動暴落が始まり、証券会社設立は不可能となった。

5景　箕面電車

一三の著作は短いものの方が読み易い。論説より寸評がいいし、毒舌はなおいい。年をとってからの作品のせいもあるが、自叙伝も通読に向かない強い断片の集合の感がある。あっち向きの断片と、こっち向きの断片がくっつけられ、どの断面にも一つ一つ一三の顔が執拗に見えていて、引っかかると進めなくなる。

この景でも、彼がどんなに強く自分の歴史を自分の流儀で管理しているかを、恐らく存分に思い知らされることになりそうだ。

「明治四十年一月十九日か二十日であった。夜行寝台車にて朝梅田駅に着いた時、淡路屋（引用者註・高級料亭）のお琴さん（のち箕面「琴の家」女将）一人だけが出迎へてくれた。そのお世話で、暫く逗留し得る旅館として、たしか瓦町か、安土町か、藤井旅館といふ商人宿に荷物をおろしたのである。

長男は数へ年の七歳、長女は五歳、次男は四歳、女中もつれず、三人の子供を連れての私達五人の一家族は、いとも心細く大阪に着いた其日が、日露戦後熱狂的に連日連月暴騰した株式市場に、襲来した反動暴落の序幕の日であったのである」

一三が三井銀行をやめて、彼の生涯では三度目の（つまり最後の）大阪入りの情景を自ら描いている部分である。

以下、ひとまず自叙伝の記述に従えば、岩下清周の北浜銀行の資金で買収改組して一三が支配人に就任する手筈だった島徳株式仲買店は、もともと買方の有力店であったところから、突然暴落に転じた相場への対応に迫られて、島徳こと島徳蔵も店を売渡すどころの話ではなくなった。更に、金主の北浜銀行がそもそも株式取引所のいわば機関銀行として大波瀾の中心に在るのだから、頼みの岩下も一三にかまってくれる余裕がない。暴落の足どりを示すために一三が文中に指標として掲げている大阪取引所株の値動きは、次の通りであった。ひとまずその数字を書き写す。

明治三十九年五月　百五十一円
　十二月　四百二十一円
明治四十年一月十九日　七百七十四円
　一月二十一日　六百六十円十銭
　二十二日　六百二十円
　二十四日　六百十九円九十銭
　二十五日　五百四十七円
　二十七日　四百八十円十銭
　三十一日　四百十九円九十銭
　二月初旬　九十二円

せっかく新天地で雄飛する夢を抱いて大阪へ来たのに、誰にも逢えず、呆然自失のうちに、相場が一月十九日の最高値から一挙になだれ落ちて行くのを、ただ眺めているほかなかった。一三はそう書いている。

商人宿には二週間ほどいたとあるから、一月十九日を来阪の日とすれば二月初旬に引越したことになるが、城東線桃谷駅に近い烏ヶ辻町にある大きな別荘の庭園内の一棟を借りて、そこにともかく落着いた。このあたりは上町台地の東斜面で、当時の大阪市域の東南端に当る。間もなくこの庭園中央の母屋に、同じく三井銀行をやめた平賀大阪支店長が家族を連れて引越して来た（まるで偶然平賀がきた風な書きぶりで、これも疑問の一つになったが、――）。

そのまま先へ読み進むと、文章の環が大きく回って、もう一度「一月十九日」という日付が出てきた。今度は、阪鶴鉄道という会社が、株主に箕有電軌の株式の優先割当を確定したのが、同じ明治四十年一月十九日だったというのだ。以下自叙伝に従って抄録すれば、――

池の向う側に移って来た平賀敏もまた、三井銀行を辞職したばかりで突然の不況に出くわした組である。彼は大阪築港埋立と鐘紡の新工場誘致など計画中のいくつかの事業の目算が外れて難渋していた。どこをみても不景気で、夢は破れるし、出かけるあてもなし、子供たち相手に憂鬱な日を過ごしているところへ、突如再び三井物産常務飯田義一から吉報が届いた。自叙伝のその箇所に「吉報」の内容が書いてないのも不自然だが、別に或る日、北浜銀行から呼び出しを受けて岩下、島に逢ったところ、国有化の決まっている阪鶴鉄道の仕事を「当分手伝ってやってくれ」と言われた、とある。同鉄道の大株主三井物産を代表して取締役になっていた飯田と監査役野田卯太郎が、次の三月の決算期にそれぞれ辞職する。飯田の後任には野田が入り、野田のあとの監査役に一三が新任されることに決まったというのである（三井物産が阪鶴鉄道の株主になったのは、大阪の砂糖商で投資家として有名な香野蔵治が債務のかたに持株を提供した為で、最初からこの鉄道に三井の資本が入っていたわけではない。なお、阪鶴鉄道は明治三十年代半ばに無配当を続けるなど、あまり収益の上がらない会社であった。その沿革についてはあとで触れる）。

ところで、前年（明治三九年）の政令によって山陽鉄道（現在の山陽本線）、関西鉄道（関西本線）、日本鉄道（東北本線、常磐線、高崎線ほか）など十六社と共に阪鶴鉄道の国有化が決まった直後、同社重役が発起人となり、箕面有馬電気鉄道株式会社の設立を申請して認可を受けていた（翌年「電気軌道」と改称）。これがのちの阪急の起こりである。当時私鉄は投資の対象として最も人気があり、これが日露戦後の投機熱に乗ったから、たとえば開業したばかりの阪神電鉄などは四十年はじめに株価が高値三百三十円をつけ、北浜筋の株主から資本金三百万円を一千万円に増資せよと要求されていた（『阪神電鉄社史』より）。北大阪の山麓を走るにすぎない計画中の箕有電軌さえ、一時は一株の権利が二十円にも達する人気で、そのため慾と思惑の錯綜で株の割当てがもめて手間どったあげく、ようやく一般公募は取りやめて阪鶴鉄道株主に優先割当することに決まり、割当株を確定した。その日がまた明治四十年一月十九日であったと一三は書いている。

「此の四十年一月十九日といふ日は、北浜市場に反動開幕の拍子木が鳴響いた第一日であって、株式暴落の荒波が、将に押寄せ来たらんとする時であった。丁度此の日に、私は大阪町人となるべく移り来ったのである。正に奇縁といふべしである」（『逸翁自叙伝』）

書き出しは、「一月十九日か二十日であった」と、やや幅があったものが、ここまで叙述が進むうちに調子が上って、一月十九日が来阪の日に断定された。

自叙伝の記事をやや詳しく紹介したのは、実はこの偶然の一致の重なりすぎた日付にひっかかって、立往生してしまったためである。そこで、先に引用した一三作製の株価一覧を調べ直したところ、いくつかの誤りがみつかった。一月三十一日の「四百十九円九十銭」は四百八十九円九十銭の誤記であるとしても、二月初旬の「九十二円」は余りにも大きな間違いで、どうしてこんな数字が出てきたのかわからずじまいであった。二月は四百円台の相場が中旬まで続き、以後三百円台で月末に至っていた。このほか幾つかの理由から、一三の自叙伝の説く記念すべき「一月十九日」は、株価の推移（しかも一部誤った数字の）に従ってあとから作り出された劇的な日付ではないかと思われてきたのである。

先ず三井銀行の退職辞令の日付は明治四十年一月二十三日だし、それに昭和五年にまったく同じ事柄について一三が書いた「三井銀行を辞めた頃」という文章を見ると、

「ところが、自分が大阪へ行く前、株式大暴落で成金没落となり、ここに折角の証券会社設立の計画が一頓挫してしまった」（傍点引用者）

とあって、少し様子が違う。

「当時、私は、三井銀行をやめて、浪人してゐた関係から、折角、飯田さんたちが計画して、証券会社設立を私にすすめて、それがダメになったので飯田さんは大へん気の毒がり、大阪の三井物産が阪鶴鉄道の大株主だった関係から、飯田さんが私を阪鶴鉄道の重役に推薦したのである」

これだと、大暴落を知った上で証券会社をあきらめ、一段落ついた所で大阪へ行き、とりあえず国有化の決っている阪鶴鉄道の重役に就任したということになる。大阪に着いた途端に大暴落が始まって、一家五人が商人宿の一室で途方にくれていたという自叙伝の劇的な記述に較べると、いかにも平板で、盛り上りがないが、この方が自然な感じがする。

もう一つふしぎなのは、子供を三人抱えた三十四歳の小林一三――銀行ではきびしい調査課員として支店検査には支店長といえども直言罵倒し、「あんな生意気な嫌な奴はない」と嫌われていたと自分で書いているほどの一三が、自叙伝ではまるで運命の波になすところなく打ちすえられて立ちすくむ、少年のような姿に描かれていることだ。

しかも大阪へ来て烏ヶ辻の別荘のなかに住みついてからあとの記述がきわめて具体的なのに較

べて、商人宿にこもっていたと称する期間だけが、

「岩下氏、小塚氏（引用者註・北浜銀行支配人）をはじめ、島君兄弟などに面会する機会も与へられず、一日、二日、三日、四日と、茫然自失するのみであった」

という調子で、中身がまるで抜けている。これもふしぎであった。

加えて4景の終りから登場している島徳蔵という人が、また懐が深くてよく判らないのだ。彼はたまたま一三の友人の兄で、大阪北浜に株屋の店を経営しながら、明治四十年に至るまで岩下清周のいわば「財産運用係と言った様な役廻り」を務めてきた。島自身が『岩下清周君伝』にこのように述べているが、一三さえもこの島徳蔵が摑みきれていない。

彼はのちに阪神電鉄の社長にもなったが、貿易や鉱山経営も手がけた幅の広い人物で、この頃までは恐らく岩下の腹心として、親分が銀行家の枠を越えて事業の育成や支配に乗り出す際の株式の操作を、代りに引受けていたのだろう。同じ文章の中に「阪神急行電鉄は最初余（引用者註・島徳蔵）が敷設特許権を有してゐたが、元来事業家と言ふ柄でない余は、之れを翁（註・岩下清周）に託し、小林君の力に依って今日の隆昌を見るに至った」云々の言葉があるのはどういう事を指すのか判らないが、たとえば阪鶴鉄道の株を投資家香野の手から三井物産に引渡した、というような事にも島が立入っている形跡があった。……

こうして一月十九日にひっかかったまま途方にくれていた矢先、ある日偶然、この時期の島徳蔵の手紙の写しらしいものを見ることが出来た。ただし、他人の手写しの文字だから、厳密に言えば本物の写しかどうかは分らない。だからこれを以て自叙伝の誤りを訂すつもりもない。一三の心情をおし量るよすがに提示するだけだ。

一三は一月十九日か二十日、つまり大暴落初日か二日目の朝、寝台車から大阪駅に降り立った

と書いているのだが、同じ一月二十日付小林一三あての島の手紙は、

「御書面拝見仕候、今迄可愛がられ居候為此際世話の焼き手多くてお困りの事と奉遠察候」(傍点引用者)

で始まり、こんどの新会社の構想を昨日(一九日)こちらで店員たちに大略話して、それぞれの出資額を相談したところ、皆好況で手許に金を持っている為鼻息が荒く、会社の資本金も、めいめいの出資額も、倍加論が多かったが、委細はお目にかかった折に相談しますと述べ、

「貴殿の当地住宅ハつまり日当りよき場所よろしく存じ候　上本町則ち桃山附近を可然と存じ候家の周旋人に万成舎なる者あるゆへ其方へ申付てもおり候　二十日　小林君」

と住居の世話まで焼いていた。上本町、桃山附近は、鳥ヶ辻と同じく当時の新しい住宅地だった。こういう手紙を、一月二十日発信から二月十一日発信分まで計十一通瞥見した結果によると、少くとも二月上旬までは、まだ島徳蔵は店を譲る気で、島の方から自分や店員の出資予定額、新会社の資本金の相談、世話している株の内容説明、一三の住居の斡旋、など景気のいい話を申し送っていた。株価の不安を伝える言葉も一切なく、却って一月三十一日には、京都電車会社の発起人に貴名を加えたが、同封の用紙に記名捺印の上送付願いたし、但しその場合には、

「大坂人の事に附き兄も可成は北区中之島貳丁目位の住所肩書に記置被下度候　他日住所変更差支無く候えば……」

云々と、処世上の注意まで書き加え、ついでに自分はかねて京阪神一円の私鉄を合併する夢想を持っていると述べて、「鉄道買収後の電鉄は小資本家の財産株」だと推賞している。

翌二月一日付の手紙には、

「貴地出発確定の上は乗込み列車の発車時間を電信被下度、梅田に当方車夫出張為致何かの用事

さし升」

と申し出ており、この手紙の受取人の一三はまだ東京にいるのだった。

二月六日、初めて株安に言及した手紙。――

「株界は急落にて同業者及び旧同志者の援助に打かゝり居候、併し株界立退き際に他人の玉肩《ぎょくかた》代《がわり》等の為立退けん様ノ程度迄は関係致し不居候間御安心被下度候（略）小生は十一日より中の島花屋旅館へ引移り確定仕候
六日　　　　　　　　　　　　　　　　　　　　　島
小林契兄」

これが最初の危機の報告で、翌二月七日の手紙には、これこれの持株をお任せするから売却して下さいと告げ、

「兄御家族引越準備にて何かと御用繁ならんに甚だ氣のなきことと御思召も可在候」と言訳をしている所をみると、この頃漸く一三もみこしを上げる気になったのかも知れぬ（自叙伝が掲げている大阪取引所株の値段なら七百七十四円からただの九十二円に落ちてしまった頃なのだが）。同じ七日付の「第三便」と書かれたものには、島が引退の心境を伝え、自分が二年間ほど鳴かず飛ばずになるのは他日の雄飛のために甚だ愉快だが、貴方に付き合いをさせるのは甚だ不本意だ云々の言葉が見える。これはどういう意味だろう。島が一日に三回も手紙を書いたのは、その前に東京から一三が、刻々悪化する情勢の中で矢継早に問合せ状を発信している為ではないか（一三が業務上の不審を追及する手紙やメモの恐ろしさについては、後年部下だった人たちがこもごも書いたり語ったりしているところだ）。だが、新証券会社の引受けを断念する決意を、その時一三は示さなかった。だから続く二月十日、十一日の手紙にも、島の方は相変らず、

「東亜興業四千株申込むべきや」

御意見如何、と伺いを立てたり、

「当地在住ハ岩下氏説の通《とおり》電話も架け相当なる家がよろしい。家賃等は知れた者に御座候」

などと書き続けている。……

島徳株式店は社名だけ変えて、そのまま島徳蔵が経営を続けることになった。しかも「二年間鳴かず飛ばずで引退」の意思を表明していた島は、暴落で逼塞したかというと、さにあらず、すぐ翌月の阪神電鉄の株主総会で取締役に選任され、岩下をうしろだてに経営陣に乗りこんでいる。もしまともにこの手紙を信じて読んでいたとすれば、一三は大阪の懐の深さ、訳のわからなさ、そこへ一個人として乗りこむ身の心細さがいきなり身にしみたのではないだろうか。憶測の上に、憶測をつけ加えるようだが、もし、右の資料を有効と仮定してこれに従えば、一三は暴落も決定的になった二月十一日以降に、それを承知で家族連れで大阪へ来たのである。なお、島の文面からみると、一月二十七、八日頃に一度単身で連絡に来たと受け取られるふしもある。

（当時数え年五歳だった長女吉原とめ子の記憶に、大阪まで寝台車の旅をしたことが残っている。鳥ヶ辻では大きな池をはさんで向う側が平賀宅で、すぐ下の練兵場から演習中の兵隊のラッパがよく聞えたという。その頃の父一三については覚えがないが、母のしつけはきびしかった。

――）

知りたいのは、何時大阪にきたか、ではなくて、なぜ一月十九日に来阪したことにする必要があったか、或いはなぜ来阪前後数週間の動静を伏せる必要があったかだ。思いつく理由を並べてみよう。

1　ドラマ仕立てが好きだから。「初めて海を見た日」と同じく、一三の文学上の趣味による。

2　説明が面倒だから。岩下のもとに大阪でわらじをぬぐことは決めていたものの、コウの意見もあって、調子のいい株式店の継承話を最初から警戒して再三の催促にも拘らず出発を延ばし続けた末、株式の暴落をむしろ幸いに、在京の三井物産常務飯田義一と相談の上、阪鶴鉄道(即ち将来の箕有電軌)入社の保証を得たのちに、家族連れで来阪した。――そんな内情を細かく書くのが面倒で飛ばしてしまった。

3　義理立てから。恩義を受けた人たちの手前、右の内情を公表するのが憚られた為。

となると、一三が誰にどんな恩義を受けているかを、まとめておく必要がある。その人たちの名を三人挙げておこう。三井物産常務飯田義一・北浜銀行頭取岩下清周・三井銀行元大阪支店長平賀敏、――一三が一生の恩人と称している人が、既にこの時期に揃っていた。

飯田義一は、三井物産出身の岩下清周とは親友で、ちょうど明治二十九年頃岩下が三井銀行大阪支店長時代に、三井物産大阪支店長であった。小林一三との縁はこの時から始まっている。飯田については、才智で世を押し渡る「覇気縦横」の人物ではなく、むしろ人情味たっぷりで俠気と徳が備わり、一生他人を助けることばかりしているような人だったと、一三が評している。飯田は自分が退く代りに一三を阪鶴鉄道の重役に推した。三井物産が一三を阪鶴鉄道に入社させたのは、慾得ずくの大阪の重役たちの小田原評定に釘をさし、電車会社設立を促進させるためだったと、別のところで一三が書いている。そんな黙契が最初からあった為か、のち一三が箕有電軌の専務として路線の工事にとりかかると、三井物産は開業後二年以内に支払えばよいという好条件で諸材料諸機械一式を納入してくれた。しかし、もともとはこれも飯田義一の厚意によるもので、飯田の厚意は岩下への情誼に基づくわけであった。

次に引用するのは、一三より少し早く三井銀行をやめて大阪に住みついた平賀敏の書いた岩下への追悼文の一部だが、これによれば一三を平賀と結びつけたのもまた岩下であった。明治二十九年以降の岩下・平賀・小林の関りがここまでの叙述とはやや違う視点でとらえられているので書き写しておく。

「小林君はあれ丈の手腕を持ちながら三井銀行では極めて不運な位置に居つたのであるが、流石に岩下君丈けは小林君の用ゆべきを知つて、北浜銀行に入行せしむべく交渉したのである。然るに小林君の方に種々の事情があつて実現を見ずに終り、其事はそれで解決を見て居たにも拘わらず、支配人が人を見るの明がなく、それ以来二心を抱くものとして、一層不遇にあるを見兼ねて故人（註・岩下）から私に話があり、名古屋（註・三井銀行名古屋支店）の方へ来て貰つたのである」

「前に云つた小林一三君が三井にあつて不遇の地位にあり、私が大阪支店長として名古屋から転じた時（註・明治三二年）、同君も同時に辞職をして大阪に出ると云つたのを『岩下君ともよく相談して見よう』と慰留したのであるが、（略）偶々箕面有馬電気軌道株式会社に小林君をして当らしむべく（岩下が）余に其の経緯を語り『之を一つ小林君の事業としたいと思ふから、君も発起人となつて欲しい』といふことだつたので、其の情誼の厚いのに感激しそれを快諾したのである」（『岩下清周君伝』昭和六年）

平賀が箕有電軌の発起人に加わったという記録は見当らなかったが、自分の小さなセメント会社の一室をのちに設立事務所に貸しているところをみれば、烏ヶ辻の別荘も、島徳株式店買収の一件が無事落着したらしいのも、穏和な平賀が岩下との間に一枚加わって、一三の為に細かな配慮をめぐらせていた結果のように思われてくる。

ところで、一三がこの平賀に続いて三井銀行をやめている理由なのだが、——平賀自身の辞職の詳細を『逸翁自叙伝』に書いていないこと。平賀への追悼文に、何かそれらしいことを書いて、周囲の忠告を受けた為に取消していること（「誠心堂翁と平等荘主人」）。それから二十年後に発表した自叙伝に、無能な野心家として三井銀行早川専務理事の人事の停滞を酷評していること。池田成彬の回想録（『故人近人』）に、早川が平賀を辞めさせたことをほのめかす表現があること。

――以上、これを要するに、一三の退職の直接の理由は、平賀に殉じて飛び出したということになる。念のために、そのくだりを自叙伝から引用しておく。

「私が辞職を決心した時、早川氏をお尋ねして、大阪にゆくことを申上げた。

『暫くだ、もう少し辛抱し給へ。今に君等の時代が来るよ、君等が待ちくたびれて居ったのも能く判ってゐる、必ず大改革をする。平賀君もやめると言ふのだが、平賀君などは、立派な理事の候補者だ。実に惜しいと思ふ』云々と言はれたが、……」

一三の方は、五、六年も専務理事の隣室で仕事をして来た経験から、「相変らずの八方美人、これが早川氏の本質である」と心得て聞き流していたというのである。――だから、大阪における新しい仕事を十分に吟味する余地もなく心を決め、早川の慰撫の言葉を聞き流して、辞表を出してしまったのではないか。

これで漸く、一三が来阪の日を「一月十九日」にあえて決めた理由がそろったようだ。「一月十九日、家族連れで来阪」の一事に二カ月も引っかかって、憶測を重ねてしまったが、これを限りに先に進むことにする。滞ったおかげで、銀行で冷飯を食った頃から後の一三の行動原理として、合理性だけでなく、人生義理に感じて恩には徹底して報い、仇は死んでも許さぬ烈しい一面が加わったことだけは明らかになった。

たとえば、三人の恩人の要となる岩下清周は、日清戦争後の大阪の町に荒々しく近代を持ちこみ、危険を冒して手を拡げ、実業家や企業を育て上げた人物なのに、失脚後の大阪では彼の大きな足跡が歴史から殆ど抹消されてしまっているが、一三だけはこの恩人の敵を最後まで許していない。

さて、明治四十年三月末株主総会の決議を経て、新監査役小林一三は阪鶴鉄道池田駅の山側、川西村字寺畑の丘にある本社に、四月から通うことになった。

阪鶴鉄道の沿革。

――阪鶴鉄道は馬車鉄道から始まったといえる。明治二十年設立され同二十四年尼崎―伊丹間の営業を始めた川辺馬車鉄道会社がそれで、のち摂津鉄道に吸収され、馬の代りに軽便蒸気機関車が池田まで小さな客車を引いて走るようになった。これを更に買収してレール幅を官線と同じ三フィート六インチに拡げ、改めて明治三十年十二月神崎（東海道本線）―池田間から営業を始めたのが阪鶴鉄道である。阪鶴の「鶴」は日本海岸の舞鶴を指し、もともとは大阪―神崎―池田―宝塚―福知山―舞鶴間の路線認可を申請してこの社名をつけたのであった。発起人も土居通夫を総代に大阪と兵庫の財界有力者が顔をそろえた強力なものだったが、大阪―神崎間は官線と重なり、福知山―舞鶴間は競願相手の京都鉄道（京都―園部―綾部―舞鶴）に免許を与えたという理由で、中間の神崎―福知山間についてのみ開業を許された。福知山から舞鶴までは結局官線がついて、これを借用して看板通り大阪―舞鶴間の直通列車が走るようになったのは、明治三十七年以降である。

自叙伝の最初の大阪時代の思い出のなかに、阪鶴鉄道が池田まで開通した時に、銀行の仲間と箕面の紅葉見物に行ったくだりがあるが、これはもう一代前の摂津鉄道時代のことだろう。

「池田駅にて下車、池田の町を通りぬけて、今の雅俗山荘（註・4景に説明した昭和一〇年代の一三居宅）の前をのぼり行く。その頃のこの附近一帯は蜜柑畑と柿の木と、南面の丘陵つづき、箕面の滝を見ると疲れきって、帰りは再び池田駅まで行く勇気はない。友達にわかれてただ一人、麓に集ってゐる大阪がへりの人力車をひろって、どこをどう通ったのか少しも記憶はない。淀川に橋はなく（註・当時新淀川はまだ開鑿されてないから、分流の中津川を指すのであろう）、暮色蒼然と水の流れも黄昏れ、十三の渡し船を車と共に渡る。渡し賃五銭と伏見町一丁目まで車賃一円払うたことを覚えてゐる」

その池田に近い阪鶴鉄道本社に、大阪町人一年生として顔を出すようになって、忽ち一三の戦いが始まった。相手は他ならぬ代表的大阪町人たちである。好況の間は、重役たちは「自分達の発起した電車会社の権利株高値の夢に低迷し、割当株の問題で兎角に評議が長引く」ばかりだったが、こんどは会社清算に伴う慰労金の分配——一三の腹立たしげな表現によれば「重役連の分取方針」にもとづく小田原評議が始まった。この時代の私鉄は、銀行・紡績と並ぶ代表的な近代産業で、日本の会社総投資額の四分の一近くを占め（和久田康雄『日本の私鉄』）、その鉄道資本家たちを分類すれば「第一に三菱・三井・藤田・渋沢・住友らの政商―財閥系、第二に大阪在来の商人高利貸資本から転成した鉄道ブルジョア群」で、以下甲州系資本家、京都の実業家、地方地主、鉄道技術官僚上がりなどが挙げられているが（中西健一『日本鉄道史研究』——前掲書からの孫引）、阪鶴鉄道の場合は第二の大阪在来資本が主体で、そこへ第一群の三井・藤田が加わっている状況だった。一三が名前を挙げていささか嘲弄的に描いている土居通夫は、鴻池系を代表する大阪財界の元老で、中之島の大きな邸宅に住み、「大阪商業会議所会頭、大阪電灯会社社長が本職」だが、兼職が多く、阪鶴鉄道でも取締役に名をつらね、箕有電軌の発起人総代だった。たとえばこの頃建てられて漢学者藤沢南岳が命名した新世界「通天閣」も、建設主大阪土地建物会社の社長土居通夫の名に因んだものと言われる（宮本又次『大阪百景』解説）が、彼こそ、不幸にして一三から最も嫌われた財界人の第一人者であった。

一三が自伝の枠をはみ出すまでに力を入れて皮肉一杯に描くところによれば、土居は「有名なる人格者として」「一人だに敵のないという温厚な紳士」で、昔裁判官だった頃は「原告の主張は、尤もだ、被告の主張も、尤もだ、双方の議論に間違ひはないと思ふ」と不得要領な宣告をするのが評判で、「重役会で顔を合せることになって驚いたことは、重役会は勿論、一寸した会合でも必ず出席する。廻り持ちが沢山あるものと見え定刻に出席しなくとも、ちょっとでも顔を出す、実にその精勤ぶりには頭が下がる。そして会議中はウツラウツラと居眠りをして一言も発言しない。原案賛成一本槍、議案や議事録には丁寧に署名捺印してお帰りになる、毒にも薬にもならないから、重宝な看板として各方面からかつがれてゐるのである」。

その土居が重役会の席上たった一度だけ簡にして要を得た演説をしたと一三は言う。それは解散慰労金の評定が続いていた時で、使用人と重役との間に身分上厳しい一線を引く大阪のやり方に義憤を感じた一三が決然起って「社外重役には手当を薄く」と弁じたあげく、「重役連の分取方針には株主に訴えても、飽迄《あくまで》反対してやる」と決心した矢先であった。「大阪人としては、珍らしい無慾恬淡」に見えた土居は先ず、これまで重役会には必ず出席して無条件に諸君に一任して来たと前置きして、ただ一度意見を申し上げるが、ぜひ聞きとどけてほしい。解散によって消えて行く重役は沢山の分配にあずかるべきである。中でも自分は特別に看板料を請求する権利があると信じる、と述べた。

「いざといふ場合には、解散手当お手盛りの芸を打つ度胸」に威圧され、「お金分配の浅野家家老大野九郎兵衛の面影を、そぞろに偲ぶ心持ち」でさすがの一三も何も言えなかったと書いている。

一三はかつて「事業・東京型と大阪型」といった文章を通じて、大阪の事業家は汗水たらしてためる「忙しい金」の価値をよく知っており、政治や権威に関らないで純粋に実力だけの事業本位で仕事をするから、人物も大阪には偉いのが多いと讃え、これに対して東京の金は「暇な金」で、どうして食っているか判らないような人がこの都会には多すぎ、「あらゆる有名な会社事業は大概政治の中毒を受け」「コッコッと事務的に粒々辛苦して会社をよくして行くといふよりも何か特権で巧い事があれば三年を一ぺんに飛上って仕舞ふと云ふ様な遣り方が多い」と非難した。これは苦労の末に阪急を軌道にのせた一三が、昭和二年三井銀行の先輩池田成彬に請われて、政友会と因縁の深い東京電灯会社の再建整理に当るために東京に常住するようになって間もなく書いたものだ。大阪へ斬りこんで実績を上げ、東京へ戻ってみて、初めて大阪風になっている自分を意識した文章だと言える。

しかし三十四歳で大阪にやって来た一三の美感・倫理感覚は、当時の大阪財界のそれとはまともにぶつかったようだ。同じ自叙伝に、大阪嫌いの中上川三井銀行副長の心情に託して、大阪町人のいやな面を批判的に描いている箇所がある。明治二十三年、まだ中上川が山陽鉄道社長だった時代に、安全と技術的原則をまげない社長の建設方針が、目先の損得にさとい大阪財界人株主の反感を買い、株主総会を利用した陰謀によって辞任に追い込まれた。代って社長になったのが大阪側の松本重太郎だが、この時松本の代弁として支配人に就任したのが「今日言ふところの会社荒しの元祖として勇名を轟かした」と形容句をわざわざ一三がつけ加えているところの今西林三郎だった。

「中上川氏は陰性が嫌ひで、議論は表から堂々と主張するのを好むといふ性格であると聞いてゐる。大阪人は——といふよりも、その頃の大阪町人的財界人は、腹の底と、顔色と、表面の応対や、お世辞や、中々心底が判らないから油断をするとやられるといふのである」

これが一三の解説だが、実は先に述べた土居通夫と、今出てきた今西林三郎を念頭に置いた言葉のように思われる。一三の解説によれば、当初新興財閥松本重太郎の下にいた今西は、松本の百三十銀行の破綻後は岩下の北浜銀行の勢力下に入り、明治三十八年大阪—神戸間の営業を始めた阪神電鉄の経営者として腕をふるった。土居同様『逸翁自叙伝』中の代表的悪役となるこの人も、不幸にして一三から最も嫌われた大阪人である。だが調べてみると土居・今西両人とも、実は田舎に生れて大阪で人と成ったという点で、韮崎生れながら代表的な大阪人とされている小林一三と同じ立場の人だった。そして両人とも他国者の新鮮な目で、土地生れの人間には見えない大阪の特性を自分のなかにとりこみ、大阪人より大阪人らしい人として実業界で成功した（これも一三と同じだ）。それでいて両人とも一三から大阪人として嫌われているのである。

話を戻して、箕有電軌の資本金第一回払込に約半数の申込者が棄権という事態が明らかになると、同社の発起人である阪鶴鉄道の重役たちは、こんどは設立か、解散かをめぐっての評定を始めた。田舎電車と評判が悪いのに加えて、経済界の情勢が悪化の一方だから悲観論が多いが、さりとてせっかくの権利も勿体ないというわけで話が長引くのだが、その間に一三はひそかに池田から大阪まで計画路線を二度まで歩いて帰って、沿線に住宅地を経営する計画を考えついた。有名な逸話だが、これは地元の人から、この会社がそのうちつぶれるだろうと馬鹿にされていることを逆に利用した案である。つまり信用がないから本来値上がりすべき沿線の地代が一向に上がらない。それを幸に、住宅地として適当な土地を安く買う。仮に一坪一円で五十万坪買うとすれば、開業後一坪について二円五十銭利益があるとして、毎半期五万坪売れれば十二万五千円はもうかる。「田舎電車」ならではのこういう副業を最初から試みれば、運賃収入が上がらなくても、やっていけるのではないか。――などと考えながら歩いた。

大阪落語に、阿呆が池田まで撃ちたての猪肉を買いに行く「池田の猪買い」がある。猪名川の谷口にある古い商人町池田も、昔の大阪の町方にとっては猪の出没する辺鄙な場所の代表だったらしく、

「なんせ、むこうはどえらい寒いさかい、ぬくい格好して行かなあかんで」

と注意された阿呆は、股引何足に、袷何枚、その上に綿入れと丹前をまだ何枚も着重ねて出かけようとする。行く道が判ってんのか。判りまへん。というわけで、大阪の丼池筋から北浜、淀屋橋を渡って北の新地を抜け、お初天神、十三の渡し、三国の渡し、岡町を通って池田へ一筋道だと教えられる。この道筋が覚えられずに手当り次第人に訊ねるのが落語の前半のおかしさで、箕有電軌の予定路線は、北の新地の先の梅田を出発点に、おおよそ落語のなかの猪買いが教わった通りの道筋を辿っていた。だから川西村寺畑の阪鶴鉄道本社から猪名川を渡って、川東の池田に出て、大阪まで一三が歩いたのは「猪買い」の阿呆の帰りの道筋だった。

少年時代箕面《みのお》からこの道に出て大阪靫《うつぼ》の肥料屋までホシカ（鰊粕）を買いに手輓き荷車で往復したという人に、昔の様子を聞いてみた。行きがけは空車だから、百姓の父が「乗りよ」と乗せてくれて話しながら行った。朝三時に起きて弁当を持って出るのがまる一日の仕事になった。途中、町らしいのは岡町くらいで、あとは一面の田圃。淀川の橋は荷車がすれ違うのがやっとの板橋で、橋の穴から高水工事が竣工したばかりの新淀川の水が見えた。「箕面電車」が開通した明治四十三年頃でも、今の梅田の手前の中津駅あたりは泥の蓮田で「じゅくじゅく」しており、六月に花が咲くとどこまで続いているか果てが判らないほどだった。……

のちに箕面電車が「みみず電車」と悪口を言われたのは、畠や田圃のなかばかり走りまわる電車の他に、土地を売って食うからという意味があった。その畠と田圃の中の路線予定地を二度歩いて「みみず」式経営法を思いついた一三は、腹案を持って岩下清周を訪ねた。この時の話の内容は「阪急創立のころ」（昭和五年）、『阪神急行電鉄二十五年史』（昭和七年）、『逸翁自叙伝』（昭和二七年）に、一三の談話や文章として出ている。それぞれに異同があるが、何れも一三が提示したのは五百五十万円の資本金の第一回払込金（棄権株は無いとして）百三十七万五千円だけで開業出来るようにする方法であった。

三種の資料のうち、一番古い「阪急創立のころ」には、住宅経営案の神話はまだ出ていなくて、その代りに、一三が既に三井物産の飯田常務から、「仕事をするならば（材料機器一切を延払いで）貸してやろう」との約束を取りつけていたと書いてある。これならあとは土地代と工事費くらいで開業できる。その上で岩下に、未引受の五万四千株に何とかして引受人をこしらえて貰い、自分たちにこの仕事をやらせて頂きたいと願ったという。これに対して岩下は事業の成算を問うたあと、一三自身が出来るだけ伝手を求めて引受人を探すことを条件に、不足分は島徳蔵にも諮って岩下側で引受けようと約束した。

自叙伝だけは、この時岩下から一三が次のように叱られたと伝えている。

「君が私に仕事をやらせて頂き度いといふやうな申条では駄目だ。君も三井を飛び出して独立したのであるから、自分一生の仕事として責任を持ってやって見せるといふ決心が必要だ。……」（『逸翁自叙伝』）

叱られた一三は、自分がこれまで月給取の経験しかなく、こんども岩下に株主をあてがってもらって設立した会社で、その重役として給料を貰えれば結構という虫のよい考えであった、と告白している。見方を変えると、これは岩下から一三がその時箕有電軌を領国として宛てがわれたことを示すものだ。まるで織田信長の麾下に入った戦国の部将のようなもので、敵国敵城の切取り手柄は勝手だが、生命財産も自分で面倒をみろ、ということになる。この時「残った株については島徳蔵にも相談して」と言われたことに一抹の不安が残り、

「そこが判然としない」（『阪急二十五年史』）

「どこぞに割りきれないところがあって」（『逸翁自叙伝』）

もし島徳蔵や今西林三郎ら岩下配下の阪神電鉄重役たちが棄権株を引受けるとすれば、ゆくゆくは箕有電軌が阪神電鉄に吸収されるのではないかと心配になり、島徳蔵に直接打診してみたりした。ある時期まで、一三は今西はもとより島徳蔵にも警戒の目を持ち続けるが、その点でも信長の部将たちの心境に通じるものがある。

疑いと不安は残っているけれども、とにかく岩下のいわば「安堵状」をとりつけた上で、一三は大きな賭に出た。生れつきの賭事嫌いで通っていた一三だが、事業の上では何度か極めて個性的な賭をしている。この時は箕有電軌の全発起人（即ち大阪財界の顔役たちを含む阪鶴鉄道全重役）を相手に、万一会社設立に失敗解散した際の損失を全部一身で弁済することを条件として、新会社運営の全権を自分によこせという交渉に及んだのである。まだ三十四歳の一三が度胸を据えて書き上げて、大立物を訪問しては署名捺印を求めたという契約書が残っている。

第一条は、未引受株五万四千余株を小林一三が引受ける約束（但し、実際は岩下の北浜銀行が代って大部分を引受けてくれる筈であった）。

第二条、これまで箕有電軌の発起人にも入っていなかった一三が、今後発起人及び創立委員に加わって、創立事務執行者となること。

第三条は、明治四十年七月十日より、会社創立に関する一切の事務は小林一三がこれを「専行」し、他の全発起人は「何事ヲモ関渉《ママ》ヲナサス又ハ異議ヲ唱ヘサルモノトス」という大胆不敵な条文であった。

その代りに最後の第四条で、会社が不成立もしくは解散の場合、発起人・創立委員が負担すべき金銭上、その他一切の責任は一三が負うことを約束していた。「まかり間違った場合には五万円のバクチだ」と度胸をきめたというが、一三の計算によれば、最悪の事態に彼が払わねばならぬ金額は創立費約三万円と毎月当り四千円の雑費を合わせて四、五万円ほどで、それは彼の財産でまかなえる範囲内ではあった。これに対して先ず創立委員長が株主への責任上自分の立場は譲らないと反対した。自叙伝によれば一三はこの時、御同意を受けて相談ずくでゆくというようなやり方が今日の苦境を招いたと説き、その愚を再び繰返すのはいやだと、断乎としてはねつけたという。その代りに、会社解散の場合に一三が支払うべき金額まで明記した証文を別に取られた。委員長はじめ土居通夫ら大阪のお偉方が、文句をつけながらもこの屈辱的な契約に調印したのは、一三の胆っ玉と、世間からそこまで会社の前途が危ぶまれていた情勢と、もう一つは一三が「岩下氏のロボットであるような顔をして居なければ先方が乗って来ないので」、そのように振舞った結果である。前述の三つの資料から拾えば、そういう結論になる。

また余談だが、大正六年に死去した土居通夫を記念して翌七年に前述の今西林三郎の手で追懐録が編まれた時、財界の付き合いとして一三も談話の形で回想記を寄稿した。他の人たちがそれぞれ故人の徳をたたえているのに、一三はいきなり、

「私は土居翁に対して只一つ感謝すべき事を持ってゐる」

と切り出して、株の引受人が無くて難渋した箕有電軌創設時の挿話を述べた。この時、費用は

全部自分が支弁する故に創立の全権を委せて貰いたいと申し込んだ一三の提案に対して、異議をさしはさむ者もある中に、一番に賛成して、

「小林君が責任を以て創立すると云ふならば、すっかり彼に委しては何うか」（傍マル印小林一三）

と他の委員を説得したのが土居翁であり、この点について土居翁を徳とする——ただし、株の引受手がない場合には多額の出費がおのれに及ぶという時に、若僧である小林如きにそれが出来るか否かの検討をさておいて、何はともあれ委せてしまって「責任と負担の転嫁を図られたのは土居氏が損失支弁の防禦策から出たのではなかったかなど揣摩するものもなきにあらずだが」と、最後まで皮肉と嫌味をこきまぜたのであった。ともかく一三の土居嫌いは徹底的で、その死後も手をゆるめていない。もう一方の今西嫌いと共に、その理由については、恩人岩下の失脚にからめて8景で改めて考えることにする。

ここで土居のために一つだけ弁ずれば、宇和島藩の足軽の養子として育って、脱藩したり、勤皇方の志士に交ったり、大隈重信の知己を得たり、官途についても、鉄道に勤めたり、裁判官に転進したり、行動家として若い頃はさまざまな苦労や体験を経て、乞われて大阪鴻池家の顧問となった彼は、阪鶴鉄道に関しても明治二十六年以来創立委員総代として精力的に走り回った。たとえば、明治二十七年三月、財界の要望に従い、ただ一度だけ衆議院議員に立候補して当選しているが、たった三カ月の議員在籍中に、同鉄道の申請が許可されているのである。『土居通夫君伝』の編著者半井桃水は、

「このたびの選挙運動費千五百円は宇和島銀行より借入れて当日の運動者に交附せることを日記中に摘録せり」

と注記を入れている。当り前のことであるが、土居通夫としては、阪鶴鉄道を通すために私費をなげうったと思うのも当然だろう。なお、同年六月衆議院が解散になると、七月一日には「再び代議士たるの意思なき事を明かに」して、その後はどんなに人に勧められても応じなかったという。つまり、一三の非難するお手盛り退職金は、土居の論理に於ては正当な慰労金だったというわけである。

調印の日付は明治四十年六月三十日だが、前に引用した一三の詩華集を見ると、この年の前半は作品がなくて、六月二十七日に至って突然十九句、翌二十八日に十五句作っている。二十七日は団扇、二十八日は蚊遣が主題で、のんきな句ばかり並んだ。難局を切り抜けた心境なのか、それとものるかそるかの瀬戸際の日だったのか。

振り上げし団扇そのままあおぐ哉

こうして箕有電軌の創立事務を一人で全部引受けることになった一三が先ず実行したのは、経費の極端な節約であった。そのため阪鶴鉄道の事務員はいったん全員解雇し、事務所を大阪高麗橋にある平賀敏のセメント会社の二階に移した。家主の平賀から、空部屋一室を二十円で借り、給仕・小使・電話・電灯代をすべて家主におんぶした。線路敷設工事の設計監督は外部に依託し、事務員は一三以外に二人だけだった。

未引受株式の手当は、東京へ行って甲州系商人である先輩・友人に頼んで一万株近くの引受人を得、不足株四万数千株は北浜銀行に引受けてもらった。しかし、世間に向けてはどこまでも「此電鉄は設立が覚束ないと思われるように仕向けて」沿線土地の値上りを防いだ。すると逆に、あれは工事に着手しないで阪神電車に売込むのが目的だと悪宣伝をする者や、失権株証拠金の取戻し訴訟を起す者が現れたが、何とか切り抜けながら、一方「驚くべき真剣さと迅速さによって」建設を進めた。このような知略と馬力を兼ね備えた行き方が、やがて一三の作風として完成されて行く。

会社創立は同年十月十九日、社長となるべき岩下の名は当分表面に出さず、北浜銀行関係者を重役に並べ、一三が専務取締役となった。

明治四十一年　春
申《さる》の春ウンと引掻廻すべし

岩下の社長就任はこの四十一年秋になるが、新淀川鉄橋と岩下社長の話も面白い。路線の工事はかつて岩下の庇護を受けて成長した大林組が精力的に当り、むずかしい仕事から先に始めて、新淀川の鉄橋工事は四十二年秋に竣工した。その頃新淀川には、あやしげな木造の仮橋がかかっていて、水嵩が増すたびに不通になるというのに、その隣にかかった鉄橋は、板橋を渡る人々の目をそばだたしめて「生きた広告」になったと一三は書いている。しかし当時、他の電鉄線路の一哩あたり平均建設費が二十二、三万円であった時に、箕有電軌だけは十六、七万円に抑える方針をとったから、新淀川鉄橋も橋桁がプレート・ガーター式になった。新淀川開鑿工事は明治三十一年から始まっており、三十八年に開通した先行の阪神電鉄では、橋桁の鉄材を遥か英国から輸入してトラス・ガーター式の二千四百フィートに及ぶ鉄橋を架けていた（阪神電鉄『輸送奉仕の五十年』による）。官鉄の東海道線もまたトラス・ガーター式であった。ところが、岩下社長が、どこから聞いて来たのか、阪神電車がトラス・ガーターである時に、うちの鉄橋に欄干のないのは困る、と言い出した。要するに、プレート・ガーター式とは、枠のない鉄橋と思えばいいらしい。一三は、プレート式は如何にも貧弱だが、強度に於てはトラス式と少しも変らぬのみならず、将来の車体の拡大や重量の増加に応ずる増強工事のためには却って有利だと信じているのだが、岩下は、

「お客商売には民衆の心理状態を摑む必要がある。木製でもよい、鉄橋に欄干をつけよ」

と追及がきびしい。現場を見てくるたびにまだかまだかと催促をする。技術長が困っているのを見て、一三は図面だけ作っておけ、あとは僕が引受けるからとそのまま放っておいた。一三は岩下の癖を知っているから、そのうち忘れて何も言わなくなると予言した。大恩人の親分に対しても、一三は硬軟両様の使い手であった。

開業当初に発行された「箕面有馬電車名勝御案内」（復刻版）を見ると、新淀川左岸の「新淀川停留場」（大正一五年廃止）から鉄橋を望む写真が出ている。手前の三十メートルの長柄運河の鉄橋はトラス・ガーター式だが、その先の長い橋には八の字を逆にしたように、鹿踊りのツノのように複線の両脇に架線用電柱がはね出して、それがだんだん小さく濃く重なって来たあげくに果てが霞んでいる。

この鉄橋が次に架けかえられたのは大正十五年だが、大正五年頃対岸の十三から電車で北野の梅花女学校に通っていた人の記憶では、淀川の鉄橋に「わく」が無くて、雨が降ったり風が吹いたりしたら、チンチンといって動く昔の市電のような電車がゆらゆらして怖かった。ゆっくり走るのでなお胆が冷えたそうだ。岩下社長が欄干をつけよと再三申しつけた気持もわかる。しかし何度催促されても、一三は「開通までには出来ましょう」と図々しく答えるばかりで一向に直そ

うとしない。いつのまにか予言通り先方も忘れて黙認に終ったという。

「真剣・迅速」な工事が完成して梅田―宝塚間、石橋分岐点―箕面間の営業を始めたのは、世間に発表していた明治四十三年四月一日の開業予定日より二十一日早い三月十日であった。同時に進められて来た京阪電鉄、神戸電鉄（のちの神戸市電）、兵庫電軌（現在の山陽電鉄）の新設工事、及び南海鉄道の電化工事の、そのどれよりも箕有電軌の開通が早かった。

開通式は池田車庫で行われ、第一日の切符売上げは千六百五十円に達した。開業翌日の新聞に試乗の記事がある。

「少し腰掛の狭いのと運転の震動でピリ〳〵と頭へ響くのが遺憾だが、線路は丘陵の間を走るので南海や阪神に比すると変化があつて面白い（略）石橋の分岐点は三角形の乗降場頗るハイカラなもので、池田は本日の開通式の準備に忙しく、宝塚はわざ〳〵山を越えて乗りに来る客多く町内景気づいてゐる」（大阪朝日新聞明治四三年三月一一日）

東風《こち》ふく春に魁《さきが》けて
開く梅田の東口
往来《ゆきか》ふ汽《き》車を下に見て
北野に渡る跨線橋《こせんきょう》
菜種の花の道ゆけば
眼にも三国の発電所

一三が作詞した「箕面電車唱歌」の一節だ。

とか、「わたる石橋分岐点」、「土産も重き宝塚」といった駅名語呂合せは、三井銀行名古屋支店時代に作った銀行用語歌いこみの「園遊会《そのあそび》」の曲や、俳句の戯れ書きで、読者にもおなじみの一三の手の内で、やがては宝塚少女歌劇の座付作者としてこの才能が専門化されるわけである。「箕面電車」は当時の通称で、大阪の人々には宝塚よりも箕面が身近に思われていた証拠にもなる。一三作詞の唱歌でも、十五節のうち三節までが箕面の鑽仰に廻されていた。尤も、これは絵葉書に刷りこんで箕面に遠足に来る小学生に与えて歌わせ、家庭への土産とする宣伝効果を最初から計算しての作詞らしい。

「北野に渡る跨線橋」は官線大阪駅の東側で東海道本線と城東線をまたぐ橋で、開通当日の新聞写真でみると専用電車線ではなく、インバネスに帽子をかぶった男が二人広い橋の真中を歩いている。その下の梅田停車場は六間道路で曾根崎警察署と鼻をつき合わせ、道路に直面して改札口があったから、改札が立てこむと客が道路にあふれた。電車が着くとその人たちが乗降口に殺到する。悲鳴をあげる子供がいたりすると、小林一三が走って来て、

「押してはいけない。児どもがつぶれるぢやァありませんか」

と甲高い声で客を制したり叱ったりしている光景もしばしば見られた、と毎日新聞記者村島帰之が書いている。電車は発車するといきなり左へ急カーヴをまがりながら跨線橋を上るので、レールにきしむ車輪の音が悲鳴のように聞えた。また到着電車が橋から降りてきて、よくそこで脱線したという（「大阪春秋」九号、鈴木啓三「大阪郊外電車の思い出」）。

箕面電車の乗客サービスは、早くから徹底しており、終点に近づくと棚の上の荷物を車掌がおろしたり、混んでくると客に詰合わせてもらって子供連れの婦人客を坐らせたり、きめのこまかな温いものであった。一三と同じ電車に乗り合わせて彼が率先してそれをするのを見た、という話は無数に残っている。明治の山陽鉄道や関西鉄道の昔から、私鉄のサービスは西高東低という伝統があるが、一三はもっと大阪風に、専務が先に立ってやり続けた。

その頃車掌だった人の手記がある。

「当時のポール式の電車では、車掌はポールスタンドによる断線事故を起さぬ様に常にポールのコードを握っていましたが、特にスピードの出る所とかカーブでは注意してしっかり握っていたものです。（服部・三国間の牛立の曲線はよく断線事故があり、魔のカーブとして当時恐れられたものです）然し車掌は乗車券の改鋏もしなければならず、（小駅には改札掛はありませんでした）カーブなどにさしかかるとあわてて改鋏を途中にして車掌台に戻って来ると、いつの間にか先生（引用者註・小林一三のこと）は気軽にコードを持っておられ〝いいよ私が持っていてやるから君は早くお客様の方をすまして来給え〟とおっしゃられ、恐縮しながら又車内に戻ったものでした。ある時はセンター・ドアーの所に立たれて電車が駅に着くと、小さく駅名称呼されてドアーを開け、お客様を取り扱い、小さい子供は抱いて降されたものでした。夏の暑い時のブラインド・サッシュのあげさげは車掌にとって大変な仕事ですが、それさえ気軽く手伝って下さったり、ある時は乳を呑ませていた子供を背負おうとする母親を手伝ってあげたり、それが本当に自然に感じられるのでした。（略）

数えれば車掌時代の思い出も、枚挙にいとまがないのですが、私は唯一度先生の制服、制帽姿を拝見し、非常に珍しい事だと思いながらも、東郷元帥に似ておられるなあと感じたものでした」（「阪急」昭和三二年二月号、御厨孝一「小林先生の思い出」）

その代り一つ間違うと、所きらわず大声で面罵されるし、責任者は現場に直ちに呼びつけられた。その部下のしつけのきびしさたるや、一三自身が、「よくあれで新淀川の鉄橋から投げ込まれなかったことだ」と述懐するほどであった。

開業後間もなくのことだが、ある晩、停電事故が起こって淀川沿いの十三停車場付近で立往生した電車の中で、浪曲を語った車掌がいた。鉄橋の上で停ったのかも知れないが、真暗で客が騒ぎ出したので、「ご迷惑かけて済みません、つたない芸やけど浪曲を一席語らせて頂きますからご辛抱下さい」と断って、「南部坂雪の別れ」をやった。一席語って終ったところで電気がついたというが、たまたま乗客の中に毎日新聞記者がいて、この人が一部始終を書いて新聞に載せた。そしたら小林専務から呼び出しを受けた。叱られたのではなくて、宝塚の寿楼へ呼ばれて、もう一ぺんやれと言われた。

この話を、その車掌の養女だった人から直接聞かせてもらった。大正の中頃、自分が小学生になってから父がその新聞を読んでくれて「真暗やからやれたもんやなあ」と言ったそうだ。父は四国の生れで、大阪へ出て市電の車掌をしていたが、明治四十二年の天満焼けの大火に焼け出されて池田へ来たのが箕面電車に勤めるきっかけで、のち出札係だった母と恋愛結婚をしたが、その時の仲人として、また小林一三の名が出て来た。彼女自身は尋常小学校一年か二年の頃、父と電車に乗っていて初めて一三に逢っている。

「父に、あの人が小林社長さんやでと教えてもろたので覚えてます（註・当時は専務）。今でいうグレイの霜ふりのような背広を着て、しゃんとしてられましたから覚えてます。立ってられたので、私も父も坐らんと立ってましたですわ」

「社長さんはよく電車に乗ってられて『席があいてたら掛けはるけど、めったに掛けはれへんのは感心や』と、両親がよう言うてました。『奥さん孝行や』いうて、——弱かったんですわ、奥さんは。駅前から奥さんだけ人力車に乗せてお帰りになった言うてました」

この人自身も、十七歳の時に、阪急百貨店の前身、阪急マーケットの菓子売場に勤めたことがある。父の妹も、宝塚に出来た新温泉に働いていたと聞いた。まだ「箕面電車」と呼ばれていた間は、のんきな時代で、ぶどう時分になると父がぶどうをたくさん持って帰る。ぶどう買うたんかと聞くと、いや、電車停めて取ってくるんや、と答えたそうだ。

幕間

　もし小林一三がいなかったら、いたとしてもここまで書いてきたような運命に一三がめぐり逢わなかったとしたら、私の歳に近いか、もっと上の年代の上方生れの人間は、自分たちにとっては確固とした人文的世界である「阪急沿線」というものを、ついにこの世に持たずに終ったことであろう。それが日本文化にとってどんな意味があるかは判らないが、かつて阪急神戸線の西宮北口あたりから六甲山系沿いに神戸の東の入口まで、また西宮北口まで戻って直角に同じ六甲山脈を今津線で東の起点宝塚の谷まで、そして宝塚からは宝塚線で北摂の山沿いに大阪に向って花屋敷から池田、豊中あたりまで、その線路より主として山側の、原野であった赤松林と花崗岩質の白い山肌・川筋にまるで花壇や小公園や、時には箱庭をそのまま植えこんだような住宅街が、ある雰囲気を持って地表をしっとりと掩っていた。今から四十年以前のお話である。

　すべての山の斜面は南に面しており、中でも西宮—神戸間は、海から山へせり上って行く狭い傾斜地を、一番海に近い家並みに沿って阪神電車（明治三八年開通）、そのすぐ上が阪神国道電軌（昭和二年開通後阪神電車が買収）、もう一段上を官鉄（明治七年開通）、一番山手を阪急電車（大正九年開通）と、四つの線が並んで走っていたのだが、一番上の線路のなお上に大正以来造られてきた住宅街は、山際をかすめて大阪—神戸間を試運転時には四十二分（大阪毎日新聞による）、十四年後には二十五分で駆けぬけた小豆色（阪急ではマルーンと呼ばれている）で統一された電車の姿や機能と相俟って、長い長い立体的で緑色の休息地——これまでの日本にはまだなかった、何と名付けてよいかわからない匂いのいい世界を、この地上にかたちづくって来たように思われる。昭和で言えば十年代半ば頃まで、大阪市内の小学生・中学生だった筆者などは、恐らく日本中のどこにも、これほど自然と人工の粒のそろった美しい住宅地帯はないと確信し、遥かに慕情を寄せていた。

もしそんな少年が、ある日のたそがれどき、坂の多い松の香りにむせるようなその街の一角に、感傷に身をまかせて立ちすくんでいたとすれば、石英分の多い六甲の峰々が上の方から順に紫色に変って行き、やがて同じ色の風が麓の洋風赤屋根の瓦や壁まで深く染めるのを、世界苦のひびきを聞く面もちでどんなにか苦しげにこの身の肌に受けとめようとしたことだろう。すると心が一層迫ってきて、灯がともり始めた谷間や丘の窓硝子という窓硝子の内側に、どうしてもスリッパを履いた美しく聡明な少女が愁い顔に立っていると信ぜざるを得なくなるのである。大正時代に植えつけられた苔や蔦や薔薇がしっかり根付いて外壁や白塗りの塀にからみ、家のかたちと、家の建っている丘陵や谷の光と翳りとが、すなわちこれらの家のなかに住む人々の高貴な精神を限どっているのであった。少年の想像に於ては、令嬢や夫人の服や外套の仕立ては香港や上海で年季を入れた中国人裁縫師に限るし、味噌汁や大根漬の代りにパンやチーズを求める先は神戸トアロードのドイツ食料品店に限られるのであった。そしてその口より発する言葉は口臭に汚れた自分たちの大阪弁とは違い、匂いのいい紙石鹼のような標準語に他ならぬと思われた。美女の顔に似た住宅街にふさわしく、静かで清潔な陽光をたたえた駅のプラットフォームには、このあたりの傾斜の急な谷や川原にころがる微光を発する薄色の丸石を積んで、コンクリートで固めてあった。それが春先で、線路の土手にたくさん植えてある桜が咲く頃なら、疾走する電車の内壁がうす桃色に染まる思いがした。この時線路のほとりに立てば、海老茶色の鋼鉄製特急電車が思いきりぜいたくに花びらを噴き上げ、桜色の渦に巻きこんで一瞬に走り抜けるのが見えたことであろう。

昭和十年を前後する時代に、私の通っていた大阪市内の南海電車沿線の小学校でも、阪急電車は速力と、海老茶一色に統一された鋼鉄製車体と、野暮な装飾など一切無い機能的で重厚な内装によって、私鉄電車品定めにおける人気は抜群だった。

「一回乗っても南海電車」
「全身乗っても阪神電車」
「特急に乗っても阪急電車」

こんなことを言い合いながら互いにひいきの電車の自慢をしては、相手のひいきをこきおろすのだが、野球好きの少年が甲子園球場や阪神タイガース球団の魅力をどんなにほめたたえても、電車の速さを言い立てられると、黙って引きさがらざるを得なかった。大正九年夏、神戸線開通の頃、明らかに阪神電車を意識して一三が作った有名な新聞広告文案に「奇麗で早うて、ガラアキ、眺めの素敵によい涼しい電車」というのがある。大正末頃に小学生だった人の話でも、わざわざ阪神電車打出停留場の下の家から、禁じられた汽車の踏切を越え、阪急電車のパンタグラフというものを見るために、山道を探険に行ったという。ポールで走る曲り目の多い阪神電車よりも、その頃から小学生の間に速い阪急の人気が高かったらしい。ただし、これは敷設当時の立地条件が物を言ったわけで、同じ阪急でも、箕有電軌以来の宝塚線は曲り目と駅の数が多く、電車も旧式のものが使われていた（戦後には阪神電車も大阪—神戸間を二十五分で走る特急電車を運転している）。

ともかく私が小学生の頃は関西の私鉄の黄金時代で、大阪天王寺—東和歌山間を四十五分で走った阪和電車（現ＪＲ西日本）の超特急や、天王山あたりの地峡の併走区間で東海道本線の超特急つばめを追い抜く新京阪（現阪急京都線）や、上本町—宇治山田間を走る参宮急行（現近鉄）の便所付き二等車風車両も人気があった。これらに較べると、阪急の「特急」は極めて実用的日常的だった。「流線型」なんかでない同じ型の海老茶色の車両が、梅田発の二本に一本は特急になり、どの特急も西宮北口で前の普通電車に追いつき、神戸上筒井、のちには三宮まで二十五分で走るのだから、小学生の評価ではその日常性が却ってマイナス材料になるほどだった。

その上に、宝塚があった。昭和十五年までは少女歌劇と呼ばれていた宝塚のレビューは、これまた大阪育ちの私などにとっては「阪急沿線」と分けることのできない一つの世界の別の呼び名のようなものであった。花崗岩質の六甲と北摂の山塊との峡谷を流れてきた武庫川が大阪平野へ出る場所に、たしかに宝塚という明治生れの炭酸泉の温泉町があり、その対岸に箕有電軌時代の阪急が明治末から大正はじめにかけて建設した「新温泉」の建物のなかで、女ばかりの「学校」が「歌劇」の余興を続けているうちに、主客が転倒して少女歌劇の方が有名になってしまったということには違いないのだが、この美酒に一度酔った人にとっては、それは形のないかぐわしい雰囲気のようなものであった。

たまたま私の通った小学校の林間学舎が、阪急今津線で宝塚の四つ手前の駅近くにあった。埃っぽい大阪の街中から先生に引率されて、阪急梅田駅から神戸行き特急に乗り、乗換え駅の西宮北口に降り立つと、山から吹き渡る風の匂いがまるで違って爽やかに貴く、たちまち私たちは精神の平衡を失った。プラットフォームに袴をはいた若い女性がいたとすれど、誰もが宝塚の生徒かと疑われた。男役の人たちは短く髪を刈り上げ、七三に分けたりオールバックにしたのをポマードが陽に照り輝くほどに押えつけていたからすぐそれと判ったが、娘役は普通の女のひとと区別がつかなかった。というよりこの電車に乗る女の人は、身も魂も美しいという信仰がこちらの胸の中に最初からあって、その象徴が宝塚の生徒なのであった（女優と言わずに生徒と自他ともに呼ばせるならわしが、一層彼女たちを精神的な存在にした）。

今津線の宝塚行きに乗り換えて、三つめの下車駅に来ると、私は白い砂や石のまばゆいプラットフォームから、山裾に沿って延びている線路の果てを切なく眺めるのが常であった。このレールの先の、同じ平面に、宝塚という匂いのいい世界が実在することが殆ど信じられないほどであった。それでいて、駅を出て丸い白味がかった石でしっかり土手と堰を固めた水のない川に沿い、松の枝の間から時々赤い屋根の見える住宅街や、大地主の経営する高台の果樹園や、丸石を積んだ垣があるだけでまだ家の建たない広い松林だの、その林から吹いてくるしめった風だのは、即ち宝塚の序幕の舞台装置であり、もう始まっているオーケストラの音合せのひびきなのであった。

この「阪急沿線」がそこまで増殖する以前の、最初の核は、箕有電軌池田室町分譲住宅だ。電車開通を一年後にひかえて二万七千坪の土地を会社が買ったのが明治四十二年四月で、その秋「如何なる土地を選ぶべきか。如何なる家屋に住むべきか」という小冊子を発行した。自叙伝にも転載してあるところから、書き手は一三だと決めて引用する。

第一は、誰に買わせたいかということだ。

「巨万の財宝を投じ、山を築き水をひき、大厦高楼を誇らんとする富豪の別荘なるものは暫くおき、郊外に居住し日日大阪に出でて、終日の勤務に脳漿《しょう》を絞り、疲労したる身を其家庭に慰安せんとせらるゝ諸君」

今ならサラリーマン諸君と呼びかけるところだろう。広告文によれば箕有電軌は既に沿線各停留場付近に八十六町歩、三十余万坪を住宅用地に確保したとある。この時代既に大阪にもかなりの給料生活者がいた証拠になる。一三が相手にしないという「富豪の別荘」は阪神間の神戸寄り――東海道本線住吉駅周辺や、浜側に新設された阪神電車の芦屋駅あたりに分布して、その邸のための請願巡査派出所があったり、一つの町名ぜんぶが塀のうちであるような豪邸も作られていた。実は一三自身、烏ヶ辻の借家から引越して自分の家を建てようとした時に、先ず狙ったのも阪神間だった。生れた時から居候として育てられたから自分の家に住みたい慾望が盛んで、明治四十年に大阪へ来てもすぐ家を買う気になって阪神間を探したと、ある文章に書いている。しかし、どのみち家を持つなら自分の事業である箕有電軌沿線に新築しようと考え直して、選んだ場所が池田であった。

池田町の五月山麓に一三が最初の自宅を建てたのが明治四十二年秋だから、恐らく土地を買ったのは、室町分譲地の買収よりまだ早かった筈だ。話が逸れるが、その頃は一三も今に電車が開通すれば値上りするからと、友人にも「君地面を買って一緒にやろうじゃないか」と勧めて廻ったりもした。ところがこれはよろしくなかったと、のちに反省している。一三が自分で書いていることだが、大正中頃神戸線の新設が決った時、彼は社員を集めて従来のあやまちを説き、路線の計画中に土地を買っておいて私利をはかる鉄道関係者のこれまでの「常識」は、自分で自分の首をしめる行為であった、値上りする土地は会社の土地経営部が買うべきで、「線路用地買収と建設プランが完了するまで」土地を買うことを厳禁する、と申し渡したという。――それはさておき、一三が自分が住むべく選んだ最良の土地に最初の住宅地を経営したのも、また注目すべきことだろう。パンフレットに戻るが、池田に郊外生活の「模範的新市街」の標本を作る理由として、以下の「天与の恩恵」を挙げている。物資の供給自由なること。完全なる学校病院の存在すること。電信電話の便あること。気候風景共に佳なること。水質好良なること。大阪迄電車の時間僅に二十三分なること。電車賃の安きこと。……

　右の「天与の恩恵」に加えた「人為的設備」は次の通りである。

一、完全なる道路を設け両側に樹木を植ゆること。
一、一戸建の家屋を建築すること。
一、庭園を広くすること。
一、電灯の設備あること。
一、溝渠下水等衛生的設備を十分ならしむること。
一、会社直営の購買組合を設け、物資の供給を廉売ならしむること。
一、娯楽機関として倶楽部を新築し、玉突台其他の設備を完全ならしむること。
一、公園及花樹園を設け花卉盆栽園芸趣味を普及ならしむること。
一、床屋、西洋洗濯等日常必要なる店舗を設置せしむること。

　もともと「住宅地経営」という発想自体が、一三自ら同じパンフレットの中で認めている通り欧米の電鉄会社から真似たものであって、バタくさくなるのは当然といえるが、今から七十数年前に池田ではほぼこの通りの施策が実際に行なわれた。現在宝塚行きの阪急電車が池田駅を出て猪名川鉄橋にかかる手前の、左窓に見える家並みの中の木立が呉服《くれは》神社で、木立の周辺にまっすぐな区画の残る古い家並みが、かつての室町分譲住宅地だ。明治四十二年の写真をみると、田圃か畠の真中に呉服神社があって、遥か突き当りの猪名川の土手まで何もない。ここを整地して一区画百坪の土地に、建坪二十坪の家を数十種類二百軒建てた。いまではかつての百坪区画が更に五つ六つに細分化されて新建材の家が建てこんでいる地所もある。同じパンフレットで一三は、ためしに他の電鉄の建てた「所謂《いわゆ》る郊外生活の家屋」と較べてみてごらんなさいと、声高らかに問いかけている。他社の建売りは、

「其設計が人家の稠密せる大阪市街の家屋と同様型にあらざれば、棟割長屋的の不愉快なるものにして、且つ塀を高くし垣を厳にせる没趣味なる、如何に諸君の希望に添はざるの甚しきかに驚かるべし」

なるほど、阪神電鉄がほんの一足先、同じ明治四十二年九月西宮停留場付近に建てた最初の貸家は、写真で見ればたしかに「棟割長屋」である。一三の分譲住宅は、最初から大阪離れした小市民的生活様式を売物にした一面がある。桜井住宅地の広告に「東京風の住み心地好き田園生活」という言葉も使われており、建てた家には「西洋館」も含まれていた。自叙伝によれば、計画の中での失敗の第一は購買組合と倶楽部の設置、第二は西洋館の新築だったとあり、自分の啓蒙的施策と利用者の感覚との間のずれを認めている（四十三年後、七十九歳の一三は、なお自分が「洋式礼讃論者」であると述べ、自宅の女中部屋も押入れにすべき所を二段棚の寝台に造りつけてあるのに、一向に使われた形跡がないと嘆いている）。しかし、その他の多くの面で一三の考えは当時の若い給料生活者の気持を強く引きつける要素があったらしく、土地百坪に二、三十坪の家屋（二階建、五〜六室）、庭園施設一式がついて二千五百円乃至三千円、二割の頭金に十年間二十数円という月賦払いの条件で売出した池田室町経営地はたちまち大部分の区画を売りつくし、続いて桜井（明治四四年）、豊中（大正三年）と大きく手をひろげて行く自信と基礎を得た。

大正の末頃、一三が阪急の住宅土地経営に成功すると、招かれて東京の目黒蒲田電鉄や東横電鉄の重役となり、田園調布をはじめ今の東急沿線住宅街の建設指導に当ったことは有名な話だ。一三の追悼式に、のちの東急を育てた五島慶太が、

「東急の経営は阪急の方針をとり、すべて小林イズムを踏襲して参りました」

と挨拶したとも聞くが、住宅経営に関する限り、これは「東京式」の逆輸出というよりは、生活様式や感覚の上で近代を日本に根付かせる秘訣を関東まで教えに行ったと言う方が適切ではなかろうか。まだ先の話になるが、大正時代の浅草オペラが花火のようにたちまち燃えつき、先行した宝塚少女歌劇が根付いて育っている事実とも関ってくる筈だ。

明治四十四年四月、作家岩野泡鳴の日記に、池田室町の二階家からの眺めが書いてある。泡鳴はこの春、大阪新報に勤めるため、二人目の妻、遠藤清子を連れて大阪へ来た。大阪新報は北浜銀行の岩下清周が後援する新聞社で、その要請でひところ一三が経営の面倒をみていたから、彼が泡鳴に池田に住むよう誘ったのであろう。

「四月三〇日、清子、下女と共に下阪。府下池田に定めて置いた借家に伴ふ。箕有電軌会社経営の新市街の一角で、電車線路を越えた旧市街のあなたに聳える五月山が書斎と定めた二階の一室から見える。その隣室からは六甲山が見える。家の前方二三丁にして、昔の呉織綾織の記念なる呉服《くれは》神社の森が見える。二三十間にして浄瑠璃にある相模稲川を思ひ出させる猪名川が流れてゐる。人らしい門附きの家へ這入つたのは、大久保の寓居が初めてだが、今回のは門も家の内も以前のよりはよく、周囲の風景が面白いと言つて、下女までが喜んだ。僕も、あすからは、ここから五里の道を電車で三十分で大阪へ通ふのである」

泡鳴は足かけ二年間池田室町に住んで、また東京へ戻っている。最初の年は新聞社へ精勤した

が、年が明けた頃から出社せずに玉突ばかりするようになった。明治四十五年二月五日「玉突三時間余」、二月七日「玉突一時間半」、二月九日「玉突二時間」などと所要時間まで日記に克明に書き入れている。この玉突台が置いてあるのが、一三の失敗したという「倶楽部」であった。経営地内の呉服神社境内に作った公園の一隅に、購買組合の店舗と並べて倶楽部が建てられていた。「居住者の親睦を謀り、併せて娯楽の用に供すべし」という目的で二階が三十六畳の大広間、階下に玉突台、電話、碁盤、将棋盤などを備えて随意の使用に供し「雨の日のつれ〴〵風の夜の無聊を慰むるに足る」筈だったが、これが誤算で、郊外住宅に住んで大阪に通勤するような人士は意外にも極めて家庭本位であって、倶楽部に出かけてまで遊ぼうという気持が無いことが判った。誠に結構な話だと一三は却って感心している。そこでせっかくの玉突台も、せっせと使うのは、「起床、午前十時半。出社せず。玉突、二時間」という生活の岩野泡鳴くらいのものだったわけだ。

　泡鳴はこの頃大阪新報に小説『発展』を連載しているが、日記をみるとたびたび小林一三に逢っては自分が思いついた事業を吹聴し、かつ忠言を受けている。それは宝塚温泉で早撮り写真を開業する計画、新雑誌発刊の計画などで、日記には記されていないが、箕有電軌の三国停留場から曾根停留場までの軌道両側の土地を借り、果樹を植えて商売をしたいと一三に申しこんだこともあった。五月からは庭で蜜蜂を飼い始め、しばらく職業的蜂飼いたらんと熱中するが、九月の日記に小林一三宅の納屋に蜜蜂の天敵熊蜂の巣があると聞いて、専門家の一勢をつれて同家に至り、主人の留守中に熊蜂二百十四をみな殺しにしたことが書いてある。翌日箕有電軌へ金を借りに行って一三に逢ったところ、「君は失敬な人だ」と叱られた。何かと聞くと、「きのう熊蜂を退じたが、あれは幸の神として縁喜《ママ》がいいことにしてあつたのだ」と言われた（岩野泡鳴「続池田日記」より）。

　そのうち泡鳴は家賃も「小林から貰つて置いてくれ」と言って払わなくなり、更に旅費にと六十円借りて東京へ帰ってしまったきりだが、一三は彼に悪意を持たず、却って面白がっている。青鞜派同人だったその妻清子についても同然である。もともと室町「新市街」の居住者は、古い池田の町とは電車の線路で隔てられているだけではなくて、くらし方がまるきり違った。子供たちも、町方では旧来の池田小学校へ通わすのに、室町の子は大てい入学試験のある池田師範附属小学校である。「昔は、室町の人と言えば違いましたなあ」「線路からあちらというと、知識階級で、子供さんの格好もスキーッとしてました」と町方の故老からも聞いたが、岩野泡鳴の細君は当時流行の「新しい女」の一人で、ビロードのマントを羽織って歩くので、室町の中でも評判であったと一三が自叙伝に書きつけている。

　室町経営地の二年あとにできた桜井経営地は、箕面の一つ手前の桜井停留場周辺で、五万五千坪と前回の倍の広さだった。この売出しには、室町の失敗にかんがみてか「新宅物語」と題のついたごく日本調の広告文を一三が書いた。

「『美しいお宅ですことね、羨ましいわ』と十八九のうひうひしい丸髷の妻君は二階の欄にもたれ、箕面の翠山を渡り来る涼風に髪の乱るるを厭はぬのである。『昼日中もそれはそれは涼しいのよ、水がよくつて蚊も少ないし』と此の家の主婦は冷した水蜜桃を進めながら『此の桃も宅の庭で出来たのよ、召上つて頂戴な』と言ひながら青簾を捲き上げる。『間取りもいいし何もかも便利に、よくこんなに建つたものですわ』と感心しながら、丸髷の妻君『甚だ失礼ですが、家賃は如何ほどですか』『家賃ではないのよ、大阪にゐて借りる家賃よりも安い月賦で買ひましたの』『アラ、さう、月賦ッてどういふ風にするの』（引用者註・このあと説明あって）……『さう、わたし、旦那様にお願ひしてこちらへ移りませう、大阪で家賃を出すなぞ馬鹿らしいわ』と新宅の二階座敷で仲好し同士の物語」

ここへ入居した人たちの中でも、東京から来た勤め人の家では女の子がお河童頭だった。箕有電軌に畠を売った家の子で、その頃小学校四年生だった婦人の思い出では、地元桜井の農家の女の子たちはお河童頭を指さして、

「あの人かわいそうに『毛ェ切り』に切られはって、あんな頭にされてしもて」

と同情したそうだ。ちなみに、「毛ェ切り」とは子供たちが恐怖の対象にしていた想像上の存在で、日暮れどき大きな日本鋏で、女の子のお下げや三つ編みの長い毛を根元から断ち切って歩く怪人物である。その時売った土地は蚕豆の畠で、花が咲いた時に線路の地上げをしたから、あとから豆が電車道に顔を出したという。

一三はこうして沿線の田舎のなかに、都会よりハイカラな地帯をつぎつぎに創り出して行った。それは入居したお客と、自然と、時代を半歩ほど慎重に先どりした作り手との合作というべきだろう。中でも最も阪急沿線らしい地帯として残ったのは、風化した花崗岩質の傾斜地や扇状地に出現した住宅街——地霊や民俗伝承といった有機的要素の洗い流された、真白な砂と岩と松の緑の町である。最もその条件に適うのが宝塚から神戸までの六甲山系の麓であった。年に二度三度の鉄砲水に文字通り洗い流されて白く輝いた広い川原や谷間が、護岸や堰堤工事で美しい林のなかの住宅街に育った例がいくつもある。小説『細雪』に、普通の洪水と違って「真白な波頭を立てた怒濤」が飛沫を上げながら押し寄せたと書かれた、昭和十三年夏の芦屋川や住吉川の山津波は、街の成り立ちをあらためて思い出させる事件であった。甲子の年の大正十三年前後から阪神電鉄が開発した細長い甲子園住宅地もまた、荒れた廃河川敷の整地から始まった。

また話が飛躍するが、第二次大戦の半ば、真珠湾攻撃直前の秋から、朝日新聞に小説『新雪』（藤沢桓夫作）の連載が始まった。私は旧制中学の四年生になっていたが、受験勉強に忙しい級友が、意外によく読んでいて毎朝その日の展開が話題になった。重苦しい時代に、誰もが毎日一回分刷り立てのこの小説を読む時だけは心が晴れる気持になったのだろう。その原因の一つは、阪急神戸線沿線が舞台になっていることで、この土地の性質を深く知る人が、この町の値打ちにふさわしい光を松林や月見草や家のたたずまいに投射して描き出していると、――子供の心にも信じられたからである。小説では、物にとらわれない考えの持主である小学校の先生が、阪急電車で大阪の診療所へ通勤している活動的な美人眼科医と、この町に住む東洋語学者の父の助手をしているしずかな娘（保子）の二人から好意を持たれていた。読者である私の思慕の情は後者に集中した。心身ともに清楚で、決して露わに出さない美しさと聡明さを備えている理想的な女性が、本当にそのひとらしく美しく生きられる場所は阪急神戸線沿線以外にありえないと、中学生の私はこの小説がもうすぐ終る頃に、かなしくなるほどに確信した。

六甲に住む保子に対する憧れは、私一人だけのものではない。「新雪」の題名のもとになった作中たった一行のせりふに答えるために、この小説が完結した昭和十七年から丁度三十年目に、ボルネオのキナバル山頂の雪を見に出かけた読者がいる（庄野英二「キナバルの雪」）。三十年目だから行ったのではなく、昭和四十年代に入って漸く我が国でも特殊な場所への個人的な旅行が許されるようになったのを、待ちかねて出かけたのである。「一行のせりふ」というのは保子の唇から出たもので、赤道にも雪があるでしょうか、と父なる言語学者に訊ねている。父も確答はできず、ただボルネオにはキナバルなどという高山があるから、頂上まで行けば雪が見られるかも知れないと答えたのであった。これが、紫に暮れる六甲の麓に住みなせる保子の口から出た問いに答える為でなければ、誰が思いをこめて危険な場所へ不安な旅を試みるだろうか。……

思わず力が入って、話が遠く高く逸れてしまった。「煙の巷」と戦前から呼ばれた大阪の街なかに住んで、日頃阪急沿線を仰ぎ見ていた子供の目にはそのように映っていただけで、実際に住んでみれば相応に辛いこともいやなこともあるだろうし、小説『新雪』もそのように書かれていた筈なのだが、——それでもなお、昭和十九年初秋、中部二十三部隊に入営する前の日に、別れを惜しむ恋人もいないまま、「代用食」の弁当を作ってもらって朝家を出た十九歳直前の私は、とりあえず梅田に出て、そのまま阪急電車に乗ってしまった。宝塚は既に三月で閉鎖され、海軍飛行予科練習生の兵舎に使われている。西宮北口で各駅停車に乗りかえ、ひとりでに岡本駅に降り立っていた。住宅街の坂道を一番はずれの丘までゆっくり登って、家々を見下ろせる赤松林で弁当を食べ、日が傾くまで松風の匂いや、白い塀や、煙突の出た赤屋根の勾配やらを、この世の名残に何一つ見落さず身につけて戦地へ行こうと、歩きまわったものであった。だがそれは、いくら触れようとしてももはや実体のない蜃気楼のように見えた。

今から考えると、いかにも稚い思いこみだが、しかし「阪急沿線」というものがもし無かったとしたら、もともと稀薄な自分の過去が、全く彩り薄いものになったと思われる。

その、あえかな色合いの大部分が、小林一三という人のおかげを蒙っている。

6景　宝塚新温泉

もう一度、「みみず電車」時代の箕面有馬電軌に戻る。

『阪神急行電鉄二十五年史』（昭和七年）の年譜の中で、箕有電軌の路線工事が完成した明治四十三年二月から、宝塚少女歌劇開幕の大正三年四月に至る四年間は、読み方によって甚だ牧歌的な花やいだ時代ともとれるが、逆に田舎電車が生存をかけて泥の中を転げ廻った跡のようにも見えてくる。読んでいて一つ驚くのは、『二十五年史』出版時の社長小林一三にとって都合の悪いこともかなり露わに書いてある点だ。右の年譜を『小林一三翁の追想』巻末の年譜で補足しながら引用する。

明治四十三年二月二十二日　梅田―宝塚間二四・九粁、箕面支線四粁竣工。同じ日、大阪市との野江線に関する契約は疑獄事件に発展、又、岡町登記所登記官買収に責任ありとされ、両事件の取調べのため、一三は予審判事の令状を執行され拘引される。

三月三日　線路用地買収に関し、岡町登記所に於て登記官に対し勧業債券十円券五枚贈賄の件裁判沙汰になり、罰金三十円に処せられたるを以て責任上専務取締役小林一三専務を辞す（野江線問題では不起訴）。

三月十日　運輸営業開始。

三月十三日　池田車庫ニ於テ開業式典挙行、来賓七百名。

七月一日　社債（日本で初めて、という説明あり）二百万円発行。
十一月一日　箕面動物園開園。
四十四年五月一日　宝塚新温泉営業開始。
六月十五日　桜井住宅土地（池田室町に次ぐ五万五千坪の造成）売却開始。
十月六日　箕面動物園にて山村子供博覧会開催（電車の誘客を目的とするこの種の催しとして日本最初、の註記あり）。
四十五年（大正元年）七月一日　宝塚新温泉内にパラダイス（プールを中心にした娯楽場）新設開館。
大正二年三月二十三日　向う六十日間宝塚新温泉場内に婦人博覧会を開催。
六月二十三日　宝塚—有馬間軌道敷設権放棄。
七月一日　宝塚唱歌隊組織せらる。
三年四月一日　宝塚新温泉に婚礼博覧会を開催。余興場（パラダイス劇場）に於て歌劇上演開始。
年譜の記事に、少し解説を加えておこう。
明治四十三年の「大阪市との野江線に関する契約」問題は、箕有電軌の梅田終点を延長して、同じ年に出来た京阪電鉄野江停留場と結ぶ計画に関連して生じた。大阪市内に電車を通す計画路線ゆえ、先ず大阪市会の承認を必要とするために、一三は市会のボスに顔のきく友人松永安左衛門に頼んで、市助役と有力議員に働きかけてもらった。その結果市会の承認を得て同線の認可が下りたのが明治四十二年三月だった。松永は当時神戸で「石炭コークス販売に成功し、大阪における私達悪友グループの一人」だったと『逸翁自叙伝』にあり、松永の回想では「その頃、九州の福岡市で福博電車を創立し」開業の準備を進めている最中だった（『小林一三翁の追想』）。

右の松永の談話筆記に従うと、その際一三が箕有電軌株を市助役に渡したことが、市電路線にからむ大阪市疑獄事件の一環として問題になった。取調べの手が一三たちに及んで来そうになった時、弁護士の事務所に両人で相談に行き、待たされている間に一三が俳句を五十句も作って松永に示した逸話は既に紹介したが、一三と同時に拘引された松永の五十年後の回想では、贈賄側の収監は証言を求めるための措置だったという。

「監獄」から毎日中之島の裁判所に引き出されるのに、手錠をかけられて護送の馬車に乗ると、真中の仕切の向う側に一三が編笠姿でしょんぼり坐っている。豪気な松永が大声で話しかけると、巡査に一喝制止された。こんな状態だが、二人とも収賄者に迷惑をかけたくないから、偽証罪に問われるぞと脅されながらも頑固に事実を認めない。認めぬ限り釈放して貰えないから、松永の親分の福沢桃介と一三の親分岩下清周が平賀敏もまじえて相談して手を打ったという。以上の松永の談話には一三の年譜との食い違いもあって、そのまま事実と認めるのは危険だが、そこまで無理して有利な条件を一つでも先に作っておかなければ、いつ弱小会社が当時の私鉄の花形、一割三分配当の阪神電鉄に合併されるかも判らない情勢だったことは確かだ。——箕有電軌の棄権株四万数千株を引受けた北浜銀行の岩下は、そのうちあの会社を子分の島徳蔵や今西林三郎のいる阪神電鉄に売りつけるだろう、という風説が最初からあったし、一三自身、

「結局阪神と合併するのが最後の目的で、悪い意味で言へば阪神に売付けて儲けようといふ計画であるかもしれない、それでなければ、如何に私が小賢こく説明したからとて、（岩下が）不足株を全部引受けるといふのは如何にも大胆だと、私自身が思った位であるから」

と当時の疑心暗鬼の心情を語っている（『阪急二十五年史』）。自叙伝のなかにも未遂に終った

合併劇が一度ならず企てられたてんまつが書いてあるほどで、一三の地位が内外とも不安定だった様子がわかる。全権を持つ親分岩下の一声で大会社に併合されれば、ここまで積み重ねた創意工夫が水泡に帰してしまうのである。

「結局松村君（引用者註・大阪市助役）は有罪の判決を受け、一生を日蔭に送って、秀才の前途をあやまるに至ったその不運に引替へ、私達は幸福に生活してゐるのであるから、実にお気の毒で、痛ましく思ふ」（『逸翁自叙伝』）

友人先輩にも迷惑をかけ、終生忘れることの出来ない事件だったと、生涯の終りにあらためて一三が書きつけている。彼には一日も早く自分の体制によって経営を安定させてしまいたい焦りがあった。

本来は社名の通り、万葉このかたの有馬温泉に客を運ぶ鉄道だった筈の箕有電軌が、とてもそこまで線路を延ばす余裕がない。客足をふやすために、一三は有馬の代りに先ず宝塚温泉（冷泉）の発展策を考えて、元湯の権利に手をつけようとした。即ち、地元の温泉組合と共同出資で汲み上げた鉱泉を一元的に火力で温めてタンクから各旅館に内湯を配給し、一方冷たいままの炭酸風呂を箕有電軌が新設する構想である。ところが、一三の言い分では、

「宝塚発展の大局を忘れて、水道の権利だとか、元湯の使用権や、その分配の独占権だとか、四五人のボスの頑強なる自己主義と、（電鉄の開通で）俄かに値上りした地主の慾張りから」

工作が失敗に終った。地元側にも言い分はある筈だが、これが「開通半ケ年もたたぬ間のこと」だと一三は自叙伝に書いている。次に作ったのが、箕面の動物園だった。

ラケット形《がた》の終点に

止る電車をあとにして

行くや公園一の橋
渡る渓間の水清く

小林一三が作詞した「箕面電車唱歌」の、箕面停留場を歌っている部分だ。ラケット形の終点とは、電車が終点で折返さず、ループ状の線路を廻ってそのまま復路に進入する仕組みを示す。明治四十五年二月に発行されたイラスト風沿線案内図をみると、テニスのラケット状の線路の左側に「おりば」、その反対側に「のりば」がそれぞれ別に造られ、真中に木立と公会堂の建物が見える。このあたりの農家に生れた中井忠次郎の話では、客を降ろした電車が「のりば」までの半円周を「車輛とレールが食いついて、きいきいきいというて廻った」そうだ。勇ましいのは、植木を大阪へ出荷する無蓋貨物電車の運転手で、冬は真黒の外套に防寒羅紗の頭巾をかぶって、「鉄のハンドル・ブレーキをガチガチガチと廻しては、足で蹴って歯どめをかける。ゆるめる時は、ぐっと押しておいて、蹴って歯どめを外し、カリカリカリと戻した」

昭和五十六年夏の聞き書き当時七十八歳の中井老人が、実際に足で蹴る動作入りで話してくれた。これが地元の少年たちの憧れの的であった。その停留場から約一丁、昔から滝と紅葉の名所で知られた箕面渓谷へ登る道の入口左手に、嶮しい小山の中腹を切り拓いて建てた別荘松風閣があった。のちに岩下が背任横領の容疑で検挙されたいわゆる北浜銀行事件に際して、建築費の出処について疑惑の対象となった豪華な寮だ。電車開通の八カ月後、この別荘のある山に、一三は動物園を作った。

「箕面電車唱歌」でも十五節中三節を箕面の描写に割くほどの力の入れようで、駅から「一の橋」を渡って渓谷をさかのぼると「青葉の雲に霧こめて、夏尚寒く雪と散る」二百尺の滝があるのだが、谷に入る手前に、中国風の望楼つき朱塗りの山門を一三は建てた。これが動物園入口で、

渓の流に朱の橋　　　這入る御門の両袖に
孔雀キラ〳〵金襴の　羽根を広げて迎へけり
（箕面動物園唱歌）

動物園の歌も一三の作詞かも知れない。自叙伝には「自然の岳岩を利用し、四角の箱の中に飼育せしめたものと異り、猛獣の生活を自由ならしめた自然境の施設は自慢の広告材料であった」とあるが、要するに山に横穴を掘って鉄格子と扉をつけたていどのものだったらしい。

公爵桂太郎が総理大臣であった時に、岩下の招待で、有名なお鯉を連れて一夜動物園の上の松風閣に遊んだことがある。夜更け、たまたまライオンが吼えたけって鳴きやまず、今にも岩穴の檻を破って暴れこんで来るのではないかと女たちが大騒ぎをしたところ、朝になったらそのライオンがお産をしていたと判った。お鯉は縁起がいいと喜んだが、旦那の桂の運勢はその頃から落ち目になったという。ただし、これは作り話かも知れない。

鼻で働く象あれば　腹にて歩むカンガルー
千匹猿の軽業を　　しらぬ狸の空寝入

この動物園や公会堂で一三はしばしば客寄せの催物をやった。名勝地を足場に、ゆくゆくは箕面を大衆の遊楽の場所として開発する抱負を持っていたらしい。彼自身が箕面が主力だったと言っているし、土地の古老からも、

「最初は箕面行が本線で、それからあとに支線の宝塚線ができました」

「はじめのうちは、（小林一三は）歌劇もみんな、箕面へ持ってくるべしでしてん」

という話を聞いた。しかし、

「ここいらの四箇村の人が固い人ばっかりで、そんなものが来て水を取られたら百姓ができきんと頑張ったんで、それで宝塚の雑地の、百姓のおらん所へみんな持って行った」

一三が自叙伝に書いている箕面撤退の理由は、動物園の岩穴の猛獣が危険なこと、改造維持費がかかりすぎること、渓谷森林を俗化したくないこと、以上の三点だが、水利の問題や経済面で宝塚と同じような深刻な反対に出逢いもしたのだろう。箕面市史によれば、このあたりは伊丹や灘に売る酒造米の産地として府下屈指の場所だった。

箕面で挫折した一三は、またすぐ代案をひねり出してもう一度宝塚に目を向けた。こんどは山が迫っている温泉街とは川向かいの、武庫川左岸（大阪寄り）の広い川原の埋立地に「新温泉」を建て、ここを本拠に大衆娯楽施設の建設を進める構想だった。三つ目の案は成功して、やがて箕面の動物園と公会堂も新しい埋立地に移された。ここは、のちの「阪急沿線」の象徴である白く輝く砂と赤松の新開地で、たしかに「百姓のおらん雑地」であった。

いまも、阪急電車宝塚駅から宝塚大劇場に通じる通称「花の道」の真中は、子供の背丈ほどに一段せり上った遊歩道で、そこに桜や山吹が植わっている。そのおかげでとりわけ宝塚の春は美しい。これが昔の武庫川堤防で、現在も大小二つの劇場と「大温泉」などが、国有地の古堤防と、いまの武庫川との間にある。あとから開発された動物園と遊園地は古堤防の外側の松林にできた。

ところで、「旧温泉」と呼ばれるようになった本来の宝塚の温泉街は、阪急やＪＲの宝塚駅から町を抜けて橋を渡った先の、六甲山系譲葉峰の山裾が迫っている武庫川右岸（神戸寄り）にある。この温泉の歴史を略述する前に、武庫川について一言触れておきたい。武庫川の源流をどこまでもさかのぼると、いつのまにか加古川に出て海に向ってしまうらしいが（武庫川研究会『加古川をさかのぼる』による）、ともかく丹波から右岸の六甲山系と左岸の北摂山系の峡谷を抜け、宝塚で平野に流れ出るや忽ち右にうねって大阪湾に向うこの川は、上流の山の植林までを含む大治水事業が始まる明治二十八年頃までは、まったく大した暴れ者だった。阪神間の川の常としてふだん少い水量が増水時には何倍にもふくれ上り、大雨が来るごとに、上流の三田盆地で溢水が起るほか、下流のここら辺りでも、右岸（六甲山系）の砂漠の涸川にも似たその名も逆瀬川ほか何本かの支流の鉄砲水も併せて溢水し、左岸の堤防を破ることもしばしばであった（『宝塚市史』による）。それらの砂礫が積もりに積もって、左岸堤防の内外に出来た白砂青松の荒地が、間もなく少女歌劇発祥の地となったのだが。——

宝塚温泉の話に戻って、いまの宝塚ホテルの裏の方角に当る右岸の旧伊子志村（のちに良元村）の山裾に、酸い水と鹹《から》い水が湧いていたことが昔から知られていた。改めてここを温泉場として、四軒の旅館が開業したのは明治二十年。その時温泉とは直接関係ないが対岸の川面村（のちに小浜村）の一つの字《あざ》の名前に過ぎなかった宝塚を、縁起がよいからと右岸の温泉の名に移したのが、宝塚温泉の始まりと言われている（『宝塚市史』の中の一説）。湧いて出るのは、食塩アルカリ性の鉱泉と炭酸泉で、ゼ・クリフォード・ウイルキンソン・タンサン鉱泉株式会社の創業が明治二十三年。明治三十年に阪鶴鉄道が開通して「宝塚駅」が出来、旅館料亭の数がふえたというが、明治三十三、四年頃ここを訪ねた小泉信三は、大変寂しい温泉場だったと書いている。まだ少年時代の思い出である。

「川に臨んでまばらに建つ旅館の一つに上って昼飯を食うと、女中が裾をからげて跣足《はだし》で磧《かわら》へ降り、或る場所からビンに水を汲んで来た。口に栓をして、これが炭酸泉だという。しばらくしてポンと音がして、ビンの栓が飛んだ。これが鉱泉の鉱泉たるところだ、という訳で、吾々はそれを珍重して飲んだ。河原の彼方から鶏の声がきこえて来る」（『小林一三翁の追想』）

いまも、その「元湯」でメリケン粉を溶いて炭酸煎餅を焼いている店が宝来橋のたもとにある。汲みおきの器をのぞかせてもらったが、宝塚にふさわしく硫黄気のない透き通った「元湯」であった。

だが小泉信三が遊びに来た頃から約十年後、箕有電軌の電車も通じる頃になると、かなり様子が違ってきた。池田室町の、箕有電軌の貸家に住みついた作家岩野泡鳴が、明治四十五年七月三十日（明治天皇崩御の日）に書き上げた短篇小説「ぼんち」に出てくる「宝塚温泉」は、「がらり」と音がするほど違う感じの場所になっていた。小説の主人公は気が弱いが色気づいてきた大阪の商家のぼんちで、これが玉突屋で知り合った三人連れの鴨になって「宝塚行」を賭けたゲームでさんざんに負かされる。彼らにとって宝塚は、一げん客でも遊べる岡場所である。ここで芸者を四人買って一泊し、往復の足代まで払う約束をさせられたぼんちは、それでも、親に内緒で生れて初めて女と遊ぶ自分を想像すると、嬉しいような、恐ろしいような、賑やかなような、悲しいような気分になる。梅田から、「郊外の箕有電車」に乗って、自分を鴨にした男から恩きせがましく、

「あんたにも、なア、ええ女子《をなご》を世話してあげまつせ」

と言われると、恥ずかしくて、目をそらして車内の人を見廻し、うちの人や出入りの男がいないかと気にするのだった。淀川の鉄橋を渡り、十三駅を過ぎると、「大坂《ママ》の方の空がぼうッと赤くなつてゐるのが見える。あの下にうちの者や好きな女子等《をなごら》が、殊に隣家の静江さんも住んでゐるのだな――そして、その空が車の向きで隠れて行くのを追ふ為めに」窓から首を出したぼんちは、いきなり頑固な親に太い棒で殴られたような衝撃を受ける。電柱に頭をぶつけたのだ。車掌が見舞いにくると、三人の連れの方があわててぼんちの口を封じて、何でもないと答える。

「この辺と蛍ヶ池とは、柱が真中に立つとりますから、お顔を出すとあぶないです」

車掌の説明を聞きながら、ぼんちはまだ今夜の女のことを考えたり、親にばれたらどうしよう

と心配したりするが、頭はだんだん痛くなり、これはただ事ではないと思えてくる。しかし連れは金主のぼんちをしっかりつかまえて、途中で降ろしてくれない。

「しっかりしなはれ、な、行《い》たら、女子《をなご》を抱かせたるさかい、なア」

清《きよし》荒神の梅林や竹藪の蔭を出て、宝塚新温泉の「イルミネション」が山と山の間を照らして目を射た時、さあ終点だと思ったらぼんちの意識がぼうっとなって物が見えなくなる。それでも、両側から支えられて改札口を出て、餅菓子屋の角を曲り、氷屋と食道楽との向い合った道を夢中で歩いて、突き当りの相生楼ではなくて、その隣の小さな家に連れこまれる。ぼんちはもうすぐ自分は死ぬだろうと思いながら、酒だ芸者だと騒ぎ立てる連れを眺めている。……

「けふ、大阪研究の最初の結果なる小説『ぼんち』（四十九枚）を脱稿した」

七月三十日の池田日記に泡鳴は、そう書きつけている。

一三の自叙伝によれば、明治四十五年頃実際箕有電軌のセンターポールで頭を打って大怪我をした乗客がおり、泡鳴は、「この小説は箕面電車の提灯持だよ」と一三に笑って言ったそうだ。

「読者受けはしなかったが、時代のセンスに活きた本格的の小説家であった」

これが一三の泡鳴評だが、小説を書き上げた日、泡鳴は久しぶりに勤務先の大阪新報社へ顔を出して、翌日から年号が「大正」と変るのを知った。――

ところで明治四十四年五月に一三が昔の川原の埋立地に建設した新温泉は、ぼんちの一行が目指した宝塚の享楽の夜のイメージとは、更にまた一転した真昼の夢の世界だった。白い砂と松の新しい埋立地に建てられたのも白堊の二階建て洋館づくりで、広間にはシャンデリアが輝いていた。もっとも、旧温泉の客と同じように、新温泉の施設も最初は男客を主力に想定されたものだった。一三の自讃によれば、

「我国に於ける初めての構想であり、大理石の浴槽と宏壮な施設により、毎日何千人の浴客を誘致して繁昌した」

とある。「何千人」とまではいかず、二年目の大正元年（明治四五年）九月期の営業報告では一日平均千六百五十二人となっているが、男子浴場は、脱衣場の壁面一杯に岡田三郎助の油絵がかかり、珍しい蒸気風呂まであって、中央のライオンの口から熱湯の噴き出る大浴槽では「泳ぐべからず」の貼札の下で、大人も子供も嬉々として泳いだ（『宝塚歌劇五十年史』）。入浴料は大人五銭、小人二銭、「大多数のお客様は、園内の武庫川に臨む掛座敷の鳥菊の親子丼に集った」（『逸翁自叙伝』）。当時十五銭の鳥菊の親子丼が大阪一帯を風靡していたらしい。宝塚までの電車賃が梅田から片道二十銭（別に税金一銭）、往復三十八銭、所要時間は片道四十五分であった。

もちろん客の過半は男で、数年後の、少女歌劇が始まってからの写真で見ても、インバネスを着た商店主、鳥打帽の丁稚や番頭らしい人が劇場からの通路に溢れている。明治末から大正半ばの関西では、まだ勤めるのも、遊びに出かけるのも、自由に使える金を持っているのも、ほぼ男たちに限られていたのだ。そこで新温泉開業の余興には、大阪南地の芸者の「芦辺踊」全七場を見せた。また最初の二年間は、年末や年始に遊女に関する書画や珍品を公開する展覧会「遊女会」を開いている。もしこのままで推移すれば、一三の経営にかかる宝塚は、「ヘルス・センター」のはしりに留まったであろう。

この新温泉に、少女ばかりの唱歌隊をはじめるという思いつきが一三のなかにひらめいたのは大正二年頃だ。これが「少女歌劇」の方向へ自ら発展していくのだけれども、それ以前に、もっと大本から時代を先取りした一三最大の卓見は、ここに「女子供」即ち家族連れを集めてみようとする考えだった。グリムやアンデルセン童話のお城や邸宅のように、屋根に窓があき、物見の塔がくっついている洋館がそもそも婦人子供の好みにかなうし、内部にも「婦人化粧室、婦人休憩所等、専ら女子供の歓心を買ふ各室があった」と一三が書いている。シャンデリアのある中央の広間から左に広いのが男子浴場で、女子浴場と休憩室のついた家族浴場は右に続いていた。

大理石《なめいし》の温泉《いでゆ》の中に浪子はもギリシヤの女《ひと》に
似したちすがた　　高安やす子

湯あがりのかるき身をなげたぐひなきここち
にぞよる土耳古《とるこ》椅子かな　　矢沢孝子

二首とも新温泉建設七年後の作ながら、当代大阪きっての若手女流歌人が宝塚少女歌劇の機関誌「歌劇」に寄稿したものだ。右の短歌に詠まれた婦人浴場や休憩室が、建設当時からこのような設計だったかどうかは判らないが、初めの歌に出てくる浪子は、少女歌劇最初の大スター雲井浪子のことである。恐らく楽屋風呂が無かったか、あってもこちらの方が気分がいいから入りに来たのか、矢沢孝子にも、

美《くは》し少女《をとめ》くもゐしのはら化粧《けはひ》すとけはひおと
すと入る温泉《いでゆ》かも（傍点引用者）

の一首があるから、そんな呑気で優雅な時代だったのであろう。しのはらは二期生のスター篠原浅茅である。今も姿勢正しく、きびしく美しい雲井浪子の話によれば、宝塚の採用試験（大正

二年)の時も、家族風呂のあいている一室で「小林先生」から口頭試問を受けたそうだし、採用後も三台しかないピアノ練習の順番をとるため、朝の五時に宝塚へ行き、先ず新温泉に行って手を温めてから弾いたというから、彼女らは空いた家族風呂を自由に使っていい許しを得ていたのかも知れない。

　話を「女子供」にもどす。新温泉を開業してから三年目、すなわち大正二年に、一三の方針がはっきり変っている。それは客寄せのための催物の変化で判る。大阪南地の芸者の「芦辺踊」と、二年続いた「遊女会」から百八十度切替えて、三年目の大正二年春には「婦人博覧会」となり、京大から上田敏博士を講演に招いたりしているし、次いで大正三年春に婚礼博覧会、四年春は家庭博覧会と続いた。既に紹介した通り、宝塚少女歌劇第一回公演は、婚礼博覧会の余興として「観覧無料」で見せたのである。

　なぜ、ここで方針を変えたか。何も手がかりはないが、一つには小林家の子供たちが、大正二年には上から十二歳、十歳、九歳、四歳、二歳と成長して、彼ら彼女ら自身が宝塚の客となった場合のことを、一三が考えたためだろう。少女歌劇第一回公演を彼が初日に家族連れで見に来て、内容に「駄目」を出したことはのちに触れる。

　これを時代の流れの先読みだと片付けるのは簡単だが、一三の凄さは、たとえば明治四十四年の瀬音の変化から、直接女性一般の「大正時代」を読み取ってしまう感受性と、想像力である。

　新温泉ができた明治四十四年は、北原白秋の詩集『思ひ出』の出版記念会に、上田敏が「感覚解放の新官能的詩風」と絶讃した年であった。ワイルドやビアズレーを好んだ大正の新しい女性たちの右に掲げた短歌を、一三の女性に対する商略として読むことができる。高安は、イプセンの『人形の家』の最初の紹介者である詩人・戯曲家高安月郊を出した大阪の開明的な医家の一族、矢沢は大阪の女流文学者で宇野浩二や岩野泡鳴とも面識があった。一三は彼女らの短歌の意匠の新しさを、少女歌劇の上質のイメージ・ソングとして珍重したらしい。

婦人解放を説く平塚雷鳥たちの雑誌「青鞜」の発刊も明治四十四年だが、この年開業した帝国劇場が、川上貞奴の女優養成所を引き継いだかたちで、わが国ではじめての女優劇を上演しだした時も、一三は顔のきく重役の福沢桃介に頼んで、食事の席などでその女優たちによく逢わせてもらったし、劇場へ新しい女の一典型柴田（三浦）環を見にも行った。

「私なぞ其当時は未だ大阪に在つて箕面宝塚といふ田舎電車の建設中で劇界のことなぞに興味があつた訳でもなく、どちらかと言へば弥次馬で、東上の度毎に、『女優を見せて下さい』と桃介君におたのみして帝国ホテルの食堂で、女優御招待に陪席の光栄を得て七八人の満艦飾と隣りあつて、『芸者よりいいのもあるネ』なぞと憎まれ口をききながら、律子（註・森律子）の大きい口をジッと眺めて居た」（「女優生活」昭和十七年頃）

一三が知悉している芸者の世界の苦衷に較べれば、彼女らの訴える「自由」など何ほどのこともないと思っていたに違いないが、そのくせ「東上の度毎に」わざわざ何度も見に行ったというのは、この人たちを通して、背後にいる若い女性たちを、これから開拓すべき新しい大切な顧客層だと直観したからこそではないか。

次のひらめきは「西洋音楽」の採り入れだ。

明治四十四年春東京丸の内の堀端に建てられた五階建ての帝劇――当時の政財界の近代派によって創立され、三越と同じく慶応出身者が第一線の幹部に多く、準国立劇場の観があった新しい洋式劇場――で、翌四十五年二月小林一三が見物した作品のなかに、能楽に基づく歌劇「熊野《ゆや》」があった。自叙伝によればこの日の印象がのちの宝塚少女歌劇の開設と関わってくるというから、少し詳しく見ておきたい。

『帝劇十年史』ほかの記録によれば、明治四十五年二月二日―二十六日の公演外題は、

「塩原高尾」
「日の出」（佐藤紅緑作、イプセン風の女優劇）
「熊野」（杉谷代水台本、ユンケル作曲と伝えられる創作オペラ）
「陽気な女房」（女優劇か）
「松竹梅」

以上五本立てで、通常の歌舞伎、女優劇（女だけの芝居、ではなく女役を女形の代りに本物の女優が演ずる劇の意味で、当時は破天荒の試み）、オペラを並べた和洋混淆のふしぎな組合せである。出演者も、帝劇専属の松本幸四郎、尾上松助たち歌舞伎俳優に、清元や長唄連中、帝劇で養成中の森律子をはじめとする女優たち、三浦環、清水金太郎らの契約歌手と養成中の男女歌劇部員、それに新しく編成した十数名の管絃楽部員であった。既に前年、三浦環たちによる歌とダンスの小品「胡蝶の舞」（東京音楽学校教師ヴェルクマイスター作曲）を歌劇と称して上演しているが、「熊野」は観客の失笑を買った。一三の見聞によれば、

「そのころの観客は大体芝居のセリフ、講談のセリフを聞きつけている人たちだから、『もォーしもォーし』といって奇声を発してやるのがおかしくてしようがない」

のである。その上、もともと見物客の大半は、中幕のオペラではなく芝居を見に劇場へ来た人だった。当時の音楽雑誌を見ると、たとえばその前年、新潟県の招きで県会議事堂で演奏した東京音楽学校教師ベッ（ママ）ツオルト氏（H. Petzold）が、「精神凝めて朗々と歌ひだすと」聴衆の県庁の役人や議員たちが「クス〳〵〳〵果てはワアッハ中には腹を抱へて笑ひ出すもある」（「音楽

界」明治四四年三月）という記録もあるほどだから、まして歌舞伎に出てくる王朝物の衣裳を着けた男や女が、謡曲がかりの古語を西洋風の発声で大口をあけて歌ったのでは、辛抱できずに噴きだしたのが当然かも知れない。

実はユンケルの曲を探してみたのだが、関係者の間では現存しない幻の曲というのが定説になっているようで、後出の雑誌評に見える日本語の「アクセントは悉く蹂躙されて居る」実例は確かめ得なかった。しかし、台本作者の杉谷代水の「選集」が死後出版されているのが判り、この本で明治三十九年に書かれた歌劇「熊野」台本を読むことができた。四百字詰原稿用紙にすれば七、八枚ていどの、作曲されてもまず四十分前後の小品である。「夢の間惜しき春なれど」の合唱に始まり、平宗盛の思われ人熊野に母の危篤のしらせが来て、「あら悲しや何とせん」と、故郷三河に帰ることを願う彼女を、宗盛が行く春を惜しむ心で強いて花見に誘うのが「上」の段。下段は道行から始まり清水寺境内で「一さし舞ひ候へ」と所望された熊野が、折から降りだした村雨に事よせて、

「いかにせん都の春もをしけれど
　なれし東《あづま》の花やちるらん」

と歌い舞うと、

「実《げ》に道理《ことわり》なり憐れなり」

と感心した宗盛が「東に下り候へ」と暇を与える。同名の謡曲の構成と言葉に副って、台本も簡潔に書かれていた。「ゆや、唱」とか「侍女、合唱」とか、「宗盛、白」と指定が入れてあり、「白《せりふ》」と「唱」が約半分ずつのオペレッタ形式であった。大正四年四十一歳で早逝した杉谷が坪内逍遙門下であったことは記憶しておいてよい。彼は、師の評によれば、己れを空しうして、名

を求むることをなさざる人だった。苦労して早稲田中退後、逍遙のもとで教科書編集の実務を手がけ、一方、師の文芸協会のために戯曲や新作狂言を書き、さらに「月なきみ空にきらめく光」で有名な唱歌「星の界《よ》」（明治四三年）も彼の作である。「星の界」はコンヴァース作曲の讃美歌What a friendの旋律に日本語を入れた「あてこみ」の歌であって、代水が西洋音楽もよく心得ていることがこれによって判る。「熊野」の台本も、坪内逍遙が明治三十八年七月の日付の序文に、

「代水君の歌詞もまた清麗にして典雅玩誦するに堪へたり」

と書いている通り、決してオペラのテキストとして無理なものではなかった。ところが、素人の観客ばかりでなく、音楽専門家も挙ってこれを酷評した。当時の最高権威であった東京音楽学校学友会機関誌「音楽」は「国辱」と極めつけ、また歌手たちの顔が細面でなく「丸ぽちゃ」の多いことまで非難している論者もいた。同誌の「楽壇時評」は決定的な意見だろう。

「吾人は前号に於て、ウエルクマイステル氏作曲の『胡蝶の舞』の失敗を見たる心故に、同じく我国語を知らぬユンケル氏の『熊野』の作曲を危んだ（引用者註・ヴェルクマイスターもユンケルも東京音楽学校教師だが、かねて三浦環と共に帝劇歌劇部の指導を委嘱されていた）。然るに愈々開演されて二十日間の興行を続けた。吾人は素より予想もあつたが、聴いて実に唖呆然たるばかりである。第一、我古風俗と洋風の旋律とが不一致不調和である上に、予期の通り我国語のアクセントは悉く蹂躙されて居るし、且つ舞をダンスと同じやうに解釈したと見えて、全く振事はメチヤ〳〵に破壊されて仕まつた。これでは『熊野』の歌詞が玩弄されたばかりでなく、我日本の演芸界音楽界が玩弄されたものと言はねばならぬ。（略）オペラやオペレットといふものは、あんなものであると思はれては、前途の発展の障害となる。猛省すべし、猛省すべし」（「音楽」

三号、明治四五年）

ところが、杉谷の台本を収めた選集には、帝劇の舞台写真と共に東儀鉄笛の作曲による楽譜が付いていた。声楽譜と兼用のごく素朴なピアノの伴奏譜である。早稲田大学校歌の作曲で知られる東儀も坪内逍遙門下で、宮内省楽師から転じて早稲田に学び、のち逍遙の文芸協会に入って初期の新劇俳優になった変り種だが、この楽譜が「熊野」の初演に先立つこと七年の明治三十八年に出版されていることは、台本に寄せた坪内逍遙の序文の中に東儀の曲が「よく国語と諧調し」、外国の譜に「強ひて国語を塡したるものと相似ざることの著しきものあるをや」と称讃しているところから明らかである。日本語に通じないユンケルが明治四十五年の帝劇初演に際して、実際は東儀の曲をオーケストラ用に編曲したのか、それとも稚拙な（しかし日本語の抑揚には合っている）原曲を参照して補作したのか、あるいはそんなものは無視して全く別の曲を作ったのか、今となっては事実の確かめようがない。

——こうして四面楚歌の感のあった「熊野」について、一三ひとりが全く別の見方で、事態を積極的にとらえているのがすばらしい。この体験を書いた彼の幾つもの文章を総合すれば、満場の客が大笑いしている演奏中の劇場内を一三がひとわたり見廻したところ、笑わずに聞いている一団を発見できた。それは三階席中央にいた男女一団の学生達だった。このくだりは明治二十六年に初めて大阪へ来た小林青年が、浪花座の老座主秋山某から伝授を受けた、「舞台に背を向けながら、興行が当るかどうかを見通すこつ」のお蔭を大いに蒙っているというべきだ。

「私は冷評悪罵にあつまる廊下の見物人をぬけて三階に上って行った。みんな緊張して見ている。

僕はそこへ行って、

『あなた方、これがおもしろいのですか』

と、聞くと、

『三浦さんはこうだ、清水金太郎はこうだ』

と、批評をする。それは音楽学校の生徒であった。私には音楽学校でそういうものを習っているな、ということがわかった。オペラの将来が洋々と展けていることを知った。（略）いよいよ自分が少女歌劇をやり出すについて、これは笑うどころじゃない、みんな必ずついて来るという確信がついた」

二階席の一番奥の一隅で見ていて、隣席の学生の一団から歌劇の講釈を聞き、歌舞伎芝居に代るべき歌劇の日本化という点で、宝塚少女歌劇の方針がおぼろげながら自分の中に固まった、と書いている文章（大正一五年）が最も古いが、いずれにしても少女唱歌隊の募集よりまだ一年半以前の出来事が、繰返して書いているうちに、一三の頭の中で少女歌劇の在るべき姿と深く結びついて、発祥の「伝説」を形成しはじめたのだと思われる。実はこの時一三が三階席にかけつけたばかりでなく、オーケストラ・ボックスまで出かけて指揮者を励ましたという話さえある。それはのちに宝塚の先生になった竹内平吉の、四十五年後の思い出の記だ。彼は東京音楽学校を出たチェロ奏者で、帝劇の楽長として「熊野」の指揮も務め、のち関東大震災後一三の勧めで宝塚に赴任して作曲者ならびに指揮者として活躍した。

右の思い出の記で竹内は、三浦環が「十二単衣に緋の衣《ママ》を穿きオハグロ歯を染め大きな口を開いて」ソプラノで歌ったり、男性達が武士のいでたちで「名も清き水の……」と合唱しながら列を作って舞台に現われると、「満場騒然として罵倒嘲笑の渦を巻き起した」様子を述べ、「オーケストラ部員も私もオーケストラ・ボックスへ出て行くには非常な勇気と決心を要しました。幕が開いて閉づるまで殆ど休み無く笑声、罵声、喚声を浴せ掛けられては演意を失いたくなるがまた一方で『何これしきのことが』という気にもなる」

と書いている。

ところが中日を過ぎたある日の閉幕直後、客席から竹内の肩を叩いて励ましてくれた紳士がいた。それが小林一三だったというのだ。竹内の記憶のなかでは、一三はこう言った。

「君達は今こんなに罵倒され、嘲笑されても所信を遂行する事は尊敬に値する。恐るることなく断行してくれ給え。今はこんなにひどい目に会ってはいるが将来はこれが日本大衆に歓迎せられる時が屹度《きっと》来ると信ずる、僕もそれへ心を向けて宝塚へ少女歌劇を作った。今は幼稚なものだが将来屹度大きなものになる。またしようと思っている」(「歌劇」昭和三二年三月)

言われた竹内は握手をされながら涙を禁じ得なかった。——美しい話で、本人が書いているのだから文句をつけたくはないのだが、引用した一三の発言の後半は、時間の上で成り立たない。まだこの時は宝塚新温泉をはじめたばかりで、パラダイスのプールさえ出来ていない。従って少女唱歌隊の構想も固まらず、まして少女歌劇は影もかたちもない筈だからだ。しかしこれを、一三の人となりに惹かれる者が、思わず知らず「伝説」形成に参与してしまう過程の貴重な実例と思えばどうだろう。

これまで調べた限り、一三以外に「熊野」に好意的な批評を書いているのは、正宗白鳥だった。「『熊野』を推奨すると、誰も真面目に受取つて呉れなかつた。痛快な冷語を放つて大いに見識を誇る人が多かつた」

これが書き出しである。白鳥は明治四十五年二月某日帝劇を訪れ、五つの演目のうち女優劇「日の出」と歌劇「熊野」を見た。そして「帝劇の出し物が何時も識者の嘲笑を買つてゐるのにかゝはらず、私には少からぬ興味を持つて観ることが出来た」と記した。彼は日頃評判のよくない「女優劇」について、その歴史的必然性を説いたあと、「熊野」については、目を閉じて聴けばそれほど厭な気持もしなかったと「観劇雑感」に書いている。目をあけると「天理教染みた踊り」が滑稽だが、「しかし、これ以上の巧妙なオペラを誰かゞ観せて呉れぬ限りは、これはかりを批難することは出来ぬ」「あまり用心深く世評を気にして躊躇してゐるよりは、こんな者(ママ)からでも初めて行つた方がいい」「所謂識者なるものゝ意を迎へて、その評語を顧慮してゐるのも見つともない。識者も案外下らぬ者を褒めてゐて、アンダーゼンの裸体の王様を思ひ出させることがある」(「新潮」一六巻三号)

思わず長く引用したのは、知的スノビズムに加担せぬ少数意見である一三の考えも、また白鳥の批評と軌を一にすると思うからだ。

ところで青年時代、元禄文学のふるさととして上方情緒に憧れたあまり、銀行でも大阪支店勤務を志願したほどの一三は、三味線の音楽を「桜色の音」だと讃えるほどに敬愛していた人だったが、趣味を固執しないというか、感覚の適応力——こだわりのなさに非凡な天性があって、実は「熊野」以前にも、西洋音楽についての彼なりの新鮮な体験を持っていた。明治二十八、九年頃だというが、徳富蘇峰が国民新聞社長として阪神地方の社友を神戸山手の西洋料理屋に招待したことがあり、劇評を寄稿していた関係で三井銀行大阪支店勤めの一三も招かれて出かけて行った。宴が終りかけてコーヒーが出た頃、やおら紅顔の美少年がヴァイオリンをひっさげて登場し、漢文調で蘇峰をバイロンになぞらえる讃歌をうたいだしたというのだ。歌といっても恐らく半ば朗詠で、明治三十年代に風靡した「熱海の海岸」風のいわゆる演歌のはしりだったと思われるが、その各節の終りごとに、ふしづけて歌われた、

蘇峰蘇峰　徳富氏！

蘇峰蘇峰　徳富氏！

このリフレインが一三の耳を打った。「西鶴・近松の心酔者で三味線音楽の万能」を信じていたと自ら称する一三が、生れてはじめて聞かされた西洋音楽――実は「俗謡めいた演歌」に、「これはおもしろい、いまにかういふ音楽の時代が来るのではないかしらんと深く感じた」という。この「原体験」があって三、四年後、大阪道頓堀の劇場で壮士芝居（新派）を見た時に、全く偶然に「蘇峰蘇峰　徳富氏！」でかつて一三を感動させた同じ人物が役者としてあらわれて、やはりヴァイオリンを弾きながら、こんどは「バタ臭い俗謡」で彼を恍惚とさせてしまった。「バタ臭い」歌の文句が、

花はいろいろ五色に咲けど
主《ぬし》にまされる花はない

だったというのが不思議で、おまけに右の歌詞をその青年は西洋婦人に扮して「西洋人そっくりに」歌ったというからよけい混乱するのだが、おそらくこれこそ初期の演歌であって、せわしく弓を絃にこすりつけては感情を高揚させる奏法と相俟って、ヴァイオリンの調絃とは相性のいい五音階の朗詠調が一三をはじめ観客の耳にはハイカラで粋にひびいたにちがいないのだ。三十歳まであと一、二年という年齢で、銀行員ながら「文学青年を気取って」いた一三は、この時再び「三味線音楽に代るべき西洋音楽の舞台効果を無識《（マヽ）》の間に空想させられた」と繰返し書いている。そして三度目に出くわした「熊野」で、「芝居に侵入する西洋音楽の前途」を結論としてつかんだというのだから、未来の興行主としてはまことにすばらしい洞察力だった。

そろそろこの辺りで、「宝塚唱歌隊」募集の方に話を進めねばなるまい。そのためには先ず、年譜に載っている「パラダイス」の建設から書き起こす必要がある。

「熊野」公演の五カ月後、明治四十五年七月宝塚に建てられたパラダイスは白堊の二階建て娯楽場で、新温泉から軒続きに渡ることができ、その主力は約二十メートルの室内プールだった。自叙伝には簡単に、この企画が「大失敗」に終った理由を書き並べている。第一は警察から男女の混浴が風紀上許されず、異性が泳ぐ姿を見るのさえ禁じられたこと。第二は水を温める設備を考えに入れなかったので、直射日光の入らぬ屋内プールは五分間も泳いでいられないほど冷たかったこと。それで閉鎖して跡始末に困ったあげく、とりあえず水槽に板張をして広間を作り、客寄せの博覧会場などに利用していたが、一年後、三越の少年音楽隊を真似て女子唱歌隊を編成した。

「その頃、大阪の三越呉服店には、少年音楽隊なるものがあった。二、三十人の可愛らしい楽士が養成され、赤地格子縞の洋装に鳥の羽根のついた帽子を斜めにかぶって、ちょっとチャアミングないでたちで、各所の余興にサービスをして好評であった。宝塚新温泉もこれをまねて、三越の指導を受け、（略）十五、六名の少女を募集し、唱歌をうたわせようという宝塚唱歌隊なるものを組織することになったのである」（「宝塚漫筆」）

プールに失敗した偶然が少女歌劇を生んだ、と言い切りたいところだが、建物の中央に冷水プールを作るからには、夏以外の使い方をあらかじめ考えておかない興行主はあるまい。まして一三がそんな無計画な仕事をするとは考えにくい。

余談になるが宝塚の手本になったという大阪三越の少年音楽隊について、パラダイスのできた大正元年（明治四五年）十二月一日の大阪朝日新聞は「今日の日曜、三越階上音楽堂にて三越少年隊絃楽を奏す」と報じ、まさしく羽根飾り付きのベレーに、金ボタンのマントを羽織らされた少年の写真を載せていた。『大阪音楽文化資料』の孫引だが、これより前、明治四十二年には大阪飯田呉服店（現高島屋）がお得意の令嬢を「家庭音楽会」に招待したという雑誌記事もある。

「近来三越に十合《そごう》に呉服店の音楽を利用するもの多し」と解説している。大正元年には京都の下村大丸で十五名の吹奏楽団を組織した記録もあり、日本洋楽史上、「少年音楽隊時代」という項目を立ててもよいほどだ。中でも本格的なのは東京三越呉服店（明治四二年創設）と名古屋松坂屋（明治四三年創設・現東京フィルハーモニー交響楽団の母体）の養成による少年音楽隊だった。帝劇のオペラは日本古来の風俗で洋楽を洋風に歌ったばかりに笑いものになったのだが、羽根付きベレーの制服で西洋音楽を演奏する分には軍楽隊と同じ扱いで、別だん突飛なこととは思われなかったようだ。

　このような風潮が、彼にもその気を起させたに違いない。他方、大正二年四月十九日の大阪毎日新聞は、「春の浪花女」という続き物の記事に、「ピアノを弾く女」の見出しをつけて、

「大阪の婦人達、殊に良家の令嬢達、若夫人、最《（ママ）》も女学生は近年頗る西洋音楽に嗜好を深めるやうになつた」

　と書き起こし、現在の大阪市にあるピアノの総台数は、学校に百台、個人家庭に二百台、合計三百台に達したと報じている。次に、「新進の弾手《だんしゅ》」として、やはり良家の婦女子の中から、財閥加島屋の「広岡未亡人、同若夫人」をはじめ、各界の夫人令嬢たち七、八名を並べた末に「ホヤホヤの出来事」として、

「藤野亀之助氏は夫人の為めに昨日態々三木楽器店に出かけて、独逸ホイリッヒピアノ（代価七百五十円）を求めた、コレは高浜音楽教師の検査を受けた筈で、楽器は明日同氏邸に運ばれる事になつてゐる」

　と特報している。「近来頻りに美しい指を鍵板《（ママ）》の上に動かしてゐる」令嬢夫人の肩書は次の通りだ。島徳蔵氏令嬢、久原鉱山事務所技師長山田氏令嬢、大和の多額納税者吉井氏の令弟季造氏

を良人に迎えた浮田桂造氏令嬢、工学士松代松之助氏夫人、梅田女学校出身山口銀行理事越野氏令嬢……。

こういう記事を見ていると、同じ大正二年春、小林一三が、宝塚新温泉の余興用に唱歌隊を、それも少年ではなくて少女たちを養成しようと心を決めたてんまつが呑みこめるような気がしてくる。少くともここまでは、全く小林一三の決断にかかわる事柄であった。そしてその唱歌隊が、翌年宝塚少女歌劇と名を改めて出発し、やがて全国に知られるに至る理由の一つは、一三自身が謙虚に述べている通り、「この時に来てくれた先生がえらい人であり、立派な人であった」からであろう。

年譜では大正二年七月一日が宝塚唱歌隊発足の日だが、資料で確認できる具体的な準備は同年四月頃から始まっている。時期がはっきりしているのは、たまたま四月十七日に若い二人の音楽家安藤弘と小室智慧子が結婚しているお蔭だ。安藤は当時三十歳、東京音楽学校本科卒業生だが、京都帝国大学文学部に進学して美学を勉強していた。のちの有名な政治家安藤正純の弟に当り、当時京大に在学中の近衛文麿とも交際があり、昭和十三年宝塚を退いてからは、日本軍占領後一年の北京で中国人の女の子のための幼稚園から専門学校に至る総合学園を経営したというから、どこかふしぎな大きさと、浪漫的な感覚を持つ人物であった。宝塚在団中、

「趣味はやめたまえ」

と、一三からしばしば忠告を受けたそうだから、この世にあっては常にディレッタント風で、自分では気が小さい人間だと言っているが、一時期小林一三にそむいて浪人したような一面もある。この人の新婚の妻智慧子（旧姓小室）は東京音楽学校本科時代の同級生で、声楽を専攻し、成績がよかったから在学中はよく上級生柴田環と二重唱をしたし、卒業後も学校に残された。た

またま箕有電軌の宝塚新温泉創設時に企画を担当した藤本一二の妹が安藤夫人の音楽学校での後輩で仲もよかった関係をたどって、大正二年四月の末か五月始め、藤本が京都の安藤の新居を訪ねて「新しい企画を始めたいと思っているのだが、何かいい考えはないだろうか」と相談をもちかけた（以下引用は安藤弘「宝塚少女歌劇の頃」による）。

　この時藤本は、「大阪の南の方に出来た『新天地《ママ》』では、女の子達を集めて吹奏楽団を作って人気をあつめているが、ああいうものはどうだろう」と訊ねた。「新天地」は千日前「楽天地」の誤りだろう。これに対して安藤弘は、――そこがディレッタントの本領で――女の子の吹奏楽というものには無理があるから、それよりはむしろひと奮発して歌劇をやって見ないか、それなら女の子だけでもいけるし、将来もあることだから、と勧めたという。そんな因縁で安藤が草深い田舎温泉まで一時実地検分に出かけたところ、ちょうど婦人博覧会の開催中で、京大の師である上田敏博士が招かれて講演に来ていた。これは慎重でアカデミックな一面のある安藤にとって甚だ好もしい出逢いで、彼はその場で忽ちやる気を起したらしい。講演会場がプールを改造した建物で、上田敏博士がその時立っていたのは「もし将来歌劇でもやるとすると、劇場の舞台となるべき場所であった」と、回想の中で安藤は述べている。七月に一期生高峰妙子、雲井浪子たち十六名が採用されると、安藤夫人が週二回京都から宝塚へ通って声楽を教え、更に音楽学校で同窓の高木和夫を千葉県から招いて教師になってもらうなど、安藤弘が一任されて万事東京音楽学校の方式に則った教育計画を立てた。現実は小さな新温泉事務所別棟の板敷きの部屋に机・椅子・テーブル・ピアノを持ちこんで、ここが音楽と体操の教室。板敷きの隣が六畳の畳敷きで、ここでは裁縫の授業が行われた。雲井浪子の記憶する裁縫の時間は、年長組は浴衣、十二歳未満の浪子たちは襦袢の縫い方から始まったという。西洋のダンスは大阪の清水谷女学校から女の体操の先生が教えに来た。同じ雲井浪子の記憶では、草創時代の小林一三は、採用面接試験や修身講話に来たくらいで、殆ど教育や稽古に介入しなかった。

7景　日本歌劇事始め

こうして宝塚開幕の大正三年四月が近づいてきたところで、小林一三の言う「えらい先生」——安藤弘の回想のなかから、初期の宝塚少女歌劇の方針なり性質なりが決められていく部分だけをかいつまんで紹介したい。

日本におけるオペラの最初の本格的な公演は、明治三十六年夏東京音楽学校奏楽堂で上演されたグルックの「オルフォイス」だと言われている。本格的といってもオーケストラは使えなかったのだが、有名な哲学者「ケーベル先生」がピアニストとして参加したほか、同じく音楽学校の外人教師ノエル・ペリー（もともと神父として来日し、オルガンと和声を教えていた）が演出兼音楽指導、柴田（三浦）環が「百合姫」（エウリディーチェ）を演じたほか、出演は東京音楽学校卒業者及び在校生が当ったが、音楽学校の主催ではなかっただけに、東京美術学校や東京帝国大学、東京外国語学校の学生など音楽好きの素人たちが手弁当で知恵と熱意と技術を持ちよって、歌詞の邦訳（石倉小三郎、乙骨三郎ほか）から舞台美術（藤島武二、岡田三郎助ほか）、衣裳などを分担、一年近くかけて準備を進め、みんなの手で日本で初めて歌劇のほぼ全曲を上演しおえた。まさに「西洋歌劇事始」であった。当時音楽学校生徒だった安藤弘も、

「その感激はえらいものでして、これから一つ、日本にもオペラを作り出したいという念願がシッカリと植えつけられました」

と書いている。音楽学校当局は文部省から「校内で芝居の真似事をやるのはふとどきである」と注意を受け、以後学校での歌劇上演が不可能になったというが（『明治文化史　音楽演芸編』）、参加した人々、見聞きした人々、噂を聞いた人々が、この壮挙から受けた感動、その結果生じたオペラ上演への熱情はよほど大きなものだったらしく、それからほんの二、三年の間に北村季晴作詞作曲による「叙事唱歌『露営の夢』」、前記「熊野」ほか数曲の杉谷代水の歌劇台本、その師坪内逍遙の歌劇「常闇」（作曲は東儀鉄笛）と邦楽主体の楽劇「新曲浦島」をはじめ、それぞれの形式と呼称による音楽劇の試みが一時に簇出した。やがて明治四十年代から大正初めへかけて興行としての帝劇歌劇部公演が実現し、次いで東京白木屋少女音楽団と宝塚少女歌劇、更に帝劇の指導者だったローシーによる赤坂葵館のオペラ・オペレッタから、大正中期以降「浅草オペラ」と総称されて離合集散をくりかえした群小歌劇団、日本各地に一時は何十団体も乱立した少女歌劇団へと、硬軟和洋、大小雅俗とりまぜてさまざまな姿をとりながらどれも一律に「歌劇《オペラ》」の名のもとに、この火種が燃え拡がって行った。

かつて「オルフォイス」の火を直接身に受けた安藤弘は、その後も『オペラグラス』という英国の書物をもとに『歌劇梗概』（明治三九年）という啓蒙書を出版するなど、大いに情熱をもやし続けていたところだったから、宝塚新温泉からの呼びかけを受けた時も、「唱歌隊」をという一三の思いつきを「歌劇」の方へと強引に押し進めたのだ。「歌劇」をやるなら引き受けてもいい、と言ったのかも知れない。「少女歌劇」という言葉も自分が考えついたと言っているほどの人だが、熱情が強すぎて、やがて安藤は女ばかりの「歌劇」があきたらなくなり、男性を加えた本格的なオペラ上演を主張して、それが一三との意見の食い違いの大きな原因になった。しかし教育者の立場に於て、安藤が日本人向きの日本語による創作歌劇を、それも段階を踏んで具体的に進めて行く考えの持主だったことは、この人を偶然初期の指導者に迎えた宝塚唱歌隊としては、大変好運なことであった。

　まだこの時期は流石に強気の小林一三も「歌劇」そのものについての口出しを遠慮していたらしく、まして既成曲から最初の演目を選ぶ段になると、予備知識がないから結果待ちで判断するより仕方がない。当然ながら安藤が一任され、生徒の基礎教育が終ったところで先ず彼が決めた教材が桃太郎の話を歌劇化した北村季晴脚本ならびに作曲の「ドンブラコ」であった。

　北村季晴は江戸前期の古典学者で芭蕉の先生だった北村季吟の子孫で、安藤より七年前に東京音楽学校師範部（まだ「本科」はなかった）を出た人だ。当時の作曲家を極端に分けると、一派はこのあとに出た山田耕筰によって本格的に始まる少数の徹底した西洋近代派、もう一派は江戸時代の洋画家や蘭学者のように邦楽の感覚や素養の上に洋楽を学んだ、大多数の折衷派の作曲家だ。そして主任の安藤が少女歌劇創設期の速成教育で産みだしたものが、——のちに「宝塚情緒」の名で親しまれ、小林一三の如きは昭和のレビュー時代に入ってもなおそのよさを忘れかね、棄てかねていた「洋三和七」の歌であり歌唱法であった。実情は余儀なくそこに落着いたのかも知れないが、この選択こそが、帝劇オペラはもとより、そこから派生して一時は栄えた浅草オペラが、たちまち人にあきられ見放されたにもかかわらず、宝塚少女歌劇だけがひとり大正時代を乗り切れた大きな原因の一つだろう。

　話を戻すが、明治末から大正初期の洋楽の音楽会のプログラムを仔細に見ると、今で言えばおさらい会のように、番数も二十番から三十番と蜿蜒つづき、入れかわり立ちかわり同じ顔ぶれが出て来ては、こまぎれの独唱・重唱・ピアノとヴァイオリンの独奏、小合奏でつないでいく。しかもその間には大抵、琴・三味線・尺八など邦楽の歌なり踊りなりが綯《な》いまざるのだ。まるでそうでないと納まりがつかないように、音楽会自体が折衷的だった。

安藤の思い出によれば、ある日、その種の音楽会が寒々とした小学校の講堂で開かれ、たまたま聴きに行った安藤の目の前へフロックコートを着て出て来た同じ東京音楽学校出身の北村季晴先輩が、ピアノの伴奏でやおら、

「旅の衣は鈴懸《すずかけ》の」

と「勧進帳」を、「実に美しい声で、メリハリも芳村伊十郎ソックリ」に歌いだした。安藤はまだ「オルフォイス」から歌劇熱にとりつかれていた最中だったが、北村の歌い方には日本の音曲を尊敬する態度が溢れていて心打たれ、この時以来北村を尊敬するようになったという。折衷派の北村は、数多くの唱歌をはじめ、「勧進帳」「鶴亀」以下長唄を採譜した楽譜、箏曲の楽譜のほかに幾つかの日本風カンタータの著作があるが、中でも彼の脚本・作詞・作曲による前述の「叙事唱歌『露営の夢』」（明治三七年刊行）は明治三十八年東京歌舞伎座において市川高麗蔵（のち七世松本幸四郎）らによって演じられたことから有名になった。

「曲の趣向は、洋曲 Ballad《バラッド》（叙事的半戯曲にして対話を有し、また叙事の文をも含むもの）の風を、力めて日本的に編みたるものにて、（略）旋律も和風、洋風の嫌ひなく採り入れたれば、異例の 転調《モデユレーション》 等頗る多し」（「露営の夢」緒言・明治三八年）

作者兼作曲者たる北村季晴が、右の緒言で、これは自分独自に編み出したかたちの「語り物」だと言うが、ほぼ単音の旋律だけの楽譜を見ると、謡曲の部分、琵琶歌の部分などが、突然和声をつけた西洋唱歌調の部分とつながっている。七世松本幸四郎がこれを歌ったというが、主役の出征兵士がうたうのは注意書に北村が書いている通り朗吟体の謡や琵琶歌風に限られているから、口うつしの稽古で容易に呑みこみ得たと思われる。あとは歌舞伎俳優がせりふを喋り、唱歌調の

ところは蔭コーラスの慶応の学生が歌った。せいぜい三十分で終る小品だ。

せっかく台本があるから、宝塚の芸風の揺籃となった「ドンブラコ」の、そのまた前駆的作品として、「露営の夢」の舞台を説明しておこう。幕があくと、戦場の夜だ。露営の勇士が夢をみている。夢の中に破れ家が見えてきて、近づくとそれは故郷の家だった。「ややや、こはこれ我が家、あな、うつつなの有様よな」で朗吟体独誦の「琵琶歌風」になる。

「あな、うつつなの有様よな、明け暮れ馴れにし我が宿は、外征久しき年の間《ま》に、さてもかばかり荒れにしか」

あばらやの障子にうつる暗い灯影の女人が実は勇士の母であり、やがて彼女は「黒塚」の鬼女さながら現前して、

寝られぬ老いの手ずさみに
小夜更けて繰る糸車

と歌いだす。ここが一番の聞かせどころで、母に和して勇士も歌で応えながら、

「いたはしやと立ち寄りて、門の戸叩く一刹那」

女人は消えて「忽ち轟く霹靂《ヘキレキ》一声」、軍歌の斉唱が鳴りひびいて敵襲を告げ、味方の勝鬨万万歳で終る。

これが閑院宮邸で台覧に供されたのがきっかけで評判となり、帝劇の「熊野」に先立つこと六年、明治三十八年三月末からの歌舞伎座弥生狂言にかけられて、「妹背山」と「御所五郎蔵」の中幕に上演された。七世幸四郎は、歌うと「笑われた」と言っているが、帝劇の「熊野」ほどの騒ぎにもならず、帝劇の客よりは保守的な筈の歌舞伎座の観客が、この種の折衷風音楽劇にはさして異和感を持たなかった。あたかも日露戦争奉天会戦大勝利の直後に写実的な戦場風景もとり

入れて万万歳に盛り上がるのだから条件も違うけれども、私が見ることのできた「露営の夢」楽譜の奥付を調べると、歌舞伎座公演前の出版にもかかわらず三カ月間で三版を刷っているほどの人気であった。

歌劇史を書くのが目的ではないから詳しくは触れないが、たとえば同じ日露戦争中から翌年にかけて十二曲の組歌として作られた日本調の有名な「戦友」（ここはお国を何百里）や「出征」（父上母上いざさらば――歌い崩された永井建子の原曲に手を加えたもの）なども、最初は京都市の小学校教員である作詞（真下飛泉）・作曲（三善和気）者が、教え子に色々の役割（出征兵士「武雄」の役とか、「村の人」の役とか）を振りあてて学芸会の舞台で一種のカンタータ風に上演し、先生や父兄たちの涙をそそったものだというから、曲次第では一般の人々の耳や目もこのような形式を享受する備えが出来ていたと言ってよいだろう（邦楽一般に精通して和洋折衷の作曲をしたこの三善和気が、少女歌劇が始まった年の秋、宝塚に迎えられている）。

音楽評論家堀内敬三は「『オルフォイス』と『露営の夢』とはその後の日本の歌劇の二つの方向を先駆する」（『音楽五十年史』）と書いている。つまり直輸入の道と、折衷の道があり、宝塚は後者を選んだ。折衷派の一人北村季晴の叙事唱歌「露営の夢」は、やがて「オトギ歌劇」と銘打った「ドンブラコ」（明治四五年三月出版）に発展したが、これを旗上げ公演に使ったのみならず、折衷性だけをそっくり頂戴して、なお東西の伝統を巧みにないまぜ舞台を立体化させながら道を固めて行ったのが宝塚少女歌劇で、堅い経営母体に支えられたとはいうものの大正時代を通じてただ一つ生き残った常打ち興行として、狭義の「オペラ」ではない日本風の「歌劇」と自称する独自の芸能を創り出した業績は、もう少し評価されてもいいような気がする。そして、経営者・教育者として小林一三がごく短期間にこの「日本歌劇」に習熟し、だんだん強い自己主張を反映させ始め、ついに自ら座付作者として直接見本を作って見せるに至るまでに、二年もかからなかったことも、あらかじめ記しておきたい。

さてその「ドンブラコ」、――これもよけいな話だが、古来、浄瑠璃「楠昔噺」三段目が俗に「どんぶりこ」もしくは「どんぶらこ」と呼ばれて来た。この段は「むかし〳〵其昔祖父《ぢい》は山へ柴刈りに祖母《ばば》は川へ洗濯に」で始まる。ただし、桃が流れてくるのではなく、渡辺の橋の戦に、橋桁が折れて足利方の鎧武者が「どんぶりこどんぶりこ」流れたというのであった。お伽歌劇「ドンブラコ」の題名の由来を、

「曲首に点出したる、ドンブラコ、々々々々、と云ふなる節奏（略）を以て、作曲上、一の主題として取扱ひたるによる」

と作曲者が楽譜「はしがき」に説明しているけれども、江戸の昔から桃太郎の話を「どんぶらこ」と別称する伝統があったのではなかろうか。――ところがそれが一たび宝塚の公演題目になると、いつのまにか「ドン・ブラコ」と、西欧に原語があるかのようなひびきを帯びてくるからふしぎである。本題に戻ろう。

かねて将来の国民音楽は「ねんねんころりよ」の子守唄のごとき曲調を基礎として大成されるべきだと説いていた北村季晴は、その数年前、声楽家である妻初子から子供用の新曲を求められた。彼女が某少年雑誌社の愛読者会に出演を依頼され選曲に困ったからである。

「先づ彼是西洋の曲をあさるに、其趣味の我が児童に適すべしと思はるゝものを得ず、さりとて『もしもし亀よ』の類は、かゝる会場に立ちて自ら歌ふべく余りに単調なり。給極《ママ》（引用者註・究極の誤りか）ふさはしき曲を見出し得ずとて、之を余に詢る。さらば我が児童の趣味に叶ふべき童謡、遊戯、御伽噺等を素材として、新たに何物をか案じて見んやとて、作り試みたるが即ち

このドンブラコなりき」（前掲「はしがき」）

だが手がけてみると意外な大作となり、愛読者会には到底間に合わなかった。その後継ぎ足し継ぎ足し数年がかりで五場まで書き上げたものの、

「当初より、かかる歌劇めきたるものにせんとて、作り出でたるにあらざりしを以て、所々に叙事脈の歌章残れり」

と断っている。「露営の夢」風の「語り物」の性格がここにも残ってしまったというのだ。

しかし北村季晴は妻初子と組んで、しばしばこの曲を、例の和洋折衷の音楽会に出演するごとに歌ってきた。もちろん、一部の抜粋だが、東京だけではなく、たとえば楽譜出版直前の明治四十五年一月に「京都音楽会」に招かれた北村夫妻は、府立第一高等女学校講堂で、ヴァイオリン連奏「歌劇大序、ボエルデコー氏作」、二部合唱「楽しき夢、リンク氏作」といったプログラムの中に、

叙事唱歌「露営の夢、北村季晴作」

御伽歌劇抜粋「新作ドンブラコ『桃太郎』北村季晴作」

の二ステージを加えている。既述の安藤弘を感動させた独吟ピアノ伴奏「長唄勧進帳」というのもあり、七つのステージを殆ど夫妻二人だけで受持っているが、こうした当人たちの平生からの努力が稔って、大正三年春宝塚少女歌劇で上演した時には楽譜持参で見に来た人がたくさんいたというから、ラジオもまだ無く、蓄音機が珍しい時代としては、驚くべき普及度である。例によって、東京音楽学校学友会機関誌「音楽」の楽壇時評（明治四五年三号）によって東京での初演の評判をうかがえば、

「第一吾人が嬉しく思はれる点は、最初に登場させたモーチーヴを終まで繰返して進ませて居る

間に、折々変化を与ふる為めであらうが、動揺したリズムの中に落付《(ママ)》いた和声的楽曲のコーラルを挿んで居るのは、蓋しリズムの変調を教へながら和声の美しいところを聞かせようとする処であらう。巧みな作風である。その上、我国在来の童謡や数へうたなどを挿んだのも、家庭歌劇お伽歌劇としては恰好の考である。工夫である。ただ併しその為め、洋風にばかり染まつた人には、意外な音が出て来て、むつかしくはないかと思はれる処がないでもないが、要するにお伽歌劇として先鞭を着けた功労は没すべからざるものがあると共に、楽家《(ママ)》としても現代の楽界に一頭地を抽んずる氏の作曲は、又優に他に企及し難い作風のあり〳〵と現はれて居るのを見て、吾人はこゝにこれを推選《(ママ)》し褒選して憚らないものである」

こちらの無知を棚に上げて言えば、何だかなま物知りの評言だが、実は昭和五十六年六月、東京の小ホールでこの作品が「復元」演奏されたおかげで実地に聴く機会を与えられ、評者の言いたかった事も推量できるのである。ソプラノ歌手（真理ヨシコ）と男声カルテットがそれぞれ幾つかの役を兼ね演じ、ピアノ伴奏・演奏会形式による上演で、

第一場　爺婆住家の場
　第一段　桃太郎生ひ立ちの段
　第二段　桃太郎門出の段
第二場　出征途上の場
第三場　鬼が島海上の場
第四場　鬼が島城内の場（通常は省略される。楽譜も欠く）
第五場　桃太郎凱旋の場

という構成だった。

例によって台本から本舞台を想像しながら紹介すれば、第一場は「ドンブラコッコ」のいわゆる「モーチーヴ」の短い前奏から、いきなり唱歌調で、

むーかしむかしそのむかしー
爺様《じさま》と婆様《ばさま》があったとさ

と爺婆の二重唱が始まる。伴奏部は東儀鉄笛の「熊野」の主要三和音だけの楽譜に較べれば（北村には失礼な言い方だが）、意外にまっとうな音が使われていてほっとした。雑誌「音楽」の評言の通り「我国在来の童謡や数へうた」は実に頻繁に使われ、

こっちこい、こっちこい
その桃こっちこい

というような箇所はすべてわらべ歌の音階――二音か三音で処理され、忽ち大きくなった桃太郎は「ひーらいたひーらいた」を歌って登場。

「さておじいさま、おばばさま、鬼が島を征伐して宝を取つて帰りましよ。キミダンゴ《（ママ）》作つて下されや」

と、ここは唱歌調で催促する。キビダンゴの誤植ではなく、何度出てきても繰返しキミダンゴと言う。江戸方言らしい。最初の「モーチーヴ」がキミダンゴ作りのペンタラコ《シラ》の掛声にあらわれ、万歳で送り出された桃太郎は、犬野腕三郎、雉山拳蔵、真白野猿之助に出逢うが、ここではワンとケンとキャの、三声のカノンが入ったりして、おや、と思うほどだ。かと思えば、主従が出立祝いに「ここはどこの細道じゃ」や「子とろ子とろ」で遊んだりする。「以下舞踏」と楽譜に註記の入った所もある。海に出ると、やおら八分の六拍子で女学生唱歌のような舟歌となり、よく言えば百花繚乱、率直に言えば継ぎはぎで、驚いたのは鬼たちの歌だった。

「音楽」の批評にも「落付いた和声的楽曲のコーラル」とあるが、直感的にはロシア聖歌だと思ったほど重厚で暗い男声二部合唱で、楽譜ではオルガン伴奏と指定されていた。適当なコラールを選んでそのまま転用したらしいが、さすが日露戦争後の作だけあって鬼即ちロシヤもしくはキリスト教徒という発想には驚き、感心せざるを得なかった。

「はて何か不思議な声が聞こえますが、あれは何でござりましよう」

雉が訊ねると、桃太郎はちゃんと知っていて、

「あれは鬼が島の王宮で、神に祈禱の歌を捧げて居るのじや」

と答える。血気にはやる猿は、鬼どもが何を祈ったからとてそれが何になりましょう、ハハハハハと笑いとばし、いっそ我々も一つ盛んに歌ってここに攻め寄せていることを知らせてやろうではありませんか、と衆議一決して歌いだしたのが、小学唱歌「霞か雲か」だった。

　かすみか雲か、はたゆきか
　とばかり　にほふ、島山桜
　荒鬼どもも　うたふなり

元の唱歌は、三行目が「ももとりさへも、うたふなり」である。ボートを漕ぎましょ、と歌われもするが、この原曲も実はドイツ民謡 Frühlings Ankunft なのだからおかしい。さて、宝物をぶんどって、桃太郎が木やりを歌いながら凱旋すると、村人のおはやしがこれに加わって、調子のいい合唱になる。桃太郎はやおら立って一場の凱旋演説を試みる。

「さて皆様方。今日はお出迎ひ、誠に難《(ママ)》有く感謝します。私共も幸に首尾よく大任を果す事の出来ましたのは、これ偏へに御代の恵み、且つは部下の忠勇、はたまた諸君が後援の力によるものと信じます」

と一区切りつけたところで、村人が「帝国万歳！」、とこれに応え、桃太郎が更に、

「こゝに一同で、目出度く我が国歌を歌ふ事に致しましよう」

と提唱して君が代の斉唱になった。この幕切れにも驚いた。宝塚の第一回公演も、連日国歌斉唱で幕を降ろしていたのだろうか。

昭和五十六年の青少年文化センターによる復元公演の企画者藤田圭雄は、これが「わたしにとっては幼時の夢の再現である」とプログラムに書いていた。彼はまた開幕前の挨拶の中で、自分は東京の山の手育ちだから宝塚で「ドンブラコ」を見たのではなく、小さい時に繰返しレコードを聴いて、その旋律が頭の中にしみついたのだと語った。私もまた、この演奏会のあと、色々な人をわずらわせたあげくに、北村季晴夫妻が帝劇オーケストラの伴奏で吹きこんでいる五枚組の大判のレコードで、「原音」を聴くことができた。

大正初年の、電気吹込み以前のレコードであることを考慮に入れて、先ず意外に破綻の無いのはオーケストラの音だった。明治四十四年の開場より半年前から養成された帝劇管弦楽部は、十五名の一管編成のアンサンブルだが、少くも結成以来四、五年は経っていて、この程度の簡易な曲なら間違えず弾くだけの技術はあったようだ。その上、あらが聞えない点で、録音条件の悪さは却って彼らに幸いした。しかし作曲者夫妻と帝劇歌劇部員が担当している歌とせりふは、型にはまった朗読調のせりふはともかく、歌の発声と音程は「惨憺たる」という形容がふさわしく、失礼ながら、本当の桃太郎のお爺さんお婆さんが、のど自慢のマイクの前で「クラシック」を歌わされている感じであった。これが第一印象で、好意的に表現すれば「眼高手低」時代の生きた標本と言い換えてもよかった。

たった一カ所、鬼が島からの「凱旋歓迎の段」で、宝物を積んだ車を犬猿雉に曳かせて、桃太

郎が「木遣」を歌う場面だけ、それもはじめの「ヤラヤラエ――」と小節をきかせる部分だけが、同じ北村季晴が歌っているのに抜群に活き活きとしていた。そのほかの、楽譜に書かれた音は例外なく「手低」で表現された。

要するに、今の水準から聞いてしまうと、あまり下手なのにあっと驚くが、終りまで付きあっているうちに、その底を真摯でひるまぬ使命感のようなものが支えているのに気付かされる声なのであった。北村は作曲が本業だとしても、妻の初子は当時の楽壇では第一線の声楽家の筈だった。玄人の彼らにしてその通りだから一年に足りぬ養成期間で歌やヴァイオリンを学んだ宝塚の少女たちが、その春からパラダイス演芸場で出した音というものは、想像の外である。ステージにいる人のなかで、玄人は東京音楽学校を出てピアノと指揮を担当した高木和夫ひとりだった。それでも客席には、当時すでに出版されていた「ドンブラコ」と「うかれ達磨」の楽譜を持参して、首っ引きで聴いていた熱心な音楽好きが、何人もいたという。当時の音楽青年で、のち大阪音楽学校教授となった長井斉（昭和五六年の聞き書き当時八八歳）も、宝塚の開幕以前に、既に譜面を買って「ドンブラコ」を全曲歌っていたと語った。この人の見聞では、当時の「歌劇」の伴奏は、専門家の高木和夫のピアノ一台か、せいぜいそれに少女たちのマンドリンやヴァイオリンのユニゾンが加わった程度で、オーケストラというには程遠いものだった。それでも一心に聴きながら客席で長井青年は採譜した。書き切れないで楽屋へ指揮者（高木和夫）を訪ねて行って、楽譜を借りたこともあった。借りた楽譜ノートに高峰妙子と署名があるのをみつけて、「鬼の首でも取ったように」喜んだりもした（『み翼のかげに』）。その時写した譜を彼は今も大切に保存している。

これらは少数の音楽好きの例で、多くの人々にとっては音楽が楽しむものにはとてもならなか

ったのではないか。雲井浪子の話によると、宝塚少女歌劇を見に来て、

「歌が入らなければ、どんなにいいか」

と嘆く人がたくさんいたそうだ。――

さて、「ドンブラコ」一曲の上演では、まだ時間が余るので、安藤弘は更に既成の曲の中から、吉丸一昌の台本に、折衷派の秀才で新人の本居長世が曲をつけた「うかれ達磨」と、宝塚少女歌劇団作、目賀田万世吉音楽の「胡蝶の舞」を追加した。ところが前述の通り、明治四十四年帝劇で三浦環たちが「松居松翁作詞・ウエルクマイステル作曲」の「胡蝶の舞」を上演しており、しかもその楽譜を小林一三が帝劇まで借りに行ったところを、当時の帝劇管弦楽部楽長で、のち宝塚に入団した前述の竹内平吉が目撃しているという。竹内によると、宝塚が始まる前年の或日、帝劇オーケストラの稽古中、西野専務に呼ばれて行くと、これこれの楽譜を貸して上げるように命ぜられた。すぐに持参して、そこにいた「詰襟の洋服を着た小柄な人」に渡したが、これが小林一三だったというのだ。まさか東京まで箕有電軌の制服で出かけたとは思えないが、一三の追悼文に竹内がそのように書いている（「小林先生と私」）。ややこしいことになったが、この件については後述する。

「うかれ達磨」は「歌遊び」と銘打って明治四十五年四月から五月まで、東京白木屋呉服店余興場で、作曲者の指導する白木屋少女音楽団が初演している。たまたまこの作品も七十年目の昭和五十六年十一月、小長久子の主宰する大分県民オペラが「オペレッタ」として復元上演した。生憎当日は見に行けなかったが、金田一春彦から貸与されたという楽譜を見せてもらうことができた。表紙には「歌遊び」、作者緒言では「喜歌劇」と書いてあり、「音楽」誌上の初演評は「北村君（引用者註・「ドンブラコ」の北村季晴）の作物は、肩が凝るが、本居君のは肩が凝らぬ、こ

れは両君の異る明かな差別点である」とうまく中身を言いあてている。
少女たちが座敷で達磨ころがしの遊びをしている。起きた達磨の向いた所にいる者が罰に芸をする決まりである。最初に当った「おはな」は、さんざん渋ったあげく「棚の達磨」でも踊るわ、という。ここまでは女学校合唱曲調というべき感じで歌ってきた少女らが、忽ち私が三味線を、私が唄をと分担しあって、
あまり辛気臭さに、棚の達磨さんを、一寸下ろし、……
と小粋な端唄を歌い踊る。三船の才というべきで、これが当時の東京の、特に芸事に熱心な下町の少女の教養だったのだろう。何度か遊びを繰返すうち、ころがした達磨が床の間の大達磨の
方に向いてとまった。少女たちは興に乗って、手も足も出まい、踊れまいと達磨をからかうのだが、そのやりとりが明治末東京の「現代娘言葉」で書かれており、「ドンブラコ」の歌舞伎風せりふとはだいぶ違う。
お花　達磨さんに、達磨さんが向くなンて、
　マア随分珍《ちん》だワネーッ！
おとし　近頃以《も》って奇妙だワネーッ！
お鶴　イヤサ、大々的に痛快な出来だワ！
これらはもちろん、歌ではなくて一三の言うところの「会話」である。そのうち少女達が粋な俗曲調で、
さっても　達磨さんは　気の毒な
踊る手もない　足もない
と囃し出すと大達磨が「忽然」として立ち上り、両手を出し、払子《ほっす》を取って「げに面白の、世

の中やな、面壁九年の、夢を覚まし……」と、床の間から下りてくる。ここは謡《ウタイ》ガカリである。小達磨たちも呼び出され、少女たちとかけあいで歌い踊るが、そのかけあいに「イロ」という浄瑠璃用語の指定があり、「談話体ニモアラズ旋律体ニモアラザル謂ユルイロ詞ヲ表ハシタルモノナレバ」自由に歌手の心持で歌えと作曲者の註がある。

ここで注目すべきは、歌劇と旋律の調和——つまり一年前に帝劇で笑われた「熊野」の二の舞を演じないために、達磨がベルカント唱法で歌うようなことは避けて、登場人物の性格とその者のうたう歌とが自然に一致して聞えるように、

「我発音法ヲ傷クル事ナク、シカモ和洋ノ旋律ノ調和ヲ計リ」

大いに「心血ヲ濺」いだと作曲者が言っていることだ。振付にも、「歌劇」の経験のある松本幸四郎こと藤間金太郎を起用しているのは、同じ配慮の結果だろう。お蔭で「本居君のは肩が凝らぬ」と言われるような作品が出来た。

本居長世も、国学者本居宣長六世の子孫で、東京音楽学校本科（ピアノ専攻）卒業後、同校の邦楽調査掛を依嘱されているのは、邦楽についての素養と興味があった為だ（彼が都節音階を巧みに使って、——これは音楽史学者小島美子の指摘による——これまでの固い一方の唱歌に対して、いわば江戸情緒の名残を吹きこんだ童謡で大正の町の子の心をつかむのは、もう七、八年先のことである）。「早春賦」の作詞などで知られる吉丸一昌が、台本のなかでうまくとらえた明治末期の東京の少女たちの風俗を、さっそく小林一三が大正四年春書いた「雛祭」で、大阪の少女風俗に写しかえている点も、同じ一三が同じこの作中に使われた江戸音曲に激しい反撥を示した事件とともに、またその折々に触れることにしよう。

「ドンブラコ」が時代物かつお伽ものとすれば、「うかれ達磨」は現代もので、もう一つ加えら

れた「胡蝶の舞」は洋ものの舞踊劇だから、第一回公演は取り合せとしてうまい配合だった。このあと宝塚少女歌劇がだんだん整備されていくにつれて、四本立て、乃至五本立ての興行が組まれるようになるが、その基本的な組合せは、右の三種に歌舞伎物を加えた形に落着いていった。

問題の「胡蝶の舞」は、前述の通り『宝塚五十年史』では宝塚少女歌劇団作、目賀田万世吉音楽。『帝劇十年史』では松居松葉作、ウエルクマイステル作曲だ。今の表記に直してウェルクマイスターは東京音楽学校の教師、目賀田は当時大阪天王寺の師範学校教諭だった。

この作品だけは楽譜を入手できなかったが、前記の「杉谷代水選集」のなかに、明治三十九年十一月に書き上げられた作品として、新曲「胡蝶」という台本が載っていた。僅か七頁の小品だが、

日影麗らにさし匂ふ、
　春の広野へいざやいざ。

と合唱で始まって、赤と白と黄の胡蝶が「羽根をかはして、たのし、おもしろ、舞ひ遊ぶ」踊りがひとしきり、そこへ俄か雨が降ってくるので、蝶が驚きかくれがを探す、という趣向だった。幸い、大正三年の第一回公演の「ほんとの初日」を見たという私の叔父から、十年近く前に書き取った聞き書きメモが残っている。同年春旧制大阪府立北野中学を卒業した叔父が、その夏の高校受験までの間に宝塚を見たというので、ある日話を聞いたのだ。

「日かげうららに射し匂う春の野辺のひととき。雨降ってくる。三羽の蝶々がちがう色の花に隠れようとすると、うちは泊めん、と断られる」

故人となった叔父から聞き取ったメモはこれだけだが、照合してみて「日かげうららに射し匂う」が杉谷の歌詞とそっくりなのに驚いた。この叔父の記憶力と先の竹内平吉の証言のおかげで、

杉谷の台本が、宝塚でそのまま上演されただけでなく、帝劇でも似た主題の別の作品として用いられていることが判った（増井敬二著『日本のオペラ』昭和59所収の写真版で初めて見ることができた松居松葉の歌詞は、当時の尖端を行く象徴詩風で、素朴な杉谷の作風とは、かなり違う）。その先の筋書きは次の通りである。宿を求められた白百合は、白蝶にだけ宿を貸すが、「黄《きい》と赤とは嫌で候《そろ》」とつれないことを言う。すると義理に厚い白蝶は、

あな心無《な》の白百合や
友をば雨に濡れさせて
など我れひとり宿るべき

と、敢然雨の中へ戻って行く。同じことが赤い花葵のところでも繰返されて、いよいよ濡れそぼれる三羽の蝶のいじらしさに心打たれた日の神が、風に命じて雲を吹き払わせる。たちまちに、

露も色ある雨あがり、
涙もかわく、身もかわく、
蝶の羽袖の翩翻と、

で大団円となるのであった。では帝劇で楽譜を借りたことはどうなるか。もしかしたら原作を補強するために、一部の曲や振付、演出のアイディアなどを借用したのではなかろうか。「著作権」という考え方がまだ人の心になじまない、おうような時代のことで、無断改作が社会問題になり始めるのが大正末期、音楽著作権の侵害が法的に最初に争われたのは昭和初年、というのがざっとしたこの道の歴史である。のちに近代的経営を興行の世界にも持ちこもうとした小林一三さえ、代価を払った興行主が作品をどう使おうと自由だという考えを持っていた（『日本歌劇概論』第二版、大正一四年）。そんなわけで、杉谷代水の原作にかかる「胡蝶」が、改題され、恐

らく平易化されて上演されたらしい。

さて、路線はこのようにして敷かれたが、そこで歌い演じる少女たちの方に目を転ずることにする。前掲の年譜には「大正二年七月一日　宝塚唱歌隊組織せらる」とあるものの、彼女らは今の宝塚志望者のように一斉に試験を受けて採用されたわけではなかった。

「入学といつても何人かゞ揃つて入つた訳ぢやなく、全然バラバラに入りましてね、その時の募集は人から人への伝へ聞きなのです。箕面電鉄を有馬まで開通させる筈が宝塚が終点になつたので『箕面電鉄の終点一時間半程の山奥に月給を呉れて芸を仕込んでくれる婦人唱歌隊といふのが出来る、こんなええことないやないか』と言つて私の知つている本社の運輸課の人がすゝめてくれました。『そんな馬鹿なことあらへん』といつたけれどまあ受けて見ようといふことになり、服装も余り子供らしくては駄目だらうといつて、リボンを外し、当時流行のピラミッドスフィンクスの髪に結つて姉さんの着物を着て試験をうけにいきました」（「歌劇」昭和二六年五月号座談会「宝塚歌劇の誕生と、お伽歌劇のころ」における高峰妙子の発言）

そんな山奥で二十五銭も日給をくれて歌をうたわせてくれるのは話がうますぎる、電話の交換手が日給十五銭なのに、これはシナに売られて生胆を取って六神丸にされるのではないかと、当時大阪谷町で巡査をしていた高峰妙子の父が心配して、試験の日に制服制帽でサーベルを下げてついて来たという。採用後も、

「皆で集っては、船へのせられたら駄目やから、乗らんとこうねといってました」（「歌劇」小林一三追慕座談会における高峰妙子の発言——昭和三二年）

容姿がいいから箕有電軌の本社から廻された者も含めて、最初は声楽と器楽だけを習って、手の甲にのせた懐中時計を落とさぬようにピアノを弾かされたり、指が届かなくて四分の三のヴァ

イオリンを教えこまれていた（雲井浪子談）満十二歳前後の素朴な少女唱歌隊員が、こんどいきなり「歌劇」というものの前に引き出された時にどんなに戸惑ったか。当時の思い出を語る演出家の口述筆記文が面白い。最も古い座付作者で、江戸っ子の記者上がりながら水木流の踊ができ、来任の当初から髪の毛が一本も無かったという久松一声が、昭和二年春、阪神宝塚会第三回懇談会という所でこんな話をしている。

「あたしは高尾さんて方（引用者註・高尾楓蔭）の紹介で北村季吟《（ママ）》の『ドンブラコ』と『浮かれ達磨』の振附を頼まれたのですが、第一あたしは歌劇つて物は何《ど》う云ふ風になるものだか解らない、尤も東京で何んとかと云ふ歌劇（引用者註・坪内逍遙作、東儀鉄笛曲「常闇」であろう）を見た事があつたのですが、真つ暗な中でピアノがヴヴヴと叩かれて、

　おろちにかまれた

なんてえ唱ふ奴なんでせう。まるで見当がつきやしない。お芝居の極《き》まる所で音楽が起るんだからね、で兎に角、踊りを附けやうとしたんですが、『踊や、顔作りの素養があるんですか』つて（事務局に）尋ねると『多分少しはあるでせう』つてのですが、さて歩かせて見ると宛《ま》るで棒なんだ。お辞儀を一ッして見ろと云ふと、二十人位ゐた生徒達が次第々々に後へさがつて、了《しま》ひには皆かたまつちまつて、クスとも云ひやしなくなるし、台詞をつけると、これもロクに云へるのがないんで、あたしが仕様が無いもんだから『さあ鬼が島へ。行きませうを』と大きな声で読んでやると、隅つこへ集つてゐた生徒達が、あたしの顔をギーッと見つめて、クス〳〵〳〵！と笑ひ始める。やつと稽古が済んで、さあ顔を塗ると云ふ段になつて、

『おまいは白粉を塗つた事があるかい？』

と聞くと、

『いえ、白粉なんか、塗つた事はありません！』

て、えらさうにポンと云ひやがつて、つんと済まし返つてやがるから、仕方なく今の国民座(引用者註・昭和初年の宝塚国民座)にゐる三浦敏男君に手伝つて貰つてさ、嫌だと泣くのを無理に捉へて、塗つたのですが、出来上るてえと、さあ生徒達は生れて始めてお化粧と云ふ奴をして余り美しくなつたものだから、嬉しがつて嬉しがつて、ちつとも鏡の前を離れないつて云ふ始末なんだよ」

右の談話に出て来た高尾楓蔭は、当時小学校を廻ってお伽芝居の指導をしていた人で、最初はこの人に「フリ」をつけてもらうように頼んだと、責任者の安藤が書いている(当時はまだ世の中に演出という概念がなく、この場合も振付が演出を含んでいた)。その時高尾が連れて来た助手が久松で、助手の振付の方がキビキビしてよかった。その助手が間もなく顔を見せなくなったので、どうしたと事務局に聞くと、「頭がツルツルでデンボウで面白くないから断つた」という。とんでもない、あの人でないと駄目なんだからと安藤が頼んで呼び返してもらった。桃太郎の鬼が島からの凱旋の場で、まだ素人の少女のために、歌舞伎の六方の上体に足だけは楽に両足で進む独特の六方くずしを編みだしたのも久松で、

「実に宝塚は久松さんに依つてその柱が立てられ屋根が葺かれたといつていい」(「宝塚少女歌劇の頃」)

と安藤の手記にある。安藤は最初一年間の準備期間が必要だと説いたそうだが、一三は九カ月後の大正三年四月一日を第一回公演の初日と決めた。——この頃一三の相談を受けて安藤が考え出した「少女歌劇」という名称が、のち大正・昭和初期にかけて咲きだす月見草のような「少女」文化の、一つの重要なシンボルになっていくともまだ知らずに、少女たちはプール・サイド

の白煉瓦と真鍮の手すりがそのまま舞台袖口に露出している劇場で、いよいよ三月二十日から、（念を入れて十二日間通しの）舞台稽古を始めた。宝塚温泉の芸者衆に化粧を教わったという話もある。ちょうど東京の帝劇で、松井須磨子のカチューシャの唄で有名になった「復活」の初演が幕をあけたのが、同じ三月の二十六日だった。

実はまだこの時期の一三は、宝塚の少女歌劇というものを「洋楽趣味に立脚した音楽と舞踊の聯合した『オペラ』」くらいに考えていたらしい（大阪毎日新聞大正三年三月九日）。だから第一回公演の新聞広告も、例によって彼自身の文案でこんな工合になった。

宝塚に開会中の「婚礼博覧会」余興
日本で初めての少女歌劇《オペラ》（観覧無料）
花やかで面白い　歌劇「ドンブラコ」（桃太郎昔噺）
と「浮れ達磨」ダンス「胡蝶の舞」と管弦合奏と合唱
（大阪毎日新聞大正三年三月一九日）

歌劇の字にわざわざオペラとルビを送っているところが、初期の宝塚の特徴だ。間もなく全く反対のことを一三が積極的に唱えだすからだ。その事情はまた後の景で伝えることにして、箕有電軌から刊行されていた宣伝誌「山容水態」大正三年四月号に載った、第一回公演の詳しいプログラムを、孫引ながら引用しておく。

少女歌劇公演曲目
一、管絃合奏
一、君が代。二、結婚マーチ。三、ジャーマンメロ。四、マルセーユ。五、フライシヤン。六、ダニユーブの漣。七、ロシヤンマーチ。八、タンホイザーマーチ。九、フレンドニヤンマーチ。

二、唱歌

一、小守唄《(ママ)》。二、花。三、春興。四、姉妹。五、胡蝶。六、桜。七、愛の歌。八、雲雀。九、此国此君。十、オルフォイスの一節。

三、舞踏

一、胡蝶。(引用者註・ここでは杉谷代水の原題を使っている)

二、白妙。三、女神の舞。四、花競べ。五、親しき友。六、故郷の空。七、磯千鳥。八、黄菊白菊。

四、歌劇

一、ドンブラコ(桃太郎鬼ケ島征伐)五場。

第一場桃太郎出生。第二場桃太郎門出。第三場鬼ケ島征伐道中。第四場鬼ケ島打入。第五場凱旋。

二、歌遊び浮れ達磨。

出演者の芸名はほとんど小倉百人一首からつけられたが、雲井浪子の記憶によれば、実際に一期生ひとりひとりに百人一首から芸名をつけたのは、温泉主任の安威勝也であったという。しかし、大正七年に入団した天津乙女に、小林一三はお前のために「この名前はとっておいてだれにもつけさせなかった」と言ったそうだから(「阪急」昭和三一年三月号座談会、天津乙女の発言)、のちには芸名も一三が考えるようになったのか。あるいは百人一首から取るという基本的アイディアだけは、最初に一三から出たわけか。高峰妙子のようにちょっと推測しにくい宛字も混じるが、もし時間があれば、左の連名からそれぞれの元歌を考えて下さい。

外山咲子、雄島艶子、高峰妙子、八十島楫子、由良道子、雲井浪子、関守須磨子、三室錦子、筑波峯子、秋田衣子、三好小夜子、大江文子、若菜君子、松浦もしほ、小倉みゆき、逢坂関子、小野浅茅（引用者註・のちに篠原浅茅と改名）

私の目に触れた一期生の名簿は、各資料ごとに人数や順序や名前が少しずつ食い違っていた。宝塚の「生徒」の名簿は、伝統的に年次と成績順を厳守しているが、手に入った限り最も古い資料から孫引した大正三年四月現在のこの一覧表はどうだろう。

ともあれ、草創期の小林一三は、まだ「歌劇」というものを模索していた。――というより現場は安藤弘、高木和夫、久松一声たちの情熱にまかせ、ここは週一度の修身の授業くらいのつきあいで、専ら箕有電軌の経営に奔走していた。

大正三年四月一日の大阪毎日新聞社会面を見ると、九段の紙面のうち一番下から二つ目の段の、呉の遊廓内で起こった水兵と警官の乱闘事件の記事のあとに、ごくささやかだが宝塚少女歌劇発足の模様が載っている。

宝塚の婚礼博覧会は愈本日より開会し梅田の乗場も、宝塚の停留場も会場も唯美しき桜の花飾に満飾して、大アーチ、大行灯に夜の景気をも添へ居れるが、会場正面の見合人形から時代劇、各地別の婚礼人形、各種の婚礼式人形、地下室の鼠の嫁入から婚礼風俗、調度をしらべ、器具、絵画、写真等数百点、これは確かに前回の婦人博覧会よりも、意義のある陳列だと推賞するものあり、特に愛らしいのは八ケ月以来、五人の音楽家と三人の教師によつて仕組まれたる十七人の少女歌劇団が無邪気な歌劇『ドンブラコ』四幕（桃太郎の鬼退治）や、意外に整頓したオーケストラや、合唱独唱や若い天女のやうな数番のダンス等にて、是等若き音楽家等は何れも良家の児の音楽好を選べるにて特に左の七人は天才と称せらるるものなりと。
△桃太郎になる高峰妙子（15）△爺さんになる外山咲子（15）△婆さんになる雄島艶子（16）△猿になる雲井浪子（12）△村人の音頭取になる関守須磨子（15）△犬になる八十島楫子（14）△雉子になる由良道子（12）（引用者註・カッコ内の年齢は数え年だから、もう一、二歳若い）

実は前章6景の初めに引用した『阪急電鉄二十五年史』年譜の四月一日の項は、まだ記事が続いていた。桜で飾られた新温泉に少女歌劇が初めてお目見得した花やかな記述のあとに、「この頃、大阪日日新聞に岩下清周氏攻撃の記事が掲載され始め、これが所謂、北浜銀行事件に発展、岩下氏は六月、頭取を辞任、八月一九日、遂に北浜銀行は支払い停止となる。唯一の取引銀行を失って（箕有電軌は）資金難に当面し、第一次世界戦争の好景気が訪れるまで、苦難の連続となる」という事態が起こっていたとある。

8景　「我等の阪急」

岩下清周の三女亀代子を、東京都内の女子修道院に訪ねて話を聞いた時、

「宝塚の劇場も父が建てました」

という言葉が出てきて一瞬耳を疑ったことがあった。話手に別に他意はなく、小さい頃の、父清周の思い出の中で、

「阪急の電車を作る時、一緒に私を連れて散歩してくれたのを覚えております。色んなことをするのが好きでございまして――」

そのあとに宝塚のことが出たわけだ。

乃木大将が校長だった時代に女子学習院を出たという彼女は、東京の紀尾井町に生れ育って関西の事情には詳しくないのだが、もし我々がタイムトンネルをくぐって大正三年春の向う側へ出たとすれば、箕有電軌社長の娘がそのように言ったとしても、誰も不思議に思わないのではないか。岩下社長の在任中に小林一三が全権を持たない経営者として、大いに奮闘しながらも、時に不安を隠せないでいたことは見てきた通りだ。しかし、大正六年には、一三は自作の歌劇台本集を岩下清周に捧げて、献呈の辞に、

「私の会社は貴下のお蔭によつて此世の中に生れて来ました」（傍点引用者）

と敢えて書いた。更にその下にわざわざカッコを入れて、

「千六百何十人の株主を有する株式会社を私の会社といふのは不都合であるかも知れません、然しさういふ法律論を離れて、私はいつも私の会社と思つて居る習慣を見逃して頂きたい」

と弁明を加えたのはこの言葉をかなり意識して使った証拠だろう。大正六年というのは、後述する北浜銀行事件で岩下がすべての職を退き、箕有電軌に関しては次期社長就任を三井銀行時代の友人平賀敏に依頼し（『岩下清周君伝』による）、自身は富士山麓に隠棲しながら懲役六年の第一審判決を受けた年であった。

この時期に出版した宝塚の自作台本集『歌劇十曲』の巻頭に、一三がつけた調子の高い献呈の辞は、当時の世論から袋叩きの岩下への精神的援護であると共に、一種のゆるやかな独立宣言ともとれる。いま少し引用を続ける。

「その私の会社は（略）設立が行悩んで、発起人であつた旧阪鶴鉄道会社の重役諸君が解散しや《ママ》うとして居つたのを、私が一切の責任を負担して引受けてから、貴下の御厄介になつたことは、実に非常なものでした」

「到底も満株の見込が立たなくなつて結局其不足分を北浜銀行で御引受下すつた為に、私の会社は設立が出来たのであります。それから今日迄開業して既に七年。貴下のお指図のもとに計画せられた凡てのものは、美事に成長して居るのであります」

事実は右の通りなのだが、この年四十四歳になった一三の気負いが文章から立ち昇ってくるようだ。

ところで、次の一節の冒頭に「電鉄統一」という言葉が出てくるが、これは岩下の持論だった。

「宝塚は、やがて電鉄統一の暁には単に温泉の町としてのみならず、あらゆる遊戯場の統一的中心地たるべき運命を有つてゐるから、茲には永久的の設備が必要であると申された、其武庫川の清流に沿ふて建てた日本第一の宏壮なる新温泉は、営利事業としても、既に存在すべき価値を証明するやうになりました。此新温泉の余興部に、初て生れて、まだ勿論未成品ではあるけれど、兎に角大阪の新名物として一般から望を嘱されて居るものが、即ち此少女歌劇であります。貴下に見て頂くことの出来ないのがどんなにか残念でせう」(「此書を岩下清周翁に献ず」)

ゆくゆくは近畿の私鉄を統合しようとする岩下の構想は、そのために一三の「私の会社」が、何時阪神電鉄に合併されるかと絶えず懸念せざるを得なかった不安の根源であった。明治末から大正初めにかけて、最盛期の岩下は北浜銀行を通じて西成鉄道(のち官鉄)、阪神電鉄、箕有電軌、大阪電軌(近鉄)、阪堺電鉄(のち南海電鉄と合併)に影響力をのばし、自身もこのうち三社の社長、二社の重役を兼ねていた。懐刀《ふところがたな》の島徳蔵が阪神電鉄の重役に就任したのも、この視点よりすれば北浜銀行系勢力拡大の方策であって、小林一三の場合も、同様に箕有電軌に送りこまれた岩下の尖兵と見ることができる。それだけに「電鉄統一」のかけ声には、一三が神経をとがらすだけの現実性もあったのだ。だから大正三年に起こった北浜銀行事件による突然の岩下の失脚は、資金源を断たれた箕有電軌にとってはまたしても訪れた経営の危機だが、同時に一三には天から与えられた独立の好機をもたらした。現に、これより十三年後の昭和五年に阪急社長の一三が書いた「北浜銀行破綻当時の思ひ出」には、ごく端的に、

「北浜があのままズッと安泰でゐたら、私はやはり一使用人として働いてゐたに過ぎなかつたらう。今日から見ると、北浜の破綻が反つて私にうまいことになつてゐるやうなわけで」

と述べている。

6景の終りに伝えた通り、北浜銀行事件の直接の引金となったのは、大阪日日新聞(現在の同名の新聞とは無関係)の執拗な攻撃記事であった。同紙がなぜ攻撃を始めたかということが、最

初は誰にも分らなかった。もともと岩下はぶっきら棒で新聞記者に評判が悪いから、また何か恨みを受けた為だろうと、初めは誰も気にしなかったらしい。大阪日日は粗悪な用紙の色から「赤新聞」と当時蔑称されていた夕刊紙の一つで、これが大阪電気軌道（通称大軌電車、のちの近鉄）が大阪―奈良間軌道敷設工事に資本金の二倍半の費用を使っていることを材料に、同線開通を目の前にして社長であった岩下清周の個人攻撃を始めた。もともと岩下は取締役として同社の創立に参画し、資金の貸出しだけでなく、たとえば生駒山トンネル工事用の電力を、箕有電軌の三国火力発電所から送るなど、積極的に応援を続けてきた。

この生駒山トンネルは大阪―奈良間を最短距離で結ぶために掘られた、全長三・三キロの、複線用では当時日本最長のトンネルだが、これが予想以上の難工事になった。生駒山の麓に生れ育った児童文学者今西祐行によると、地元の村人との揉めごとに端を発して、同トンネル大阪側出口で働く多数の朝鮮人を含む工夫たちがダイナマイトを持って押入るという噂に村の婦女子が避難した話を、当時旧枚岡村村長であった父親からよく聞かされたそうだ。加島財閥当主の広岡社長が見切りをつけて退陣するあとを、当主の母親の願いを容れ、岩下が敢えて代って引き受けた（『岩下清周君伝』）のが大正元年末で、以後社長として彼は東京の邸宅を抵当に入れてまで借金を重ねて工事を続行したが、いきなり落盤生き埋め事故で十一人の死者を出した（大正二年一月）のに引続き、大正三年三月社債発行に難渋しているところへ、大阪日日新聞主筆吉弘白眼（中江兆民の弟子筋に当るという）によるしつこい筆誅が加えられたのであった。

更に、宝塚少女歌劇第一回公演のはじまった同年四月から、吉弘の攻撃目標は岩下の本拠北浜銀行そのものに移り、大軌電車をはじめとする諸方面への不良貸出し、ずさんな経営をつき出した結果、衆議院議員である岩下の留守中の大阪で取付騒ぎが起こった。

一三も監修委員の一人である『岩下清周君伝』（昭和六年）は、当時の予期せぬ不運の連続を怒りと同情をもって伝えている。即ち、最初の取付騒ぎの頃に、北浜銀行の創始者で岩下を利用もしてきた男爵藤田伝三郎の後継者平太郎（或いはその周辺）から意外にも救済を拒まれたこと。そのため窮地に陥った末、やっと日本銀行からの貸出の保証を藤田組に引き受けてもらえて、これから信用の回復に努めようとした矢先に「岩下退陣」という交換条件をつきつけられたこと。

続いて日銀保証額の限度を伝えた二、三の新聞記事がせっかく立直りかけた銀行をゆるがし、小林一三らの努力でやっと不安な噂をもみ消したとたんに、こんどは藤田から擁立されて乗りこんだ杉村新頭取のあとさきかまわぬ非常識な「損失額発表」が再度の取付騒ぎを引き起こし、ついに万策尽きたことを断腸の思いで記している。岩下が藤田伝三郎の後継者平太郎の反感を買ったのは直言癖のおかげで、大阪日日新聞へ北浜銀行の内情を洩らしたと目される人物が、平太郎の配下にいたとも書いてある。これが岩下側の記録で、一三の自叙伝でも、この事件発生当時や、のちの裁判の予審に際しての岩下の先輩友人配下たちの立ち回り方を見ての感想に、

「社会の表裏、人情の軽薄、紙よりもうすき虚偽欺瞞の言論行動には、（略）人を頼っては駄目だ、人などあてになるものでない、自分の力だけでやれるものに全力を注ぐ、『独行不恥影』それより外に手はない、そして如何なる場合でも、プラスの立場に居ることである、断じてマイナスであってはならない――と、私は何度か自問自答したことであらう」

とあって、ちょうど『岩下清周君伝』の語気に見合っている。このあたりは筆者が同じなのかも知れない。

岩下の事件は、ここまでは実はまだ序の口だった。大正三年八月の銀行窓口の支払停止後、大阪府知事の斡旋で、藤田男爵の代理人を中心に土居通夫ら大阪財界の長老らが集まって再建案の

「小田原評定」を重ねた結果――一三からみれば評定衆の中には長引かせて苦境に落ちこむのを痛快がる人もいて、そのあげくに二人目の新頭取に選ばれたのが、これも一三の筆によれば「堂島、北浜の大相場師」であった。「私はその時から、北銀の運命を覚悟して、箕面電車の方針を一変することに決心した」とあるが、再開された北浜銀行はまだ箕有電軌の四万五千株の大株主のままであるから、火の粉が忽ち降りかかって来た。

自叙伝によれば新頭取は、果たして、自分の札付きの子分を箕有電軌の重役に入れろと言いだした。名指しの人物を一三は辛うじて断ったが、結局子分を一人監査役に、銀行代表者としてもう一人を取締役に入れざるを得なかった。これではかなわない、何とか四万五千株を自分が引受けて、何者にも拘束されない立場になりたいと願うものの、先立つ金がない。知恵をしぼって、北浜銀行代表も加わった箕有電軌重役会で、同銀行所有の箕有電軌株四万何千株を処分する際は当社重役に優先的に売渡すこと、という条件を出して承諾を得た。代表も加わっての決議だから、北浜銀行も無視できない。これで一息ついたところが――敵もさる者、数日後、新頭取から今すぐ株を処分したいから引受けてほしいと申し入れがあった。足もとを見て逆襲された、と一三は言っているが、同時に、

「この機会を置いて逃しては駄目だと決心した。出来るだけ借金をして、出来るだけ多数の株式を引受けるべく工夫した」

幸い、北浜銀行事件のあおりで、同銀行傘下の箕有電軌株の値段は下っていた。それはまた会社の信用が落ちたことであって借金には痛しかゆしだが、日本生命や加島系の大同生命などに二万何千株を引受けてもらい、残りを一三が借金をして自分の手に入れた。まさにこの時から（大正四年来）、一三は経営者と資本家を兼ねることになった。

「私は実に運がよいと思った」

以上は三十七年後に書いた自叙伝の要約である。これまでは岩下清周と、大株主北浜銀行を度外視することはできない義理があった。

「然るにこれからは誰に遠慮も入《（ママ）》らない私の会社だと言うても差支へない境遇に進歩した」

と、繰返しここでも強調している。

だが、既に北浜銀行をやめさせられた岩下清周の方は、更にきびしい追い討ちを受けた。大正三年夏、彼に国会議員を辞職せよとの勧告書を出した某弁護士が、大阪地方検事局へ背任と文書偽造の告発書を提出し、同年末岩下は衆議院議員を辞職したものの、正月から果然検事局が取調べを始め、大阪日日新聞も一層猛烈な人身攻撃を再開した。ついに大正四年二月司直の手が関係者の上に伸び、岩下自身が拘束収監されたが、検事局が数え上げた岩下の罪状は、背任、横領、文書偽造行使など四十六件に及び、押収した書類も、取調記録も、当時の刑事事件としては稀な厖大なものであった。次に引用するのは「岩下党の公判」という見出しと被告たちの写真を大きく載せた大正五年六月の第一回公判の新聞記事だが、地元の見方が意外にきびしいことがよく分る。

「物の美事に二千六十九万円という物を喰《くら》ひこんで、北浜銀行の金庫をば蜂の巣の如く穴だらけにした元の同行頭取岩下清周（五十九年）（略）等にかかる背任、横領、文書偽造行使、詐欺、業務横領、商法違反事件は久しく当地方裁判所にて審理中であつたがいよ〳〵二十九日午前十時五十分新築控訴院の第一号大法廷で開かれた、顧みれば財界の妖星と見做されたこの一派も北浜銀行の取付から一敗地に塗れて、その揚句の果が縄目の恥にかかつたのは大正四年二月の十五日であつた、（略）費《つか》ひ込んだ金が二千万円、罪名が日本の刑罰法を倒さまにして振つたほどもある永々しいのでも察しがつくが、事件の輪廓が大きいのと内容の複雑なのはあまり他所《よそ》にも類があるまい」（大阪朝日新聞大正五年六月三〇日）

公判第二日目の模様も、同じようにほぼ紙面全体を使って報道しているが、こんどは、

「岩下の眼《まなこ》はアマゾン河の鰐魚《わに》の如く」

とか、

「悪の極致と善の極致は一致するもので、孔子と盗跖《とうせき》とを兄弟分にすると岩下は孔子さんの相棒かも知れないがそれに比べたら小塚（支配人）なんかは鼠小僧にもあたらない」

といった調子だ。この頃大阪朝日新聞は夏目漱石の『明暗』を、大阪毎日新聞は森鷗外の「伊沢蘭軒」を連載中だった。

毎日の方も、

「まづ首魁《しゆくわい》岩下の訊問より開始」

と見出しにあり、

「親玉岩下は（略）フロックにパナマ帽を戴き四辺《あたり》の人集《だか》りを左視右顧してあはたゞしく玄関を入る、一時華城財界に雄飛して時めきつゝありし当時軀幹肥大、悠揚迫らざりし態度に比し頭上の白を交へ両頰《けふ》の肉著《いちぢ》るしく瘦せ落ちて少し蹣み勝に廊下を歩むさま坐《そぞ》ろに蹉跌《さてつ》後の疲憊《はい》を思はしめたり」（大阪毎日新聞大正五年六月三〇日）

と伝えている。小林一三が新聞嫌いになったのも、この期間に「岩下党」がさんざん叩かれたことによるらしい。岩下は東京紀尾井町の邸のほか鎌倉の別邸や株券など、殆ど全財産を提供して北浜銀行に三十万円の責任賠償金を支払った上、「峻烈骨を刺す」論告によって懲役十五年を求刑された。剛腹の岩下が一切非を認めないことも検事や裁判官らの心証を悪くした。弁護人の

一人である石黒行平の記録によれば、検事局の罪状の数え方も「余りに穿鑿《せんさく》の過ぎた沙汰であった事は、審理の進むに随つて、其大多数は無罪とせられた事によつて明か」になるが、大正六年の第一審判決が懲役六年を言渡した時も、「大阪の大新聞は筆を揃へて第一審判決が軽きに失せる事を暗示」したという。その上に小林一三を憤慨させてやまないのは、地場の財界の誰かれが、最初の取付け騒ぎ以来公判に至るまで、この岩下を生きながら抹殺するのに加担したことである。大阪控訴院長さえ、岩下の友人から出された減刑請願を批判して、まるで予断を持つようなきびしい声明を発するという険悪な状態となったが、結局大審院まで行って差し戻されての結審は、四十六件の容疑のうち七件についてのみ有罪とし、懲役三年の実刑だった。大審院検事の最終論告に「案ずるに被告の所為は全く私腹を肥さんが為めに出たるものにあらずと認め得べく」の一言があり、小林一三によれば、有罪の七件も商法違反と不良貸金にすぎず、ただ一つ、二百株の株券の記帳違いが「横領」の扱いになったというだけのことであった。それを、私腹を肥やすためでないと上告審でも認めながら、実刑を科すとは、

「法律上の理窟は能く判らないが、常識から言へば何といふなさけない判決であるか」

と一三は腹に据えかねている。

ここで晩年の岩下について一言すれば、事件発生後、私財をなげうって賠償金を払った岩下を見かねて、旧恩を思う人々が醵金して富士の裾野に農園を買った。岩下はここに茶園を作り、植林に精を出し、農民とその子弟のための小学校と夜学校「温情舎」を設け、率先して励む百姓の親玉として余生を元気に過ごした。ある時農園からほど近い神山の癩病院を視察し、フランス人老神父が日本人の癩者のために尽くす姿をまのあたりにして、一人息子である岩下壮一（当時既にカトリックの碩学の神父として司祭に叙任されていた）に「神の使徒たる者、何ぞ之を看過す

るに忍んや」と書き送った。これがきっかけで、のち壮一が神山復生病院長として短い生涯を捧げることになった。以上のてんまつを私はこんどはじめて知ったので紹介しておく。修道女岩下亀代子の思い出では、彼女が少女の頃、カトリックの洗礼を受けたいと申し出たところ、まだ全盛期の父清周が、反対した。その理由は自分は若い頃洗礼を受けながら今はこんな調子なのだから、ということだったそうだ。

　昭和三年春、満七十歳で岩下は急逝し、葬儀を司った嗣子岩下壮一は次のような挨拶を述べた。

「父は直情径行で、自ら善と信ずる事は忌憚無く行ひました為に、其我儘が世人をして父を誤認せしむる原因とも相成りましたから、皆様も亦父の我儘の為に幾多の御迷惑を蒙られたかも知れぬと存じますが、兎に角父は思ふが儘に此世に処して一生涯を送りました」

「万一父が生前の所業から世間に御迷惑を掛けたものが有りと致しまするならば、私は私の一身を擲て進んで其の罪を贖ひたいと存じます。私は終生娶らず終生家を成さず、心身を神に捧げ、頂天立地、我が道とする所に依りて、国家民人の福利の為に最善の力を効《ママ》したいと思ふて居ります。而して私の斯の志に対して、必ず世間が父の過を忘るゝに至るの日有るべきを期して居ります」(『岩下清周君伝』)

　岩下の死後三年経って、先述の『岩下清周君伝』が一三らの監修のもとに編まれた。これは本体の伝記に、故人の断簡・談話や、各界からの追悼文を収めた大きな本で、伝記の部では、事が起こってから十七年経過した北浜銀行事件をふり返って、韜晦した筆で事件の「裏面」にも触れている。伝記の匿名の筆者は、大阪日日新聞の執拗な筆誅をはじめ、一連の岩下攻撃を終始蔭で操った黒幕は、当時の同志会（のちの憲政会）内閣の内務大臣子爵大浦兼武で、「政敵原敬氏（引用者註・政友会総裁）の古疵を、北浜銀行及大阪新報から探し出さうとしたのが元である」

という。

伝記筆者は根拠をあげて説いているわけではないから少し補足すれば、先ず事件の起こった大正三年春から岩下が収監された四年二月にかけては、あたかも大隈内閣が議会を解散し、政敵の野党政友会の切崩しをやろうとする間際のことだった。これは岩下自身の談話による。彼は代議士になっても政党には加わらなかったが、原とは明治十年代のパリ以来のつき合いで、北浜銀行頭取に原が就任したこともあり、大阪新報も原敬の指示で岩下が資本を出し、原の秘書官を社長に据えた新聞社だった（一時ここに勤めた岩野泡鳴を小林一三が世話したのもそういう因縁からである）。岩下が結審で有罪とされた七件の中には、同新聞社への放漫な貸出しによって銀行に欠損を与えた罪責が含まれていた。――つまりは将を倒すために馬が射られた。これが伝記作者の推理である。

「君の全生涯を顧ると（略）殆ど往くとして可ならざる無き慨を示した。只代議士としての君は如何にも平々凡々であつた。加之、或人は君が代議士に出たのは一生の失敗であつたと云ふ」（『岩下清周君伝』）

という伝記作者の語気は、また、小林一三が壮年時代に掲げていた政治嫌い政治家嫌いの看板に通うところがある。こうして岩下を他山の石とした筈の一三が、六十七歳の年に自ら政治家として登場するに至る経緯はのちに詳しく触れるが、同じ書物に一三が載せている追悼文も型破りの率直なものであった。

「御永眠になつてから、翁に対する私の考は一変したことを白状する。実は最後迄岩下翁を誤解して居つたことが如何にもお恥しい」

と前置きして、一三は自分が常識的な考えから、岩下清周が罪を得ながら悪びれず、銀行や世間に迷惑をかけながら謹慎の意をあらわすどころか、刑事被告人の身分で私費で学校まで作ったりするのを内々苦々しく思い、彼を傲岸と極めつける人たちの意見に同調したこと、一部の実業家が連名で特赦を願い出た時も、これを非現実的な夢想と嗤ってきたことを正直に告白した。しかし岩下の死後、ふと自分のありきたりの人情観が間違っていたのに気付いたと言い、判決の如何など問題ではなく、他人がどう思おうと、岩下が俯仰天地に恥じない自分のあるがままを最後まで押し通したことが「生涯を通じて見ると、却つて意義ある生活であつた」と、今は信じている、「岩下翁は矢張り正しい、大きい、偉らい人であつたのである」と結んだ。

　同じ本に並ぶ財界人の追悼文のなかには、一三から見て、事件当時岩下に恩を仇で報いた連中や、「火をつけて消し回つた手合」がまじっている。彼らが口をぬぐって如才ない文章を綴っているのが我慢ならない一三の癇癪が、こんな赤裸々な感懐を吐かせたような気がする。

　そういう一三が、実はさかのぼって岩下の有罪が確定した大正十二年、既に岩下の女婿岩倉具光を阪急電鉄の監査役に迎えている。岩倉はのち専務取締役から昭和十九年副社長に就任し、戦後公職追放に該当して辞任するまでその職にあった。

　更にさかのぼって、まだ岩下が渦中の人であった大正三年夏にも、一三は「中央公論」八月号に随筆「奈良のはたごや」を寄稿し、――既に紹介した通り、これは開通したばかりの大軌電車に乗って、福沢桃介らの一行を一三が奈良へ案内する紀行文だが、生駒トンネルを潜り抜けるあたりを次のように書いた。

「闇中正に八分、穴を出ると大和路につづく小松の丘陵を左右に見て速きこと矢のごとしだ。
『さすがに岩下君だ、この仕事は岩下君でなければとても出来ないよ。よし岩下君が北浜銀行を開城しても、ただ一つこの大阪軌道の存在によつて彼の生命は永久だ。君、大阪からハイスピードの電車で数十分間に奈良にゆかれるといふことは、いまに見たまへ、それは非常なことになるから、他日株主は必ず彼の頌徳碑を建てる時代が来るから』と福沢さんは熱心に語りはじめた」

　かつて福沢諭吉の養子であり、型破りの実業家として歯に衣きせぬ点でも定評のある桃介の口を借りて岩下と大軌電車をほめ上げているのは、まさしく岩下を守る一三の志に他あるまい。

　もう一度事件当初に時間を戻すと、大正三年から五年頃までの小林一三は、ちょうど本能寺の変で信長の死が伝えられた時の、羽柴秀吉のように見えてくる。頭の上から抑えられていた重石が急にとれて真空状態に置かれた途端に、こちらが攻めなければ亡ぼされる外圧が一挙に一三に押し寄せたわけだった。

　その一つは、先に述べた通り、再開した北浜銀行の新頭取からの役員人事介入に始まる一連の事件で、これがかえって一三を名実共に箕有電軌の経営者・資本家たらしめる結果を生んだ。

　もう一つは、やはり北浜銀行にからんで、灘循環電軌という実体のない会社の株式と線路の敷設権をめぐっての、阪神電鉄との確執であった。前者が天王山なら、後者は賤ケ嶽の七本槍のようなものであった。これによって箕有電軌が阪急電鉄に発展したのだ。その話を進める前に、6景に紹介した一三の自伝中の悪役たちの消息に触れておきたい。

　鴻池を代表する大阪財界の元老土居通夫の老残の恋を戯画化した短編風俗小説「イ菱大尽」を、連作『曾根崎艶話』に組み入れて一三が出版したのが大正四年十二月である。作中、「華城実業界唯一の元老たる」七十七翁戸井夢蝶という人物がそれで、もう一人、女をめぐる恋敵として大阪歌舞伎の名優初代中村鴈治郎が、どちらも一目でそれとわかるように描かれてしまった。

「堂島川の強風がユウカリの老木に音《ママ》ずれる夕まぐれ、硝子窓を開放ちたる戸井家の浴室《ゆどの》には、戸井翁が念入のお化粧三十余年来使用《つかひ》なれた、ぬれがらすに白髪を染めて、手拭に堅く頭髪《かみ》を包みたるまま一夜を明し、翌朝《あくるあさ》は綺麗に洗い落して、香油の艶々しく、櫛の歯に若返れる、肉汁に半熟の鶏卵、軽く朝飯をすまし、昼はスッポンの汁《ソップ》に滋養の贅を尽して。打水の清げなる、内露地に網目の灯光《ともしび》、淡く照す平鹿の玄関先に戸井翁の姿が現われると、丸髷に色白の丸顔、可愛らしい内儀が先に立って二階のお座敷へ御案内する」

　平鹿は北の待合の名で、戸井翁が忍んで来る時は仲居は遠慮して内儀だけが用を足すことになっている。ここの二階で、翁は芸妓伊代治に逢う。戸井翁の親切深いのと、金遣いの綺麗なのは花街でも有名だ。

　五十近く齢下の伊代治が夕食をねだり、スタウトにシトロンを等分に注いだコップで小酒盛が始まる。大隈首相と同い年なのが自慢だが、伊代治にだけは年を隠している戸井翁は、さりげなくいやみを言う。ある芸妓がある日何時発の急行列車の二等に乗ったが、顔がさす（顔見知りの）人がいたので一等へ移ったらしいな、と。伊代治は芝居や茶屋で「若旦那」と呼ばれている、五十六歳の人気俳優中村雁十郎と思い想われている仲なのだが、実は同じ時間に、同じ新地の、互いに相手の灯の見える「時家」の座敷にくだんの雁十郎が、じれながら伊代治を待ち兼ねている、という筋立てだ。自分が悋気を出しておきながら「もうその話はよそう」と戸井翁は、女は花の散る時に備えて蓄財する心がけが大切だという何時ものお説教に話を切替える。自分から寝ようとは決して言い出さないのが翁の方針で、必ず伊代治から言わせて、お内儀に床をとらせるが、旦那を着更えさせた伊代治が「もう始めそうなものだ」と思いながら煙草をふかせている前で、果然老人が床柱を背に寝る前の屈伸式室内体操を始める。「イ菱大尽」即ち、半襟も簪も家紋のイ菱の紋散らし、友禅の長襦袢に薄化粧のグロテスクともいえる五十六歳の「若旦那」の淋しさもよく描けているが、その恋敵の戸井翁の描写が、よほどしつこく情熱的に聞き出し調べ上げたらしく、具体的で残酷におかしいのだ。

さて、戸井翁が夜更けに突然はね起き、再び体操をしてから熱いタオルで体を拭いて「羽織袴の行儀正しくお帰りになる」と、伊代治は大急ぎで屋形に帰って着物を換え、「若旦那」が芸妓たち大勢と待ちくたびれている「時家」に駆けつける。

京都の座敷から終電車で帰ってきたということになっている伊代治が、それらしくかけこんでくると、

「伊代治さん、京阪電車へ乗ってきやはったのか」

朋輩の芸妓が、妙に「京阪電車」に力を入れてからかうくだりがあるが、モデルの土居通夫は実際に京阪電鉄の社長も務めていた。この小説が発表された大正四年に大阪毎日新聞へ入社した村島帰之によれば、一三は、

「曾根崎新地を舞台に、中村鴈治郎と北陽の名妓喜代次とのロマンスを描き、そこへ当時大阪財界の大御所土居通夫氏をも点出して、（略）今日の所謂暴露小説を書いてのけたので、非常なセンセーションを巻き起こし、ついに官憲ならぬ財界勢力から懇談的発売禁止を喰った」（『小林一三』昭和一二年一二月）

という。

たとえば今、現役の財界の最長老の情事の現場を、同じ財界の一方の旗頭が辛辣にまざまざと描くような事態が起こった場合を考えてみればいいわけで、一三の年譜には「その後、発禁となる」とあるが、村島帰之も伝える通り、これは官憲による発禁処分ではなく、財界からの圧力で自発的な出版とりやめに至らしめられたと考える方が自然だろう。しかも敢えて一三がこの時こ

の挙に出たのは、彼がよほど腹に据えかねたからに違いない。私はそれを、岩下への仕打ちに対する復讐だったと想像する。

一三の自伝の中で、土居の名が北銀事件にからんで出てくるのは一度しかない。北浜銀行が支払停止をした大正三年八月下旬、彼が何人かの長老と大阪府知事や藤田男爵を囲んで「善伍策《ママ》」を協議したという記述である。しかし、その前に岩下に代って新頭取に選ばれた杉村正太郎は、土居通夫の縁家の人だった（『土居翁追懐誌』）。同銀行が支払停止に追いこまれたのは、杉村新頭取の不用意な「損失額発表」によると言われているが、一三に言わせれば、

「北銀の整理の当事者として現れた杉村正太郎氏にしても（略）財界の為めだとか市場安定の為めに止むを得ず犠牲になつて引受けるといふやうな顔付をしても、心に一物のあることは誰でも知つてゐる」

「不用意」どころか、岩下潰しを買って出た張本人と極めつけたげな口ぶりだ。

もう一つ、土居通夫と大隈重信との緊密な関係がある。岩下清周と原敬の結び付きよりまだ古く、大阪府出仕の鉄道掛として阪神間の起工に与っていた頃に初めて逢い、明治五年上京した土居が大隈参議邸内の長屋で世話になって以来の仲だが、終生彼も大隈の有力な後援者として節をまげなかった。大正四年六月に大隈首相に履歴書を提出し、同年十一月勲三等に叙せられたのは、その功を多とされたからだ。この老人が白髪を染め、スッポンの汁《ツップ》を飲んで、馴染の芸妓と寝る前の準備体操を始める姿を一三が活写したのは、丁度叙勲直後のことだった。『土居通夫君伝』には、まだ北浜銀行事件が進行中の大正三年十一月二日、この事件の仕掛人と目された大隈内閣「大浦農商務大臣の来阪を迎へ」土居が晩餐会を催したことが記されている。

原敬―岩下清周―小林一三

大隈重信―土居通夫―今西林三郎

財界主流の土居から見れば、自分たちの方が岩下一党から蚕食された被害者ということになるが、一三も土居を岩下追放劇の総帥と見立て、翌大正五年には、遂に土居の子分である今西林三郎と一戦をまじえることになった。

大筋でいえば、北浜銀行がいわば質受けしていたかたちの、神戸―西宮間の鉄道敷設の権利が、結局「阪急神戸線」として落着くまでの数年間の紛争だ。「電鉄統一」論者岩下清周の遺産継承に関する、阪神・阪急の争いとみてもよい。

昭和七年に出版された『阪急二十五年史』によると、北浜銀行を引きついだ相場師の新頭取が、同じく北銀の新重役に就任した阪神電鉄の今西林三郎専務に対して、岩下清周が頭取だった時代に振替手形と引替えに預かっている灘循環電軌の全株式を買収するよう勧告したところから、この紛争が始まった。灘循環線は、先に述べた神戸―西宮間の鉄道敷設の権利を持つ、形のない電鉄会社の呼び名である。

そもそも阪神の今西専務が土居通夫たちの采配のもとに北浜銀行の新重役に納まったこと自体、岩下配下に入っていた時代の今西を考え合わせる一三の目には、先ず忘恩の行動に見えたのではあるまいか。一三にとっての今西はただの商売敵ではない。それはさておき、『阪急二十五年史』に従えば、箕有電軌では既に三年前に十三（現在大阪市東淀川区）―門戸（現在西宮市）間の特許線を認可されており、大正五年二月には同線施工の認可も得た。将来灘循環線が完成すれば既存の宝塚線の一部を利用して、

大阪（梅田）――十三……門戸（西宮）＝＝神戸（上筒井）

（註・――は既成線、……は予定線、＝＝は灘循環線）

と連絡して、大阪—神戸間の直通電車を走らせる計画だった。もし灘循環線が阪神電鉄に買収されれば、十三—門戸線も建設の意味がなくなる。事ここに及んで、「最早やその成行を坐視するを得ず」次の三案を示して、阪神電鉄と交渉を始めた。

第一案　既に北浜銀行を引きついだ新頭取が、灘循環線に対する債権者として、これを買い取るよう阪神電鉄の今西専務に勧め、今西もこれを受ける以上は、当社は将来にわたって阪神直通線建設の希望を捨てる。ただしその代償として、使いみちのなくなった「十三、門戸間の線路建設のために要したる実費を支出されたき事」

第二案　第一案に阪神が不賛成の場合——即ち灘循環線がいらないという場合には「今更これを放棄することは出来ないのであるから」、両社が共同でこれを経営すること。

第三案　第一、第二案ともに阪神が不賛成の場合、当社は「北銀の整理上、一日も早く解決して欲しいと言はれてゐる此灘循環特許線を買収し、止むを得ず阪神直通電鉄の計画を進捗すべし」（傍点引用者）ただし、阪神電鉄は当社からこのような好意的な交渉があったことを覚えておいてほしい。

三つの案を一度に示したか、順番に出していったのか、阪急側の資料にも両方の説があるのだが、ともかくこれに対する阪神側の答えは、どうぞ箕有電軌（阪急）で灘循環線を買収・経営して下さい、ということであった。以上が箕有電軌側の言い分である。

一方、阪神電鉄の社史にはこの件が一切触れられていない。そこで阪急側（即ち小林一三側）の資料だけでしばらく話を進めると、「至極公平なる当社の提案に満足」した阪神側から、異議なしの回答を得ると、箕有電軌は大正五年四月二十八日の臨時株主総会で灘循環電鉄買収についての決議を得て、直ちに鉄道院に同電鉄特許線合併の認可申請をした。その買収価格は「十四万八千六百十三円余」(『岩下清周君伝』)であった。長い間の利息も入れて二十万円には達しないと思うと、一三も自伝に書いている。のちにまた出てくるが、箕有電軌は箕面公園の松風閣を岸本汽船の岸本兼太郎に丁度この頃買ってもらっているが、その代価がほぼ二十五万円だった。北浜銀行というよりどころをなくして、箕有電軌の財布が底をついていた時代である。

ついでに、なぜ阪神電鉄がこの時灘循環線の買収を断ってきたかという理由を憶測して、一三が放談風に書いているところによれば、

「その当時の箕面有馬電鉄といふものは全く微々たる会社で、阪神としては『到底この会社が新たに神戸線を敷設するなどといふことは出来る筈がない』とタカを括つてゐたのだ。今日から考へると、全く先見の明がなかつたのだ」

と誇らかである。断ったのが事実なら、現在の阪急沿線の発展ぶりから見て、あるいは「先見の明がなかつた」とも言えるが、同時に阪神電鉄のおっとりした旦那のような社風から見ると、それも如何にも阪神らしい出方だったと思えてくる。『阪急二十五年史』の方には、もう一つの推測として、

「阪神直通の計画線が、悉く人家の疎らな山手の地域を通過する為めに、阪神電鉄当局はさして脅威も感じなかつたらしく」

とある。そして、箕有電軌側が認可申請の手続きを終え、世界大戦による「船成金」の一人に数えられた岸本兼太郎から三百万円を六分五厘の低利で借りる約束を得て資金のめども立ち、「神戸線建設の陣容は悉く整ひ、一挙にして其速成を図らんと」した時に、

「意外にも、曩《さき》きに諒解と同意とを与へた阪神電鉄が、突如として灘循環電気軌道と当社との合併に反対運動を起し、事実を捏造した意見書を一再ならず監督官庁に提出して、彼らに認可の時

機を遷延せしむるのみでなく、積極的に認可の妨害を試みるに至つたのである」

具体的には鉄道院に上申書を提出、――これはのちの調べで、箕有電軌株主総会における灘循環電鉄の買収決議から僅か九日後の五月七日と分った。――続いて、箕有電軌株主の名義を使って、総会決議の無効を訴える訴訟に及んだ。それが同年六月十六日であった。箕有電軌の調べによれば、訴主四名のうち二名までは阪神今西専務の雇い人や知人で、どちらも今西の代理人と認定されても仕方ない人物だと分った。この訴訟は結果として、箕有電軌技師長速水太郎取締役を刑事訴訟に引き出すことになり、「妨害の為めには、殆んど手段を撰ぶの遑《いとま》なき有様」で、「而してこれらは総て阪神電鉄専務取締役今西林三郎氏の、実業家として宥し難き不徳義なる策謀に拠るものであつて」

と名指しで非難している。

ではその今西専務が、なぜ豹変して「不徳義なる策謀」まで敢えてせねばならぬ破目に陥ったのだろう。「先見の明」がなくて、灘循環線をいったん手放してから、突然その価値に気がついたのだろうか。阪神側の言い分を聞きたいところだが、先に言った通り阪神の社史には一切それについての記述がない。大正五年の年譜を調べて気になったのは、阪神の定期株主総会は四月二十五日で、問題の箕有電軌の臨時株主総会がその三日後に開かれていることぐらいであった。

困っていたら、偶然のことから、鉄道院に提出した阪神電鉄の上申書が「鉄道省文書」に入って、国鉄に保管されていると分った。急いで問い合わせたところ、残念なことにこの文書に限ってマイクロフィルムが欠けていて、見ることができない。

そこで箕有電軌速水太郎取締役が刑事被告人として裁判を受けたという点から、大正五年六月以降の新聞を調べたところ、同年七月二十五日夕刊、二十六日朝刊の大阪朝日、大阪毎日両紙に、

「速水太郎の公判―岩下党の片破《かたわ》れ―灘循環電軌の幽霊株事件」（朝日）
「灘循環事件公判――北銀事件より分離せる速水太郎の取調べ」（毎日）
という見出しで公判記事が出ていた。即ち岩下清周が取調べられた北浜銀行事件の罪状の一つとして、既に「灘循環線」そのものが世間からいかがわしい目で見られていたことが分った。
冒頭の起訴事実の陳述を要約すると、先ず村野某らが特許を受けた灘循環電気軌道の敷設権を、箕有電軌の速水取締役が大正元年十一月に買収、法律によって大正三年一月三日までに会社を設立しなければ特許を取消されるので、期日間際に慌てて設立の運びをつけたが、不景気の最中のこととて株主が得られない。そこで大林芳五郎（大林組）振出し小林一三裏書きの五十万円の手形を作り、北浜銀行の岩下清周らと通謀して同銀行から手形の割引きを受け、「これを払込金に振替えたる如く虚構し同月三十日創立総会を開きたるもの」であって、この会社は本来無効である。しかるに速水太郎が同社取締役と詐《いつわ》って登記したのは文書偽造行使罪である、というのであった。
結局この裁判の判決は一審二審上告審まで無罪に終った。つまり会社の設立は有効と認められて落着したのだが、法廷での裁判長との問答の記事にも小林一三の名前が何度も出てきて、たとえば、
「畢竟《ひっきょう》被告（速水）と小林一三と大林芳五郎の三名で払込も引受も創立も一切の事を片付けたのぢやな」
「イヤ左様な事は御座ゐません」（大阪朝日新聞大正七年七月二六日）
といったやりとりは、灘循環線の性質をおのずから表わしていた。一三も証人として法廷で訊問を受け、「一代の才人小林一三も見るかげもなく潰れて了ふ」（大阪朝日）と、新聞にからかわ

れた。これまで見てきた阪急側の資料に一つ欠けていたのは、右の通りかなり無理をした灘循環電軌設立の実情であって、阪神の今西専務が同線の買収を最初に断った理由もまたそこに在ったと思われた。

一つ分ると、また次の糸がほぐれてくるもので、幸いにして鉄道省文書で見られなかった阪神電鉄の上申書の写しを読む機会を与えられた。阪神電気軌道株式会社専務今西林三郎の代理人高野金重より、鉄道院総裁添田寿一にあてた「上申書」は、

「灘循環電気軌道株式会社ト箕面有馬電気軌道株式会社合併ノ件ニ関シ事情ヲ具陳シ其合併ノ不法ナルコトヲ訴ヘ御明断ヲ奉仰候」

そのあと、

「一、灘循環電気軌道株式会社設立ノ経過」

と見出しがあり、

「大阪神戸間ニハ官設ノ鉄道アリ、外ニ阪神電気軌道会社ノ経営セル電車アルニ拘ハラズ阪神電車ノ盛況ヲ羨望シ……」

で始まる数十ページの書類は、鉄道院で要約した添書を更に要約すれば、——

阪神電軌の盛況を羨望し同社に妨害を与えようと明治四十一年村野他数名が灘循環電軌を発起し、神戸—西宮間に電気軌道敷設権を得たのが、明治四十五年だった。当時から色々噂があったが、出願者の狙いは自分の手で線路を敷くのではなく、権利を売って利益を得ることにあり、阪神電軌に対しても特許権の譲渡を申しこんできたが、我々はそれを断った。

以下、灘循環電軌の会社設立は実際の金の授受がないから無効であると述べ、従ってその特許権も消滅しているわけで、箕有電軌が株主の反対があるにも拘らず唯形式上存在する特許権の買

収（十四万八千円余り）を決め、灘循環電軌も譲渡を決議したとしても、継承すべき権利はもともとないのである。従って、箕有電軌、灘循環電軌両社より特許権継承の申請があっても御許可相成るべき筋合いでないのは当然とはいうものの、念のためにこの通り上申して御明断を待ちます、と訴えているのであった。日付は先に紹介した通り大正五年五月七日。

阪神の今西専務は、右の上申書の提出に当って、参考資料として北浜銀行事件にこの件で連座した速水太郎の予審調書及び有罪の予審決定書（大正四年一〇月二三日）まで添えて出した。最初に「無効」と確信して買収を断ったのは、北浜銀行事件の予審の結果と、岩下及びその一党へのきびしい世評が彼の判断を誤らせた為だろう。

更に想像を逞しくすれば、今西は絶対不利の窮地に立つ一三が、自身と会社の存亡をかけて知恵をしぼった一世一代の「三味線」にひっかかったのだ。裁判沙汰になってさんざんに叩かれているインチキな権利路線を、金策に困った箕有電軌が幾何かの金と引換えに押しつけに来たようにみせる一三の陽動作戦は、北浜銀行事件の被疑者の立場を逆用して、いかにもさもしげに、策士今西をして断りたくならせるように仕向けたのだ。本当は、一三はこの際どうしても神戸に延びる路線がほしかった。灘循環線は今や「私の会社」となった箕有電軌が、みみず電車の境地を脱して、都市間連絡の一流電鉄にはね上がるためのかけがえない切り札だった。――

実は、ここに至るまでにも、箕有電軌開業前に住宅用地を買い占めた時、北浜銀行から四万五千株を引き取った時と、二度まで会社の逆境や悪評をあべこべに利用して切り抜けた経験を一三は持っていた。こんども同じ逆境を利用しての、まるで芸術的な回天策だった。表向きはあくまでも重荷の特許路線を有利に手放したいという顔をしつづけながら、外部に洩れる筈のない方法で資金の手当まで済ませておいて、一挙に臨時株主総会から工事申請にまで持ちこんだのだから、激怒した今西は僅か十日後に厖大な上申書を作って鉄道院に提訴し、更に訴訟に及んだが……

ともかく結果としては、阪神電鉄の異議申立にも拘らず、翌大正六年二月に、「軌道敷設特許権譲受」の認可が鉄道院から下りた。阪神側を憤慨もしくは狼狽させはしたが、たといどのような経緯があったにせよ、一三の言動は合法的と認められたわけだ。総会決議無効の民事訴訟も原告側の敗訴に終った。だがこの紛争が、以後昭和十二年頃まで続く、阪急・阪神の長い競争の歴史のはじまりになったことも確かである。

二年にわたった最初の紛争は、もはや十両対大関の取組ではなく、阪神電鉄も全力を挙げて立ち向ってきた。岩下失脚後「人を頼っては駄目だ、人などあてになるものでない」と思い定めたという一三が、こんな形で、一人前の経営者・資本家として認められたわけだ。二代目社長には、三井銀行時代に一三を庇護してくれた上役で、しばらく藤本ビルブローカーの社長を務めていた平賀敏が就任したが、二人の間柄は岩下時代の社長・専務の関係とはかなり違っていた。

大阪（十三）―神戸（上筒井）間の軌道敷設許可が下りて準備が進められてから、二つの反対運動が起こった。一つは伊丹町住民から、新線が予定線に較べて伊丹から遠ざかることについての苦情、今一つは住吉村村民総代――実は当代大阪の代表的人物だった村山龍平（朝日新聞社主）鈴木馬左也（住友総理事）武藤山治（鐘紡社長）らから、「村山邸北庭を横断して現在の御影停車場に至る区間」の路線が住宅地の真中を通過することについての反対であった。前者は線路をやや伊丹寄りに迂回させ、なお伊丹支線を設けることで解決したが、後者は技術上路線変更が不可能であると回答したところ、では当地区を地下鉄にせよ、そのために我々は百万円を寄附するという申入れに変った。そのための会談が、ある日大阪の一流財界人のクラブ「大阪倶楽部」の一室で行われ、前記の村山・鈴木及び伊藤忠兵衛（伊藤忠商事）の三人の交渉委員に対して、箕有電軌側は平賀社長と一三が出席した。一三自身の思い出の記には、鈴木住友総理事の演説口調の話を、自分は「沈思黙考の態で」うなだれて聞いていたとか、胸はドキドキと止めどがなかったとか、

「小林君、既に平賀社長は承知し居るのである。君が頑張る理由はないではないか」

と鈴木総理事に一喝されて、

「そんなに叱らないで下さい。私は住友の奉公人ではありませんから」

と答える声もふるえていたなどと書いてあるが、一三歿後に伊藤忠兵衛の書いた追悼文では大分様子が違い、

「こちら側（引用者註・伊藤忠兵衛たち）は平静な田園生活を脅かす路線は困るとの主張に対して、直線コースこそ新計画の生命である。貴君側こそもっと山の手に移転さるべきだと、それはきつい主張で、平賀翁（引用者註・阪急社長）が少しでも柔かい顔をされると、にらみ返されるほどの気魄を示されたものだ」（『小林一三翁の追想』）

とあった。結局地下鉄案を斥けて、その代り線路は村山邸を避けS字状カーブにすることで双方が妥協した。それでも晩年の一三がなおも「今になつて考えるとまことに何といふ意気地がなかつたであらう」などと書いている。話がそれるが、明治末年、代々の船場商人であるこの伊藤がイギリスのランカスター地方に毛織物の研究のため滞在していた頃、大阪からの便りに「電車が箕面から有馬に行くようになったそうだ」と言ってきて、初めて小林一三の名前を知った。その手紙の主の表現では、

「ちょっとやまこやが、小林一三という男が岩下清周さんから金を出させてやっとるのや」

とあったそうだ。やまこは大阪弁で、はったり、もしくは、はったり屋という意味である。そ

の小林一三が、大正六年秋には、当時懲役六年の判決を受けて控訴中の岩下清周にあてて、「貴下の理想の一部であつた阪神山手線敷設権は、棚から牡丹餅のやうに私の会社に飛込んで来ました」(『歌劇十曲』献詞)

と書いた。この一行に、どんなに重い、そして熱い意味が籠められていたか、「阪神山手線」が「棚から牡丹餅のやうに飛込んで」来たわけではないのは、既にここまで見てきたところによっても明らかだろう。

ある日、私は阪急神戸線夙川駅から甲陽園行きの支線に乗り換えて、苦楽園口近くの、元岸本汽船社長岸本兼太郎の甥で秘書をつとめていた岸本精三の自宅を訪ねた。八十歳を過ぎた、大柄でおだやかな学者のような老人であった。

精三の伯父岸本兼太郎は先代からの海運業を、サルヴェージにも手を拡げて大きくしたが、第一次世界大戦に持船を傭船に出し、船腹不足のおかげで巨利を得た。一三はこの人に先ず箕面動物園の用地と松風閣を買ってもらった。自叙伝には売値は十五、六万円だったと思うと書いてある。

私は先ず、別荘を買う時の話を聞いた。

「私らが別荘を買う前に、動物園はやめてしまっておりましてね、動物小屋や鳥の小屋は、買うてからとりのけました」

箕面動物園の廃止は、年譜によれば大正五年三月三十一日である。

「買入れたのは岸本汽船会社でしたが、その後税務署から横槍が入って、汽船会社がかかる邸宅を所有することはおかしいと言い出した為、岸本兼太郎個人の所有に移しました。価格は二十五万円ということになっています。十五、六万で売ったと小林さんが自伝に書いておられるのはご記憶違いと思います」

　兼太郎は松風閣に洋館と蔵を建て増し、岸本精三ら一族も始終そこへ泊るようになったという。桂公爵とお鯉のことは既に書いたが、岩下亀代子の思い出の中にも松風閣が出てきた。父清周とそこに泊った夜、ライオンの声を聞いたと言った。思えばさまざまな人が色んな夢を結んできた別荘だが、昭和二十何年かに財産税で物納されて、今はこの別荘がほんの離座敷に見えるほどの大きな観光ホテルになっている。

　一三自身の記憶では、大阪西長堀の岸本の事務所に日参して新線の建設計画を話したところ、岸本に、今は船を買う時機だから一隻お買いなさいと勧められた。一三は、

「それよりも私が死ぬか活きるかの電鉄を助けて下さい」（『自叙伝』）

と頼んだ末、ついに六分五厘の低利で三百万円の大金を借りることができたという。年譜には大正五年九月に借入れに成功とあるが、これは実際に入金した時日を指すわけで、交渉は臨時株主総会に先立って秘かに行われたのだろう。なお自叙伝の記述ではその際、岸本兼太郎は阪神今西専務の訴訟や悪宣伝は乱暴だと非難して、

「天は斯の如き陰険なる妄挙はゆるさない、断じてゆるさない」

と励ましてくれたとあったが、岸本精三は、

「阪神の事件よりも金を融通したことが（時期として）先やと思いますがね」

と受け流し、それとは別に、一三が信義に厚いという話を、してくれた。

「大戦の余波をうけて、運賃が四十倍まで暴騰しまして、丁度岸本汽船が現金をたくさん持ってるという世間の噂で、そこに目をつけて融通を依頼されたんやと思います。大軌電車の生駒トンネル事故以来、銀行が電鉄に金を出すのを疑問視したんですね。それで阪急（箕有電軌）も困っ

ておられたらしいです。六分五厘の利子が安いかどうか私も知りませんし、伯父も六分五厘なら六分五厘で満足したんやと思います。その証拠に、返済が完全に済んでからも、毎年茶会を開かれて、親しい人やお得意さんを呼ばれるんですが、そこへ私の伯父も招待されて、そんな仕方で恩義を感じてることを表現されたんですよ。ところが伯父は窮窟な茶会を好まんので、『自分は元金も返してもらったし利息も払ってもろたんやから、これ以上望む所はない。鄭重な扱いを受けるのは心苦しいから止めてもらいたい』と断ったんや言うてましたが、それ以後も終生親しくおつき合いをされました。伯父が一寸も望んでいないのに、昭和十八年まで取締役（註・阪急電鉄の）をさせて貰ってました。私の伯父はそういう点になると気が弱うて、恐縮ばっかりして、始終辞意を申していましたけど、こういう事実で小林さんの性格をよく表わしていると思いますがね」

岸本兼太郎が阪急電鉄の社外重役として取締役に就任したのは大正九年一月で、同年七月に阪急神戸線が開通している。その前に大正七年二月、箕面有馬電気軌道株式会社は阪神急行電鉄株式会社と社名を変えた。競争相手の阪神電鉄の名前をそっくり取って、真中に「急行」の二字をさしはさんだ態度が一三らしい。しかも、当時阪神電鉄の大阪―神戸間が六十二分だったのに対して、一三は急行の名にかけて、大阪―神戸（上筒井）間の運転時分を、開通時（大正九年七月一六日）の六十分から、五日目には五十分に、二年後に四十分、六年後に三十五分へと縮めていった。

「阪神電鉄とのもめごとというのは、また別の話があって」

と前置きして、岸本精三老人はどちらの社史にも出てこない珍しい話をしてくれた。それは阪急神戸線が開通して、「奇麗で早うて、ガラアキ。眺めの素敵によい涼しい電車」と速さに重点を置いた阪急と、「待たずに乗れる阪神電車」と頻度数に重点を置く阪神とが、併行線で露骨な競争を続けるうちに、先の阪急神戸線のお返しのように、阪神電鉄が新設予定の阪神国道に路面電車を走らせようとした時のことだという。

阪神電鉄の社史では、阪急開通の大正九年に阪神国道に国道線敷設の特許の申請をし、十一年末に「経理面の関係から」別会社に特許権の無償譲渡を契約、翌十二年に阪神間を結ぶ四本目の鉄道として阪神国道電軌なる会社に特許が下りたとある。この頃の阪神対阪急の旅客数は七対一の大差だから、こんどは阪急の方が危機を感じて、阪神の株を買い出した。阪神も応戦したから両方の株価が大暴騰となり、困った一三が岸本兼太郎を訪ねて、仲裁に引っぱり出したというのだ。

結局は阪急が譲歩の代償として六甲山上にある阪神電鉄所有地の分譲を受けたように記憶している、と聞いた（資料の上での裏付けはまだ取れていない）。阪神国道の開通は大正十五年（昭和元年）十二月二十五日、国道電軌の開業は昭和二年七月、昭和三年には元の阪神電鉄に吸収された。

一三の自叙伝は事実上、大正十年頃の叙述で終っている。そこに、一度消えた筈の岩下清周が復活したように顔を出すのが面白い。「神戸ゆき急行電鉄が成功し、既に堂々たる威容を現示し得た時であつた」というから大正九年以降だ。富士山麓に隠棲している岩下清周は、その時大阪に出て来て、

「先日片岡君（引用者註・片岡直輝、岩下の古い盟友で当時阪神電鉄社長を兼ねる）と話合つた、これ以上阪神と競争するよりも合併し、かねての理想を実行してほしい、それは国家の利益だと思ふから」

と一三を説いた。片岡は南海電鉄社長でもあり、当時の大阪財界の元老だった。これが、先の国道電車の問題（が事実あったとして）と絡んでいるのかどうか、岩下の斡旋は阪神から口説かれてのことらしいと一三は察している。この時、一三が片岡の要請に応えて提出した草案は、阪急が阪神を合併する形になっていたと一三自らがいう。事実なら、話が忽ちこわれたことは言うまでもない。

岸本精三の話に戻るが、伯父岸本兼太郎が大正九年阪急の重役会に出るようになって間もなく「小林さんがこんなこと言うてはったで」と、大阪梅田駅を中央停車場にして、神戸、京都、宝塚行の電車をそれぞれのプラットフォームから出発させる理想案を聞いてきて話してくれたことがあったという。たまたま第二次大戦下の半強制的な企業合同が却って幸いして新京阪線を傘下に収めた結果、現在（昭和五十六年）の阪急梅田駅で神戸・京都・宝塚行と、九本の線路が一日六十三万人の乗降客を運んでいることを思うと、遠大な計画を立てて、それをまた実行された方だと思います、と老人は語ったが、これは岩下清周の先走った強引な理想論が、一三の手で細心に着実に実現された一つの適例と言える。

その岩下は、

「腰掛けはお客用のもので社員の使ふものぢやない」

というのが持論で、箕有電車に乗る時は席があいていても腰をかけなかった（『岩下清周君伝』）。言うことが辛辣で傲慢な人物と定評のあった岩下が、北浜銀行では、部下に客扱いを丁寧に、頭を下げることを求めた。それまでは、銀行は金持で貸主、客は貧乏で借り手と、どこの銀行も高く構えるのが当り前の時代であった。一三はこの桁外れの先輩の美徳をためらわず採り入れて、綱領化し、組織的に部下にも励行を求めた。

岸本精三の記憶の中でも、箕面の別荘（旧松風閣）に泊った翌朝、大阪へ出勤するのに、時たま同じ電車に乗り合わせる一三は、席があいていても車掌のいる寒い所に立っている。「律義な方だと」感心せざるを得ない。もう一つ覚えているのは、大阪の梅田駅に着いて改札口へ乗客が殺到し、たまたま客が多かったか、改札の人員が少いかで混雑をきわめた時、一三が大声で「出札係は何しとるか！」と怒鳴った。駅長が出て来て、何名か増員して混んだ客をさばいたが、岸本は「お客さんに対して、真剣に対処しておられる」のには感心したという。従業員からみれば、うるさくてこまかい親爺ということになろうが、客にとっては頼もしい。

宝塚新温泉内の浴場と歌劇場の間の、武庫川べりの喫茶室に、ある日一三が入ってきて、給仕を呼ぶベルを叩いたことがあった。鳴らないので、次のテーブルへ行ってまた叩いたが、それも鳴らない。一三はそのベルをつかむと、いきなり窓から武庫川へ投げ捨てた。後年この出来事を回想記に書いた、当時「歌劇」編集長の平井房人を含めて客や給仕たちの目の前で、一三は次から次へとベルを叩いて廻っては、鳴らない分をぜんぶ窓から投げ捨ててしまった。

こんな例は挙げはじめるときりがない。電車の中に、中吊り広告を始めたのも一三で、「乗客は左のことを厳守すべし」といった告示文を出している旧い感覚の私鉄経営者を驚かせたというが（三神良三「アイデア商法の天才小林一三に学ぶ」）、その中吊りに同じビラを表裏にしたものを、一車に二つずつ吊す考えも一三の発案だという（「阪急」昭和三二年二月号、太田垣士郎）。期日の過ぎた催物の広告を貼ったままにしておいて怒られた話、すいた電車の座席に坐って新聞を読んでいるうちに混んできたのに気付かなかった社員が、一三から新聞を鷲づかみに取り上げられ、満員の客の中で痛罵された話、優待パスを貰っていた、当時は毎日新聞の大記者阿部真之助が、混んできた電車の中で一三から「君、立ってくれんか」とやられた話。――この時阿部は

何のことか分らず、

「何故ですか」

と聞くと、

「君は只じゃないか」

と、言われた(『小林一三翁の追想』)。朝日新聞の高原元編集局長が、全く同じ目に遭った話も伝わっている(大橋保次郎『小林米三氏の追想』)。

私が子供だった昭和初期に、阪急は大学出でも、営業部門の人間でも、先ず運転士や車掌をやらせるという話を聞いて知っていた。だから塚口―伊丹間、夙川―甲陽園間、石橋―箕面間といった短い支線の旧式車輛に乗ると、いかにも入社したての素人が運転しているような気がした。この制度を始めたのは大正五、六年頃らしいが、その動機について一三が書いたのを見ると、本人の修養のためでも、ストライキ対策でもなく、電車が故障した時に、乗合せた社員が専門外だからと知らない顔をしていることがないように、誰もがその場で手伝えるように、基礎的な技術と知識を持たせるのが狙いであった。

こういう細部が、ばらばらの美談や逸話にとどまらず、系統立った守則に組み入れられて、会社の中で環のように連動していることが、内外の逆境を却って会社拡大の好機とした経験の方法化と共に一三の成功の大きな理由で、また岩下門下として出藍のほまれありというべき点であろう。もう一度、最初に引用した『歌劇十曲』の献呈の辞から何行かを写しておこう。

「私は貴下の常に斯うい
はれて居つたのを記憶してゐる。『百歩先の見えるものは狂人扱にされ、五十歩先の見えるものは多くは犠牲者となる。一歩先の見えるものが成功者で、現在を見得ぬものは落伍者である』と。思ふに時代の犠牲となつた貴下から見れば、何等弁解の必要はないでせう。（略）私は只だ、私の事業と、私の事業に関聯した電鉄の計画に就て、今やそゞろに貴下の先見の明あるを思ふの興味を禁じ得ぬのであります」

一三の見立てでは、岩下清周は「五十歩先」を見てしまった犠牲者であった。その岩下の轍を踏まないように「一歩先」だけを見て進むことを、一三は自分に課したのかも知れない。あるいは、自分の資質が、「一歩先」を見るに適していると見ていたのだろうか。

だから、五十歩先の雲の涯を望む代りに、一三はターミナルの梅田駅のプラットフォームに立って、客足を眺めた。二十分も立っていると、「今日はお客様の数が何万人あるか、収入はいくらということが直ぐ想像出来る」し、電車に乗って沿線を一廻りしてくると、すれ違う電車の人の乗り工合で、今日の収入の見当がついた。そういう人の動きや波を見て歩くのが非常に面白い。

「私にとつては仕事即ち遊び、遊び即ち仕事といふことが出来る」（「私の生き方」昭和一〇年）

いつも車掌台の寒い所に立っていたという一三が、実は頭の中ではこういうことを考えながら楽しんでいたとは、乗り合わせた人にも気がつかなかったろう。

一三が日本で初めて電鉄の終着駅《ターミナル》に百貨店を造ったのは大正十四年だが、こちらの動機は次の通りだ。

従来の百貨店は都心にあって、客を集めるための自動車の送迎や催物などにおびただしい金を使っていた。それでいてなかなか客が入らない。ところが阪急梅田駅は毎日大勢の「お客様」が乗り降りしている。そこへ百貨店をこしらえれば放っておいても客が来る。客寄せに費す経費の分だけ安く売って、サーヴィスに力を尽せばきっと老舗に勝てるだろう。そう思ったからやることにした。――

また脱線するが、当初の阪急百貨店の有様を、前述の『追想』の中で阿部真之助が語っている。

「初めて出来た頃の阪急百貨店は小さなバラックの実に貧弱なもので、終戦後の闇市のようなものでした。それがまた、大変な繁昌ぶりで、ばかばかしく安いんです。何でも安いという訳ではなく、一―二、とても安いものがある。それが客の評判になる……。今でも覚えているのはカンカン帽で、当時二―三円していたと思うがそれが五十銭……。だから、我も我もと買いに行ったものです」（昭和三六年、NHK会長室にて談）

最初は小さな五階建のビルで、二、三階が直営マーケット、四、五階が食堂だったと年譜には出ている。開店は大正十四年だが、ビルを建てた大正九年から五年間、一階で白木屋に歩合営業をさせて、黙って様子を眺めていた。有名な逸話である。食堂を上の階に持って行ったのも、食後階段を降りるついでに、腹ごなしに売場をひやかして買物をさせる思いつきだったと言われる。このマーケットの成功を土台に、本格的建築の百貨店を開業したのは、不況下の昭和四年。以来、大阪梅田の目抜きの場所に二期、三期と次第に建物を継ぎ足しながら年々大きくなっていく感じを、私は小学生時代を通じて、たまに阪急に乗るごとに味わってきた。いつも拡張しているから、こんどはどこに延びるかということが、子供にも判るし、ひとごとながら、完成が待たれる気になるのがふしぎであった。四期の工事が終ったのは昭和十一年だが、ここまでで電車のプラットフォームを完全にコの字にとりまく（戦前の）長城が完成した。

ところで、マーケット時代と同じように七階と八階を食堂にあてて、呉服の代りに雑貨と食堂を主力に開店した阪急百貨店で、五銭の「ソースライス」あるいは「福神漬ライス」が、二十銭のライスカレーと共に有名になった。ソースライスとは、自分で卓上のウースターソースをかけて食べる白い御飯という意味だ。昭和初年の大阪駅近辺はまだ宿屋や零細な商店、町工場に馬力の運送屋などが立ち並んでいた。この辺りの中小企業に働く勤め人にとって、懐中不如意の時の、阪急の福神漬をのせたソースライスほど助かるものはなかった。一番嬉しいのは、五銭の客でも、客扱いに変りがないよう、食券売場や給仕のしつけが行きわたっていることだった。

「福神漬の話を知ってますか」

ある日、私が逢った七十五歳の、かつての梅田裏界隈のサラリーマンが、大事なものをとり出して見せるように、なつかしんで話してくれた。

「我々阪急食堂を利用した者は、皆知ってます。小林さんが山盛の福神漬を自分で持って来はった」

不景気の底のような時代で、他の百貨店には「ライスだけの註文お断り」の貼紙が出ていた。真偽は判らないが、一三は昭和四年の開店に当って、「ライスだけのお客様を歓迎します」と書いて貼り出させたという。いつでも話の終りには一三が山盛の福神漬を自ら持って現れる福神漬の神話は、このような雰囲気から生まれ、広く深く行き渡ったらしい。

たとえば南諭造著『書窓の感懐』にも、著者の父の友人の体験として、昭和五年頃高名な作家を案内して（阪急食堂ではなく）宝塚の歌劇場の食堂に入った時に、土方風の男がどなりだした話が書いてある。怒鳴られたのは女給仕だったが、すぐに車掌風の制服姿の年輩の人が来て、「何でございますか」と訳をたずねた。その土方は、ライスを註文したのに見本のような福神漬がついていなかったことを怒っていたと判った。制服の男は頭を下げてあやまり、自分で皿に一杯福神漬を持って来て、これで気持を直して下さいと言った。制服を着ていたのは一三だった。

まだ「マーケット」を始めたばかりの大正十四年に、百貨店準備委員会というものを作った話を、野田孝阪急百貨店社長（昭和五六年三月取材）から聞いた。商品の仕入れに問屋の支配を排して、直接いいメーカーに資金を融通していいものを作らせろという一三の方針で、野田は奈良漬屋を探して歩き廻り、やっと大阪市内の鰻谷で、よく働く綺麗好きな店をみつけた。まだ百貨店が呉服中心だった時代に、こんな風に一品ごと、一店ごとに選んで、安く売りながら、仕入れ先の業者も育てる手段を最初から講じていた。買付けた仔牛を農家に預けて、大きくなってから買い戻す食肉の生産法も、一三が戦前既に実施して成功、昭和十五年には七千頭に達して生産者からも喜ばれた。こういう逸話も限りがない。

最後に社員の処遇についても同様で、大正十三年阪急共栄会（社員の組織）が発足した際、一三は「利益の三分主義」なる方針を発表した。これは株主への配当を制限して、それ以上の利益は株主と、社員と、沿線へ分配する、という内規で、「此の方針は時勢の進運に先んじて、公共事業としての当然の義務であるべく、一つのプライドとして発表した」のであった。ところが、忽ち押寄せた昭和の不況でそれどころではなくなり、せっかくの理想案も物笑いの種になった。『阪急二十五年史』の巻末につけたメッセージ「此の会社の前途はどうなるか」で、一三は株主と社員に率直に詫びている。そして、世界的不景気の重圧のもとで「資本主義打倒」や「国家統制」が叫ばれる今日、もはや「利益三分主義といふが如き、生やさしい計画」で経営を続けられる時世ではない。

「結局此会社の経営は株主と社員と公衆（即ち乗客）と共同管理の下に相互式によつて共存共栄の大義に依つて、進むべきものではないだらうか」

いっそ会社を「思ひ切つて公衆（即ち御乗客）に開放することが一番利益」ではないかと考える、というのだ。ここから先は夢物語だが、阪急の総資本九十万株を、現在の定期乗車券利用客二万五千人に三十六株ずつ分配する案、更に拡大して一人十株ずつ、定期乗客と沿線の住民計九万人に分配する案を立てた。そうなると事業経営は前記の阪急共栄会に委任され、

「一株百円として十株千円、千円宛出資する沿道株主九万人は、自分達の会社として此沿線に住み、共栄部の計画中に属する生産分配に参与して、宝塚に遊び、阪急百貨店に買ひ、阪急食堂に憩ひ、そして利益分配を相互式に累加し得る基礎に安んじて『株式会社我等の阪急』を創造し得ることは、必ずしも出来ない相談ではないやうに思ふ」

こんな夢のようなことを自分は考えているが、「然し、それは断じて永久に夢ではないと思ふ」（昭和七年）と一三は書いた。

この頃一三は阪急の社長の他に、請われて東京電灯株式会社の副社長として、同社の再建に取組んでいるところであった。阪急の社長就任が昭和二年だが、この年の株価だけでいえば、阪神を追い抜いたばかりでなく全国の私鉄の中で阪急は日本一の高値であった。つまり可能性として日本一の電鉄といってよかった。そして同じ年、三井銀行の池田成彬に口説かれて、一三は当時内地では最大の資本金を持つ東京電灯の役員として乗りこんだ。この件についてはのちにも触れるが、三井銀行の上司時代は一切小林一三を認めようとしなかった池田成彬が、東京電灯の債権者の立場から一三の力量を見込んで起用したのだ。小林一三が一流の経営者として中央で認知されたのは東電の建直しにとりかかってからだが、社長就任が昭和八年六十歳の年で、「今太閤」（昭和一〇年四月に用例あり）と呼ばれてジャーナリズムの一種の寵児になったのもこの頃からだ。

毎日新聞会長だった高石真五郎が、一三の東京住いも久しくなった頃の思い出を『小林一三翁の追想』に書いている。ある日、東京から戻って来た一三が高石に向って、こう言ったそうだ。

「淀川へ来て、遠くから阪急の電車が動いているのを見ると、やれやれよかったというような気持になるよ」

東海道本線は淀川鉄橋を渡って間もなく大阪駅に到着するが、この時下流に阪急電車の鉄橋が遠く見えるのだ。高石は、今どき電車が走るのは当り前なのに、そこまでこの人が小心翼々事業のことを思っているのかと、意外に感じた。当の一三はこうして暇をみつけて大阪へ帰ると、また制服制帽で沿線を見て廻るのであった。

9景　少女歌劇

繰返していうが、一三は最初から少女歌劇の内容に口出ししていたわけではない。安藤弘にまかせた上は自分が出るべきではないと思ったのか、本人の言葉通り、三越の少年音楽隊を真似て「宝塚の女子唱歌隊ならば宣伝価値満点であるといふ、イーヂーゴーイングから出発した」為か、理由は判らないが、——のちには、公演のポスターを貼っている駅員に対して、進入してきた電車の窓からいきなり首を出し、「君。そのポスターはもう五寸上へあげて貼らなきゃ駄目だ。もっと、もっと上だ」と大声で指示した逸話があるほどの気の入れようで、そんな控え目な時期がこの人にあったことが信じられないほどだが、——その一三が、第一回公演の初日を家族連れで見に来て、「うかれ達磨」の一部の削除を命じた。7景に引用した演出及び振付担当の久松一声の思い出話によれば、問題になったのは作中の端唄「棚の達磨さん」の、

　あまり辛気臭さに、棚の達磨さんを、一寸下ろし、
　鉢巻させたり、また転がしても見たり

という歌詞であった。楽譜と台本では達磨さんあそびをしている娘たちが、踊と歌と三味線に手分けしてこの曲を演じるように指定されていた。聞きようによっては大変いろっぽい唄だから、少女たちに歌い踊らせるにはふさわしくないと、実は久松一声自身が先ず思ったという。以下、彼の談話に従うと、

「あたしはあんな下品な物を生徒さんにやらせるのは不可いから、『遊女坐禅』か何かにしろつて言つたんだが、課長の安威さんが原作通りかまはねえからやつて呉れつと言はれたものだから、その儘になつて初日を開けたのだ」

最初から「卑俗な端唄」だと思うから自主規制しようとしたのに、いったん構わないと言った事務局が、初日を見た小林一三から苦情が出たからと、一転して削除を言い渡した。十二日間通して行われたという舞台稽古さえも、一三は見に来ていなかったらしい。そこで、江戸っ子で記者気質の久松が臍をまげた。

「箆棒《べらぼう》奴《め》、活動写真の筋書一篇書きや、参拾円は呉れるんだ。而も景気が好けりや一晩に二ツはお茶の子さい〳〵だ。貳拾円の月給が何アンだ――」

事務局にこんな啖呵を切って、翌日から姿を見せなくなった。二カ月後、春季公演が終り、八月の夏季公演の準備にかかる段になって、困った宝塚の安威温泉主任が、久松の自宅になだめに来た。

「小林さんは、あんな人なんですよ。何、先生の方がどうかうつて言ふんぢやありません。ええ、御尤もです。第一、小林さんみたいな人に先生の味は解りやしないんです。先生がゐねえと宝塚は立たんのです」

本当にそう言ったかどうか、この事件から十四年経ったとはいえ、宝塚少女歌劇の機関誌に談話筆記の形で載せているのだから、無責任な記事ではない筈だが、是非もう一度来て下さいと拝み倒されて久松が事務所に顔を出すと、「白髪まぢりの一寸顔の灰汁《あく》ぬけのした小さい人」がいた。ところが、久松一声は半年も勤めていながら小林一三に逢ったことがない。前にも書いた通り久松は若い時から頭に毛が無かった。おまけに大男だから一度見れば忘れる顔ではない。その人の顔を、一三の方でも全く知らなかった。

「あたしは未だ小林校長（引用者註・宝塚音楽歌劇学校が認可され、校長に就任したのは大正七年）に逢つた事がないんだ、だから『あなたが校長さんですか』つて尋ねたんだね。すると、どう間違つたものか、あたしは今も解らないんだが『へヘッ！』と云ふなり、両手を突かんばかりにいとも鄭重に頭を下げるんだ。変だなとは思つたが、断はる訳にも行かねえや、あたしも出来るだけ、かう叮嚀に頭を下げたもんだ。そして更めて『あたしが振附の久松でげす』つて云ふと、今度は合点がいつたものか、フン、ア成程！　と云つた許りで、今度は悠々と反り返つて行つてしまふんだ。未だに誰と間違へられたものか解らないんだが」

大正二年十一月から半年間稽古をつけに宝塚へ通っていた久松が、一三とお互いに顔を知らないでいたのは、小林一三がまだ少女歌劇にそれほど熱中していなかった証拠で、はじめのうちは顔も出さなかった、という雲井浪子の証言に一致する。

では何時から、何故、宝塚に興味を持ちだしたか。一つには、第一回公演が好評だったことだろう。舞台の出来工合もさることながら、客席の手応えが、彼を燃え立たせたに違いない。芝居好きを通りこして、興行好きの本能を駆り立てる何かが、そこにあったのだ。しかし、本人はもう一つ、意外な理由を書いている。例の、岩下清周にあてた献呈の辞の一節を、『歌劇十曲』（大正六年）から引用する。

「嗚呼少女歌劇！　実業家として立つ私の四囲の同人間から見れば、何たる馬鹿気た、呑気な仕事に没頭する愚さよと、笑はれることも知らぬではありません。然し此少女歌劇を育てることが、一其過去に於てどれほど私に慰安を与へたでせう。没義道な世間に対し、軽薄なる輿論に対し、一種の反抗心を有して居つた私は、少女歌劇に没頭することによつて、貴下の攻撃者に対し、恰かもモッブのやうな傍若無人の群衆に対し、其当時、冷静を保ち得たことゝ信じて居ります」

大正三年春、少女歌劇第一回公演とほぼ並行して北浜銀行事件が起こって、岩下が世論に糾弾され窮地に立つと、周囲の人間たちの、打って変った浅ましい裏切りの姿をいやというほど見せつけられたと、一三は言っている。「虚偽と欺詐《ママ》とそうして自己本位」の汚さを思い知った時に、宝塚少女歌劇が一三の中では、正反対の極として濁った世の中を忘れさせ、怒りや悲しみを慰め癒してくれる清い祭場になったらしい。そんなつもりで始めたのではなかったのに、

「私の小さい心に悶ゆる波動は、パラダイスの空間を占領する美妙なる旋律によつて僅に和らげらるゝより外に途は無かつたのであります。可愛い少女の唄ふ小鳥の囀や、花の様に舞ふ羽衣の長い袖や、無理にも泣いて見たいと思つた悲哀な音楽に不自然の快感をむさぼらざるを得なかつたこともあつた、その我が少女歌劇は、私をして拙い文筆を馳《ママ》らすやうな境遇に暫く安んぜしめざるを得なかつたのであります」

持って回った言い方をほぐして読めば、傷ついた心を美しいものにひたして泣いていましたということになる。経営者であるだけでは済まなくて、忽ち座付作者になってしまったのも、ひたすらその世界と同一化したい願いの表われと受け取れる。当時は「今太閤」ではなくて「大阪財界の針鼠」と呼ばれ、才走って油断ならぬ男と警戒されていた一三の中の、一番やわらかい部分――それは彼の小説や回想の中に時に漂う乳臭さとしてあらわれるものだ――が少女歌劇に優しく抱きとられたと言ってもよい。第二次大戦後百貨店部門が独立し、東宝という興行会社が存在しながら、宝塚だけが独立しないで今なお阪急電鉄の組織の一部であることは、右のような一三の心の深層にも関りがあるかもしれぬ。

大正三年四月の第一回公演が、箕有電軌社長でもある岩下清周失脚の発端と重なり、彼が頭取

であった北浜銀行が決定的な支払い停止に追いこまれた八月十九日が、少女歌劇の第二回夏季公演の最中であった。一三にとっても多難なこの年の、夏季と秋季の公演題目・作者作曲者名を左に掲げる。

大正三年八月一日―三十一日

「浦島太郎」　安藤*　弘作・安藤　弘曲

「故郷の空」（ダンス）安藤　弘作・安藤　弘曲

十月一日―十一月三十日

「紅葉狩」　小林一三作・安藤　弘曲

「音楽カフェー」（ダンス）安藤　弘作・安藤　弘曲

「欧州戦争」（ダンス）宝塚少女歌劇団作・安藤　弘曲

＊（引用者註・資料によっては宝塚少女歌劇団作となっている）

第一回公演の「胡蝶の舞」の内容を、聞き書きメモに残して逝った私の叔父は、生前、機嫌よく酔うと、一つ覚えの宝塚の歌を歌った。私の耳には、それは「洋楽」というよりは、音頭のたぐいに聞えたのであるが、次のような歌詞のメモが残っている。

三月四月《みつきよ》は袖でもかくせ
かくしきれないフグの腹
パックリ　パックリ　スーイスイ
百夜通うてなにくたびりょう

タコに八つの足がある
パックリ　パックリ　スーイスイ

酒席の座興にうってつけの歌詞だが、これを、叔父が見た「浦島太郎」の竜宮殿の場で、魚に扮した宝塚の少女たちが踊りながら歌ったと聞いていた。

実はこんど、叔父の覚えていたその歌詞を古い脚本集と照合してみたら、7景に述べた通り、当時旧制中学を卒業したばかりの彼の記憶はかなり正確で、ほとんどすべてが原詞通りだったが、囃し言葉だけが違った。叔父の歌い口では「パックリ」を低いところからしゃくり上げて、「リ」の字が一番高くなるのがのんびりおかしかったのに、本物の囃し言葉は逆に「ぱ」の音から下っていく江戸前で、

「ぱくり　ぱっくり　つういつい」

なのであった。脚本では竜宮殿の場「平舞台、大海原千尋の底の書割」、正面波の紗張の中を、「魚の冠したるダンシングガール」が一しきり歌い踊ったのち、たこ、ふぐたちが居残って、右の都々逸調の歌をそれぞれ独唱するよう指定されていた。第一回の「ドンブラコ」を見てやみつきになった受験生の叔父が、夏の第二回公演ではこの「パックリ」の場面に断然魅力を感じたらしい。なおいろいろ調べているうちに、都々逸調のこの歌詞に、小林一三自身の手が入っている気がしてきた。別に確証はないが、そう思う理由の一つは、宴席で端唄や都々逸を「ちよこちよこと」わけなくこしらえるのが得意だったという（『小林一三翁の追想』新橋女将の鼎談より）一三が、思わず書いてしまいそうな趣向の歌詞であること。

理由の二は、もっと根拠薄弱で、坪内逍遙と小林一三との関りからの推測である。最初は私自

身も、まさか叔父のおはこの「パックリ　パックリ」が、明治の文豪の劇や評論とつながってこようとは想像もしなかったのだが、――

今見た「浦島太郎」の台本が収録されている大正五年版宝塚脚本集の巻頭に、七世松本幸四郎と並んで「文学博士坪内逍遙」の推薦文が入っている。当時帝劇専属の幸四郎は、大正四年秋季公演を見た感想を解散直前の帝劇オペラの低迷とひきくらべて、「成功したる少女歌劇」という題でそつなくまとめていたが、逍遙の推薦文は「愛らしき少女歌劇」と題して、

「私は予て主張して居る舞踊劇の立場からしても常に双手を挙げて歌劇の隆興を賛して居るものだが」

現今の日本の社会では、なかなかこれが流行しない悩みを述べ、その時期に愛らしい少女歌劇が出来て、お伽のものをやらせて、少年少女を歌劇趣味に導きつつ、徐々に社会の新趣味を向上させようとの思いつきは、頗る適当な方法だと讃えていた。

そんなことから、私は未案内の逍遙の音楽劇に関する文献を、大阪の池田文庫（前身が宝塚文芸図書館）まで出かけて行った時に、ついでに借りて読んでみる気になった。これもふしぎな縁であった。

池田文庫は既に紹介した通り小林一三の蔵書を基礎に始められた現在阪急学園所属の図書館で、江戸期の歌舞伎台本、芝居絵、番付、評判記などのコレクションで名高いが、私にとって有難いことに宝塚歌劇関係の資料が揃っている。ここへ通っている間に、或る日思いついて、初版本の『新楽劇論』『新曲浦島』を二冊揃えて借り出した。前者は明治三十七年に、逍遙が「国劇」刷新の意見を述べるために出版した理論書で、『新曲浦島』は楽劇論の大要を「一箇の実例に体現して論旨を補はん」がために同じ年に書かれた舞踊劇台本だ。

理論を独走させず実作を必ず並行して発表するのは、明治十八年『小説神髄』と『当世書生気質』をほぼ同時に書いて以来、逍遙が何時も採った手段である。小説の次は、明治二十六、七年頃に『我が邦の史劇』や『夢幻劇の弊を論ず』を、史劇『桐一葉』と並行して書いた。その次が、明治三十七年の舞踊劇に関する論・作の同時発表となる。

たまたまこの二年前に森鷗外が同じ浦島伝説に基づく「玉篋両浦島《たまくしげふたりうらしま》」を書いており、逍・鷗両者による「没理想」論争があっただけに、逍遙の甥で一時養子でもあった坪内士行（宝塚少女歌劇団を経て早稲田大学教授）によれば、『新楽劇論』と『新曲浦島』とは、その発表当時において「日本の文芸界を驚ろかせた程度は、彼の小説や史劇がそれぞれの文芸分野に与えた刺激を遥かに上廻るものがあった」（『坪内逍遙研究』）のだそうだ。

池田文庫の落着いた古い木造瓦葺の閲覧室は、昔の池田師範附属小学校跡地にその廃材で作った建物で、日に灼けた壁板天井板には文部省唱歌が滲みこんでいるような風情がある。昭和五十七年夏から改築にとりかかってしまったが、ここへは明治末から大正末にかけて、近所の小林家の子供たちが、五人代々切れ目なしに通学していた。うしろの壁に大きな柱時計が動いていたら似合いそうな貸出しのカウンターには、何時来てみても小さな宝塚歌劇団のカレンダーが立ててあり、開架式の雑誌棚にも「宝塚グラフ」「歌劇」の表紙が見えて、心強い限りであった。さて、『新曲浦島』は三幕の舞踊劇だが、「中之幕」まで読んで来て、最初のト書きに、

「平舞台《ひらぶたい》、大海原《おほうなばら》千尋《ちひろ》の底《そこ》の体《てい》」

と出ていたから驚いた。先に調べたばかりの宝塚の台本が同じ言葉を使っていたからだ。それどころか、幕があいて、赤魚が「長唄ガカリ」につれて踊り出すその歌詞が、

「ぱくり。ぱつくり。つういつい」

で始まるのであった。

『新曲浦島』は、亀即ち乙姫の変化《へんげ》で、浦島は年とった両親を嘆かせる悩み深い美青年として登場する含蓄の深い恋愛悲劇である。これに較べて、宝塚の「浦島太郎」はお伽噺に近いが、「上・中・下」の場割りの呼び方、「澄の江の浦」という、劇にとって無関係な地名まで踏襲している点も加えれば、宝塚側の作者（あるいは企画者）が、『新曲浦島』を読まずにこの台本を作れたとは思えない。おまけに、宝塚での公演は、『新曲』の中之幕だけが大正三年二月帝国劇場で六代目菊五郎たちによって上演された六カ月後であった。ついでに言えば、今行われている『新曲浦島』は再版の際書き改められた序之幕「前曲」に作曲され、原作の指定にはない踊りを振付けたものである。

長々と『浦島』にかかずらうのは、この「パックリ　パックリ」の身許調べ以来、一三の宝塚経営の姿勢を私が考える時、日本的楽劇運動の推進者としての坪内逍遙の面影をどうしても重ねるようになってしまったからだ。一三は逍遙の「没理想」のなお上を行って、実行が断然先で、理論の方は十年の経験を重ねた大正十二年になって『日本歌劇概論』という本にそれまで書いた短文をまとめて出版した。

『小林一三全集』に収録されたのは大正十四年の増補版だが、その「増補三版を刊行するにあたつて」という緒言に曰く。世の中の常識では、万事に先ず定義があって——学説に従って初めて或るものが企てられ、実行せられるものと考えられている。しかるに、

「なんぞ知らん、或るものが企てられ、実行せられ、それが存在し進歩する時に、はじめてそれが定義となるのである」

この考え方が、まさに宝塚における一三の作風とみてよろしく、同時に阪急商法といわれるも

のの原理となってゆくわけで、ここでは坪内逍遙も十把一からげに、

「私は、文学者や劇場関係者によつて試みられる演劇改良だとか、興行改善だとか、さういふ御議論は、いつも実行する点において定見のないのが歯がゆくつてたまらなく思つてゐる」

と、槍玉に挙げられている。それにもかかわらず、『新楽劇論』と『日本歌劇概論』を読み較べてみると、後者が前者を受けついでいる面が意外に多いのに驚かされる。一三が打出している大正の「国民劇」論は、逍遙の明治三十七年の「国劇」論と同じ線上にあるのだった。逍遙は言う。

「凡そ何時の世でも文明国と称せられる国で、国楽とか国劇とかいふものを備へて居らぬものはない。換言すれば、一度に多数の国民の耳又は目に訴へて其の心を和らげ楽ましむると同時に、多少之れに教誨を与へ得るの道具、所謂衆と共に楽むと同時に之れを啓導し感化するの道具を備へて居ぬ国はない」（傍点は原著者坪内逍遙による）

ところが我が国のいまの歌舞伎は、上流階級や数奇者の独占するところとなって、国楽、国劇たる機能を果たしていない。――と非難する語気まで受けついで、

「私は毅然として花柳芸術の謀叛人として、歌舞伎劇の改善を大声疾呼し、花柳芸術中心の社交界や、特殊階級の専有物のごとき現状を打破し、国民の手に奪取し、民衆芸術として、国民の前に解放し……」

こちらの方は大正十三年の一三の文章で、ロシヤの十月革命（大正六年）や第一次世界大戦後のデモクラシー熱の昂揚した世相を反映する用語を除けば、逍遙の憤りと軌を一にしている。加えて、「国劇」あるいは「国民劇」が、常に歌と踊りと劇的要素から成り立って来たと考える、歴史的な洞察も同じだ。

違っているのは、ではどうすればいいかという点だ。逍遙は、現在の国劇は、古美術の部類に属する「能楽」でもなく、写実劇になりまさった「歌舞伎劇」でもなく、「振事劇」（筆者註・一般には長唄を地とする舞踊劇。逍遙の定義によれば、「劇」の要素の勝っている踊りが「一段、二段の曲物に作られて劇場に上されるときは、それを振事」という）を劇詩として発展醇化させた「楽劇」にまたねばならぬとし、そこでは浄瑠璃系の語り物を副とし、唄い物たる長唄を音楽の土台とすべきだと説いた。今風に言えば長唄ミュージカルを提唱したわけだ。

「西洋楽は尚ほ其の儘の外国からの借用物、まだまだ国楽としての特質はありません」

明治三十七年の認識として、むしろ「西洋楽」の本質をよく弁えた平衡のとれた達見であろう。

一方、一三は舞踊劇を含めた「歌舞伎劇」こそ国民劇であると考え、ただしそこから三味線音楽を追放し、代るに「七千万の国民の大多数」が義務教育で聴感を養育せられている、「ドレミファソラシドの音律」の、

「洋楽を基礎とした、そして習ひ覚えてゐる唱歌を基礎とした」

日本歌劇を、今や自分たちの手で作りつつあるのだと、宝塚での十年間の実績を背景に自信をこめて説いたのだった。

小林一三は坪内逍遙より年齢は十四歳下だが、どちらも故郷から東京に遊学した若い時代には大いに粋がって劇場・寄席に出入りした点、その頃戯作風の小説を書いた点、小さい時から芝居気があって、成人してからも、

「もう少し身長がありさえすれば俳優になったのに」

と本気で人にも語った点、まだ他に似ている点が少くないが、とりわけ後半生に（それぞれ生活の資を得る本業以上に執着して）日本の音楽劇の改造・創造に心を傾け、なお子孫の代までか

けてその志を及ぼそうとした人物という共通点のあることが分ってきた。二人相互の間柄についていえば近いようで遠いような、何とも言い難いところがあるのだけれども、その逍遥を引合いに重ねてみると、「新しい」興行主と言われる小林一三の姿がふしぎにはっきり像を結ぶのである。

「浦島太郎」の次の大正三年秋季公演に、初めて一三が書いた作品が「紅葉狩」であったのも、逍遥の「楽劇」路線と一致している。台本は残っていないが、戸隠山の平維茂の鬼退治物語が能楽から歌舞伎の舞踊劇になったものを、なぞって簡易化したと思われる。九世団十郎が明治二十年新富座で初演してのち「新十八番」に入れた「紅葉狩」は、義太夫・常磐津・長唄の掛け合いだが、これを洋楽だけでやったところが、コロンブスの卵である。踊りの方も水木流の名取である才人久松一声の、巧みに和洋を折衷した振付がついた筈だ。

——ここで『宝塚五十年史』の舞台写真を見ると、姐さんかぶりにたすきがけ手甲脚絆をつけた少女が四人、滝壺を背に一休みしている。とても戸隠の雰囲気ではない。熊手や竹箒が散らばっているところを見ると、どうやら紅葉で名高い箕面公園の掃除係のようだ。言い忘れたが、背もたれに広告の入ったベンチも一つ置いてある。これはどうしたことだろう。左から二人目の少女は隣の人によりかかって眠たげである。彼女らが眠りこけたところへ、箕面の山の山神と、それから鬼女が現れる趣向だろうか。あるいはヒヒでも出てくるか。——そうであることを切に願うとして、ともかく「紅葉狩」は、のちのち台本・作編曲・振付を変えて宝塚で繰返し上演されたし、後発の松竹歌劇団でも、たしか「秋の踊り」のレパートリーとなっていたほどだから、一三の狙いのよさを認めずにはおれない。同時に坪内逍遥の理論の意外な継承者であることも認めざるを得ない。

ただ、逍遙の説いた理想の楽劇は、舞台に立つ浦島なり、乙姫なりは、「白《せりふ》」と踊りを受け持つだけで、自ら歌うことはしない。「曲《うたひもの》」がすべて舞台の外の「曲人」によって歌い演奏される点は、伝統的な舞踊劇と変りないのだが、変っているのはその「曲」の中身だった。すなわち、長唄を土台に、厳粛な場面には謡曲と一中節を、更に義太夫、常磐津、富本、清元の長所を採って劇的補助材とし、なお「剛健、活潑、雄大、壮烈」の味を出す時には洋楽も参酌する、――たとえば玉手箱を開く瞬間のト書きに「三絃に西洋器楽を交ふ、折々和し折々和せざる箇所あり」とある――規模雄大すぎて逍遙自ら「今の劇場又は楽壇に上さんが為に作したるものに非ず」と認める通り、実際には手の施しようのない机上の大作だった。洋楽採用論者の一三さえ、大正時代の中頃逍遙が『新曲浦島』を実演できるように改訂した『長生《ちようせい》新浦島』や、新作の『和歌の浦』を見物して、なお洋楽を長唄、謡曲、一中節といった区分けの一つにしか考えていない不徹底な採り入れ方を無意味だと批判している（註・前者は大正一一年大阪新町の演舞場で初演、後者は大正一〇年大阪中座で中村福助と坪内操〈雲井浪子〉により上演されたものを見ているのだろう）。

「わかりやすくいへば、能楽に三絃楽を入れたと仮定する、能楽としての特色あるその謡曲は破壊されて妙なものになる、これではかへつて三絃楽のない方がよいといふことになる。そこで三絃楽の方が能楽を取入れる方が効果が多いといふので、今日の長唄の勧進帳のやうないろいろの俗曲を作つて新たなる芸術が生れて来た。ほとんど同じ理由で、現在の歌舞伎音楽に西洋音楽を取入れる、むしろない方がよいといふことになる」（「歌舞伎劇に洋楽を取入れたる失敗」大正一二年）

西洋音楽は三絃楽ぜんたいに取って代るべきものであって、取入れるならば西洋音楽に三絃楽の長所を取入れるべきだと一三は説いている。そして一三個人が終生かくあるべき新しい劇音楽として想い描いたものは、結局このような内容だった。

大正三年に戻ろう。この頃の宝塚歌劇は見物客が来なくて困っていた。二、三人しか入らなくて、川の向うの旧温泉の旅館や料理屋の通りを、

「宝塚がはじまりまっせえ」

と鐘を鳴らして客集めに廻り、女中や店員を動員したこともあったというし、安藤弘の手記には、少女歌劇が始まったので、それまで一日百人に満たなかった大阪—宝塚間通しの電車乗客が、この日曜は百人を越えた、次の日曜は二百人を越えたと喜んでいたと、心細いことが書いてある。たとえ数字の記憶違いにせよ、それほど規模の小さなものだったと思えばいいのだろう。

ただ、この年の十二月十一日から三日間、大阪毎日新聞慈善団の主催により、大阪市北浜の帝国座で、また十五日神戸新開地の聚楽館で「年末慈善歌劇会」が開かれ、予告記事の効果もあって、両方とも満員の客が入った。しかも一等一円二等五十銭の入場料を取った最初の有料公演であった。帝国座は明治四十三年新派（書生劇）の川上音二郎が新しい演劇観から建てた洋式劇場で、東京の帝国劇場開場の一年前に「椿姫」の芝居で幕をあけており（音二郎はその後間もなく死んだ）、聚楽館と共に時代の先を行く新しい劇場だった。再び久松一声の懐古談によると、

「その時は皆お揃ひの紋のついたメリンスの絞りの裾模様を着て、のうのうと押し出した。所で、この帝国座つて云ふのは、新様式の劇場で、一場一場の変化を暗転で行くと云ふんだね。『そら大変だ』てので生徒を集めて、『こゝの小屋は一場一場が電気を消して変るのだから、その積りにして、ちやんと自分の入る所を憶《おぼ》えてなくちやいけないよ』と教へたのですが、さて、幕が開いて、二場から三場へ変る時にパッと電気が消えたんだね。すると『ワーッ怖わはい！』と泣く

奴がある。お客さんでなくて天下一の桃太郎、高峰妙子が手放しで泣いてゐるんだ。そら大変だ！　と云ふのであたしは又大声で『高峰！　高峰！』と呼び乍ら真ッ暗な道具裏をアチラに当りコチラに当り全身創だらけになつて、やつと見つけると早やパッ！　と電気がついて三場が始まつてゐるんだね。『それ〳〵出るんだ、出るんだ』と押し出してやつたのは好いが、電気に映されて見ると先刻泣いた時顔中を矢鱈にぬたくつたらしく、桃太郎が猿やら何やら解らぬ程の汚い顔なので、いやはやこれはどうもどうも、と云ふ始末です」

次に同じ慈善公演の予告記事を二つ引用しておく。最初は、主催者が「少女オペラ」を慈善公演に選んだ理由で、そのわけは、

「家庭の男女老幼膝を交えて観覧しても、毫も他の演芸の如く顔を赫らむるが如き場合なきを信じたるがため」（大阪毎日新聞大正三年一二月八日）

であった。

翌日の新聞に出たもう一つの記事は小林一三の談話のかたちで書かれているが、その中に、同じ大正三年の三月、帝劇で初演され、四月には大阪浪花座に来た芸術座の「復活」の主題歌「カチューシャの唄」に言及している箇所がある。相馬御風の作詞・中山晋平の作曲で女優松井須磨子によって全国の旅公演で歌いひろめられたこの歌を、一三は、

「彼の『カチユーシヤ可愛や』のやうな鄙俗な歌詞に伴ふ散漫なメロディの俗譜的唱歌」（前掲紙一二月九日）

と、きめつけ、一方、宝塚少女歌劇団は「洋楽趣味に立脚した、音楽と舞踊との聯合した『オペラ』を世に紹介」する真面目なもので、少女たちを「純然たる良家から選び出すには実に一方ならぬ苦心をしたものだ」と誇っている。但し右の発言中、音楽に関する意見は今に豹変するか

ら注意が肝要だ。

大正四年一月一日―一月七日

「兎の春」　小林一三作・高木和夫曲

三月二十一日―五月二十三日

「平和の女神」　薄田泣菫作・安藤　弘曲

「雛祭」　小林一三作・高木和夫曲

七月二十一日―八月三十一日

「舌切雀」*　薄田泣菫作・安藤　弘曲

「蟬時雨」　久松一声作・高木和夫曲

「御田植」　小林一三作・安藤　弘曲

十月二十日―十一月三十日

「三人猟師」　久松一声作・安藤　弘曲

「メリーゴーラウンド」　安藤　弘作・安藤　弘曲

「日本武尊」　小林一三作・安藤　弘曲

＊（註・同時代の大阪毎日新聞記者村島帰之によれば、「舌切雀」は一三が最後の一幕分を書き足している）

自叙伝の中に、初期の指導者で作者兼作曲家でもあった安藤弘が、一三の現実的な方針に不満のあまり、公演前夜に自分の楽譜を全部携帯して行方をくらました事件が出てくる。一三はその時少しも騒がず、「その昔の文学青年であったお蔭で」中学校や師範学校の音楽教科書を並べて、鋏と糊で既成の唱歌を切りつぎ、「一夜にして『紅葉狩』や『村雨《（ママ）》松風』の拙作をならべ得」て、舞台に穴をあけないですませた。そんな風に書かれている。しかし、安藤が飛び出したのは「紅葉狩」の頃ではなく、ずっとのちの大正五年で、宝塚歌劇の作品一覧表を見ると、この頃既に一三は作曲における安藤弘と同じく、脚本作家としては最多作のスタッフであった。鋏と糊で切りついだというと如何にもその場限りの間に合わせだったように聞えるが、一三はむしろ最初から、かつての歌舞伎作者や現代のブロードウェイ・ミュージカルの作者のように、既成の芸能の大胆な潤色・パロディー・切りつぎを得意とし、また全体の企画にもその考え方を強く反映させてきたのであった。無論そうでない作品もたくさんあって、これから順に紹介していくけれども、阪急電鉄の歴史にとっては最もきびしい時期と言ってよい大正三年から七年までの五年間に限っても、判っているだけで二十二本の脚本、全上演本数（六十四）の三分の一強を自ら書いたことも、それゆえに可能だったと言える。しかも、このことが、7景にその萌芽をみた音楽上の独自の和洋折衷方式と共に、大正初・中期の宝塚をして帝劇オペラ（明治四四年—大正五年）、帝劇解任後のローシーの葵館のオペラ（大正五年—大正七年）、離合集散を繰返した浅草の群小オペラ（大正六年以降）の末路を辿らしめなかった原因の一つだと私は考える。

大正四年の正月公演用に書いた一三の第二作「兎の春」は、当時の小学校や女学校の学芸会にそのまま使えたような「お伽歌劇」だ。

今年や卯の年兎のやうに
うまい話を耳そばだてゝ
聞けば嬉しい初便り

第一次世界大戦の好況がこの年の秋もたけて漸く訪れるわけだが、岩下清周が収獄され、不況下に北浜銀行事件の余波がまだこれから一三の会社を直撃する大正四年というきびしい年の正月

に、右の歌をうたって登場した兎たちが、

「ほんに不景気ぢや〳〵と、寄るとさはるとこぼして斗り居るが、我等のあたり年、一番はねかへさしてやりたいものぢやな」

などと言いながら屠蘇をくみかわして月の神のおいでを待つのは、作者の心情が思わず洩れたというべきか。あらわれた月の神の御座輿に、三羽の兎がそれぞれに身の上話をお聞かせする。実はこの部分が作品の中身で、内実は「兎と亀」「かちかち山」「因幡の白兎」の話と唱歌の切り継ぎに過ぎないのだが、せりふを書き切ってしまわず、歌と踊りに語る余地を残している点、だれもが素直に楽しめる点、構成そのものに音楽性がある点では、これまでの「ドンブラコ」などよりずっと感覚が新しく、日本的ミュージカル作家兼プロデューサーのささやかな出発点として、ともどもに春を祝いたい気分になる作品だ。

その次の、春の公演に一三が書いた「雛祭」は、前年の「うかれ達磨」のパロディーだが、それより遥かに好評を得て、以後宝塚の重要なレパートリーとなったし、大正七年の最初の東京公演にも持って行った。

　桃の節句の御祝は
　丸いあられに菱の餅
　五色のいろに形どつて
　五人囃《(ママ)》の面白さ

この主題歌を今も覚えている人が少くない。「兎の春」の歌詞にやや小唄調が残っていたのに較べると、こちらは唱歌調で、しかも口語体だ（註・面白きと印刷された歌詞もある）。口語唱歌もなかったわけではないが、まだ「兎追いしかの山」の有名な「故郷」が作られたばかりの時である。一三も気に入っていて、昭和八年四月、少女歌劇創立二十周年に、宝塚植物園内の茶室で「歌劇茶会」を催した時、このうたの楽譜を蒔絵にした奇想天外な茶入れの棗を作らせて、客に配ったこともあった。

話の筋は、「令嬢」の家の雛祭に「お友達」三人が招かれて、桜餅を食べたり、白酒を飲んだりの日常家庭風景から始まる。うしろの五人囃子がうらやましがって、少女たちが庭に遊びに出た隙に、内裏雛の前で歌や踊りを始めるのが趣向だ。ここでも観客が聞き覚えている牛若丸などの唱歌と踊りが五人囃子の余興として、うまく自然に使われた。やがてみんなが戻って来て、お雛さまたちはあわててストップ・モーションに戻るが、少女らに見破られ、いざなわれて一緒に主題歌をうたって幕となる。一三の描いた少女の言葉が、吉丸一昌の「うかれ達磨」に出てくる東京のおきゃんな娘言葉（7景参照）に較べて遥かに品がいいのも、作者の意図したところであろう。

「貴女のお宅では毎年かうやつて雛祭を遊ばしますけれど、全体雛祭つて、どういふ訳で始まつたのでせう」

といった調子だ。箕面への遠足で団子を五本食べたという、一番元気な三枚目の少女でさえ、

「私共は現代与へられた権利即ち我々女の為に行はれて居る、一年に一度のこの雛祭をどうしたならば面白く暮せるかといふ方法を少しも早く実行するのが賢いかと思ひますわ、ねえ、さうでせう澄子さん賛成なさいましな」

これは大阪の娘言葉ではない。箕有電軌池田分譲住宅あたりで行われていた、新しい中産階級の家庭での模範会話なのであろうか。それとも、同じく池田に住む小林一三自身の子供たちの会話を写したものだろうか。一三の長女、吉原とめ子の、この時期の回想によれば、父から、

「いま小学校で、どんな歌を習ったか、どんな本を読んだか」

と、よく聞かれたし、書き上げたばかりの「雛祭」の原稿を、読んで聞かせてもらってもいる。

少し年代が下がるが、大正六年三月、彼岸日和に池田の小林家を訪ねた人の記録が残っているので、これによって当時の家の中の様子を紹介しておきたい。訪問記を書くために訪れたのは大阪毎日新聞記者だった伊達俊光で、この日は新しくピアノを置くために、座敷の隣の書斎を庭まで拡げる工事の最中で、家の奥からは絶えずオルガンの響が流れていたという。

一三は伊達に「蕪村のものを少々お目にかけませうか」と座を立って、夫人の養父から贈られた「ほたむ散てうちかさなりぬ二三片」他二幅の短冊と、これも既に紹介した弟子の几董にあてた書簡（そのうち最初に手に入れた二通）を持って来たというが、現代の逸翁美術館の蕪村コレクションに較べると実にささやかで、それだけに好もしいもてなしだと思われた。古美術や音楽に見識のある伊達に対し、「牡丹」の句の短冊に言及して、

「此中で牡丹の句は一番晩年のもの丈けに書体が少し変つてゐるものだから骨董屋などは目にかけませんからね」

と、とりなすような説明をつけ加えているのも、一層好もしい。話題は、子供たちにせがまれてピアノを置くことにしたということから、西洋音楽観に移った。

「どうも近頃の子供は音楽を聴く耳が早くから出来て直ぐあれはハ調だとかト調だとか聞き分けが出来ますね、家《うち》の子供などもあの様に宅に居るとブーブー鳴らしたり、歌つたりしてゐますが」

一三の子供たちは大正六年三月現在で長男冨佐雄（のちの東洋製缶社長・東宝社長）十五歳、長女とめ子（のち吉原政智夫人）十三歳、次男辰郎（のち貴族院議員松岡潤吉の養子となる・東

宝社長）十二歳、三男米三（のち阪急電鉄社長）七歳、次女春子（のち鳥井吉太郎夫人）五歳であった。とめ子と春子は「鳩ぽっぽ」や「もういくつ寝るとお正月……」の「お正月」を作詞したことで有名な、東京音楽学校出身の東クメから、ピアノを習うことになった（東の夫基吉が、当時一三の子供たちが順送りに通っていた附属小学校のある、池田師範校長で、官舎が一三の家の裏にあった）。

一三の音楽談義は、たちまち少女歌劇の話に移って行くのだが、その前に急いで大正四年の残りと、同五年の一三の主な作品を紹介しておく。

四年秋季公演の「日本武尊」は、大正天皇の御大典にちなんで、三種の神器問答と洋楽化した岩戸神楽をとり入れた慶祝曲であった。しかし劇としては、主役の雲井浪子が「女装」して熊襲《くまそ》の川上梟師《たける》に近づき酒を呑ませ、相手が酔ったのを見すまして「男」に戻って刺殺することで、期せずして少女歌劇に「性」を持ちこむ結果になった。もっとも、当の雲井浪子に役の作り方を訊ねたところ、今思えば学芸会のようなもので女から男へと意識して変えるようなことはなく、自然にせりふに従っていたという答であった。男役と女役が分化したのはずっとのちのことで、全員が髪も長く伸ばしたままであり、たまたま現代物の男役を振り当てられた者は、頭の上に髪の毛をまとめて鳥打帽子で隠したという。雲井自身も「ドンブラコ」の「猿」にはじまって、「雛祭」の五人囃子にもなれば、「松風村雨」の狂乱の女松風にもなり、在原業平もクレオパトラもやるという時代がこのあと当分続くが、プロデューサー兼作者の一三の意識の底に、のちの「男装の麗人」時代への予感がこの時働かなかったろうか。

一三の作品ではないが、一三の路線の実現者として久松一声が同じ秋に書いた「三人猟師」は、狂言「釣狐」からヒントを得たもので、雲井浪子の猟師の化かされぶりと、腰から上が日本風で下が洋風という和洋折衷の舞踊が評判を呼び、この作者の出世作になった。
大正五年に入って、春季公演に一三の書いた「竹取物語」は、五人の求婚者の失敗談を自由奔放に音楽劇化しており、天竺の火鼠の皮衣《かわごろも》を手に入れて意気揚々と約束の日に現れる平安朝の右大臣が、「めでためでたの若松さまよ」と歌って登場して脚本を読んでいた私を驚かせ、くだんの皮衣の由来効能を述べる歌のごときも、脱線また脱線、作者はいい気持で太平楽をならべている。

昔々その昔
ズット先の其昔
東夷南蛮北狄西戎
唐天竺の其先の
だつたん国の山奥の
ある山寺の和尚さん
ポンと叩けばニヤンと鳴く
ポポンのポンと叩く時
にやにやんのにやんとなく程に
炬燵《こたつ》の上の主人顔（以下略）

その猫に追われて、ある晩埋火の中に転がり落ちながらふしぎにやけどもしなかった鼠のお嫁さんの皮で作った皮衣は、
どれが虚言《うそ》やら誠やら
白い黒いの鼠色

と結んでいるのであった。そのあとには、かぐや姫にそろって振られた五人の貴公子がずらりと並んで、白浪五人男のせい揃い風の、七五調の名乗りをあげる歌が入る。こんな歌が、

「まこと、我は此世の人にあらず、翁よ、ゆるさせ玉へ」

といったかぐや姫のせりふの中にまじって出てくるところが、その昔、鶴屋団十郎一座の大阪仁輪加びいきで、太功記十段目のパロディーをせっせと見物に通い、

「大阪の人達の単に仁輪加と軽視してゐたこの俄狂言なるものは、浄瑠璃芝居から分岐して立派な芸術と言ひ得る喜劇であつた」（『自叙伝』）

と、わが事のように東京の友人たちに誇った一三の真骨頂を示すものだろう（作曲は安藤弘）。実は坪内逍遙も新楽劇運動の第二作として、明治三十八年に『新曲赫映姫《かぐや》』を出版している。その序文には、前作『新曲浦島』の不備を補う意図もあって舞踊本位を「謡唱」本位に改め、音楽も俗曲ではなく能楽を根幹としたと書いているが、意外に羽目を外した箇所もあり、たとえば火鼠の皮衣を持ち帰って有頂天の右大臣などは、

「かぎりなき、思ひに焼けぬ皮ごろも、袂乾きてけふこそは、君に逢ふとて身は奚許《ここもと》に、魂《たま》はふは〱蛻《もぬけ》の唐の、船が媒《とりも》つ、のふ、妹背中。何の五十両、とち万両も、君の為なら、何をしどりの、番ひ離れぬ、のほんほゝん、ほゝんのほ、中ぢやえ」

と浮かれ踊りながら竹取の館までやって来ることになっている。貴公子たちに馬鹿騒ぎをさせることが音楽劇《ミュージカル》の技法として都合がいい上に、天に昇るかぐや姫の、この世の人ならぬ清らかさが一層強調される結果になる。その点でも一三の「竹取物語」の作法と考え方に隔たりがない。一三は『新曲赫映姫』を読んでいるらしいが、確証はないから、二人が偶然、揃っていいところに眼をつけたことにしておこう。

こうして、逍遙が先に眼をつけ、一三が舞台にのせた「竹取物語」は、宝塚の大事なレパートリーとして、このあと作者・作曲者を変えて繰返し上演された。貧弱な仮設劇場で一三が思い描いていた幻が、やがて彼の手によってできた大劇場の舞台機構と、よく訓練された歌手・舞踊手たちによって実現される日が来る。大正五年春、小山内薫は下阪して、この作品と、お馴染の太郎冠者が主人の酒を失敬してしまう狂言に「戻橋」などの舞踊を織りこんだ久松一声作「桜大名」を見た。小山内は当時ヨーロッパ帰りの新劇運動の指導者だが、三歳の長男と一緒に見て、それ以来子供ともどもやみつきになったという。

「この一座にはスタアと云ふ者がありません。プリマ・ドンナと云ふ者がありません。それ故甲の役者が乙の役者を圧制したりするやうな事がありません、お姫様も女中も殿様も家来もみんな同じラインの上で動いてゐます。それが私には何とも云へない快い感じを与へました」(句読点の一部を引用者が補記)

その時受けた感銘を問答体にして、小山内は大正七年五月二十二日(最初の帝劇での上京公演の四日前)の時事新報に載せた。

「それが為に一人一人の箇《(ママ)》性が失はれて行くといふやうな憂ひはないでせうか」

「私は其心配はないと思ひます。箇性といふものは黙つてゐても盛《(ママ)》長します。併し統一と訓練とは監督者に待たなければなりません。宝塚少女歌劇の可愛い役者達が舞台監督なり楽長なりを神様のやうに思つて、小学校の生徒が体操の先生の号令一つで動く様に一挙手一投足其命令を待つてゐる様子は、将来の歌劇の実に理想的な模型だと思ひます」

宝塚の作品は本当のオペラと言えるか? という自問に対しては、「形式としてはオペレットです」と答え、「竹取物語」をその中ではオペラの要素が多い作品の例に挙げた。

「でも宝塚の幹部達は何処までも少女歌劇と言つて貰ひたい、オペラとは言つて貰ひたくないと言つてゐました」

と、その「謙遜な態度」を讃め、三歳だった長男がこの時見た「桜大名」を未だ忘れずにいるが、自分もむずかしい議論を離れて大のひいきなのです、と書いている。

実は同じものを見て面白がったのは、遠来の小山内薫親子だけではなかった。新聞の宝塚だよりは、少女歌劇始まって以来の大人気だと次の通りに伝えた。

「例年春より初夏にかけては、当地の書入期節《（ママ）》とて人出多きは通例なるも、本年は取りわけ其の数多きが如く、日曜ならぬ日さへ新温泉場内の如きは相当に雑沓を極め、少女歌劇の如き、一寸場を取損へば観ること出来ざる有様なり。殊に歌劇は（略）人気を集め、今度こそは一般看客《（ママ）》よりヤンヤの讃辞を浴びせられ居れり、蓋《けだ》し従来の作に比し今回のは頗る内容に興趣あるが為ならんと推せらる」（大阪朝日新聞大正五年五月七日）

先に触れた草創期の指導者安藤弘が自作の楽譜を携えて姿を消したのは、この「竹取物語」を含む春季公演が大正五年五月二十一日に終って、次の夏季公演の準備中のことだった。昭和二十九年の「歌劇」に載せた安藤自身の回想記から、先ず引用する。若干の思い違いも含まれている。

「その時は若気の至りで、自分がそれまでに作った曲をみんな高木君から受取って持って帰ってしまったのでした。だが重くて仕様がないので大阪駅の一時預けに預けて、京都の家にかえって引込んでしまいました。さあ宝塚では翌日から公演が出来ないという騒ぎになりました。新聞にはそのことがデカデカと大きく出るし、方々の新聞社からは、京都の家へ記者の人がイキサツを聞きにきますし、テンヤワンヤです。まあ、公演の方は二三日休んだだけで、あとはみんなの手許に写してある部分をあつめて総譜を作って、なんとか始められたようでした」

安藤の筆によればこの章でおなじみの安威主任をはじめ、色んな人が交替で説得に来たが意地を張って戻らなかった。京大文学部学生の身分のままだから、学業を続けるためにもやめざるを得なかった。彼が宝塚に復帰したのは四年後の「大正九年の暮」だったという。ところで同じ事件についての一三の手記、――中でも威勢のいい「宝塚漫筆」によると、この時一三は少しもあわてなかった。

「私は内心困ったなと思ったが、おもては平然として、

『安藤が隠れたって、オレはちっとも困らんよ。作曲は自分でする。』

安藤君は僕が音楽の知識のないことを知っているので、とても作曲なんぞできるはずがないと、たかを括っていたらしいが、僕は何とか唱歌集とか、学校の唱歌教科書を集めて来て、それを一ト通り読むと、まずここへこの歌を持って来る。それが終るとここで話をして芝居をする。今度はこの音楽を持って来る。というふうに、はさみとのりでどんどん脚本をつくった。さすがの先生も、それには閉口して、泣きを入れて帰って来た」

と頗る自信に満ちあふれている。有名な伝説が、また一つこうして生れた。今すこしその奥を掘ってみよう。この年の夏季公演の演目及び、表向き発表された作者・作曲者は次の通りだ。

大正五年七月二十日―八月三十一日

歌劇「ヴエニスの夕」　西本朝春作・作曲

歌劇「松風村雨」　宝塚少女歌劇団作・作曲

歌劇「夕陽ケ丘」　宝塚少女歌劇団作・作曲

ダンス「ミニユエット」　宝塚少女歌劇団作・作曲

ダンス「バーレー」　宝塚少女歌劇団作・作曲

この中で西本朝春はお河童頭が有名だった自称「米国文学士」の舞踊教師。このあと自分で少女歌劇団を作り、宝塚で好評だった「ヴェニスの夕」を東京浅草などで公演して、人気を取った人物である。「松風村雨」は、能楽「松風」から生れて「汐汲」などのもとになったいわゆる「松風もの」の洋楽版だ。一三の台本では在原行平を恋うあまりに狂った松風が、形見の烏帽子狩衣を抱いて「かたみこそ今は仇なれ是なくば……」と古今調で歌いだすと、コーラスが「露は尾花と寝たと云ふ、尾花は露と寝たと云ふ」と小唄調で応じて心情を解説する。一三の言うような方法ではちょっと附曲しにくい歌詞が並んでいるから、恐らく安藤の言う通り、音楽のスタッフたちが急いで当時の簡単なパート譜や独唱・合唱譜をかき集めて復元したのだろう。三番目の「夕陽ケ丘」は資料によっては高木和夫作曲とある。これでは一三の「はさみとのりで作った」という豪語もやや羊頭狗肉の感を免れないが、残りのダンス「ミニユエット」と同じく「バーレー」の二作が、それに該当するのだろう。選んだ曲と曲の間に、適当に会話や芝居をくっつけて構成したと一三は書いているが、それはつまり「レヴュー」のごく単純な雛型ではないだろうか。十一年後の「モン・パリ」以後一世を風靡する形式を、よんどころない事情のおかげで、一三がここでささやかながら、先取りしたことになる。「竹取物語」の作者なら、十分こなせた仕事である。

大正五年六、七月の大阪毎日新聞を調べてみたところ、六月十七日の朝刊で、意外な記事に行き当った。失踪事件とは直接の関係はないが、見出しには、

「少女歌劇団の東京行　帝劇で公演する」

とあったから驚いた。宝塚少女歌劇の第一回東京公演は大正七年五月であって、これはまず大ていの芸能史に特筆されている出来事だ。私でさえ覚えているほどだが、それよりまだ二年早く、

一三は同じ計画を具体化しているのだった。記事が長いので、句読点を補いながら少しつづめて引用する。

「予てから東京へ行くとの噂が高かつた宝塚少女歌劇団雲井浪子以下四十人は、愈々来る八月二十三日大阪出発、同二十六日から三十一日まで東京帝国劇場で開演の事に決した。演目は「平和の女神」「雛祭」「三人猟師」「竹取物語」「松風村雨」「希臘《ギリシヤ》神話バン《（ママ）》ドーラ」の六曲。「松風村雨」と「希臘神話」とは新作物で、上京迄に宝塚で一度公演する事になつてゐる。右につき箕電小林一三氏は曰く。

『愈々上京の事に決つたが之を東京へ持つて行つてドンナにか彼地の気に入るか、又ドンナ風に批評されるか全然予想が出来ませんが、兎に角上京して公演する事は少女歌劇団のために無意味ぢや無いと思つてゐます。一体歌劇と云ふものは歌を本位とするもので、例へば日本の立派な歌劇たる能を見ると非常に動きが尠いから声楽として価値のある謡をアノ通り謡ふ事が出来る。此点については少女歌劇も益々研究しなければなりません、云々』」

一三の談話のなかの「能」についての意見は、先に紹介した逍遙の『新曲赫映姫』の序文によく似ている。それはさておき、この希望にあふれた記事が出た翌十八日に、安藤弘が自作の楽譜を携えて京都の自宅へ引籠ってしまい、従って新聞によればせっかくの上京も「おヂヤン」になる事態が起こっていた。同じ大阪毎日新聞六月二十七日付の記事で、それが判った。見出しは、「曲譜を持去られた少女歌劇団　教師の安藤氏向ツ腹を立てゝ京都へ引上ぐ　折角の上京も一先づおヂヤン」とあった。箕面電軌側は一先ず少女歌劇団の上京を見合わせ、更に新たに「ピアニスト三好《（ママ）》和気氏を招聘し新作曲に着手」させることにしたというのである。

「事の起りは安藤氏の紹介によりて西洋舞踊を教授し居れる、諸外国古典舞踊家西本朝春《てうしゆん》氏が、最近少女のために作曲せる舞曲を上場せんとするに際し、同氏が事情に通ぜざるため安藤氏との打合せに疎略の点ありしやにて、安藤氏は一概《(ママ)》に自分が軽侮されたりと誤解したるらしく」

それで安藤が向っ腹を立てたという。だが当事者の言い分まで読み進むと、右の記事は事件のほんのきっかけに過ぎず、問題は一三或いは箕有電軌の歌劇団への干渉にあることが判った。

箕電の安威宝塚主任談。

「安藤氏が歌劇団創立当初よりの労苦は非常なものにて、会社にても氏を少女歌劇養成会の会長として教授一切を委任しありたるが、些細の感情より今回の如き不穏当なる別れを見るに至れるは何とも遺憾に堪へず。勿論会社に於いては強ひて詮鑿する積りもなけれど、歌劇団のために製作せる歌劇の所有権が那辺に存するかは今後の参考上研究し置く必要ありと考へ居れり」

安藤弘が一三から「宝塚少女歌劇養成会会長」に任ぜられていたことを、私はここで初めて知って驚いた。いや、「少女歌劇養成会」なる組織の存在も、初めて知ったわけだった。

安藤弘談。

「会長としての自分と経営者である箕電との間には今迄総ての事が口約束だけで、トモすると会長たる自分の権利――歌劇団の会務一般と、同団に用ふる歌劇の脚本は自分の閲覧承諾を得ることは勿論、作曲及び其方法は総て自分に一任するといふ事など――が順次侵害されるものですから、成文の契約にして欲しいと要求したのを会社が肯《き》かなかつたから遂に退身したのです。此度も東京で開催する準備の為に東上して帰つて見ると、七月に上場する曲から振《ふり》のことまで自分に何等の相談も無しに発表されて居るのです。ソレで今月十八日当然自分の物である曲譜其他一切の物を持つて京都に帰つたのですが、最早交渉調停の余地がないものだと思つて居ります。然しこれで歌劇団に対して決して悪感情を持つて居る理由《わけ》でなく、今後も十分尽力したい考へです云々」

主権の交代に際して起こりがちな事件だが、安藤の場合は相手が独裁的な経営者であり、しかも最有力の座付作者兼制作者として、どんどん実績を上げてきている小林一三だから、勝ち目はなかった。四年後にもう一度復帰したものの、やがて自ら見切りをつけ、教育者に転身して日本軍占領下の大陸に渡って行った。事件後三十八年目に安藤が書いた謙虚な回想記にもう一度戻ると、自分が日本風な歌劇をと最初から志し、そのためのレールを敷く仕事を果たしたにも拘らず、感覚の上でこれに徹底することが出来なかった点を、失敗の原因として反省している。

「思いきった日本風と思うのですが、いつも西洋風がまじってしまうのです。一つには思い切った日本風は、ともするとまるまるの日本風に陥ってしまう恐れがあるのです。それならば、何を苦しんで新しいものを作る必要もないわけです。（略）それで私は日本風でありながら西洋的な進歩的なものを、出来もしないのに心がけていたものですから、なかなかうまくいきませんでして、古くから居られる皆さんには随分御迷惑をかけたことと心から恥じ入っています」

その安藤は、東京公演を時機尚早と技術的に危ぶんでいたし、一三は一三で、安藤がともすれば少女歌劇に男性を加えて、本格的なオペラの方向へ持って行きたがる芸術志向をインテリの通弊と批判している。結局こういう「歌劇」観の食い違いから、あの事件が噴き出したように思われる。安藤の後任三善和気は、未亡人の談話によれば官吏の父の勤務先三重県に生れたが、六歳で東京に戻り向島に住んで、一時東京音楽学校で安藤と同期だったこともあり、既に紹介した通り京都の小学校に勤務していた日露戦争時代に「戦友」や、「道は六百八十里」の原曲「出征」を作曲したが、のち大阪に来て数少いピアニストとして、またピアノ教師として働いていた。千日前楽天地の楽長だったという説もある。宝塚の年譜では三善の入団は既に二年前の大正三年十一月になっているが、最初の仕事は同五年秋季公演の作品だ。邦楽の世界でも、既に明治時代に江戸派は上方派を圧倒しており、安藤に言わせると、三善和気や、更にそのあとに入団した、同じく江戸ッ子で東京音楽学校出身の原田潤は「ラクラクともっと砕けた仕事が出来」た。つまり江戸音楽の俗曲をそのまま五線譜に移したような歌を、東京育ちの二人がこのあと盛んに書いて、一三が目指したいわゆる「宝塚情緒」という大正時代独特の音楽世界を作り出して行くわけである。同じく江戸ッ子で歌沢節をよくしながら、音楽的には中途半端な安藤は、それが羨しくてならなかったらしい。とりわけ原田潤は帝劇の舞台も踏んだ歌手上がりで芝居気も多々あり、人の情に訴え迫るような曲を次々に書いた。江戸ッ子のついでに言えば、「宝塚情緒」の作詞は、これまた浅草生れの久松一声の独壇場だ。そこへ作曲の高木和夫を加えると図らずも、関西に生れた芸能である宝塚少女歌劇草創期の七人の指導者が、大阪生れの楳茂都陸平と山梨生れの小林一三を除く五人まで東京生れや東京育ちで占められていた。ついでに安藤弘の回想記によると、その宝塚少女歌劇が成功し生き残った一つの大きな理由は、それが東京ではなくて大阪で始まったことだというのである。

「大阪の人は有難いことに、自分が見ていて少しでも面白いと思えば、世間の評判なんか気にしませんものを。オモロイゾ、ヤレヤレといってくれます。当時ハヤリの何々風や何々的なんて問題にもしません。つまり見方がほんとに実質的ですね。ほんとうに大阪の人は偽らざる自分をもち出して見ていますが、東京の人は自分は二の次で、世間の評判だけで動いています。ですから新聞や雑誌でいいとかわるいとかいうと、もうその気になっていて、チットも自分の目は信じていませんね」(「歌劇」昭和二九年)

これは浅草に生れて東京音楽学校と京大美学科に学び、西洋志向・芸術上の権威志向から自由

になれなかった安藤弘が、おだやかな晩年に至って書いた自己批判を兼ねた大阪讃歌で、

「ほんとに大阪が宝塚少女歌劇を育ててくれたのだと思います」

と結んでいる。

小林一三も大正時代に国民の心をつかんだ三つの演劇——曾我廼家五郎劇・新国劇・宝塚の何れもが、大阪の人々の育てたものであることを、折にふれては繰返し説いてきた。違った文化に育った目が、社会通念とは逆に、大阪人のなかに感受性の意外なしなやかさを早くから発見した点でもこの二人は似ていた。違うのは、一三がそれをしっかり自分の中にとり込んでいたことだ。

安藤弘の自己批判を裏書きするように、彼を欠いた大正五年の夏季公演は、皮肉なことに、春季に劣らぬ大盛況であった。同じ大阪朝日新聞の「宝塚より」の欄に、

「新温泉場内の少女歌劇は相変らず好人気にて、開演毎に相当の看衆《ママ》あり。様々の美しい少女の演技に、看客は汗自ら収まりて涼気場内に満つるとの評あり」（大正五年八月一五日）

と出ている。繰返して言えば右の夏季公演は五本立ての演目の四本までが、小林一三の作品であった。

続いて同五年十月に始まる秋季公演に、一三の書いた歌劇「ダマスクスの三人娘」は、作者にとって最初の洋物（アラビア物というべきか）だが、バグダッドの酒場で歌われるダマスクス民謡と称するものが、当時使われていた文部省「尋常小学唱歌」巻一の「かたつむり」と「池の鯉」をこね合わせた歌詞で、

でんでん虫々かたつむり
お前の頭はどこにある
角《つの》出せ槍だせ頭出せ

かかあが角出しや悋気《りんき》のしるしだ
娘が槍出せや殿様お馬だ(ママ)
親父が目玉出しや怒つたしるしだ

と脱線したあげくに「出て来い出て来い池の鯉」と結んでいるのには度胆を抜かれるが、大正六年三月池田小林邸でのインタヴューの続きに、この辺りで戻ることにする。

のち大阪の実業家・医師らによる西洋音楽愛好者のクラブである楽友会の幹事や、ＪＯＢＫ（大阪放送局）創設時（大正一五年―昭和三年）の放送部長となった伊達俊光を相手の音楽談義で、一三も掘り下げた話をしており、これまでは唱歌即ち西洋音楽だった一三の感覚が少し変って、文部省唱歌の歌詞の硬さの批判に廻っているのが面白い。北原白秋が唱歌の言葉や道徳臭を非難して、「何が『四百余州をこぞる』だ。十万余騎の敵、ヨキノテキとは何だ。子供にわかる筈はないのだ」と説いたのは大正十年、童謡運動の実践を始めた雑誌「赤い鳥」の創刊が大正七年だが、それよりまだ一年早く、一三はこんなことを言っている。

「元来文部省の唱歌なるものは歌詞などもなか〳〵喧ましく譬へば羽織袴をきちんと着けた風のもの許りで、所謂楷書の歌が多くどうも草書風の歌と云つたものがない様です。近頃彼のカーチユーシヤ(ママ)の唄が都鄙到る所に流行したのも私に云はせると実は今迄の楷書風の唱歌に飽いた一種の反動であつて此事を島村（抱月）さんにも話した事ですが、私のやつてゐるかの宝塚の少女歌劇の如きも確かに時代の要求に応じたものと考へてゐるのです」

その証拠に少女歌劇の本（台本集と楽譜集）が幾万冊も売れて、「オペラ節」が若い人の流行になっている。今後歌詞なども平易に判り易く、「聴く音楽」より「見る音楽」にしたいと一三は言うのである。

かつて「カチューシャの唄」を鄙俗な歌詞、俗語的唱歌とこきおろしたばかりの一三の態度が、三年間の歌劇経営の体験のなかで、このように変ってきた。これを歌った「芸術座」の松井須磨子は、島村抱月と同棲したことで、彼にその師坪内逍遙を裏切らせ、逍遙の研究劇団「文芸協会」を解散に追いやる結果を招いた自我の強い女性の筈だが、私は最近幸運にも、彼女が歌う大正初年の劇中歌をいくつか録音で聴くことができた。須磨子の故郷の民間放送会社で聴かせてもらえたのだが、その歌いぶりは、もし日蓄レコード「ドンブラコ」の北村季晴夫妻のそれを稚拙というなら、こちらは原初的といってよかった。いかにも薄幸の感じの滲んだ、うすい蠟紙を破いていくような声に調子外れのフシがついた「唄」が、門づけの少女に似た一途に単調なせりふの中に、まことに似つかわしく入っていた。今の歌やせりふの水準から考えるせいもあるが、三浦環や「青鞜」の平塚雷鳥と並んで新しい女性の代表と言われる松井須磨子の歌とせりふのどれもが、聞く者の心をひたすら滅入らせずにはおかぬ性質を帯びていたのは驚きであった。だが多分、これが当時の日本女性の発声の標準とみていいのだろう。ただ一つの例外は、その日最後に聴いた「カチューシャの唄」で、これだけはしっかり歌いこんだあとのものらしく、口をあけない素朴な地声が松井須磨子自身の精気をじかに伝えていた。これから類推すると、練習にたっぷり時間をかける宝塚の少女歌劇の当時の少女たちの歌声も、丁度このようなものであり、同じ理由で、馴れない西洋式発声で無理して歌うよりも却って人に訴える力があったのだろうと思えてきた。

「……どうも歌劇の本質から云ふと御承知の通り男声と女声とが必要ですが、あの少女歌劇に男子を入れる事になると忽ち問題が起きて潰れる様な羽目になつては困るから、少女歌劇は其儘少女許りにやらせねばなりますまいが」

伊達俊光のインタヴュー記事の中で、やや弁解風に語り続ける小林一三は、まだこの時期には、

「然しあの多い少女の中でも真個《ほんたう》にソプラノの歌へるものは唯一人よりないのです」

と素直に告白もしている。伊達を事務長に大阪に楽友会が出来たのは翌大正七年四月で、大阪ホテルでの第一回会合の記念写真に、羽織袴の小林一三が発起人の一人として写っているのを見たが、この会は昭和初年まで続いてハイフェッツやクライスラーをはじめ内外の演奏家の音楽会やレセプションを主催し、音楽や文化一般の講演会を定期的に開くという高踏的な会合だった。宝塚の生徒全員がエルマンの演奏会に連れられて行って、「わからないで、みんな寝てしまった」(『小林一三翁の追想』高砂松子の発言)というのも、その時代の話だ。しかし一三の「本音」の方は、既にもう違う所に移っていた。大正七年十月の雑誌「歌劇」二号には、一年前の伊達俊光のインタヴューと全く同じ事柄について、居直ったとも取れる言い方で、

「現在の唱歌の唄ひ方が果して日本人としての正に帰着すべき唄ひ方であるか。西洋と日本とは風土人情の異なるごとくその唄ひ方も異ならねばならぬかもしれない」

と書いた。更にもう七年後の『増補・日本歌劇概論三版』(大正一四年)に新しく加えた「作曲家へ」という攻撃的な文章の中では、「西洋音楽に熱中している高級連中」や「専門的に批評する先生方」の、

「あれは駄目だ、日本人声だ」

とか、

「規則的に発声されてをらぬから駄目だ」

といった事大的な啓蒙癖、貴族趣味を嘲笑して、親鸞上人が「南無阿弥陀仏とさへ唱へれば極楽往生が出来る」と「仏教を低いレベルに引き下げて取扱つて」国民の多数を救ったように、宝

塚でも洋楽の民衆化をはかり、「三味線を中心としたメロディに親しんでゐる大多数を喜ばしむるやうに妥協しなくては駄目」だと説き、発声もまた「洋式日本流」もしくは「和七洋三」の唱法を謳歌するに至った。

十年前の新聞広告には、少女歌劇の文字にわざわざ「オペラ」とルビをふり、「洋楽趣味に立脚した音楽と舞踊との聯合したオペラ」を新時代の子女に提供するのが歌劇団組織の主意だと言い切った一三が、大正五年の安藤弘の辞職をきっかけにしたように、少女歌劇を、——というより自分の意識を、一層現実的な方向に切りかえた。のちに一三を東京電灯株式会社の再建に引っぱり出した三井銀行の総帥池田成彬が、同じ電力界の松永安左衛門と一三を較べて、松永は一つのことを粘りに粘って物にする性格であるのと対照的に、一三の方は駄目となると「さつさと捨てゝ即座に第二の案を出してくる」と述べている（『故人近人』）が、現実に即さないとすれば改めることを憚らない一三の特質は、興行の世界でも十二分に発揮されて行く。

インタヴューの行われた大正六年春に戻る。まだこの時代はアメリカの禁酒法さながらに、宝塚では一三が一切三味線の使用を禁じていた。禁止の真意は後で探るとして、一三の言葉だけを要約すれば、三味線は花柳本位の旧劇に奉仕するもので、国民本位・家庭本位の国民劇にそぐわないから、である。その四月、ある日、上方舞の楳茂都流家元扇性の跡取息子である楳茂都陸平が、一三の要請で父親に代って宝塚の教師に就任した。生徒に日本舞踊の基礎を仕込みたいと願う気持と、三味線の禁止とは矛盾しているが、当年二十歳の陸平は、

「稽古に三味線を入れては困る、ピアノでやってくれ」

といきなり言い渡された。

楳茂都陸平は、父扇性に似て開明的で、上方舞のなかに江戸の踊りの手や、もっと新しいヨーロッパの意匠を自在にとり入れた人だが、その時はピアノは弾けない。歌劇の女生徒の中から堪能な者を助手にあてがわれたものの、彼女は西洋音楽しか習っていないから譜がないと駄目だという。そこで楳茂都は大阪の丸善や三木楽器店を探しまわったが、結局みつけたのは宝塚の三善和気が採譜出版した長唄、端唄、地唄の楽譜だった。やっと楽譜は揃えたものの、踊の稽古に唄はつきものだから、楳茂都が、

「春雨や」

と歌い出したところ、これを受けるピアノの合の手の、間が実に悪い。もたついていて、こちらの呼吸《いき》にさっぱり乗って来ない。躍起になって、

「ツンチチンチンテン、チンツントン」

と大声を張り上げても、ドレミファの習慣のついた人には口三味線が通じない。仕方がないから、楳茂都より半年前に宝塚に就任した、テナー歌手上がりの作曲家原田潤がたまたま邦楽にも堪能であるところから、加勢を頼んで三人がかりで踊りを教えにかかった。しかし、

「原田君と、ピアニストが、一二の三では稽古にならない。これは自分でピアノを弾かんといかんと思い立って、生徒の帰ったあと教室に残って稽古を始めました。白黒のやたらにまじった鍵盤をにらんで三味線の一の音はこの音、二の音はこれと、耳だけで何とかメロディーだけをおさえているうちに、だんだん弾けるようになりました。そこで原田君を断って、ピアノで自分で歌いながら、地唄『四季の花』、『春日影』、『鶴の声』、『夕雨』と、決った順を追うて初歩から教えて行くうち、生徒さんの手がほどけ出したのと一緒に、こちらのピアノの手もほどけて来たらしう思われて嬉しいでした」（昭和五六年談話取材）

現在、日本舞踊協会常任理事の肩書きを持つ楳茂都が、六十四年前の、三味線禁止時代の思い出をこのように語った。楳茂都にとってこの体験が西洋音楽入門であったと同じように、生徒たちにとっても、これが最初の体系的な日本舞踊入門であり、また邦楽入門の体験だった。

なお「宝塚少女歌劇養成会日誌」大正七年七月三十一日の項に、

「楳茂都先生今朝上京、東洋音楽学校夏期講習会に講習生として入会、西洋音楽の幼稚園入りですとバイオリンのサックを見送りの人に示して嬉し相だつた」

の記事が見え、同年八月二十一日には、帰阪した楳茂都陸平を迎えた生徒たちが、

「『サア、お稽古、早く〳〵』と先生をこまらす」

とある。

「自由不羈の立場に立つて新意匠を凝らし、あらゆる流派以外にも以内にも出入して、臨機応変に破格の振《ふり》を附け得るといふのは、此派の独り擅《ほしいまま》にする所であり、又其最も誇りとする所である。それは家元が多才多能で、歌詞の稿をも草すれば、背景や服装の下画も附ける、作曲もすれば、振附は勿論、おまけに覇気に富み、凝り性でもあるからである」（坪内逍遙「我六大舞踊派の特質」大正六年）

これは日本の代表的な舞踊の家元を論じて陸平の父扇性を称えた逍遙の小論の一部だが、一三に起用された陸平も多才多能だった。彼はまた江戸中期以来の日本舞踊に禁令のナンバ（同じ側の手足と顔が同時に同方向に動く）を採り入れるような大胆さをもって、間もなく、宝塚の舞台で在来の「総おどり」ではない、めいめいが役割を分け持ったバレーの群舞形式による新舞踊「春から秋へ」を創作した。これは蝶の一生を、舞踊とオーケストラだけで表し描いた作品で、それまで「源氏節娘手踊り」などと酷評されていた宝塚の舞踊に新紀元をひらくものだった。

「春から秋へ」は帝劇でも上演（大正一〇年六月）され、市川猿之助の名作舞踊劇「虫」（同年一一月）に先鞭をつけた（坪内逍遙の証言による）。昭和に入って六年二月にはムソルグスキーの交響詩「禿山の一夜」を振付け、曲の構造を余す所なく舞踊に表現してたまたま総譜を知悉していた観客の作曲家野口源次郎を仰天させ、昭和九年一月の名作レビュー「ギャブギャブ・コント」で温泉を主題に和洋折衷の妙味をたのしく打ち出した創意と共に、小林一三の三味線禁止令が生んだ予期せぬ産物として、ここに挙げておきたい。

「私は、此派を劇場に利用せぬのを惜しいことだと思ふ」

と逍遙が書いた時は、既に一三が家元の息子を舞踊教師に起用し、彼に勧めて第一作の「屋島物語」（長唄「八島落官女」からヒントを得たもの）を書き下ろさせた後だった。坪内逍遙と小林一三が、同じ流派、同じ親子に目をつけているのも、偶然とすればふしぎな関りである。

ところで、陸平による稽古が扇物から手拭の所作物、素手の踊物へと着々進み、少女たちが俄かに熱中し始めると、ピアノの地では乗《のり》が来ないとかこち出した彼女らの意欲の前に、さしもの三味線禁止令も解禁になった。

もっとも、それは教育の便宜上、稽古場だけで許されたので、舞台で鳴らすことは相変らずタブーであった。一三の三味線へのこだわりは、合理的な理窟だけではなく、楳茂都陸平が当時の「歌劇」に、

「会社の都合やら一寸した情実の纏綿から、踊地になくてはならぬ三味線を使ふ事を差控へられた」（「ピアノで日本舞踊のお稽古」大正九年）

と記している通り、第三者にはつかみどころのない情念に根ざしていた気配がある。のち大正十二年にそれまでの小論をまとめた『日本歌劇概論』で、一三は繰返し次のように書いている。

今なお我が民衆音楽の中心は三味線だが、三味線が生存している場所の中心は花柳社会である。一方民衆の唯一の演劇である歌舞伎劇もまた、広義の花柳社会に組みこまれた存在だから、しぜん三味線音楽と結びついて共存してきた。即ち三味線音楽も歌舞伎劇も、いわば「花柳芸術」の仲間である。その花柳芸術が、明治維新から五十余年を経た今もなお国民の信用と趣味をひとりじめしていることは僭越きわまりなく、我々の芸術即ち洋楽とダンスの力によってその根を断たねばならぬ。……

見かけは理論家で、その実理窟の下手な直感型の一三の『日本歌劇概論』は、彼の著作の中でも通読しにくいものの一つだが、それはつまり小林一三の三味線排撃が、彼の言うような理論だけから発したものではない証拠だろう。実際この書物は一字一字に彼の古さと新しさ、陶酔と痼癖、愛情と憎しみとが、ひしめきとどこおっている。

「三味線芸術の晩鐘の響！　如何に悲哀の色音を、輝く紅灯の巷に漂はすことの惨たるよ！　私のやうな、古き時代の因習にこだはる不具者から見ても、私は、淡き灯火の許に、青き畳、金砂子の襖、友禅の振の袖、静に軽く舞ふ乙女や、艶曲玉の如き美声や、三味線中心の此種の芸術は、私のあこがるゝ幻夢の世界の、ほこるべき古き日本の芸術であることに少しも異議はない、然し、其幻夢の世界の芸術が、明るい世界に露出したる時、広い舞台に開展せらるゝ時、如何に其不自然と不調和とが、因習の力と、無理解の罪とによつて掩はれたるかを思ふ時、五十五年の長い〳〵奇蹟に、無理強ひに押付けられた民衆の遅鈍さを、実にも、歯痒ゆいものと思ひながら、我宝塚に生れた新興芸術の波濤が、間断なく、そうして、益々広く大きく、津々浦々の岸辺を打つ光景を見る時、国民教養の培はれた功果（ママ）が、玲瓏として奏でる洋楽の響きに明けゆく春の心持に勇む時、私は、三味線芸術の本家本元たる花柳社会に、洋楽や、ダンスや、其異彩を放つ自然の

偉大なる制服力《ママ》に対して心から感謝せざるを得ないのである」（「三味線芸術の晩鐘」大正一二年一月）

これは一三の言葉を使えば「天の一方に響き渡れる三味線芸術の晩鐘の声に、恍然として沈思」した彼の心に浮かんだ一篇の挽歌風讃歌だ。かつて大酒を飲んだ者が翻然杯を棄てて禁酒運動に飛びこむのとは違い、左手の美酒をいつくしみながら、右手で体質の改善をはかるような文章である。かつては銀行の上役を動かしてまで「上方情緒」を求めて大阪への転勤を企てた一三が、なぜあこがれの対象を消滅させたいほどの愛憎の念を持つに至ったか。それは次の章で改めて考えることにして、大正六年夏以降の宝塚の繁栄の様子を眺めて見よう。

七月が来れば満三年続くことになる第一次世界大戦が、ロシヤで革命が始まって（二月革命）何となく終りに向かいかけた大正六年から、松竹が制覇したばかりの東西の歌舞伎界は、このあと数年間未曾有の繁栄を続けるに至る。世の中は「日本化」の傾向にあるらしく、洋楽の系統でも、五月の帝劇が益田太郎冠者作詞作曲の「コロッケの唄」で名高くなった大人の音楽喜劇「ドツチヤダンネ」が当ったのに、その帝劇歌劇部解散後の残党を率いて赤坂ローヤル館で外国種のオペラやオペレッタをうち続けるローシーは振わない。一方浅草では、宝塚の安藤弘事件のきっかけになった舞踊家西本朝春が、その時の自作「ヴェニスの夕」を、自分が主宰する少女歌劇団の主なレパートリーとして、三友館などで七月から数カ月続演の当りを取り（これが図らずも宝塚の存在を東京に知らしめる働きをした）、のちの作詞家佐々紅華が作者・作曲家・支配人を兼ねる日本館の東京歌劇座（一〇月開幕）も帝劇オペラ出身者を中心に準備中であり、いわゆる「浅草オペラ」の、まさに開幕前夜であった（大当りを取った佐々紅華の旗上げ公演「カフエーの夜」の台本・楽譜が清島利典著『日本ミュージカル事始め』に収めてある。太郎冠者の「コロッケの唄」、同じく「おてくさんの歌」や「ティッペラリーは遠い遠い」の替歌が、東京日比谷のカフェーを舞台に芸者や田舎親爺も登場する風俗喜劇にうまく組み込まれた)。
この年宝塚の夏季公演では、再び五本の演目のうち四本までが小林一三作だった。
大正六年七月二十日—八月三十一日
歌劇「桃色鸚鵡」　小林一三作・原田潤作曲
歌劇「大江山」　小林一三作・高木和夫作曲
歌劇「女曾我」　久松一声作・三善和気作曲
歌劇「リサール博士」　小林一三作・原田潤作曲
歌劇「夜の巷」　小林一三作・高木和夫作曲
「夜の巷」には、ヴァイオリンを持ってオペラ節を歌う苦学生だの、酔払いのオペラ狂の書生だの、これから宝塚を見に行く女学生だの、夕暮の町かどに登場する若者という若者がオペラ——ここでは宝塚少女歌劇のこと——に浮かれて、こんな歌をうたう。
私しや歌劇が大の大の大好きぢや
ド、レ、ミ、フワ、ソ、ラ、シ、ド、ド、ド
あれあれピアノが、ピア〳〵ピアノが
早く行きませう、宝塚
一三の作詞のなかでは「雛祭」に次いではやった歌だが、そこへ宝塚観劇を校長から禁止された中学生が登場して、女学生たちとの間に宝塚禁止令の可否についての討論が始まる仕組みになっている。運動会を抜け出して歌劇見物に行ったり、学校へ行くと称して宝塚へ行ったのが発覚した例が挙げられ、また、「歌劇は時代の要求に生れたる新興芸術であるから」現代の青年子女

が先を争って見に行く結果、歌劇場が「青年士《ママ》女の唯一の楽園」となって「そこに自然と危険が伏在する恐れが」生ずる、という禁止側の論拠も紹介される。これに対して、

由子　神経過敏だわネ、第一、宝塚の経営は、一家族打連れて遊びに行けるやうに、高尚に、家庭本位に、清新なる娯楽場として、他に真似の出来ない設備が整うて居るのに、そこに危険が伏在するものだと言ふならば、他に安全な場所があるでせうか、何といふ常識のない話でせう、

と、作者兼経営者小林一三の代弁をするような女学生も出てくる。彼女の論点は、宝塚は譬えていえば滋養のあるカステラで、これを食べすぎると胃をこわすからといって禁止すれば、いきおい大阪千日前やルナパークの興行場、即ち「パチルスのくっついて居るあんころ」に走る結果になる、というのだった。

「この人気の凄絶さはその時代阪神に居住したものでないとわからないだろう」

と北条秀司が十七歳の昔の思い出を書いている（『わが歳月』大正八年の頃）。大阪市西区北堀江は、材木問屋と茶屋町とが背中合せになった街で、ここに生れ育った北条の家の路地には、楳茂都流名取りの老女や、地唄の元師匠や、芸者をひいたお妾さんなど、芝居好きの女たちが風雅にくらしていた。役者たちも遊びに来ては切符を押しつけて行くから、女義太夫の呂昇や、鴈治郎の芝居の切符をみんなで買って見に行ったりもする雰囲気だった。

　大正三年に宝塚で少女歌劇が始まった時は、芝居の噂が何より好きなこの路地で全く話題にも上らず、従って北条少年も宝塚のことなど少しも知らずにすごしていた。ところが数年後、従来の芝居とは違った客筋で、宝塚の人気がにわかに盛り上った。

「まず全市の女学生が沸き立った。次いで良家の家庭婦人が沸き立った。（略）やがてそれは男

子にも及び、阪神の全中学校に燎原の火のごとく燃えひろがった」(前掲書)

そこで大正八年、経営者の小林一三は箕面公会堂を移転改装して、パラダイス劇場の三倍は客が入る公会堂劇場を三月から開業したが、「これがまた新たなファンを呼び迎えた」とある。実は、大正六年からここに至る間に、宝塚の歴史は次に記すような階梯を踏んでいる。

大正七年五月二十六日より五日間の東京初公演(この年より雑誌「新演芸」の発行元玄文社主催で、当分は毎年一回帝国劇場での公演が始まった。内部ではこの移動公演を「東京見学旅行」もしくは「東京修学旅行」と呼んだが、宝塚少女歌劇というものが東京のジャーナリズムに認知されたのはこの時だといってよかった)。

同年八月十一日に雑誌「歌劇」創刊(少くとも最初の数号は一三自身が編集から校正までやった高踏的な批評研究誌。当分年四回発行で、創刊号には帝劇公演に対する東京各新聞及び雑誌の全批評文と、田辺尚雄、小林愛雄ら専門家の批評、編集長小林一三の歌劇論などを載せた)。

同年十二月二十八日の宝塚音楽歌劇学校認可。

大正八年一月六日の同校設立と宝塚少女歌劇養成会の解散(それ以後小林一三が「校長」、専属作家・作曲家・振付家が「教員」、少女たちは全員が「生徒」——予科一年、本科一年、及び年限を限らぬ研究科生として組織され、要するに少女歌劇団ぐるみで一つの「学校」になってしまった)。

こんな工合に組織の変革や環境の整備充実が、急速に、きわめて個性的に行われ、その上、

坪内士行(大正七年九月)

金健二・光子(大正八年一月)

岸田辰弥(大正八年六月)

らの人材が相次いで迎えられている。

北条秀司の記憶によれば、この頃彼の在学していた天王寺商業（はじめは天王寺甲種商業と呼ばれていた）でも、ことごとに宝塚の話で持ちきりで、新しくできた公会堂劇場を見て来た級友は、校庭のクローバーに坐って、「熱に浮かされたように歌劇芸術を語」り、彼をとりまく同級生に新知識を披露した。歌劇場で楽譜集を買って帰り、オルガンで稽古をして来て歌って聞かせる者もいる。

「新歌劇場はまだオール畳敷だったので小さい座蒲団が敷かれてあった。それを失敬してわざわざ学校へ見せびらかせに来る奴もあった。それを敷いてオルガンを弾くと上手くなるというのである。正気の沙汰ではない」（前掲書による）

北条秀司も、ある日友人に誘われて和服に鳥打帽のいでたちで宝塚まで出かけてみた。劇場入口に天王寺商業の上級生が詰めていて、制服制帽で来たら見せてやる、とまるで「自分の劇場みたいに」言い放ち、北野中学の生徒も同じように入口に詰めていた。十五銭の入浴料を払えば「ただで見られる」のが宣伝文句だった少女歌劇が、公会堂劇場では畳敷の平土間こそ無料のままだが、左右の一段高い桟敷椅子席が二十銭の有料となった。この桟敷を天王寺商業と北野中学がそれぞれ何枡ずつかを確保して、互いに張り合った。こうして一年に四回の公演を次々見て、小野晴通の「源氏物語」をはじめ幾つかの作品に少年なりの感銘を受けた北条が、ある日歌劇場の廊下で脚本募集の貼紙を見て、まさかそれが将来劇作家たる運命を決めることになるとも知らず「気軽く書いて送って置いたら」入選してしまった。その日から一躍彼は寵児となり、北野中学の連中は「シューンとなった」。学校のみならず、宝塚狂の女性たちの讃仰の的ともなり、親戚縁者の女たちの自分を見る眼も変った。それが誇張でないことは、「当時の関西に於ける宝塚歌劇の地位を知っている人」なら判るだろうと『我が歳月』は説いている。室町銀之助の筆名で書いた入選作歌劇「コロンブスの遠征」(原題は「サンサルバドル島」)は、大正九年の夏季公演に上演され、二十円という大金の上演料を北条は貰った。藤沢桓夫の随筆「人生座談」には、今宮中学時代に秀才の上級生が、やはり脚本公募で入選して話題になったことが書いてある。これは大正十年正月公演に上演された歌劇「アラビアンナイト」だが、今宮中学はその時既に生徒の宝塚観劇を禁じていたそうだ。

人によって、勿論見方が違って当然なわけだが、坪内士行などは自分が宝塚に来た大正七年を区切りに、第一期の創成期と第二期の発展期に分けて、第一期こそが、最も無邪気清純な宝塚少女歌劇の名にふさわしい時代で、

「少女らが、文字どおり芸に遊び、娯しみ、舞台も見物も一つに融和した、いわゆる『親《インチメート》・炙劇場《セヤター》』の真髄を発揮している楽しさに酔った事を、今でもなつかしい思い出としている。(略)もし演ずる者があの時分の演技者のような気分に浸れるのであったら、今演じても、すばらしい夢の世界へ我々を導いてくれるであろうとさえ考える」(「歌劇」昭和二九年「あの頃その頃」)

と心をこめて帰らぬ時をなつかしんでいる。大正五年に初めて宝塚を見た小山内薫が、お姫様も女中も殿様も家来もみんなが同じラインの上で動いている、そしてみんなが小学校の生徒が体操の先生の号令一つで動くように、一挙手一投足その命令を待っている様子に感動した、と書いたのも他の世界に見られないみずみずしい心の劇場がそこに現前したことへの、大人の男が思わず洩らした切ない感謝の表白だと思われる。

だから情感の人一倍豊かな小林一三が、汚れた世の中からこの世界へ立ち戻るたびに心をとらえられ、やがて彼の記憶のなかに確かに存在する浄福の世界の保存と育成に終生心を砕くに至っ

たのも自然の成行きだろう。創成期から、一三はよく生徒を集めて、自分が先に泣きだしながら説教したと聞く。彼の心にも、かくあるべき少女たちの姿というものが、はっきり見えていたのだ。ずっとのちに形をなした「清く正しく美しく」という成語の網からは、忽ち流れ出してしまうほどかすかな淡い美しさを、実際その目で見、耳で聞き、心を洗われた記憶が、一三を駆って後半生をしかくあらしめたと思いたい。

しかし一方、十三、四歳平均の少女たちで出発した少女歌劇団は、東京でも連日満員の人気と評価を得た大正七年には年齢も十七、八歳に上り、当時としては結婚適齢期に近づいて来た。一三はその夏の公演に「クレオパトラ」と「江の島物語」を書いた。ほかに楳茂都陸平作「七夕踊」は、原田潤の曲で、

落ちた雷は
親子でござる
兄は十三、弟は七ツ

という粋な小唄調の歌が評判になった。

さて、「クレオパトラ」だが、これは坪内逍遙訳の「アントニーとクレオパトラ」から丹念にせりふを拾ってまとめた一幕物だ。アントニオはローマへ帰っていて出てこないが、芝居は、既に恋に陥った二十八歳の女王クレオパトラの「惆悵快鬱狂せむばかり」というト書きの状態から始まる。クレオパトラ役は雲井浪子と篠原浅茅が交替で競演のかたちとなったが、雑誌「歌劇」創刊号の舞台評は、

「宝塚の少女達が、もうこんな事が出来るのだらうか」

評者は少からず驚いたという書き出しで始まっていた。

「『チャーミヤン、あのお方は今何処に何をしてゐるとお思ひやる、立つてゐるのであらうか、歩いてゐるのであらうか、腰をかけてゐるのであらうか……』と、アントニーを想ふて、悲しさうにさゝやく時、浅茅は『立つてゐるのであらうか、歩いてゐるのであらうか……』と、徐《しづ》かに一歩《あし》毎に云つて、長椅子に腰を下し『あゝ妾《わたし》は、その馬が羨ましい』と歎く演出法などは、ハムレットの「To be or not to be…の演出法を見出させる。若しこれが少女浅茅の頭脳《あたま》から出たものだとすると、感心せずにはゐられない。

浪子のクレオパトラは、後半だけより見ないから何んとも云へないが、豊麗な身体が、小さな浅茅よりは立派なクレオパトラを思はせられる。そして、

『あゝ、あの晩妾は初めてアントニーに遇つたのだ』

と、右手で向うを指しながら、よろ〳〵と長椅子から離れて立ちあがる演出などは、浅茅よりも巧みである。また、曼陀羅華《ねむりぐすり》を侍者に欲求しながら、気の移り変る処も、浪子の方がいゝと云ふ事であつたが、それは見なかつた。残念な事をしたと思つてゐる」(香取染之助)

この作品では逍遙訳をそのまま使った「バッカス踊り」の歌と踊りが評判になった。

バッカス、お前の酒樽に、
心配苦労はどんぶらこ、
頭にゃ葡萄の房飾り
飲め〳〵世界の廻るほど
飲め〳〵世界の廻るほど

音楽は高木和夫の担当だが、この曲は松井須磨子らが大正三年帝劇で公演した時にできたものかもしれない。楳茂都陸平の記憶では、女王を慰める侍女たちの「バッカス踊り」の振付を一三

から命ぜられた時に、

「西洋のカッポレのような振りをつけてくれないか」

と注文されたそうである。

この「クレオパトラ」上演が何かのきっかけになったのか、その公演最中の大正七年八月八日に、東京麴町三年町二番地の坪内士行のアパートへ「アスアサユクオイデコフコバヤシ一三」という電報が届いた。翌朝、夜汽車で上京した一三は、東京駅からタクシーを乗りつけて来て、初対面の士行にこういうことを言ったというのだ。

「自分は歌舞伎を現代に生き返らせるのが年来の希望だ。いま宝塚でやっている少女歌劇の少女たちがやがて一人前の女になる。ついては、その中から有望な者を女優とし、一方、新たに男優を養成して、両者合併の新劇団を作りたい。そのために宝塚までやってくる気はないか」

これは四十三年後、『小林一三翁の追想』という本のために当時七十四歳の坪内が書いた文章の要約だが、ここまで書いてきた私にも一寸信じられないような内容であった。ついその二年前には、男性加入を望む安藤弘に反対した筈の一三は、またその上に女優という言葉を極端に忌むあまり、女優の鑑札を必要とする鬘の使用を少女歌劇に許さなかったり、その文字を使った出版社を訴えたという噂まである人だからだ。

因みに士行は当時まだ父方の叔父坪内逍遙の養嗣子で、明治四十二年以来アメリカ及びイギリスでの演劇修業中に世界大戦が起こって、大正四年日本に戻って来たばかりだった。なお、彼は子供の頃から藤間流の秀れた踊り手で、養女くにと共に、ゆくゆくは逍遙の年来の夢である新舞踊劇の中心として立つべく修業を重ねていたし、帰国後しばらく勤務した早稲田大学を退いて、自身が俳優として、島村抱月、松井須磨子の事件で解散分裂した旧文芸協会の俳優を率い、大正七年二月には帝劇で本場仕込みのハムレットを演じて好評を得、更に自分を中心とする新劇団を結成する噂（報知新聞大正七年四月三日）、そこへ父逍遙も乗り出す噂が立った直後であった（読売新聞大正七年五月二日）。しかし恐らく、何かの事情で、右の計画が挫折した矢先だったのであろう。

士行は一三の訪問と、その申し出に感謝し、その主旨にも大賛成をした。ただ、養父である逍遙の意見を聞くまで返事を待ってほしいと答えた。即日、また夜汽車で大阪へ戻った一三が、すぐに投函した八月十日付の手紙が、士行の文章の中にそのまま引用してある。引用の目的は、小林一三が智の人、意志の人として評価されることが多いけれども、士行自身はその胸底に秘められた美しくこまやかな人情味を、「一番有難く、嬉しく、感銘深く覚えて」おり、そのあかしとしてここに紹介したい、ということであった。時に士行は三十歳、一三は四十五歳だった。

「坪内先生　　　　　　　　　　　　　　　　　　　　　　　　　　　　一三

昨日は失礼いたしました、用事がすみましたから七時発の汽車にて只今帰社いたしました

将来の為め、私は此お手紙を差上ます、老先生（逍遙のこと――士行註）にもお見せ下さいまして、御相談を希望いたし升」

原文のままを記載する、と断ってある手紙は、このように始まっていた。

「私の会社のこと、宝塚少女歌劇団のこと、新劇に対する私の希望のこと、などは昨日申上た通りでありますから省略します、只だ貴方がお考えねばならぬ一番大事なこと丈を申上升」

それは、一番悪い場合を予想することであります、といきなり切り出している。つまり昨日話した将来の「宝塚新劇団の空想」を、貴方の来阪の主目的にすることは、歌劇団が四先生（高木・久松・原田・楳茂都）と吉岡理事と一三の合議で運営されるだけに、今からたとい半年先の

予想でさえ困難な時節に、将来を語るのは堅実な考えとはいえない——万一の場合に失望に終ってはお気の毒だから、「これは小生の理想と、貴方の希望と一致してゐるといふ確信だけで打切りたい」。そこでごく手軽に、こう考えてみて下さいと箇条書を示している。

「一、当分小林にすゝめられて、宝塚の歌劇に対して、アドバイザーとして遊ぶつもりだ、

一、到底も四囲の空気が自分と調和しない場合には、何にも大阪に居る必要がない、只だ此団隊《ママ》の精神のある点を視察して共鳴するならば大いに働いて見やう《ママ》と思ふ、それまでは客分さ、

一、宝塚の少女連の将来をどうするか、どう利用しやう《ママ》かといふ問題も興味がある、小林初め当局者は迷つてゐるから、うまい意見を発表して善良に指導してやりたい、

一、それやこれやを研究して見やうと思ふ、其間には歌劇の脚本も作つても見やうし、生徒の舞台上の指図もして上げやう、まア、何といふことなしに、宝塚の客分として半歳か、——一年か、二年か、その辺は成行次第で、遊んで見るつもりだ、

と、此位に、最初から考へて居つて頂けば、此以上に間違ひはなからうかと思ひます」

東京方面で新劇の（つまりこれから作るべき宝塚新劇団の）話は持出さないようにと注意した上で、

「宝塚のお客分となつて、存外早く、貴下のお考えと小生の理想が実現せられるや否やは、それは、小生の努力と共に貴下の人格が四囲の同人と共鳴するや否やにあると信じます、私は団隊的生活の指導者として、自信は持つてゐる積りでありますけれど、貴下との深い交渉はないのでありますから、——同時に貴下も私を深く知らないと思ひますから、凡て此点は、一度お客分となつて然る後に、徐ろに、御熟慮したならば、間違ないと信じてゐます、お手当は、中々思ふやうに行きませせぬけど毎月百五十円丈差上げます、御内職は御随意でありますけれど、私の希望する

点は」

と、出勤退出時間を他の先生たちと同じように願いたい、しかし出勤の上、図書室等で御自分の読書執筆は御随意。理由として、つとめて「生徒と一緒に勤労するということが宝塚全体の空気であるから」と付け加えている。そして最後に、

「いよ〱貴下も、これならば宝塚に落付《(マヽ)》こう、四先生と共に、幹部の一人として或は同時に新劇団の主任として、会社の人と苦労を共にするべく決心すると、お手当は月給になつて、収入は百五十円以上の範囲に於て規則通りに（月給はイクラ、其の中、積立はイクラ、賞与金はイクラ）なつて、ビジネス・マンの一人と下落？　するのであります

以上当用まで、此手紙は御参考までにおのこしになつて他日のお笑草としては如何です」

と結んでいる。「お笑草」どころか、読み返せば返すほど、自然に頭が下がるような、智、情、意、並び備わった手紙であると、坪内があらためて感慨を述べている。

昭和二年に数え年十五歳で宝塚新温泉に勤めた山田正義は、翌年場内事務所の給仕に抜擢されて、校長先生（小林一三）に仕えることになった。その時の記憶によれば、最初に上役から注意された心得が「校長先生が来られたら、お前は便箋と封筒とペン、インクを準備しておけ」であった。池田駅長から、何時何分の電車に乗られたと連絡が入ると、急いでこれだけの品物を確認する。寒い季節で、黒マントに大きな首巻をして、ステッキをついた一三が「今日は寒い寒い」と入ってきて、課長の椅子に坐ると、もう手紙を書いている。歌劇の初日には必ず見に来るが、舞台が終ると、また便箋からインク消しまで用意して待っている。時々「何々先生を呼んでこい」と命じて、照明や衣裳まで駄目を出し、終ると、また便箋に「思った通りを」書き出したという。

阪急、東京電灯、東京宝塚劇場と三社にわたって一三の下で働いてきた那波光正によると、一三は普通の手紙のほかに、切手の要らない手紙も社内の誰彼に出した。赤い罫紙にペンで走り書きされたそれらの指図書は「お墨付」と呼ばれ、紙の弾丸のように飛んで来た。微に入り細にわたり核心をついてくるから、社員の恐怖の種だった。一例として昭和九年七月六日に東京宝塚劇場支配人秦豊吉が貰った手紙を原文のまま挙げる。

一、東宝地下室ライスカレーの研究を若い人達七、八人に社員の中（東京の人達に）たのむこと。

うまいか、まづいか。
高いか、安いか
あまいか、からいか
ソースをかけるか、かける必要はないか。
その他。
他と比較して批評するのも参考としてよいと思ふ。

坪内士行が受け取った手紙も、このように急いで書かれたに違いないが、ここでは速さが却って明澄度を高める結果になっている。もちろん士行の答は「諾」で、逍遥の承認を得て、ちょうど一カ月後の九月十日に宝塚へ赴任した。「歌劇」第二号（大正七年一一月三日発行）の、「客分として一言」と題する文章の中に、士行は宝塚の演劇上の環境の清新なことを喜び、

「ほんの客分として来た僕であるが、『宝塚に入りながら手を空しうして帰らう《（ママ）》か』と考へさせられる」

と身内の引き緊まるような気持を、率直に述べた。

以下、しばらく主として坪内士行の足どりをたどることで、一三の約束がどのように果たされ、あるいはその危惧がどう露われ出たかを見ていきたい。

年が明けて大正八年一月六日に、早くも懸案の「撰科」の始業式が行われた。採用した男子撰科生は十名と、宝塚少女歌劇団日誌は記録している。小林一三の抱負によれば修業年限は四年間(「歌劇」三号)で、教育主任はもちろん坪内士行である。またこの正月公演に、士行の宝塚での処女作喜歌劇「唖女房」が上演された。アナトール・フランスの「唖の女房を娶った男」をつづめて音楽をつけたもので、作曲は原田潤。かなりの好評に士行も気を良くした。口がきけるようになったとたん、とめどないお喋りで夫を悩ませる主演の女房役は、雲井浪子であった。

ところが同じ大正八年十一月二日の宝塚少女歌劇団日誌に、「午前九時より撰科解散式挙行」と出ている。一年たたぬうちに解散したわけだ。理由について教育主任の坪内士行は、

「時早きに過ぎて、少女歌劇団々員中には男子と提携してまで永久に芸術家として立つて行かうと云ふ希望者が一人も出なかつたため」

と述べ、師事してくれた撰科生三十名に不徳の罪を謝している。人数がふえたのは六カ月目にあと二十人を加えた為で、この時の撰科生の中にのちの宝塚の有力な作者が二人いた。一期生堀正旗と二期生白井鐵造で、堀はこの時「歌劇」編集部に入り、白井は一時松旭斎天華一座の演出部に身を寄せた。

男子撰科の新設は、新劇団の準備のためであったが、世間ではこれをローシーのオペラや前年東京で人気を呼んだ浅草オペラなみに、少女歌劇に男性を加える企てだと受け取った。雑誌「歌劇」の創刊号から設けられた投書欄「高声低声」にも「男優が加入することはほんとですか？万一ほんとなれば全く悲観する人が多いでせう」とか「小生はいつ迄も歌劇団を純な少女のみの

団として置きたい事を希望するものであります」といった投書が繰返し載った。おまけに、この件と直接関係ないにせよ、ちょうど撰科新設と重なって、坪内士行と人気抜群のスター雲井浪子が結婚するという噂が、意外な騒ぎを引き起こしてしまった。

「今般士行氏と浪子嬢との御結婚のよし（略）かの純潔無垢を以て生命とせる少女歌劇の次第にそのほこりの亡び行くを哀み居り候、少女歌劇の今日の如く人気をあつめ得たるは高遠なる芸術観よりもむしろその純潔無垢にあることを御参考までに申述候」（「歌劇」五号「高声低声」欄）

これまで生徒にあてたファンレターは全部事前に開封する、贈物も返させる、宝塚の少女たちにはたとえ兄弟でも男性と一緒に歩かせないという厳しい態度を、内外に対して凡ゆる機会に徹底させてきた一三の方針が、この種の純潔論に逆襲されることになった。当時の雲井浪子は篠原浅茅と少女歌劇の人気を二分しており、新装の公会堂劇場客席左右に高く張り出された鶴席・亀席それぞれの有料桟敷に、「雲井党」「篠原党」と呼ばれる両方のファンが分れて陣取り、公演ごとに拍手を競いはじめた矢先だけによけい反動がきつかった。

「坪内氏の結婚問題に就て敢て小林校長の反省を促す」という長い題の投書も、同じ「歌劇」五号に載っている。

「恋愛は神聖である、意気投合したる青年男女の理想的結合は自然の趨向であつて、之を拒むが如きは大河の流をせかんとするが如く不可能である（略）——といふ位な屁暮《へぼ》理窟は我輩と雖も知つてゐる。

双思の男女が婚約をして、然る上に神前に誓ひ、其偕老同穴を契る、正当の筋道を規則正しく踏む、そこに何等やましいことのないのも、俯仰天地に愧ぬのも我輩是を坪内氏の結婚に於て信ずる点に於て敢て人後に落ないつもりである。

然しながら只だ——然しながら只だ、我輩は宝塚少女歌劇を本位として考へる時、聊か小林校長の態度に就て疑はざるを得ないのである」

これが前置きで、女子師範学校等では、女学生と男子教員との結婚を許さないこと。三越呉服店すら女店員と男店員との結婚を許さないのみならず、女店員の家族の中の男や、男店員の家族の中の女さえ採用しない、などの例をあげ、それが人間の意志や自由を縛ることであっても、

「而かも之を知りつゝ其所謂人道問題を平気で一片の規則又は徳義心によつて厳守する所以のものは、之を犠牲としても尚且つより大なる或者があるからに違ない。我輩は又宝塚少女歌劇の為に、否な寧ろ貴下の誇りとする宝塚音楽歌劇学校の為に、何故に坪内氏の結婚を非認し之を犠牲とせざりしやを了解に苦むものである」

いかにも大正時代らしい意見だ。宝塚にとって不利な批評、耳の痛い投書を、わざわざ新聞雑誌から探し出してまで収録するのが、「歌劇」創刊以来の小林編集長の方針だが、こうして書き抜いているうちに、もしかするとこれは多数の（もっと激しい、またあるものは舌足らずの）意見を一三が整理、代筆した文章ではないかとも思えてきた。しかし、この騒ぎの中で温厚な坪内士行を一番傷つけ激昂させたのは、アメリカにいる前夫人との事を書き立てた新聞記事であった。

たとえば東京の万朝報は前夫人との間柄について坪内への公開状を載せて公開の返書を求め、更に記者が坪内・雲井の二人を追って宝塚まで取材に来た記事を大正八年五月十八日付の同紙に載せた。

「宝塚の少女歌劇団が近く上京して二度目の公演をするについて、今頻りに噂に上つてゐるのは、ホームス夫人と別れた坪内士行氏とその歌劇団での花形雲井浪子との結婚問題である。士行氏作の喜歌劇『唖女房』のカザリンに扮する浪子は此の噂を耳に挾むで、その小さい胸に怎《ど》う考へて

るだらうか。新に可憐な恋人を得た士行氏はそれを怎う見てゐるであらう——恁《か》う考へつつ或る日記者は宝塚音楽歌劇学校に二人を訪ねた（以下略）」

記事の終りの方に、ニューヨークで働いているという前夫人の噂も書いてあった。半月前、新聞社の公開状に返書を書いた頃に較べて、坪内も浪子も「『少くも二人の意志は離れ得べきものでない』と思ひ固めつゝある容子に見えた」ともあった。こんな工合に人前に引き出されてしまった二人に対して小林一三が示した態度は、同じ「歌劇」五号に彼が載せた次の一文に尽くされていると思われる。句読点を補って引用する。

「雲井浪子の結婚問題に就ては各方面からいろ〳〵の意見が来て随分猛烈な攻撃もありました。然しいづれも厚意を以て御注告下された我宝塚少女歌劇の同情者の熱誠に対しては、此機会に於て敬意を表し感謝致す次第であります。

浪子の行くべき道！　其運命は神ならぬ身の何人にも判りますまい、只だ私は多数の妙齢の娘をあづかる責任上、いろ〳〵の理窟を離れて、卑怯と思はれるかも知れないが、先づ以て安全第一を考えざるを得ません。似合ひの嫁入先があれば、それからそれと片付ける方が大体に於て本人の幸福ではないでせうか。浪子の父親は私に対して『浪子は貴方にお預けいたしましたものですから永久宝塚でお使ひ下さるとしても私は少しも異議はありませぬ、又貴方が御承諾下さるからは坪内先生にお嫁に差上げることも異議はありません』と相談を受た時、私は単に宝塚音楽歌劇学校と少女歌劇団との利害をのみ主として考える勇気はなかつたのです。人情離れの処置も時には、必要でせう、然し、此場合に於て、浪子に限らず、いづれも花の盛りに向ふ小娘に対して、理想一点張りに強いたとして、それが本人の幸福でせうか、私は、本人の幸福！　即ち将来の幸福を、常識的に考えて、お嫁にゆく方がよいか、わるいか、時と場合によつて、細心の注意を以て判断しやうと思ひます、若し私の処置が歌劇団に累を及ぼすことが在るとせば、それは勿論私の責任であつて、累を及ぼさないやうに努力せなければならないと思ひます。

浪子のゆくべき道！　永久に幸ある夫婦たらむことを祈るのみであります」（「嫁げる雲井浪子」）

二人は一三夫妻の媒酌で、大正八年七月二十一日大阪の靱大神宮で結婚式を挙げた（宝塚少女歌劇団日誌による）。雲井浪子の記憶ではファンの人が早くから大神宮前に詰めかけており、俥を降りると声をかけられた。満十六、もしくは十七歳の花嫁が首をのばして眺めていると、「小林先生の奥さまに『うつむきなさい』と言われて」どうしてうつむくのかな、とふしぎに思ったそうであった。

坪内士行について、これ以上立入るつもりは無かったのだが、もう一つ面倒な問題を彼は抱えており、それは当然仲人の小林一三の言動にも投影されてくるので、失礼にわたらぬ範囲で書くことにする。たまたま、私が逍遙の足跡を調べるのに参照した坪内士行著『坪内逍遙研究』（昭和二八年発行）の一節に、この時期の士行自身の養家における追いつめられた立場が、ごく簡潔に記されていた。偉大な養父逍遙の影が、またここで出てくるが、以下は同書の要約と引用による。

――雲井浪子と出逢う三年前、大正四年に士行がイギリスから帰った時、養父坪内逍遙の心中には、養嗣子士行を養女くにと「めあわせようとの考えがあつた。ところが、士行は、ロンドンで馴染んだ娘があることを告白した。逍遙は『そういう事もあろうかとは思つていたが、その女を妻とする気か？』とたずねた。士行は、『かねてのお教えに従えば、その娘に対して私は義務を負わねばならぬと思います』と答えた。馬鹿律義な返答であつたが、これですべてはきまつた」――逍遙はともかく、養母センにとって、異国の娘がとうてい我慢ならぬ結婚相手であることは、既に士行には判っていた。そしてこの返答の結果は自分の「離籍」だろうということも察していた。それでも女と縁を切って保身をはかるような考えを、自分に許せる筈がないことは、もっとよく判っているのだった。

逍遙の妻は、士行によれば「いわゆる苦界に沈んでいた女性」であった。彼女にとって頼る夫が「思いもよらぬ教育者となり、博士となり、日本屈指の文芸指導者とまで進展しては、その度毎に、喜びに倍する身のひけ目や重荷を感ぜずにはいられなかつたであろう」と士行は推測する。彼の見るところでは、我執も競争心も直感力も強い女性だったから、

「それだけに、夫ただ一人を除いては、なんぴとに対しても、決していわゆるボロを出して後指をさされまいと、日頃心を張り詰めての生活を送つていた」

逍遙も、妻の一途な信頼と「徹頭徹尾身をひそめて、陰の人たる忍苦の一生」に対しては、彼女を一生涯守り立てることを以て応えた。従って妻の意志はなしうる限り尊重して、これに従ったというのである。

引用を続ける。

「その西洋娘との問題が解決した後に、最後に士行が、宝塚の歌劇出身者を妻と定めたことは、いよいよ養母の心を暗くした。ここにおいて、遂に逍遙は公けには絶家を宣して、次兄（引用者註・士行の実父）の抗議と不満をもしのびつつ、士行を実家に復籍させ」（坪内士行前掲書による）

ゆくゆくは養子養女を中心に世界に誇るべき新舞踊劇を樹立しようと思い描いてきた逍遙年来の夢も、こうして同時に破れ去ったと、士行は記していた。

その後どんないきさつが士行と逍遙やジャーナリズムとの間にあったかは判らないが、大正九年一月発行の「歌劇」七号に、小林一三が重ねて坪内士行擁護の文章を書いたところを見ると、まだ「筆誅」がしつこく続いていたようだ。これより前、一本気の士行はあえて「金髪のもつれ」という題の本を書き下ろし、ホームス夫人との関わりを私小説風に詳しく明らかに示すことで、――彼の言葉によれば自分を「徹底的に誤解し、弁解しても告白しても疑ふまでに根性の曲つた世間の雑輩に」（「歌劇」七号「人間としての真価」）反省を求めようとしたらしい。

以下、「歌劇」七号に一三が書いた『金髪のもつれ』に対して」を、要約しながら紹介する。

士行が宝塚に赴任した大正七年の秋の半ば頃、即ち、まだ雲井浪子との結婚問題が起こる以前に、一三は士行とホームス夫人の間に秘密のいきさつがあった事を知った。仄聞するところ、それは「夫人の不道徳に源因《ママ》してゐる」離別の問題であった。もしそんな問題が士行を大阪へ引っ張ってきたが為に起こったのだとしたら、責任上相済まぬと心苦しかったが、それは大阪赴任以前からの出来事だと、最近「金髪のもつれ」を一読して判って心を安んじることができた。だが一方日本の男が西洋人を細君にした場合に、とかくうまくいかない例が多いのを知っているから、噂を聞いた当時は「坪内君も、離別《わかれ》なくてはならぬ理由があるならば、之を機会に離別する方が双方の幸福に違ない、さうして是迄の生活を一変する方がよろしい」と、薄情のようだが、むしろ好機会として、士行の「其将来《あと》の家庭のことに考え及んで居つた」のであった。

しばらくは静観していた一三は、頃合をはかって、士行が身を固める件について心の内を打診してみた。

「自分はホームス夫人離縁を好機会と思つて、及ばずながらお力添をしたいと考えた。それは、どうしても坪内君の奥さんには坪内老先生の養女として士行君の妹として育つて来たお嬢さんのお国さんとの縁談をうまくまとめるのが一番よからう。それには、自分が上京して自分の尤《ママ》も尊敬してゐる安部（引用者註・早稲田大学教授安部磯雄）先生にお頼みして、安部先生の御賛成を得て、然る上に老先生に安部さんからお話をして貰い度い。それには、勿論、本人の内意を聞く必要があるので、自分は或時一寸その考を漏した」

その時の率直な士行の返答ぶりが、今なお印象に鮮やかだと一三が感嘆している。士行は義理の妹が自分を嫌っていることを、まるで少年のように残念そうに説明した。何故ならせんだって上京して縁側に並んで立話をした時、自分が妹の肩に手をかけると、「兄さん、妾嫁入前よ」と軽く払いのけられたから、というのだ。一三から見れば、その時の妹さんの態度は、決して縁談をあきらめてしまうには当らないものだと思うのだが、

「此一言でも如何に坪内君が、正直に、寧ろうぶな生息子のやうな態度が今あり〳〵と思ひ浮ばれる位小心翼々なもので」

と一三は好意をこめて書いている。それ以外に一家の内情も、士行はこの時ざっと打ち明けたようで、養女との縁談は一寸むずかしいと判断した一三が、「誰かよいお奥さんをお世話したいものと心掛けてゐる中に雲井浪子との問題が起つた」のであった。

一三は士行の識見や藤間流の踊り、外国での長い俳優修業の経験も買っていたであろうが、恐らく突然アパートを訪ねて話し合った初対面の日に、多少狷介には見えても実は率直な彼の性質が気に入ってしまったに違いない。

あるいは平生自分なら奥に抑えているものを、士行が素直に表わしていることが、危くて見てはおれないような気持に一三を駆り立てたのかも知れない。ホームス夫人離別の件も、縁談をもち出されたのをしおに、士行の方から飾らず打明けたようで、それにも一三は感心、というより、

むしろ感嘆している。つまり、二人の離別は夫人の不道徳に原因していたにも拘らず、彼女を気遣う士行の様子は、一三には最初、

「鼻毛の長い甘すぎる態度で心配している」

ように見え、文学者というものはこの種の苦痛を却って面白く味わうのだろうかと、皮肉に考えたくなるほどであったが、更に話し合っているうちに、彼のその態度の奥処では、

「真剣で、美しい人情の、弱い性格な、犠牲的行為に煩悶しているのを知つて、自分は実に其辛棒強いのに少なからず感心した」

のであった。一三の証言と批評によれば、雲井浪子との結婚問題が起こって以来、理不尽にも、解決ずみのホームス夫人の問題が新聞によって蒸し返され、そのためひどい誤解を受けるようになっても、士行の右の態度は終始変らなかった。

「坪内君の辛棒強い、遠慮勝な行為に対して世間の多くの人は、皮相な、片間な、勝手な想像を逞《たくまし》くして、こしらへたホームス関係の新聞記事を信用して、坪内君を非難してゐる。それをジッと耐へて居られたのは実にお気の毒であつたが、只だかういふ時にも、自分の蒔いた種は苅らざるべからずといふ責任《(ママ)》感念を固持して、自暴自棄になりやすい捨鉢の態度に少しも出でなかつた」

士行が置かれたこの八方ふさがりの状況は、一三に自身の結婚前の一時期を思い起こさせたに違いない。あの時は、同じように新聞に書き立てられたけれども、一三の方に落度はあった。一度は出世のために恋人を棄てて親類の勧める娘と結婚し、しかも結婚匆々愛人と有馬へ二泊の旅に出ている間にそれが発覚して、結局は一人の娘を犠牲にする結果になった。

「私は細君といふものは、家のお道具のやうに考へてゐた。その形式の殼を抜けきらない、偽善

家のやうな出世主義の生活の夢に、私は未だ醒めきらないからである」（『逸翁自叙伝』）
昭和二十七年七十九歳で初めて最初の結婚をめぐる一連の事実を公表した一三は、同じ自叙伝のなかでこう反省している。
ホームス夫人についての士行の打明け話のなかで、とりわけ一三の心を撃ったのは、何かのはずみに士行が洩らしたという、次のような物の見方だ。一三の要約によれば、坪内士行がホームス夫人との関りを一方的に絶たないでいた理由の一つに、時世を得た紳士たちの偽善者面への「反抗心」があった。その時士行はこう語ったという。
「我々の先輩友人中にはかういふ紋切形の行為を取つたものは沢山にある。それは、学生時代に下宿屋の娘になじみを重ねる、後家サンと一所になる、賤女に契る、それが自分に都合がわるくなると、若気のいたづら、一時の過失ぢやと自分で勝手に許して、それから高位高官紳商豪農の輩からお嫁を貰つて出世する、それが良縁だと吹聴せられて得意になつて世を渡る、考えると夜は楽々寝られまいと思ふほど罪を犯して居る。それ等の良心のない軽薄な男は却つて失意に立たなくて、若気の至り、一時の過《あやま》りと寛裕に見逃されて、其後家サンとの人情を徹し、下宿屋の娘を女房にする、賤女と共に棲む、自己の犯せる其責任を全うして苦む男は、却つて道楽者、下劣の人格のものとして彼是言はるゝと言ふのは闇の世の中だ、随分馬鹿げきつて居る」（大正九年一月「歌劇」七号に小林生の名で書かれた「『金髪のもつれ』に対して」より）
おや、といぶかったほど、まるでそっくりの文章を私は読んでいる。それは4景に、小林一三の信届した文体の例として長々と引用した「私から見た私」（昭和五年）の一節だ。そのくだりはこんな風に始まっていた。
「私の一番嫌ひなものは偽善家だ。私はどういふわけかこの偽善家に非常な反感を持つてゐる。

人一倍憎らしく思ふ。それには一つの理由がある。私の親友で秀才で現に立派に成功してゐる老紳士が――これはその青春の時代の話であつた。学校を出てから、新派劇の筋書によくある通り、世話になつてゐた家の娘と昵懇になる。娘の親も、晴れて夫婦とするのを楽しみに、足らぬ勝ちの世帯からこの男のためには最善の犠牲を払つてゐた（以下略）」（昭和五年「文藝春秋」）

型のごとく男はやがて下宿の娘を棄てて有力者の娘と結婚するわけだが、とてもそのようには立廻れない自分に似た男の影を、一三は先ず士行の養父だった逍遙の過去のなかにひそかに認めてきたのではなかったか。時勢に乗りきれないでいた養子の士行を宝塚へ招いたのも、年ごろ一三が抱いてきたそんな思いがさせたことかも知れない。ところが、いざ迎えてみると、この人がまた、もっと繊細で感歎すべき純粋な魂の持主だった。――

だからこそ、苦境に立った坪内士行が思わず洩らした「偽善者嫌い」の話を、一三の心が深く同調して書きとめたのだし、また同じ話が「私から見た私」の文章にも顔を出したのであろう。

こうして、一三が士行のために、二度まで「歌劇」の誌面を費して書いた擁護論は、次のように極めてさりげなく、謙虚に締めくくられていた。

「今、自分が本文を草する心持を言へば、多数の女の子を預つて之を教育してゐる宝塚音楽歌劇学校の顧問として坪内君の責任は決して軽《(ママ)》らぬ地位にあるにも拘らず、世間が余りに誤解してゐるので自から『金髪のもつれ』を発表せられた此機会を利用して、たのまれもせぬ弁解を試みようとしたのに過ぎないのである」

この坪内士行が大正七年秋、顧問として赴任したのをきっかけにして、宝塚に新しくあわただしい動きが始まった。翌大正八年匆々に宝塚音楽歌劇学校の設立、男子撰科の新設（ただし年内に解散）があったし、京都夷谷座で公演中の新星歌劇団の楽屋を一三が訪ねて、帝劇洋劇部で養成された歌手だった岸田辰弥を作家として入団させるなど新しい作家・作曲家を登用したことも既に伝えたが、「校長先生」と呼ばれるようになった小林一三にとって何より大きな変化は、この年限りで座付作家としての活動をやめたことだった。大正七年には六本の作品を書いた一三が、八年は一月の歌劇「鷽替」と七月の歌劇「風流延年舞」の二本だけ、九年十年に作品がなく、大正十一年の二本、十二年と十三年の各一本を最後に、昭和十二年に歌舞伎レヴューと銘打って「恋に破れたるサムライ」を書いたのを別格とすれば、「歌劇」作家としての一三の仕事は、おおむね大正中期に終ったと言ってよい。

「その頃、何とか小林さんに書かさないようにと、みんなが言ってました」

楳茂都陸平が当時を偲んで語っている。前述の「クレオパトラ」（大正七年夏）の「バッカス踊り」を、西洋のかっぽれ風に振付けてくれとか、箕面電車の車掌の、

「ご順に中ほどへ願います」

の声に振りをつけよとか、「道楽」が進んできて、難題を吹きかけられるので、しぜん敬遠するようになったのだという。それは冗談半分として、スタッフが充実して専門化してきたこと、阪急と改称した会社が神戸線開通（大正九年七月）を目前に忙しくなったことも理由に考えられるが、最初の唱歌調お伽話風から歌舞伎の洋楽化という路線を編みだして成功してきた強気の一三が、ここまできて急に手詰まりを感じているのだ。

「生徒の前途はどうなりますかといふ質問に対して」という長い題名の小論説が、大正八年一月発行の「歌劇」に載った。ここで一三は少女歌劇団の財政が黒字に転じて、脚本集・楽譜集・絵葉書の利益、園遊会や同窓会への出張公演謝礼収入などの財源ができたから、もはや電鉄会社からの補助金によらなくとも自立できる、という報告と共に、

「歌劇団の前途は未定なるも、此儘いつ迄も少女歌劇で押通すことはどうであらうか。今歳十八の小娘も三四年経てば、立派に女になる時、其人の境遇、性格に於て必ずしも一様でないとしてもそれ〴〵行くべき道を考へなくてはならぬと思ふ」

と書いて、生徒の将来に関する懸念を率直に示した。

宝塚歌劇の歴史のなかでいわゆる「時代錯誤論争」といわれるものは、このような一三の迷いの時期に生じたのであった。そして矢表に立ったのは一三、攻撃側に立ったのは意外にも坪内士行だった。小林一三が評価した通りに、遠慮勝ちで、辛抱強い一面、自分の思うこと信ずることを隠すことのできない生息子の率直さが、皮肉にも士行を、転換期の宝塚内部でその小林一三自身の路線に公然と批判を加える、ただ一人の人間たらしめたのである。たとえば、大正九年七月からの夏季公演に士行が「赤とんぼ」なる筆名で書いた歌劇「八犬伝」は作品自体一三への批判、又は問題提起だった。

脚本だけでは実際の動きがよく判らないが、人形浄瑠璃の形式をわざと使ったところが狙い目で、出語りの太夫がオーケストラ伴奏で歌とせりふの使いわけをし、また同時に彼女らはいわゆる出遣い（黒衣を用いないで全身をあらわしてつかう）の人形遣いも兼ねている。そこで人形に扮して動きだけを演ずる役の人間も登場する。――という趣向だ。少しばかり脚本を引用しておく。ゴチック活字のところは歌うように指定されている。

合唱　「**東西、東西**」

合唱　「**東西、東西**」

プロローグ　不弁舌なる口上なもつて申上奉る、この所御覧に入れまするは、曲亭馬琴作、南総里見八犬伝の中、円塚山は火遁の術の一節。当所皆様方のお好みに応じ、ゴモク盛込み、アナクロニズムの人形振り。語られますするアーチスト高峰妙子太夫、篠原浅茅太夫、高砂松子太夫、右人形遣ひを兼ね、出遣ひにて相勤めまする。人形替名ミス文子、ミス末子、ミス露子、（引用者註・それぞれ大江文子、滝川末子、秋田露子）三味線―いな、オーケストラはお馴染の一団（略）そも〳〵此の円塚山の段はですね（略）」（傍点引用者）

以下口上役が粗筋の説明をするうちに、人形遣いから早く引っこめと苦情が出て、プロローグ　や、失敬々々。今すぐエンドにするよ。万事は真夏の昼の夢物語。時代錯誤歌劇八犬伝は円塚山の段、阪急会社の製作にかゝります前後合せてたつた一巻の短篇、お仕舞まで御ゆつくり、御覧を願ひます。

これで口上役が引っこむと、芝居になる。名刀村雨丸を追って犬塚信乃の恋人浜路が、賊に返り討ちに会うくだりは、

浜路　「**浜路は苦しき声振絞り、**ええ非道無頼な左母二郎、姿形は優しくも、夫信乃とは雪と墨。（唱）**うたてやな我が夫も汝如きにあざむかれ、枕交さぬ其の中に。**恋しや悲し別れのつらさ。……」

ゴチックの箇所を義太夫芝居のチョボに見立てて歌い、せりふはそのまま、せりふとして喋るのだが、このように長年月に練り上げられた伝統的様式をそのまま残しながら、音楽だけをとりかえて――極端にいえば三味線をただ機械的にオーケストラ伴奏に移しているだけの無意味さ――つまり歌舞伎の洋楽化路線の時代錯誤の虚しさを、客に知らせるのが狙いのような作品で、最後に再び出て来た口上役が、早くツケを打てと非難されて、

プロローグ　我輩いやしくも廿世紀の者として、こんな非芸術的な物に拍子木を打つ理由を発

見せんです。今少し内容あり、意義あるものと思つたればこそ、敢てプロローグの労を取つたれ、こんな内容の陳腐、形式の矛盾した、見た目ばかりの旧劇の模倣を何時まで喜んでゐようぞ……（傍点用引者）

と、いやみを言って幕を下ろすわけである。

大正九年八月、まだ公演中に出た「歌劇」十号に、一三はさっそく「大菊福左衛門」の筆名で一矢を報いた。時代錯誤歌劇「八犬伝」は、

「宝塚式歌劇その物が時代錯誤であるからと聊か馬鹿にして皮肉に取扱つて見た迄であるが、その結果観客迄を馬鹿にしてゐるといふ思ひもよらぬ現象に逢着したので、即ち心ある観客に好感を抱かしめないことに終つたのは失敗と言ふべしである」

「『面白いが少し馬鹿にしすぎる』といふ感情を持たせたのは損である。『馬鹿馬鹿しいけれど一寸面白い』といふ感情を持たせなければ駄目である」（「倦怠的歌劇」）

それだけではまだ気持が治まらなかったらしく、同じ号にもう一つ実名の論文「時代錯誤歌劇論」を一三は書いた。

「坪内君の作たる八犬伝は時代錯誤歌劇として遺憾なく宝塚歌劇の長所と短所とを最も皮肉に説明してゐる。我等の手前味噌に共鳴する多数観客の値打を嘲笑して、味噌とバタの不調和を如何なる程度迄黙認してくれるか、といふ問題を観客に提供しつゝある。そこに坪内君自身のアイロニーがあって、独り痛快を叫んで居るかもしれない」

だが、芸術家の通弊は、至高至純のものでなければ全否定してしまう目の狭さにある。もし彼らの目指す完全な調和が表現されてしまった時、その芸術は早くも過去の遺物になると知るべきだ。社会や思想の変化と混乱こそが現在の様相なのであって、いわゆる時代錯誤の歌劇が勃然と

して宝塚に生れたゆえんはそこにある。

「既に我日本の現代の文明其物が時代錯誤の混戦最中である以上は、先づ時代錯誤を離れて、恐らく芸術を語ることは出来まいと思ふ。我国民の生活は凡てが矛盾の域に立つてゐる。凡てのものが調和がとれて居ない。毛筆で習字のお稽古をしつゝ万年筆で絵端書に手紙を書くお嬢サンは、お宅で茶の湯の稽古をして其翌日は校庭で、靴にハカマの軽々とテニスの競技を試みるのである。畳の上に座つたり椅子に腰掛けたり、黒紋付の礼服に黒の高帽を被りゴムの草履をはく。かう考へてくると見るもの聞くもの凡てが、即ち我国民の風俗習慣は凡ての点に於て調和を欠いてゐる、矛盾してゐるのである。然り、実に然り、そこが面白いのである。其所に活きた芸術が生れるのである」

人生は動いている。如何なるものも停滞を許されない。即ち変化そのものが偉大な芸術なのである。

「私は実に独り歌劇と言はず、時代錯誤の妙味を、あらゆる点に於て、左右前後を眺めつゝ進み行かむとするのである」

これを書いている一三の、苦虫を噛みつぶしたような、それでいて機嫌のよさそうな顔が、私の目に見える。一三もよほど負けぬ気が強いのか、それとも士行の批判のおかげで却って肚が据わったのか、二年後の大正十一年九月下旬からの月組公演（この前年秋から月組・花組による交互出演が始まり、大正十一年にはほぼ毎月の公演が実現した）に、近松門左衛門の人形浄瑠璃「丹波《たんば》与《よ》作《さく》待夜《まつよ》の小室節《こむろぶし》」上之巻——滋野井子別れの段を、先行の歌舞伎台本によらずそのまま「洋楽化した竹本劇」として舞台にのせ、これをその年十月末の帝劇公演（東京公演もこの年に初めて年二回に増えた）にかけて、専門家からも好評を受けた。

七世松本幸四郎「浄瑠璃の原本をそのまゝに上演されるといふことでしたので、定めて妙なものが出来上つてゐるのではないかといふ好奇心に駆られて、幕明きからおしまひまで舞台の上手の袖のところから拝見さして頂きました。ところが見てゐるうちに私はだん〳〵と心が引きつけられてしまひ、全く感心してしまつたのです。成る程、かうやつて竹本劇を洋楽の伴奏でやつて、そして唱歌でうたひながら演じてもそんなに可笑しくもなければ、不調和でもない。この試みは私ばかりでなく、是非とも父にも見せて置く必要があると思ひましたので、早速家へ使ひを走らすやら、俥を迎ひにやるやらして、大急ぎで父にも来て貰ひ、二人で熱心に見物したやうな有様です」

平山蘆江「『丹波与作』は近松の原本をそのまゝ重野井子別れの芝居を骨にして、それに歌劇といふ着物が着せてある。そしてチヨボにとるところを歌と洋楽に取つてあるので、随分無理な点と思はれるところもないではないが、見物をそれ〴〵あれだけに泣かせてゐるのは全くえらい」

いずれも「歌劇」（大正一一年一一月）に談話筆記の形で載っている。次に一三の脚色の一例を挙げておく。馬子の三吉が「道中双六」の歌でむずかる旅の姫君の機嫌をとり戻し、乳人の滋野井から褒美を貰ったあとの名乗りのくだりだ。

「由留木殿の御内お乳人《ちの》の滋野井様とはお前か。そんなりやおれが母様《かか》と抱付けばア、こは慮外な。おのれが母様とは馬方の子は持たぬと。もぎ放せばむしやぶり付き引きのくればすがり付き。なんの無い事申しませう。私《わし》が親はお前の昔の連合《つれあひ》。此の御家中にて番頭《がしら》伊達の与作。其の子は私《わたくし》こな様の腹から出た。与之介は私《わし》ぢやわいの」（日本古典文学大系本による）

右の原作を、一三が次のような脚本にひらいた。

三吉　由留木殿のお内お乳の人の滋野井様とはお前か、そんなら己が母様
滋野井　ア、これは慮外な、おのれが母様とは、馬方の子は持たぬ
（音楽の合方がはいる…つき放せばむしやぶりつき引きのくれば縋りつく）
三吉　…………。
滋野井　そこ放さぬか
三吉　…………。（倒れる）
三吉　なんの無いこと申しませう、わしの親はお前の昔の連合ひ、この御家中にて番頭伊達の与作、その子は私、此方様の腹から出た与之介はわしぢやわいのう

三吉を演じたのは天津乙女、滋野井は初瀬音羽子であった。同じ帝劇宝塚公演評の中に、河竹繁俊は歌舞伎の舞台では長くてだれがちの道中双六のくだりが、宝塚の場合、だれているどころか頻る面白く、これは音楽と振付の賜物とほめている。俳優沢村宗十郎（七世）もほぼ同じ意見である。

ところが、これらの批評が載ったのと同じ「歌劇」に、再び坪内士行が「丸髷を論じて少女歌劇の将来に及ぶ」という論文を掲げ、この雑誌としては異例の長文で二年前の一三の批判を再批判し、併せて今回の「丹波与作」をやっつけている。

「同じく『丹波与作』を書くにしても、その筋なり趣向のみをとつて、表現法は全然新しくなければならぬ。思ひ切つて現代語にするかどうかは問題としても、すでに西洋音楽を使ひ唱歌させる以上は科白《せりふ》にも新しい工夫がなければなりますまい」

自分も宝塚に来た当座はその不調和が気になってならず、「八犬伝」を書いて憎まれてみたのだ。見物が大目に見逃してくれるのをよいことに、不調和をいつまでも続けていっては、宝塚少

女歌劇は芸術的に向上しないと警告を発し、将来の少女歌劇は、
1今の花組月組の別を廃して、年齢別に少女劇と中女劇にする。

2中女劇には無論男優を加える。

3中女組は女優鑑札を取って、鬘を使用する。

と説いたのであった。読んでいるこちらがはらはらするほど元気のいい論説だが、もっと驚くのはこの士行の立案から四年後の大正十五年に、小林一三が自ら「会長」となり坪内士行を「演出部長」に据えた男女新劇俳優による宝塚国民座を、本当に当時の宝塚中劇場を根城に発足させたことである。

座員は逍遥門下の文芸協会残党が柱で、肝腎の宝塚少女歌劇から参加したのは関守須磨子くらいであった。一三の理想の「国民劇」に士行の「中女劇」をまぶした速成の国民座は、
ダンセニイ卿作「女王の敵」

河野義博作「故郷」

坪内逍遙作「大いに笑う淀君」

の三本立で初日をあけたが、一三・士行相互の努力と忍耐にも拘らず、客席の五分の一に満たない最初からの不入りと不評から、五年間脱け出すことが出来ぬまま、懸案だった少女歌劇の年長者を活かす器にも遂になり得ぬまま、昭和五年末に解散した。

一方、少女歌劇における歌舞伎の洋楽化という一三の路線は、大正九年十月公演の歌劇「お夏笠物狂」で一つの達成を遂げた後、大正十二年九月の関東大震災が擬古典趣味の時代の空気まで変えてしまい、ビアズレー風審美感を加味した「お夏」がかつて人々に与えた衝撃以上のものを、この種の作品で出すことはもはや難しくなった。以下、この名作「お夏笠物狂」のさわりの歌詞

を引用しておこう。

恋てふものを知り初めて
悶えの果に狂ほしの
呪ひのほのほ吐く息に
笠恋してふ憧憬《あこがれ》の
強き叫びの
歌に悶死《しな》ん身

恐らく坪内逍遙の「お夏狂乱」を底本とした久松一声の作と振付で、月と笠で大胆に構成した灰色主調の舞台に和讃が流れたりした。歌手でもある作曲の原田潤自身が蔭歌でうたった緩徐調和風アリア、

向ふ通るは、清十郎ぢやないか
笠がよう似た、菅笠が

これとは対照的に舞台を吹き抜ける群舞の盆踊歌、

負坂《おい》サッサ小夜の坂
よーいよーい宵の坂

以上の二曲は、今なお宝塚の舞台に生きている。

その人気作曲家の原田潤と、才気溢れる振付者であり作家である楳茂都陸平が、大正十年秋に揃って引抜かれて、新設の松竹楽劇部に移った。両者ともものちには復帰するが、丁度「引抜き」が時代の岐れ目に当っていただけ、一三の路線を進めるためにはよけい打撃が大きかった。一方新加入の作家たちに、岸田辰弥の弟子で師からダンスの振付助手をするようにと呼び戻された白

井鐵造、「歌劇」編集部から作家に転じた堀正旗らがいて、いずれも近代派の青年だから、おのずから宝塚の色合いも変って来た。

もう一つ、時代の趨勢を測る数字がある。

第一ヴァイオリン　高峰妙子、逢坂関子、人見八重子、篠原浅茅、八十島楫子、

第二ヴァイオリン　小川夏子、滝川末子、小倉みゆき、吉野雪子

ヴィオラ　三好小夜子

セロ　寺田日嵯三（引用者註・のちのＮＨＫ交響楽団コントラバス首席奏者）

コルネット（セロ）　岡本晴敏

バス　原田潤

ピアノ　筑波峯子

これは大正六年夏季公演に行われた「管絃合奏」のメンバーだ。作曲家原田を除くと専任の楽員は二名、あとは舞台とかけもちの女生徒に過ぎなかった宝塚のオーケストラも、大正八年六月に専任ばかりで指揮者高木和夫ほか十三名の帝劇オーケストラなみの編成、大正十一年五月に高等小学校卒業程度の「管絃部」男子生徒三十名を募集して、翌十二年四月には一躍五十名（高木和夫「回顧十年」による）の楽員にふえ、大正十三年一月ヨゼフ・ラスカを指揮者に宝塚交響楽協会が結成されて交響楽団としての演奏活動を始めた。大正十五年九月を第一回（曲目はベートーベン「英雄」など）とする定期演奏会が昭和十一年五月の第百十八回までは殆ど毎月続いている。この時期わが国で月一回の定期演奏会を長く続けた交響楽団は、ＮＨＫ交響楽団の前身新交響楽団以外にない。

ちょうどそんな時代のはざまに、既成の施設や資料の大半を失う火災が起こった。

大正十二年一月二十二日午前二時、新設の公会堂劇場から火が出て、パラダイス劇場、学校、寄宿舎、図書館、大食堂も焼け、浴場だけが残った。一三のかねて唱えていた「大劇場論」が、早急に実現を迫られることになった。

9景のはじめから、坪内逍遙の国劇論と一三の国民劇論の異同を足がかりに、ここまで漸く書き続けてきた。歌舞伎を「特殊階級の少数の人士を満足せしむる丈」の旧態のまま放置しておいてはならないという見方が両者の共通の出発点で、各論においても「異」より「同」が多かったことは見てきた通りである。

ところが、一三の「演劇改善に対する国民文芸会の意見を笑ふ」（大正一一年一一月）を読むと、1興行時間を短く。2観覧料を安く。右の誰も文句のつけようのない御意見も、これを出した学者達が劇場経営の根本たる金銭問題をまるで考えていない点で、三文の値打もない空論だと痛罵している。どうやら坪内逍遙も、空論家の片割れとして笑われているらしく、

「（この根本問題をさておいて）例えば、新富座に於て歌右衛門や仁左衛門を中心とした桐一葉だとか淀君だとか言つたやうなお芝居が坪内博士のやうな先生方の新作や改作によつて御議論通りウマク演ぜられたとして、それが何になりますか」

と余計なことまで書いてある。

そして、芝居をもっと安く見たい、簡便に見たいと願う民衆の要求に応じるには入場者を多くするより途はなく、そのためには四、五千人収容できる大劇場を設立するよりほかはないと主張する。そんな大きな入れものでは、せりふも、下座も、清元も、長唄も聞えない、芝居ができない、という反対意見に対しては、

「元来民衆芸術たる歌舞伎劇そのものは、国民の要求によつて変化するのがあたり前」

であって、

「かういふ風にやれば、大舞台でも充分に日本の芝居が見られるといふお手本を御覧に入れたいと考えて居ります、それによつて、国民劇たる歌舞伎劇が如何に変化しつゝ進むべきかを指示したいと思ふのであります」「(演劇改善に対する国民文芸会の意見を笑ふ」)

と広言したのであった。まだパラダイス・公会堂の両劇場が焼ける前の話である。

ところでこの頃逍遙は、大正九年歌舞伎座で彼自身が演出もした「名残の星月夜」の初日に起こった小さな叛乱事件をきっかけに、今後劇作の筆を絶つと宣言して失意の状態にあった。宝塚で逍遙の作品が最初に上演されたのは、老文学者が劇作に絶望してから後のことで、一三と逍遙両者の間にどのような交情があったのか、大正十年二月新歌舞伎「二葉の楠」が原田潤の作曲で上場された。湊川に父を送った少年楠正行の幻想が主題の作品だった。大正十二年にははじめから児童用神話劇と肩書をつけて「すくなびこな」と「因幡兎」の二作がそれぞれ金光子、池尻景順の作曲による「西洋音楽」で上演され、こうして二人の軌跡が束の間交錯した。——だが、逍遙は大正十三年十月三十一日六十六歳の日記に、

「いよいよ自己の事業としてこの芸術運動(引用者註・演劇や舞踊の創作と啓蒙活動)に絶縁すべく決心す。此夜二時間眠りて覚め、其後殆ど眠らず」

と記し、翌大正十四年以後は熱海に引籠って、殆どシェイクスピアの完訳とその修正だけにうちむかい、生涯の残りの十年を燃やしつくした。

一方、火災のお蔭で公約通り四千人収容の大劇場を宝塚に建設せねばならなくなった一三は、これまた公約通り、大正十三年七月の柿落公演に、
お伽歌劇「カチカチ山」楳茂都陸平作・竹内平吉曲

舞踊劇「女郎蜘蛛」坪内士行作・安藤弘曲
歌劇「アミノォの功績」杉村すえ子作・古谷幸一曲
歌劇「身替音頭」久松一声作・三善和気曲
喜歌劇「小さき夢」岸田辰弥作・東儀哲三郎曲

と五本のうち三本まで、歌舞伎風の歌劇を並べ、同年九月には、大震災で本拠市村座を失った菊五郎一座を後援しての三度目の宝塚公演を、この四千人劇場で打たせもした。わずか三年後の昭和二年九月に、ここで生れるべき「幕なし十六場」の最初のレヴューに向って、時が徐々に熟し始めていたのも知らないで。

幕間

一三が明治四十二年秋以来、その死に至るまで住みついた大阪府豊能郡池田町（昭和一四年市制施行）は、猪名の笹原の猪名川が、丹波境の山から能勢や多田源氏の多田庄といった古い集落をめぐった末に大阪平野に流れ出るその谷口町であって、地元の人は池田のイの音にアクセントを置く呼び方を頑固に守っている。

かつては、茶の湯で使われる切口が菊の花のような池田炭が舟便で後背地から集まり、こちらからは生活物資を送り出す基地だった。それに、江戸中期までは酒の産地として名が高かった。今は二軒しかない池田の造り酒屋に、江戸中期この町に一時住んだ画家の名を取った「呉春」がある。

いわゆる「阪急沿線」の新しい町とは違って、一三の故郷甲州韮崎とどこか似通っている部分もあるが、当の一三は、洪水の泥に見舞われて秋ごと「平静の夢を破られて来た」甲斐の山峡に較べて、

「皐月山の麓の果樹園の中にある、なんぞわが家の安泰なるや」

と専ら池田の肩を持っている。昭和七年に部数を限って自費出版した『雅俗山荘漫筆第一』の巻頭言には、大阪を墳墓の地と既に思い定めていることが出てくるが、池田の山手の自宅から、更に爪先登りに五（皐）月山の方角へ向う散歩道の途次に、十四世紀末の創建という巨大な禅寺大廣寺があり、この寺の裏山の、渓と崖と石組みと椿の大木の多い中国式庭園の奥に、韮崎七里岩の丘の上にあった代々の墓一基を移し、飾り気のない敷地にいまは小林一三夫妻と長男冨佐雄・三男米三夫妻の墓が建てられている。宝塚音楽学校の新入生が、毎年四月になると引率されてここへ墓参に来る。その時期五月山の中腹は、猪名川を渡る阪急電車の車窓から望めば、うすべに色の帯地に見えるほどに、見事な桜の花が咲く。

高架線付替工事中の池田駅までいったん戻って、「下の宮さん」の呉服《くれは》神社の森、「上の宮さん」穴織《あやは》神社の木立をつなぐ道を登ると、商店街の尽きたあたりから古い池田の顔がところどころに露れてくる。このゆるやかな坂道から猪名川左岸までが昔の池田で、行きつ戻りつ歩いてみると、朽ちかけた昔の酒蔵、赤煉瓦の工場の廃墟、戦争中は兵隊で賑わったという遊廓のあと、二十何代目という看板を出した刃物屋、表具師の店、蒔絵師の住む家、明治時代の銀行、江戸時代のままの櫺子格子の奥行きの深い商家が何軒も目につく。その中の一軒に稲束家があった。

いつの時代からその習慣が始まったか判らないが、昭和の戦争が始まる頃まで、池田の老舗や

造り酒屋の主人たちが毎日昼になると何となく集っていたという家である。前の晩に女たちが長火鉢で焼いたかきもちを齧り、番茶をすすって、将棋をさしたり、掛物をひろげて見せ合ったり、裏庭の土俵で角力をとったり、旦那方目当てに遠く若狭あたりからもやってくる書画骨董屋の品物をひやかしたり、ここが町の上層商人の「倶楽部」のようになっていたという。由緒ある家の中も見せてもらってきた。外から見たところでは地味な家だが、『池田市史』は史料編の二巻を割いて、江戸中期以降の膨大な稲束家日誌を収録している。一巻で優に三キログラムを越す本である。

この稲束家へ、一三も土地の旦那たちに混じって顔を出していた時期があるというのだ。先代の未亡人の話では、いつも着流しの着物に下駄ばきで、気軽に、

「タケシさんいるかい」

と江戸ッ子弁で声をかけて入って来た。たぶん大正の中頃から末頃までのことだ。タケシさんは当時三十歳を過ぎたばかりのこの家の跡取りで、未亡人の話では大正四年京都帝国大学の支那哲学科を出て、大阪船場の旦那たちが復興したばかりの学問所懐徳堂で漢籍を講じていた。その稲束猛が庭の離れの書斎から「はーい」と返事をしているのに、いつも一三は待ちきれないで店から土間伝いに旦那衆のたむろする座敷に上りこみ、手持ち無沙汰でひとの将棋なんかをのぞいている。

早世したというこの若旦那に一三が何の用があって来たのかは聞き洩らしたが、日本と中国の美術にも造詣の深いタケシさん相手に書画骨董買入れの相談や情報の仕入れが、主な目的だったのではないか。大正五年七月九日の毎日新聞は、呉春の画の「最も多くを蔵して居る」人として、旧酒造家の稲塚《ママ》芝馬太郎を紹介している。その頃はまだ当主の稲束芝馬太郎が健在で、この人は

美術品の目利きもしたというが、一三には若い漢学者の方が話し易かったに違いない。「池田市史解題」によれば、稲束家は慶長年間（一七世紀初頭）の文書も残る豪商で、甲字屋の屋号で造り酒屋を営むほか、田畑山林家作を持ち、蕪村や呉春の活躍した十八世紀後半には金融業を営んで大いに栄え、画家・俳諧師・力士も出入りして、書画持ちとしても聞えが高かった。

呉春は蕪村に画を学んだ数少い弟子の一人で、俳諧を能くし、「月渓」の号で俳画俳文を書いた。池田に住んだのは二十九歳の天明元年（一七八一）から十年間足らずで、蕪村没後（一七八三年）は円山応挙に学び、三十九歳以後は京都に移り住んで四条派の画風を創《はじ》めた。池田──呉《くれ》服《は》の里にちなむ呉春の号はこの町に来た翌年に付けたと言われるが、恐らくそれ以前の月渓時代から、甲字屋稲束家の庇護を受けたに違いない。前述の稲束家日記文化八年（一八一一）七月十七日の項に、

「十七日、晴天未刻曇寅ノ半刻雨（略）京都画工呉月渓死、」

とある。京の四条に死んでいるのに、同じ日にその死が池田で記録されているのは、わざわざ急ぎの知らせが入ったためか。生前から呉春との関りの浅からぬ証拠になる。ちょうど三十日後に、当主が供を連れて京に上り、翌日土砂降りのなかを丹波の山越えで池田に戻った記録もあった。

一三のコレクションは茶器と共に、蕪村、呉春の書画が圧倒的に多く、それが池田の逸翁美術館の特色であることは既に伝えた。蕪村蒐集の因縁は紹介した通り、一三の慶応在学中の根岸の里へのあこがれに始まり、正岡子規の蕪村評価から廻り廻ってのことなのだが、呉春については、更にその蕪村の弟子ということで関心を持ち出したのだろう。池田町民としてのよしみも加わったに違いない。

稲束家の建物は、現在、表に面した一間が新建材の応接室風に改造されているが、土間から井戸とヘッツイのある台所へ一歩踏みこむと、たちまち十八世紀の江戸時代に戻される。吹きぬけの屋根裏の壁に煙出しの虫籠《むしこ》窓が開き、たたきから直接上れる六畳の、少くとも大正から昭和の初めまでは町の旦那方のたまり場に使われていた「店の間」には、おっとりした気散じの場所という感じが漂い残っていた。

さて、稲束家の若旦那に逢いに来た一三が、他の旦那方とは違って帰りも「せからしげに」帰って行く姿を、その時代のある日、この家の次男か三男の嫁に来たばかりの人が、格子ののぞき窓から見送ったことがあった。当時「箕電の小林さん」は既に注目すべき人物であったらしい。ちょうど下の通りから、その時チンドン屋が登って来たが、さっさと歩きかけた小柄な一三が道の向うでわざわざ立止って、東西東西に始まる口上にじっと聞き耳を立てだした。もう立ち去るだろうか、いま行くだろうかと思って見ているのに、とうとうジンタがひとしきり鳴り止むまで聞いていた。「お忙しいのに東西屋みてなさるわ」と、まだ二十歳そこそこだった嫁が感心したそうだ。

同じ池田に住む老人からも、よく似た話を聞いた。その時の一三は人力車に乗っていた。駅から坂道を登ってくる一三の俥が、たまたま小学校の女先生たちが校門を出てくるのとすれ違った。袴をはいた若い美しい先生たちを、坂を登る危なっかしい人力車から一三が振返り振返り眺めているので、「宝塚の生徒になる人はおらんかと探してなさるのやな」と、見ている方もしまいに感心した。

ふしぎに池田のこのあたりから宝塚の少女歌劇に入った娘が多い。その昔の煙草屋の看板娘も、洋服屋の娘でダンス専科で有名になった人も、筋向いのだれそれさんも宝塚へ行ってやがて良縁を得てかたづき、そろそろ曾孫のできる年頃だと、先代未亡人が言う。しもたやの娘さんで大地主の玉の輿に乗った大正末期のスターも、この落着いた坂の町の一画から出ているという。

一三の家は、櫺子格子の稲束家から猪名川とはあべこべの箕面の山の方向に、むかしは畠や果樹園だった丘の傾斜を横切って十分も歩いた所にあった。

大正六年にピアノを置くために書斎を庭に拡げる工事をしていた日本建ての本宅は、若い社員の寮として大正末には移築されており、その跡に建てられたという蒼然たる洋館を一通り見せてもらった。これが初代の雅俗山荘だ。初期の宝塚歌劇の洋三和七の発声法とはあべこべに、内部は洋七和三の造りで、残された重厚な什器類から復元すれば、生活様式も洋七和三の建物に比例していた。たとえば寝具はベッドで、各室にスティーム暖房の設備があり、純和式の部屋は階下の広い座敷が一室と、夫人の居間の一室があるだけだった。

寝台を礼讃し、暇をみつけては眠る幸いを謳歌した「ふとんと仲よし」という随筆を、一三は書いている。こちらは昭和に入って東京電灯の再建に専念したため、東京暮らしが板についた頃の文章である。

「寝るが極楽――私は暇さへあれば寝ることにきめてゐる」

と書き出して、東京永田町の家でひとりの日曜日を、ベッドで本を読んで過ごすたのしさについて記している。この家は樺島子爵邸の地所の一部を買って昭和五年に建てたもので、近衛公爵の永田町邸と地続きだったらしい。朝いつもの時間に起きて風呂に入り、紅茶を一杯飲んでから、気に入った本を三、四冊かかえてベッドに戻る。ベッドは書斎にある。というより寝室が書斎を兼ねており、机の上、椅子の上、至る所本が積み上げられて、読書はベッドの中でしか出来ないようになっている。昼に起き出して、食事をとり、また風呂に入る。うだって上がれば落着く先は勿論ベッドだ。「うつらうつらと夢の上を滑」り、覚めればまた横眼で本を読む。文芸・美術・評論、何でも読む。

「本を持つてゐる手がだるくなつたのに気がつく頃にはいつの間にか天井の近くに電灯が光つて、窓硝子は闇色に塗りつぶされてしまつてゐる。ひとりきりの夕飯をすましまたベッドに帰つて眼をつぶる――そして満ちたつた日曜の一日が流れさつてしまふ」（昭和八年五月）

そういえば美術館になっている方の二代目雅俗山荘二階の書斎も、続きの一隅に寝台が置いてあって、当時の書籍が本棚にたくさん並んだままであった。陶器や絵画の豪華本も多かった。大型の寝台だが、あれを持って寝ながら読むのも楽ではなかったろう。しかし、これで、ベッドが一三の生活必需品であった事情も呑みこめた。

毎日の食事は朝がパンに紅茶、コックがいて来客にフルコースの接待をすることもしばしばだが、昭和八年まで父と暮らした末っ子で次女の鳥井春子によれば、たまに家で夕食をとる時は塩鮭や目刺を好み、晩酌をしないから「あっというまに、いただいてしまった」そうで、着るものも家では和服だった。昭和九年以来小林家に住んで庭仕事をしていた西垣義一の話でも、一三は塩鮭の皮を茶漬で食べるのを好んだが、しかし六甲ホテルへ避暑に行くと、ホテルのビフテキを食べるのを楽しみにしていた。彼のうどん好きも有名な話で、和洋ちゃんぽん式の時代錯誤こそエネルギーの源だと説いた一三らしい。

一三が、本腰を入れて茶道に打ちこみ始めたのは昭和六年のことだった。赤坂山王から北の、当時は森続きの高台、百五、六十坪の土地に家を建てた翌年、鬼門除けとして放置した空地に二畳台目の茶席を新築した。その席開きが昭和六年十二月十五日。正客の茶道研究家高橋箒庵が一三の三井銀行入社時の大阪支店長で、四十年前一三が貰った訓戒の手紙を表装して当夜の床に飾り、いきなり正客を驚かせかつ感激させたことは既に伝えたが、高橋はのちに書いた茶会記のなかで、助っ人も出た一三の「初陣茶会」の主人ぶりを評して、

「如何様炭手前にも濃茶手前にも一流の珍手を出して、相当の愛嬌を振り撒かれたが、（略）口も八丁、手も八丁の千軍万馬往来の古強者として物に動ずる気色なく、（略）扨て点て上げた其濃茶に唯一粒の弾丸もなく、恰も紅を刷いたるが如く至極美事の出来栄なるには、是れ又二度吃驚せざるを得なかつた」（『昭和茶道記』）

と花を持たせている。この時代から、実業界の知人との「俗」の交りに「雅」が加えられ、一三のいうところの「雅俗生活」が始まるわけである。尤も彼が茶の道具を買い入れ始めたのは明治末期頃かららしい。聞き書きで書かれた小説、庄野潤三作『水の都』に一三が出てくる箇所がある。作家の姻戚に当る今は亡い「坂田の伯父さん」という人が、大阪の高麗橋で茶道具の商売を始めたばかりの時の話だ。「伯父さん」が店の前を掃除していたら、通りかかった人から声をかけられた。その人は、

「『あんたとこ、道具屋か』

と聞く。

『へえ』

『あんた、主人か』

『へえ』

『ちょっと見せて貰おか』

初めてのお客さんが、一生を通じての、それもいちばんのお得意になってくれた。思えば不思議な縁であった」

声をかけたのが小林一三で、年代ははっきりしないが、明治三十年代の終りか、四十年代らしいから、家族連れで大阪へ出てきたばかりの時か、或いはもっと前の三井銀行本店時代かもしれない。茶道具屋の店もそれから大きくなり、のちには生島というよくできた番頭が池田の小林家に出入りした。

大正十二年以来阪急に勤務の傍ら小林家の執事の仕事をしてきた小野幸吉（当時逸翁美術館主事）によれば、買い入れた書画骨董を二つの土蔵と洋館三階の倉庫へ、一三の指示通り分散格納するのが大きな仕事であった。一三の頭の中では何がどこにあるのかちゃんと分っているが、余人には見当がつかない。昭和初年に蔵は既に一杯になったのに、東京暮らしが始まると、月二回東京から一三が帰るたびに、必ず「こわい荷物」がある。駅へ迎えに出て「気をつけよ、気をつけよ」と言われながら運ぶのが全部東京で買付けた美術品だった。

昭和八年頃から東京永田町の家に出入りした美術商の一人雅陶堂瀬津伊之助の追想によれば、品物を持参するのは必ず出勤前で、並べた物の値段を一通り聞きながら、気に入ったものを前の列に出して行く。「負けろ」とは絶対に言わず、「これは欲しいけれど値が合わない」と言う。たまに値引きを申し出ると、

「特別のことをしなくてもいい。負けられるものなら、初めからそれだけの値を云い給え」

と叱られ、一三には自然と最後のぎりぎりの値を言うようになった。支払いも早く、月末には早く請求書を出せと逆に催促された。但し他の業者の話で、負けた値段をごまかして元通りにしておくと、ちゃんと覚えていて赤鉛筆で負け値に訂正してあったという（『小林一三翁の追想』）。

大阪で出入りする茶道具商や美術商だけでも十店は下らず、小野幸吉の話では、没後逸翁美術館が譲り受けた美術品が総計五千点にのぼった。そこで小野の執事としての仕事も、「俗」はな

くて「雅」の用事ばかりで、

「我々の側から見たら、お茶と骨董品に終始されたようで、他のお仕事は何も判りません。あれだけでも常人のできることではないですね」

というわけである。

一三が改めて「雅俗山荘」と名付けた鉄筋コンクリート造り二階建の洋館が、現在の逸翁美術館本館であることは再三紹介したが、昭和十一年六月に完成したこの建物は、実は最初から二階中央が美術品専用倉庫に設計されていた。一、二階吹き抜けの洋風応接室に大きな床の間が作られ、露出している優雅な階段を昇りつめた正面の扉が倉庫であった。倉庫の鉄扉を開くと外光が入り、この中でも美術品を眺めて何時間でも過ごせるようになっており、それらは一三のこれまた独自の工夫による収納棚や抽出しに蔵われていた。裏側の防火扉を開くと、そこが一三の書斎と寝室であった。同好の客が来ると、一三はたびたび表の階段を上下して、書画、陶器でもてなし、既にこの時、家自体が美術館の様式と機能を持っていた。ただし、通常の蒐集家のやり方とは違い、蔵帳もなければ専門の道具方もいない。戦後に至るまで何千点もの美術品がすべて一三の記憶の中だけで整理されていた（蔵帳や整理カードの代りに、それぞれの品物に、手に入れた経緯や思い出を丹念に記した書きつけが添えられた）。邸内外の二つの茶室で茶会が催されるたびに、一三自ら書画や茶器を選んで持ち出す。使ったあとの手入れを済ませたものを、また自ら運び込む。その間のことは、この時代になると前記の小野幸吉のほかに、「お出入りの坂田さん（註・茶道具商）の生島さん」やのち逸翁美術館副館長となった加藤義一郎らが手伝ったが（加藤義一郎『小林一三翁の追想』）、最後に収納する場所については一三自身しか判らないのであった。

二つの茶室のうち、棟続きの即庵と名付けられた方は和洋両用の茶室という奇想天外な設計で、三畳台目の通常の茶室の外に鞘堂を建てたかたちに、――あるいは舞台の二面に客庭を設けたように、西と南側に土間をめぐらせ、椅子を並べ、敷居の障子を外すと土足で椅子に腰かけたまま喫茶できる仕組になっていた。一三という人は、この道に入れば入ったで、次第に、そして自然に、伝統からはみ出す部分が露れてくるわけであった。南蛮物や西洋の美術品を大胆に茶室に持ちこんだこと、四、五時間はかかるものとされてきた茶事を二時間半に切り上げたことなどが、その方面では有名である。

現在の小野幸吉や西垣義一にとって、最も懐しく思い出されることは、今は美術館になったこの新雅俗山荘が出来上った頃の小林家の賑やかで壮んな有様であった。新装の山荘を中心として、「南」の家には東洋製缶（一三が創立時から関っている会社）に入社した長男冨佐雄夫妻が住み、新しく山荘の上に建てられた「北」の家には阪急電鉄に入った三男米三が新所帯を持ち（次男辰郎は貴族院議員松岡潤吉の養子となり、長女・次女は既にかたづいていた）、三軒続きの佳き時代がこうして始まったのであった。但し、用心深い一面のある小林一三が、手放しで栄華を謳歌するようなことは絶えてなかった。既に昭和七年、――東宝創業の年に、『雅俗山荘漫筆』の前書きの中で、

「今日まで余りに幸運すぎる私自身を省みると、その晩年は、何となく反動に苦しめられはしないだらうかといふやうな、いやな予感がする」

と書いている。

この年一三は五十九歳だが、自分の影に怯える声が、これから時々出てくるようになる。

10景　清く正しく美しく

白井鐵造の回想記『宝塚と私』によれば、大正十年秋にその師岸田辰弥に呼ばれてバレーレッスンの助手として宝塚に入った当時、「清く正しく美しく」の標語はまだ出来ていなかった。理念としては創立時から存在したに違いないけれども、

「これは宝塚のレビュー『モン・パリ』のヒットにより、日本がレビュー時代となってから、小林先生がつくられた言葉である」

とある。

10景は、小林一三の好みや願いや憧れや、もっと深い心底の憤りのようなものが、それ自身の矛盾や迷いの渦の底から宝塚少女歌劇の「清く正しく美しく」という標語に定着し、それが株式会社東京宝塚劇場――のちの東宝出発時の経営方針にまでなる過程を追っていきたい。

昭和二年二月はじめ、パリで投函された一通の手紙がある。

「何よりも帰朝の期日の遅れました事を相済まぬ事と存じて幾重にも御容謝《（ママ）》の程を御願ひ申上ます。

その代りに帰朝の上は何物か新しい而して面白い演出法を御土産としてお目に掛けやう《（ママ）》ものと、その研究もおさ〳〵怠りない次第で御座います」

一年前の大正十五年一月、神戸港から欧米見学に旅立った岸田辰弥からの発信で、小林一三を代表とする宝塚少女歌劇団にあてたものであった。画家劉生の弟、帝劇で養成された声楽家で、オペラ・オペレッタの指導者ローシーの弟子だった岸田は、イタリアに長く滞在して声楽の勉強をした上でパリに向ったのだが、この書き出しの後に続く数件の報告が日本の芸能に新しい時代を導く引金になった。

「こちらの演出法について一番感心しますのは、時間を無駄なく使ふ事でございます、二十分程の中入りを取ります以外には、二時間半乃至三時間、少しも幕間なるものが御座いません。現在の日本にはそのまゝあてはめるわけには参りませぬが、こちらではこうしないと観客が承知しないのですから致し方がありますまい」

岸田はパリのレヴューやコミックオペラが、大道具を置き換える時間を盗むために幕前でダンスや掛合話をやる手法を紹介し、照明・大道具・衣裳だけに当時の金で五十万円前後の金をかけることも伝えて、自分の帰朝第一作にはこちらのシステムを取入れ、――決して裸体美人を見せようというのではございませぬと断っているが――自身の世界一周旅行の思い出をからめたものを「一時間か一時間半の間に十場から十二場位の場面」に演出してみようと抱負を述べている。

大正末期の宝塚で、入団後日が浅いにも拘らず、岸田は既に日本物の久松一声と並んで、西洋物の岸田と称せられるほどの人気作家になっていた。但し批評家からは、当り外れが多いとか、図太いとか、作風が粗いという指摘もあり、とりわけ多く手がけた喜劇、喜歌劇が安易で俗だと悪評を受けた（『岸田辰弥論』「歌劇」昭和二年五月）。これは彼の出自である帝劇の座付作者益田太郎冠者や指導者ローシーが受けた批判と共通していたが、この頃インテリたちの「芸術のための芸術」や「脚本第一主義」や西洋崇拝や深刻癖に極端に楯つきだした小林一三の性向からすれば、前記の傾向を含めて岸田の才能を大いに買っていたに違いない。ただし、パリからの長い手紙の核心の部分の意義を、正確に読み取ったかどうか、むしろ経営者としては、途方もない経費の方に関心が集ったかもしれない（そしてこの年九月、周囲の反対を押し切り、岸田の要求したほぼ一年分の制作費に見合う桁違いの予算を了承して「モン・パリ」を実現させたのみならず、結果としてこの国のレヴュー時代の口火を切ったのが小林一三であった）。

さすがに舞台現場の人たちは、岸田の報告に具体的な衝撃を受けていて、その証言が残っている。

「岸田先生がパリから帰られる前になると『今度は十何ばい（杯）幕なしでやるソーナ。そんなこと出来るのかいナ』という話で、恐らくパリから手紙でも言って来たのでしょうね。皆が心配して待ってました」（昭和二九年の「歌劇」より「舞台裏の宝塚四十年史」）

これは宝塚大劇場が出来た大正十三年以前から在任した裏方の座談会での、井上慶治（大道具）の発言である。

パリで手紙を投函した岸田は、その数日後ロンドンに渡り、イギリスの「ミユジカルプレイ」を見た上でアメリカを経て帰国するが、ロンドンでもパリ同様「動作にも歌にも舞にも」停滞がなく気持よくつながる流れと、「どうしても人の心を浮き立たせずには置かない」音楽に、——「この音楽が、我が宝塚や日本にはないのです。それが総ての根本であります」と次の便りに書いているほどの、感銘を受けた。

岸田の帰国は昭和二年五月二十八日、最初「我が巴里《パリ》よ」を正式の題名として、「幕なし十六場」の幕をあけたのは同年九月一日であった。「レヴユウ」という肩書のついた作品はこれが最初である。

一お伽歌劇「慾張り婆さん」白井鐵造作・三善和気曲
二歌劇「酒の行兼」楳茂都陸平作・原田潤曲
三レヴユウ「我が巴里よ」—— Mon Paris ——岸田辰弥作・高木和夫曲
岸田は、先の手紙の中でこれまでの「我が宝塚や日本にはない」と断言した、「人の心を浮き立たせずには置かない」パリのはやり歌「モン・パリ」に、次のような歌詞を自らはめこんで、幕あきの主題歌としていきなり歌わせた。

ひととせあまりの永き旅路にも
つつがなく帰るこの身ぞいと嬉しき
めづらしき外国《とつくに》のうるはしの思ひ出や
…………

第一景は宝塚新温泉前という設定で、「うるはしの思ひ出、モン巴里、我が巴里」のルフランを賑々しく歌い上げると、狂言廻しの串田福太郎（奈良美也子）が進み出て、文字通りのプロローグを述べた。
「これはこれは皆様方、永々の御無沙汰、何とも申分けない次第で御座いました、私も丁度一年と六ケ月の間、欧米各国に旅行致しましてやうやく先日帰つて参りましたばかりで御座います。……」
何のことはない、歌の文句もプロローグも、岸田個人の感懐なのだが、——ごぶさたのおわびに、旅の土産ばなしを「モン巴里」と題して全十六場「欧米先進国のならいに範をとり、幕なし大車輪にて御覧に入れますれば」との口上が済むと、再び「モン・パリ」の合唱の中で背景のドロップ（吊り物）が飛び、忽ち一年あまり前の、神戸港岸壁の見送り風景となる。こんな調子で中国、セイロン、エジプトを経て漸く十四場でマルセイユ—パリ間の列車風景となる。従って題名のパリが出てくるのは大詰と、その手前の十五場だけなのだ。作者の解説によれば十五場カーテン前のスケッチが、自分の失敗談にもとづくパリ・オペラ座前広場の「赤毛布《あかげっと》」風景、十六場カジノ・ド・パリの劇中劇は、これまた自分の見たフォーリー・ベルジェールの舞台面の再現だそうで、まさに「我が巴里」には違いない。十六場には本邦最初のラインダンスと、ごく低いものながら階段を上下するダンスが入って、ようやくここまであけっぱなしの幕が降りた。肝腎のパリより、途中の「東洋趣味」の部分の比率が高い作品だったが、これが大当りに当って、花組公演に引続き翌月の雪組公演にも上演するという、最初の長期公演記録を樹てた上、翌昭和三年は三月に東京歌舞伎座（ただし五日間）、六月・七月に宝塚大劇場と再演三演を重ねた。岸田は続いて「イタリヤーナ」（昭和三年一・二月）、「紐育《ニューヨーク》行進曲」（昭和四年一・二月）、「シンデレラ」（同年八・九・一〇月）とレヴューの大作を書き、これらは「モン・パリ」を超えるものにはならなかったが、それでもすべて二カ月以上続演の上、東京でも再演されて、ここに日本の本格的なレヴュー時代が宝塚から始まったわけであった。

小林一三は昭和二年十月号の「歌劇」に「モン・パリよ！」という一文を寄せ、このレヴュー式作品の成功は、自分が大劇場設立の時から主張してきた「舞台装置芸術」を基礎として、西洋音楽の力を借りた新しい劇が宝塚によって生れる可能性を示すもので、

「書くべき脚本家は、ここには、組立てるべき背景家と変ることが必要であるかも知れない」

と冷静に見通しを述べている。もちろん、次のような讃辞で文章を結ぶことも忘れていなかった。

「『モン巴里』よ、宝塚少女歌劇団の為めには炎天に降つた雨よりも、あらゆる生物に注いだ湿

ひの豊かなることに驚くと共に嬉しく感謝する。ア、モン巴里よ！」

大正十三年に人々の危惧をよそに独特の興行近代化の理論にもとづく「四千人劇場」を建設して以来、三年間鳴かず飛ばず低迷を続けたあと漸くその器にふさわしい内容を得た喜びが、思わずあらわに出ている。統率者として、ここで陣頭に打ち出したテーゼも的確だが、驚いたのは、この時期に一三が宝塚の日本式歌劇をアメリカに持って行こうと考えていた点だ。

岸田辰弥の外遊の使命の中に、欧米公演の演目の検討、具体的な引合いが入っていた。昭和二年七月号「歌劇」所載の帰朝報告（同年六月一日宝塚音楽歌劇学校職員会席上におけるもの）を読んで私は初めて知ったのだが、パリとベルリンでは経済的な折合いがつかなかったものの、ニューヨークでは有力なプロデューサーと折衝して訪日の約束をとりつけて来た。『宝塚五十年史』に、翌昭和三年六月二十一、二十二日の両日、宝塚大劇場及び中劇場でそれぞれ午後七時から「米国演劇界の権威者カムストック氏の招待特別公演を開催」とあるのがそれだ。結果はこの時はみのらなかったけれども、「モン・パリ」のあとにさっそくレヴューの手法を日本物に応用した作品群が一三の指示で試作され、

レヴュー「兜」久松一声作　三善和気曲
舞踊「夜討」楳茂都陸平作　須藤五郎曲
レヴュー「春のおどり」楳茂都陸平作　竹内平吉曲

などがアメリカ公演用候補作として上演されたようだ（『宝塚五十年史』による）。

ともかくこうして、日本の芸能の世界での一つの「時間革命」が果たされ、幕を降ろさず、流れと切換えの速さに、豪華で立体的な装置と「どうしても人の心を浮き立たせずには置かない」音楽・舞踊を同調させて、観客もろとも時間をつっぱしる、という新しい綜合的な芸能が、しっ

の上に、である。

かり移植された。もちろん「ドンブラコ」以来宝塚十三年の経験と人材と四千人劇場の舞台機構

「レヴューと言ふことは皆さんも既に御承知の通り、省みるとか、復習とかいふ意味でありますが、今度の様に劇に用ひられる時もその通りに解して差支へないのです」（「歌劇」昭和二年一〇月）

「モン・パリ」再演に当って、作者が書いた解説だが、昭和二年末には耳慣れない言葉であったレヴューが、一、二年のうちに忽ち普通名詞になってこの世に増殖氾濫しだした。その際一三の好まない性質も一緒に持ちこんできたことについてはのちに述べるが、たとえば大正十二年に発足した大阪松竹楽劇部（のちの大阪松竹少女歌劇団――現在の日本歌劇団）恒例の松竹座の「春のおどり」は、昭和三年春からレヴュー式に変った。これまで各場の暗転に二、三分ずつかけた難点を改めて、「いわゆる映画的テンポと、エロチシズムと、スマートな場面転換を三要素とする今日のレヴュー形式が、ほとんど決定的な方法として取入られた」と『松竹七十年史』は、記している。昭和三年十月浅草松竹座を根拠地に発足した東京松竹楽劇部（のちの東京松竹少女歌劇団――SKD）も、翌四年十一月に「松竹座フォーリイズ」として最初の一本立公演の幕をあけた。その口火を切ったのが宝塚であることに異論を唱える者は今はない筈だが、当時の宝塚少女歌劇団はまだ平均年二、三回の東京公演――それもレヴューを打つとなると普通の劇場では無理で、昭和三年以後は歌舞伎座が空いている月末五日間ほどを借り受けての公演に過ぎなかったから、元祖としての認知を得るためにも、一三は大いに筆陣を張っている。

「宝塚から生れ出したレヴューは今や劇界を指導すべき口火となつて東京の劇場に或るセンセーションを起してゐる。曩《さき》には歌舞伎座が「膝栗毛」を興行し、旧冬十二月には帝劇が「夢想兵

衛」を純然たるレヴュー風に演出してゐる。然し、（どちらの作品も）俳優に気の毒な位馬鹿らしいものであるにつけても我々は自重すべき責任を感ずる」（「頓珍閑話」昭和四年一月）

前者は、『松竹七十年史』によれば、猿之助の弥次郎兵衛、友右衛門の北八で、脚色が木村錦花。「スピーディなテンポで大好評だった」とある。後者は馬琴の原作を松居松翁（松葉改め）が翻案したものだが、その内容に関しては一三が続けて酷評を加えている。

「（夢想兵衛の）女優諸君の各国軍隊分列式は其大昔に宝塚でやつたもので、六六三十六人がよくそろう事は大手柄だと思ふ。時代に追従する勇気に感心すると同時に、もつと早く、十年も前にその若々しい花の盛にやつたならば、より以上に舞台効果があつたらうにと、思ふにつけても凡て此種の東京の品物は、宝塚から十年おくれてゐる、宝塚が十年先進んでゐる事を高言しても世間は許してくれるだらうと思ふ」

必ずしもレヴューに限らず、宝塚が新しい芸能の開拓者だという誇りと自信を、一三は強く持っていた。一三の筆で、宝塚の亜流ときめつけられた者の仲間には、藤原義江（テナー歌手）やエノケン（喜劇俳優）までがいる。たとえば、昭和四年七月号「歌劇」にはこう書いている。近頃評判の藤原義江の独唱を聴きに行ったところ、彼の人気と魅力の根元は外国曲ではなくて、日本民謡を歌う時の味わいにあることが判った。ところでその歌い方たるや、実に「わが宝塚少女歌劇が十数年の昔から、これを強調し、これを醱酵せしめた」和七洋三唱法の範囲を出ていない、というのだ。

エノケンについても同様で、最近「エノ健」の喜歌劇が浅草を圧倒しているという評判を聞きつけて、ある日松竹座まで見物に行って来たところから始まる。たまたまこの時エノケン一座は「研辰の討たれ」（木村錦花原作）を上演しているのだが、それは恐らく歌舞伎座の宝塚公演で

「パリゼット」に感銘を受けた（旗一兵「音楽喜劇の花を咲かせて、散った菊谷栄」昭和五七年二月号「悲劇喜劇」）座付作者の菊谷栄がレヴュー式に脚色したものであろう。

「此喜歌劇の重点は、洋楽のオーケストラを基礎にして、せりふから軽ひ《ママ》独唱への移り変りなど、すべて宝塚バラエチーが多年試みて来た種類のものであつて、少しも珍らしく感じない」

結論として一三は、「エノ健」が、宝塚の糟粕――というよりもむしろその精神を我が物とした賢明さと大胆さに驚嘆する、と言ってのけた（「無駄話」昭和八年三月）。

もう一つ、松竹を相手に露骨にいやみを書いた文章がある。結成わずか数年後ターキー（水の江滝子）などの人気で西の宝塚に拮抗する勢いになった東京松竹楽劇部が、「松竹少女歌劇」と名称を改めた時（昭和七年一〇月）のことだ。松竹側の記録によればこの月は新橋演舞場で東京公演中の宝塚と、築地川をはさんだ東京劇場の松竹が、レヴュー合戦で「一戦を交えた」（『松竹七十年史』）のであった。翌月の「歌劇」に早速一三は、大衆雑誌間の競争を例にとり、「キング」が成功した時に、後進の「日の出」が「キング」をそっくり真似て敢えて同じ路線で競争するのは、知恵がなさすぎるのではなく、却って一番安全、手軽で賢明な成功法である、という皮肉な対比で、

「宝塚を真似て、（松竹が）今更、少女歌劇と改称する事は、如何にも時流にこびるやうに思はれ、しかも、一から十まで宝塚に追従するかの如くに世間から思はるゝのは残念で彼是議論のあるべき所を、そういふ《ママ》平凡な態度を超越して、外観も内容も、悉く宝塚の同一方針で向上開展しやう《ママ》といふ方針に進むことは流石に苦労人だと敬服する次第である」

と如何にも慇懃無礼に斬りつけた。大正中期以降、浅草の東京少女歌劇、大阪堺の大浜少女歌劇など全国に何十という少女歌劇が輩出して、もはや「少女歌劇」も普通名詞になった感があっ

たが、この時期の松竹の攻勢に、流石の一三も座視できぬ威力を感じた証拠だろう。

——ここまでは一三がレヴューを評価し、自ら創見を誇った一面を伝えたが、同時にこの芸能は、校長先生たる彼にとって身を嚙まれるような半面を持っていた。白井鐵造の『宝塚と私』に戻るが、昭和二年九月の画期的なレヴュー「モン・パリ」十六場すべての振付を一人で担当した白井の記述によると、この時エジプト王宮の場面は、踊り子の衣裳が当時の基準からすれば極めて大胆に手足を露出したもので、

「その踊りの場になる時間には、新温泉の従業員は全部その踊りを見に行って、職場がカラになるという伝説も生まれたぐらい」(同書)

であった。『松竹七十年史』が、昭和三年の大阪松竹楽劇部によるレヴュー式「春のおどり」の項に期せずして表明している通り、移入したレヴューの概念に最初から含まれていたエロチシズムは、世を挙げてのレヴュー時代のなかで、一三の危惧をよそにここを先途と煽り立てられた。

関東大震災前にいったん衰亡した「浅草オペラ」が、昭和に入って当時の残党を頭株に据えた「浅草レヴュー」に生れ変ったのは、東京松竹楽劇部の出発よりまだ少し早かった。昭和四年十二月から同時代の浅草を素材に書き始められた川端康成の小説『浅草紅団』によると、当時の浅草を一瞥すれば、日本館がエロエロ舞踏団の第一回公演で、「イット・ガアル裸形の大乱舞」と看板にうたい、東京館白鳥レヴュウ団の外題は「裸体大行進曲」に「なんでもかんでもグロテスクだよ」。水族館カジノ・フォウリイの「キッス・ダンス」と、「白痴の脂肪のような」河合澄子の「唐人お吉」は、余りに「エロ・ダンス」でその筋のきついお叱りを受けていた。

こういう状況下に警察からは、レヴューの踊り子の股を観客に向けた継続的な露出と腰部を前後左右に振る運動の禁止、ズロースは股下二寸以上、背部は上体の半分以上、前部が乳房以下の

露出禁止など、細かく制限を加えた通達が出た。白井鐵造の著書には、そのとばっちりで、宝塚少女歌劇の東京公演にも、開幕前に巻き尺持参の検閲官が楽屋へ来て、踊り子のズロースを一人一人計ったことがあったと書いてある。レヴューの本家を以て任ずる一三の、憂いはいよいよ深まったに違いない。事実、昭和初年の宝塚音楽歌劇学校の案内書も、

「この真摯にして純良なる団体も、やゝもすれば一般フォリース・ガールと同じやうに考へられて学校といふ名称は有つても、いゝ加減なものであらうと軽卒に判断されることは、実に遺憾に思ふところであります」

と強調している。まだこの時「清く正しく美しく」の標語はなく、我々は「純真、明朗、気品と智徳並ぶ模範的芸術学校たることを期す」ものだとあった。

少し時代が下るが、昭和六年四月「歌劇」に載せた「宝塚音楽学校の説明と新入学生徒へのお話」と題する文章のなかに、娘のダンスを見るのをいやがる生徒の父兄の心理状態に対して、自分は甚だ困ったと一三が書いている。

「人の子を預る立場に於いて、レビューの絢爛濃艶を吹聴しつゝも、矢張り何とかしたいと考えさせられるので、現在のやうな半裸体式の風潮のイツ迄つゞくか、結局一時の過渡期の流行だと信じてゐるけれど、私は必ずしも商売だから、どうでもいゝと冷淡に考えては居らないので、徹頭徹尾真面目な学校本位に経営してゆき度いと決心してゐる」

一方では舞台人として、一方では女生徒として、両面に波綻を来さないように、必ずしも芸術優先ではなく「女としての行くべき道」を大切に教育したいというのである。

一三がレヴューへの違和感を初めて「歌劇」誌上で公にしたのは、昭和四年のことだ。

「今や我が宝塚音楽歌劇学校には、声楽専科の充実に伴ふて舞台上の効果は、過ぎたるは及ばざ

るが如き程度に立ちつゝあるのである、（略）彼女達の進むべき途も、宝塚少女歌劇の取るべき途も、結局は日本国民として唄ふ日本人の歌は、日本人の調子であるべきを忘れてはイケない。民謡なるかな、俗謡なるかな、宝塚メロヂーの還元なるかなである」（「所謂宝塚メロヂーの大成に就て」昭和四年七月）

音楽論の形をとっているけれども、一三にあっては音楽だけの問題ではなかった。

「少女歌劇に所謂宝塚情緒の漂える甘美と其幻夢境への陶酔は、レビューの時代となつて、何人も物足らぬ感じを持つに違いない。宝塚情緒なるものはどこへ行つた、あのまゝに滅亡するのであるか」（「いつ、新しい宝塚情緒は生れるか」昭和五年八月）

その宝塚情緒は「久松情緒」だったかもしれないと言い、楳茂都陸平作詞の小唄「落ちた雷」（大正七年「七夕踊」の歌）を口ずさんだ昔をなつかしむのだが、結局、一三の胸の奥に分け入って理想の少女歌劇を求めれば、レヴュー以前の、大劇場建設以前の、大正半ばの「歌劇」狂時代よりもまだ以前までさかのぼらねばならないのだ。それはあのプール改装のパラダイス劇場で、きわめて家族的に、出演者もスタッフもお客も充分には専門化されず、一つの素朴な感情を共に頒ちあえる同志であり得た——坪内士行のいわゆる「親炙劇場《インティメイト・シアター》」の昔に還ることだった。その求心力が、絶えず一三のなかに働いて、ここまでも、またこれから先も、危機に直面するたびに彼をひきもどし、規範を与えて、もう一度出直させるのである。

「萩の葉末の白露は、もろくも暁の五時に落ちて消えた、行く年は僅に二十歳、我が由良道子の哀しき思出を——」

これは大正七年秋発行された「歌劇」第二号に、少女歌劇一期生の中でそれほど目立つ存在ではなかった由良道子が、肺を病んで死んだのを悼んで一三が載せた長い文章「吁、由良道子」の書き出した。

「道子が初めて宝塚に可愛らしい姿を見せたのは大正二年六月二十日十五の夏頃であつた。第一期生としてマンドリンもバイオリンも、声楽も、筋のいゝ、末頼母しい一人として望を属されてゐた、其初舞台は大正三年春第一回の公演に『桃太郎』の雉子で（略）『雛祭』には小鼓の役にて静御前の舞の一さし、此頃から目立つて注意を引くやうになつた」

　年齢の二十歳、十五歳はそれぞれ数え年だが、大正三年に数え年十二歳という記録もある。その由良道子あてに或日男のファンから恋文が届いた。当時の歌劇団の規則によって自ら検閲をこころみた一三は、真面目に結婚してほしいと訴えている文面にひかれて、良縁であれかしと祈りながら、ひそかに発信者の家庭を調査してみた。調べてみると、相手は由良の家庭とは釣合わぬほどの資産家の若旦那だが、人間に軽薄な一面があると判る。もちろんここまでは当人には一切知らせずに、それだけの調査を一三自身がやったというのだ。

「私の理想――私は年頃になつた歌劇団の生徒は好縁があれば自ら仲媒人となつて夫々片付けて上げ度い、それが私の義務であると信じてゐるから、良縁であれかしと祈つてゐた慾目からも、単に青年を資産家の若旦那と安心して乗気になつた訳ではないけれど、少し身分が釣合はない位に思つただけで、出来ることならばこれを事実にしたいと思つた、然しそれは無駄であつた（略）成るものをならぬやうに打毀はしたのは、如何にも惜かつたと、其当時は心残りであつたけれど、その後青年の浮た恋愛は必ずしも幸福に終るものでないといふ事実を聞いた時、私は道子に、初めて青年の恋の手紙の物語をした、道子は、あたり前ならば、顔を赤らめて、はにかむべきものを、恰かも、先生と生徒と教室で歌劇の話をするやうに、泰然として『そう《ママ》でしたか』と言つたゞけであつた」

その後、ある日の舞台で舞い終ったあと彼女がひどく息切れしている様子を見咎めた一三が、心配の余り作者に「あの踊りは道子の体に無理ではないのですか」と注意したことがあった。またある晩大阪の梅田新道を歩いていて、小さな店の中で片手を火鉢にかざして眠そうにひとり店番している小娘が、由良道子であったので驚いたことも書かれていた。彼女の家では粟おこしや、玩具を並べて売っているのだった。

「『お前さんの宅はここなの』と尋ねた。

道子は眠たそうな眼で私を見上げながら、びつくりした形で、暫く黙つて居た。其中に、ニッコリと笑つたゞけで、お掛けなさいともお這入なさいとも言はない。

『お前さん一人ぎりなの、どうしたの』

『今みんなで、お湯に行つて、それで留守なの』

『感心に店番が出来て。何か買ふが、わかるかい』

道子は黙つてはづかしそうな顔をしてゐた。

『また明日早いから、早くお休みよ』

と別れたことがあつた。以来、私は会社の人にも、宅の家内にも、同じ岩おこしを買ふなら細見さんの店でお買ひなさいと言つてそれを実行してゐた」

その由良道子が今度の帝劇の晴れの舞台を踏むこともできず、夕顔棚の涼風に誘われて「恋を知らずに、小供のまゝに」逝ってしまったと一三は嘆いている。

「私には道子の面影を忘れることは出来ない、永久に。宝塚にうぶ声を上げた少女歌劇の行末を、いろ〳〵に、とつおいつ、考え悩む時、第一期生の、みめよき、可愛らしい、温順な道子をどうして忘れることが出来やう《（ママ）》」（大正七年一一月）

臨終の枕辺へも駆けつけたらしい。一三が初期の宝塚に寄せる情愛の内実は、こういう具体的な事柄と切り離すことのできない一つのものであって、その堅固さは手でつかめるほどだったと分る。

だが、それだけでは事が済まない時代になり、組織になってきたからむずかしい。しかも矛盾したことだが、一三は一方では、またすっかり違った種類の不安・焦立ちを持たざるを得なかった。

実は「モン・パリ」開幕の丁度一カ月前に一三は東京電灯株式会社の取締役に就任、更に副社長として同社の経営建直しに専念することになって以来、毎月の大半を東京で暮らしたから、宝塚を顧みる暇もごく少くなった。東京―大阪間が超特急で八時間かかった時代である。一三の不安や焦立ちの原因は、世間のレヴュー人気にも拘らず、肝腎の本家でその後「モン・パリ」を凌ぐ大当りが出ない点にあった。当時の宝塚を一三の目から見ると、レヴューの外面的な形式や技巧を追うばかりで、中身が薄手である。かつて日本の流行唄の先端を行くものと自負してきた宝塚が、今やその点では「映画館や松竹レヴユー」の後塵を浴びている。一三が久しぶりに「歌劇」に筆をとって「外国種のレビユー」だけを真似していると必ず落伍する、と警告を発し、

「私は東京に居つて自から手を下し得ないことが如何にも歯痒いのである」

と腕をさすって嘆きかこつ文章を寄せたのが昭和五年八月号だった。年譜によればこの年の六月に東京電灯社長若尾璋八が辞任、郷誠之助会長が社長を兼任、七月には同社の経営合理化のため、人員整理を断行とある。今や財界の大物となった三井銀行の池田成彬から見こまれた一三としては、ここが、働きどころであったと思われる。

ところが皮肉なことに一三の原稿が「歌劇」に載った同じ八月に、ほかならぬその「外国種の

レビュー」が、念願の大当りをとったのである。それは欧米研修第二陣として堀正旗らと二年前に留学した白井鐵造の帰朝第一作「パリゼット」で、「モン・パリ」以上の好評だった。

「パリゼット」は、白井の一年数カ月のパリ滞在中に、ミスタンゲットがレヴューで歌っていた流行歌の題名だ。宝塚の公演広告には「(巴里娘)」と註を入れた。

パリゼット、ミジネット
小意気なおしゃれのパリ娘
パリゼット、小さなハートを
ダイヤモンドのように守り……

白井鐵造の訳詩は、その師岸田辰弥の「ひととせあまりの永き旅路にも」で始まる文語体の「モン・パリ」に較べると、まるで一時代違うほどに新しく軽快で、何よりも旋律自身のひびきに即していた。もともと舞踊家志望で、外遊以前既に踊りの構想から作品を組立てて来た白井鐵造は、パリに住みついて土地の人々と交わり、レヴューやオペレッタを毎晩のように見ているうちに、今度は歌から舞台を作り上げてみようと考えた。自伝『宝塚と私』には、あれこれ見歩く代りにできるだけ長く一人でパリに住みつく決心をした二十九歳の彼が、金を倹約してフランス人の老婦人の家に下宿しながら、言葉の勉強と劇場の天井桟敷通いを始めるつましい佳き日々の記述がある。ニューヨーク経由で真冬にこの町に来た白井は、地味なパリのよさが、住みついてみて少しずつ分ってきた。そして最初に迎えた五月、青葉の中に咲く白と紫の花の匂いを、実際に胸に吸いこんで味わった、「リラの花咲く頃」の歌の感慨を、帰国後、日本人向けに「すみれの花」に託した歌詞のなかにそっくり吹きこんだ（白井自身の解説では、新婚当初友人からもらった白いフリージアの香りを思い出して書いた、とも述べている）。

すみれの花咲く頃
初めて君を知りぬ……

花売りのお婆さんにそう歌わせるところから、レヴューは「すみれ」の主題に入って行く。通りすがりの恋人たちがこれを歌いつぎ、狂言廻しの日本人旅行者がもう一度老婆と歌い、すみれ色のカーテンが下りると、花束を持つ娘たちの群舞となる。そのカーテンが飛ぶと、大舞台一杯の巨大な花籠と、籠の中に盛り上がる花弁のボンネットの二十四人の花の踊り子に、人々は息を呑んだ筈である。――「パリゼット」の新しさは、このような感覚から部分が組み上げられ、いわば時間・空間のモンタージュに、作家の生命を賭けている点にあった。帝劇、宝塚、浅草の歴史を通じて、人間の視・聴覚、更には存在感が、こんな風に客体化される経験を、今まで誰ひとり持っていない。それなのにいきなり人々が牽き入れられたのは、「外国種」が、実は日本人の柔らかな淡い感受性で織り直されていたからだ。

日本人の旅行者が狂言廻しとして、旅の思い出を綴るという形は、「モン・パリ」と同じだが、師匠の岸田辰弥が大きな体軀で体当りで切り拓いたレヴューが外面的な形式を持ちこんだものであったのに対して、白井鐵造は音や色彩や動きや言葉の感覚・機智として、レヴューを内面化して持ち帰ったと言える。「パリゼット」に使われたヨーロッパのはやり歌は、他に「ラモナ」「ディガ・ディガ・ドウ」などがあった。「小さい湯の町宝塚に、生まれたその昔は、知る人もない宝塚……」と歌う「TAKARAZUKAの唄」も、

Constantinople C.O.N.S.T.A.N.T.I.N.O.P.L.E

という原歌詞に、白井鐵造が、

おお宝塚　T・A・K・A・R・A・Z・U・K・A

と言葉をあてはめて作ったものだが、こうして一三が望んだように、宝塚が再びある種のしゃれた流行歌の供給源の地位を回復した。なお「パリゼット」から、これまでの日本白粉で手や首まで白塗りにした舞台化粧を、肌色の欧米風の化粧に改めている。驚くべきことが多かったわけだ。公演の初日には全く反響がなく、落胆した白井鐵造は翌朝になって初めて、小林一三からの、すばらしかったということづてを聞いた。一三は大阪まで初日を見に来ていたわけだ。そしてこれが、のちのち宝塚というものの性格まで決定づけた歴史的な作品が受けた最初の喝采であった。「すみれの花咲く頃」の歌はのちに宝塚少女歌劇（いまは宝塚歌劇団）ぜんたいの主題歌に育つとともに、すみれの花自身もまた宝塚という文化そのものの象徴となった。

翌昭和六年八月の「ローズ・パリ」も大評判をとった。ここでは「一に一足す二、二に二足す四」という足し算を歌にした「算術の歌」や、大きくて綺麗なママと小さな声で謝ってばかりのパパの対照をうたった「モン・パパ」、

うちのパパ、モッサリ服
うちのママ、流行の服
呉服屋の品物いつもママ
その代り勘定書いつもパパ

そしてパパの大きなものはただ一つ靴下の破れ穴あるのみ、というナンセンスでしゃれた歌が、白井鐵造の軽妙な訳・作詞で披露されて、世にもてはやされた。「算術の歌」はエッチン・タッチンと呼ばれた声楽専科生の三浦時子、橘薫のコンビが、「モン・パパ」は子沢山の夫婦の男の子に扮した大空ひろみが歌った。

当時の宝塚少女歌劇の内容について、これ以上詳しく触れることは避けるが、昭和五年と六年

の「パリゼット」「ローズ・パリ」以降、宝塚に現代が来たといえる。白井と同年代あるいは若い近代派の人材が続々と集り、ヨーロッパやアメリカのはやり歌や埋もれていた歌を、それぞれのレヴューやオペレッタ風作品の中にいち早く直輸入し、三浦時子・橘薫という新しい型の歌手をはじめ草笛美子たちがよくそれらをこなして、若い作曲家たちの漸く唱歌調を脱したどこかバタくさい宝塚製の曲と共に、これまでの日本の流行歌はもとより大正のハイカラ・ソングにもなかった、西洋風の粋や、しゃれ、甘美さ、爽やかさ、明るさ、ものうさ、そしておかしさといった感受の型を客席に伝え、まだ東京公演がそれほど頻繁になかったにも拘らず、ふしぎなことに、武庫川畔の宝塚が一時期、欧米の流行曲に向かってひらかれた日本の窓になった。

それまでの宝塚はまだまだ「日本物全盛時代」で、「踊りも下手な、そして勿論まだ芝居も出来ないハイカラ・ガールは『家来』や『侍女』の中に入っていても、かえって邪魔っけになっていた」が、レヴュー時代になると、新しく出来た声楽専科に入れられた生徒たちが一躍スターになった――これは白井鐵造の説である。

「声専生（声楽専科生）達は、宝塚の先端モダン・ガールを以て自他共に許して、それが又ハイカラな舞台になって現われ、他の組の生徒達が大変田舎臭く見えた。特にエッチン、タッチンなど学校食堂では、イタリー語で話し合ったり、五銭のうどんを食べる時でも、マカロニを食べる時のように箸でグルグル巻いて食べたりして、みんなを煙に巻いて得意になっていた」（『宝塚と私』）

最初は舞踊専科と称したダンス専科生も同様に華やかな活躍をして、春日野八千代、神代錦らのスターが、ここから出た（同書による）。こうして、「パリゼット」の成功以来、宝塚もまたいやおうなしにレヴュー一色の時代に進んで行くことを、小林一三がどう見ていたか。

「パリゼット」が三カ月続演の末、十一月末に七日間の東京歌舞伎座公演でも大当りをとった直後、十二月十八日の日付入りの「東京より」という文章で、一三は、それにしてもこの宝塚少女歌劇が、三月末と十一月末の東京短期公演だけでは如何にも物足りなく、燃えるような野心を持つ先生、生徒たちにもかわいそうだ、「松竹レヴューすらも東京劇場によって一年数回の上演が可能であるとせば」宝塚の東京進出に危険はないことは立証できると思うと書き、たった四カ月前とはまるで違う意味で、

「私をして東電の仕事に没頭せしむるが如きは惨酷な処置だとうらめしく思ふ」

と、今直ちに宝塚を手がけることが出来ない身の上をかこっている。変り身の早さを池田成彬に嘆賞された一三ではあるが、レヴューの行く末を憂い、つい今しがた外国種の作品に極めて消極的な意見を表明したばかりの人がそういうから、面喰らう。

だが、「パリゼット」の初日を見て、直ちに褒辞の伝言を託したという一三の柔軟な適応力を見逃すわけにいかない。もともと白井鐵造をヨーロッパに留学させたのは一三だった（ただし延長した期間については私費でまかなったと白井は書いている）。のちのことだが、東宝にいた那波光正が、戦後の再建が一段落した時に外遊したいと申し出たところ、一三は血相を変え、

「オレはキミを外国にやるくらいなら白井鐵造を三ベンやってやるね」（「小林一三翁が遺されたもの」）

と鋭い眼でにらみつけた、という逸話がある。一三も昭和十年六十二歳になるまでは自ら外遊することはなく、その代りに、

吉岡重三郎（歌劇団理事・大正一〇年）、高木和夫（作曲家・大正一二年）、岸田辰弥（作家・大正一五年）、白井鐵造（作家・昭和三年）、堀正旗（作家・昭和三年）、井上正雄（照

明家・昭和三年）、楳茂都陸平（作家舞踊家・昭和六年）

書き落しがあるかもしれないが、この時代までに既にこれだけの人たちを一年乃至二年間の遊学のために欧米に送っているのだった。

ただ、白井鐵造が自分の体のなかであたためて持って帰った「外国種」のレヴューは、これまでの一三の「歌劇論」では掬ききれない魅力とひろがりを持っていただけに、一三としては喜びとは別に戸惑いや驚きも隠しきれなかったと思われる。

昭和五年秋、まだ「パリゼット」の余韻が漂う大阪で、一三が大阪毎日新聞社「読者の夕」に「レヴューと芝居の将来」と題する講演をしたのが筆記の形で残っている。そこでは先ずレヴューの語源と生い立ちを説き、こういうものが世界を風靡するようになった理由は、テンポの速さと、裸体美を中心とする性的刺激のおかげだと分析した。次に日本の歌舞伎というものは、テンポが遅いという一事を除けば、内容、構成、表現の方法においてまるでそのままがレヴューなんだ、と一三らしい新説を提出した。かつて遊廓の延長にあった芝居小屋で、性的魅力を売物に美形や濡れ場で男や女をたのしませ、筋はめちゃくちゃだが見た目や場面の変化で興味をつなぐ点で、歌舞伎はレヴューに一致する。従って、レヴューと歌舞伎の未来は一つである、と結びつけてしまった。では未来はどうあるべきかというと、日本人ほど性慾を巧みに芸術化した国民はないから、かつては遊女の素足や、襟足の色気が尚ばれたように、歌舞伎もレヴューも裸体美や露骨な性的刺激にとらわれないで、新しい芸術化の道を求めて細部の面白さを小さいスケッチに重ねていくところに、道がひらけるのではないか。わが宝塚少女歌劇は、歌舞伎の長所を踏襲して新しい芝居を作ろうとする過程として、目下レヴューという形式を利用し、研究しているところである。これがやがて日本の国民劇を創成するものだと信じている。――何が何でも自分の理論

に巻きこんでしまおうという強引な演説だが、

1　常に変化する国民の思想・感情に合わせて
2　歌舞伎を洋楽化したものを
3　営業・組織面で近代化された大劇場で上演する

その上に、もうひとつ、

4　幕なしのレヴュー形式を採用して

という一項が加わったわけである。そして一三の「歌劇理論」は、ここで完成したように思われる。

　これより二十四年後の昭和二十九年、一三が『宝塚四十年史』に序言を書いた中で、自分の五十年来の主張である新国民劇とは、歌とセリフと舞踊を巧みに組み合わせて、しかも新時代の感覚を織りこんで観客が歓迎する歌舞伎であって、――チョン髷物であろうと、洋服芝居であろうと、ともかく歌舞伎の内容形式を持って居るものでなければ大衆の要求にこたえられないんだと述べたあとにまだ、

「現在に至つてレヴューを中心に興行してゐるけれど、実は、これも一時の過程であるものと考へてゐる」（傍点引用者）

　と念を押しているのを見ると、昭和五年の講演から二十数年間、こんどは少しも考えが変っていないことに感銘を受ける。昭和二十九年八十一歳の一三は、道遠しの感にも「断じて失望しない」で、彼の「意図し来つた『宝塚歌舞伎』を築きあげようと考へてゐる」のであった。

　同じ昭和五年秋、東京松竹楽劇部の水の江滝子が九月の「松竹オンパレード」に髪を短く刈り上げて登場して、それが大した人気を呼んだ。宝塚ではまだそこまで踏み切れず、世をあげての

レヴュー時代に二年間もそのまま、男役は長い髪を束ねてハンチングや中折や山高帽の中に入れて、室内の場面でもうっかりぬげない不自然と不便を我慢していたわけだが、白井鐵造の自伝『宝塚と私』によれば、彼の四作目のレヴュー「ブーケ・ダムール」の主役である門田芦子が、稽古中の或日に髪を短く切って来て皆を驚かせた。「時々、突飛な事をやる生徒だったので、私はこの時も又やったなと驚いた」と白井は書いている。この時彼女は、吉岡重三郎理事長からひどく叱られた。もとより一三の意志を体しての叱責だったに違いない。

この時期をきっかけに宝塚にも「男装の麗人」たちが誕生した。「アニキ」の愛称で親しまれ、間もなく「小夜・葦原時代」と呼ばれる黄金期を創りだす男役のスター葦原邦子が髪を切ったのは、もっと遅れて翌昭和八年五月公演の時だった。役柄に服装をとり替える場面があった為だが、その公演を東京から見に来て葦原とも談笑して帰った一三から、或る日一通の投書を同封した強い語気の訊問と叱責の手紙が届いた。文面は、彼女の要約によれば、「女のくせに兄貴と称して、男みたいな言葉を使っているとは、多くの良家の子女をファンに持つ宝塚の生徒としてまことに嘆かわしい。ファンからの抗議の手紙が来たのでお前の反省を促す」というものであった。抗議の手紙には差出人の名がなく、中身は「舞台の上ではいくら兄貴でも、オフ・ステージの日常にまで、女性であり乍ら舞台の延長のような言葉使いをゆるすとはもっての他である。そんなことで小林さんの云う様な、良家の子女を対象とした、立派な舞台が生れると思うか」といった大変な剣幕のものだった（葦原邦子「ファン・レターのことなど」）。

読んだ葦原は憤然として、返事を出した。無署名の手紙を信じて、日頃可愛がって下さる生徒の良識を信じていらっしゃらないのですか。私たちの間で男の言葉を使うような者はいません。みんな宝塚の生徒としての良識を持っている筈、と書いて送ったところ、また折返し一三から左のような手紙が届いて、逆に葦原が感動した。

「お父さんが悪かった。あやまるよ。お前の打てばひびく手紙に感動して涙が出たよ。少し風邪気味で休んでいたが起きて仕事をはじめたくらい元気が出た。ありがとう。運動会には改めてお前にあやまるつもりである」（葦原邦子『わが青春の宝塚』）

この約束が、運動会の朝、開会の校長挨拶を終えるや否や実行されたことはいうまでもない。

実はこれに先立ち、一三は昭和七年に「東京へ！　東京へ！」という文章を書いている。

「東京へ！　東京へ！

宝塚少女歌劇の東京進出は、実は小さい問題である。芸術的に言へば、只だ指導的の立場から新味を注入するに過ぎないのであるが、此のアマチユアーの一団が持つ時代精神は、必ず東京を征服するものと信じてゐる」（昭和七年七月「歌劇」）

一三に代って言えば、彼がここで叫ぶ時代精神とは、常に変化する国民の思想感情に合わせて、洋楽本位の広義の歌舞伎を、大劇場で上演すること、に尽きる。

「日本の劇界に処し其興行法に於て、劇の事業化に於て、国民劇の大成に於て、それ等の革命を遂行せんとするならば私の使命は、東京を選ばなくてはならぬ」

「東京へ！　東京へ！

今や進軍ラッパは我一党の若い人達の血を躍らすであらう。東京のエライ人達が、自己陶酔に威張つてゐる間にそれは恰かも江戸の八百八町が、いつの間にか薩長の足軽達に蹂躙せられし如くに無言にして只だ黙々と実行するのみである」

そして、このように力強く一三を東京進出に踏み切らせたものは、昭和五年の「パリゼット」以来、白井鐵造によるレヴューの圧倒的成功であった。

「セニョリータ」（昭和六年一・二月）
「ローズ・パリ」（昭和六年八・九月）
「サルタンバンク」（昭和七年二・三・一二月）
「ブーケ・ダムール」（昭和七年九・一〇月）
「巴里ニューヨーク」（昭和八年一・二月）
「花詩集」（昭和八年八・九・一〇月）
（カッコの中は宝塚大劇場での公演年月）

昭和八年八月、「花詩集」が幕をあけた時、一三は、「花詩集は傑作なり、東宝開場作品が出来た、感謝、感謝」という葉書を作者に出した（白井鐵造『宝塚と私』）。東京宝塚劇場の開場は昭和九年一月一日の予定だったから、そのため八年秋の新橋演舞場公演のだしものは、「花詩集」の代りに「パリゼット」の再演になったと白井は書いている。

その一方で、昭和八年二月、宝塚少女歌劇は舞踊専科を「ダンス専科」と改称して、新しく「日本舞踊専科」を設け、五月に中劇場で日本舞踊専科創設記念公演として、天津乙女主演による久松一声の歌劇と杵屋佐吉原作曲による日本舞踊を上演した。和洋のバランスをとり戻す気持が働いたのかも知れない。これ以後、一三の発案で「鏡獅子」「小鍛冶」などの伝統的な舞踊劇が洋楽化されて順次取り上げられ、毎月の公演ごとにも必ず日本物の小品が一、二本上演されたから、作品数ではむしろ日本物が上廻ったのだが、芯になるのはやはりほとんど西洋物のレヴューやオペレッタと決ってしまい、せっかく日本舞踊専科に入った生徒も次第に使い道がなくなり、やめて行く人が相次いだ（天津乙女『清く正しく美しく』）。以上の記述は、作品のなかの洋と和の比重が、既に決定的に逆転している証明になる。

――「清く正しく美しく」という標語は、東京進出前夜という張りつめた時間のなかで、一三の内部でのこのような名状しがたい緊張関係を背景として作られたようだ。実は、はっきりこの時こうして制定したと書いてある文献がなく、私自身の調べによるので、曖昧な書き方になる。厖大な一三の著作物の中で、やや似通った言葉に最初に出くわしたのは昭和四年一月の「頓珍閑話」だった。

「今日の如く、凡てが民衆だとか、大衆だとか、俗化し悪化しつゝある時、宝塚の一角に於て、せめて光ある、正しい、清い、新しい芝居の一つ位あつてもいゝではないか」

ただし残念ながら、これは少女歌劇についての発言ではなく、解散直前の不振の宝塚国民座についての、ある人の意見ということになっていた。

次は昭和五年十一月の「宝塚の一日」から、

「私の理想は宝塚をして、清く美しく、そして面白く、家族本位の娯楽場たらしめんとする事である」

これも少女歌劇のことではない。文章はこのあと、「新温泉を中心とするルナパーク、動物園、植物園、遊園地、トラック、運動場、野球場、等御家族相伴ふて一日の散策に興の逸せざらんことを期するのである」と続くのであった。

ここで「昭和六年三月、東京長期公演再開に当ってこの標語が発表されたと思う」という白井鐵造の意見を（昭和五八年著者宛書簡）挿入しておきたいが、――三つ目の使用例は昭和七年五月十八日付の「東京へ大劇場建設に就て」という文章に引用された、株式会社東京宝塚劇場設立趣意書から見つけた。

「拾数年来私の理想である大劇場、それによつてのみ初めて創成し得べき国民劇——それはどういふ形式と内容とによつて成立つものであるかといふやうな問題になると、必ずしも各位が私の意見に一致するとは思ひませんが、事実は、歌劇にしても、レヴューにしても、又は歌舞伎めく舞踊劇にしても、いつも時代の尖端をきつて一世を指導してゐる宝塚一党のプライドは国民劇創成の旗印を立て一年六回の東京公演を断行する事に就て、少しも、不安を感じないので、此際東京にも大劇場を作つて、安く、面白く家庭本位に、清い朗らかな宝塚一党によつてのみ見られ得る将来の国民劇を御覧に入れたいといふ希望を持つて居つたのであります」（傍点引用者）

帝国ホテル横に幸いにも東電の所有地千二百坪の売物があったので、一坪七百円で買受け、ここに大劇場を新築することにしました、と細かい売買の経過まで書いてある。実は一三自身がその東電の副社長で、財務整理のために売り出した土地だった。売手と買手が同一人であるために、ことさら李下に冠を正さぬ態度をとったのだろう。東宝は会社設立の前から、既に「清く、正しく、美しく」を地で行っているわけだが、私が調べた限りでは、「清く」と「正しく」と「美しく」の三つがこの順番に並んだ成語の、印刷物における最初の使用例は、昭和八年の「歌劇」九月号に載った合唱のための歌詞「タ、カ、ラ、ヅ、カ」であった。著者名は無く「△△△」となっている。

朗かに　清く
正しく　美しく
ひばりは高く大空に
唄ふ乙女の宝塚

朗らかに　清く
正しく　美しく
胡蝶の羽風やはらかく
舞ふや乙女の宝塚

三節目は、「学びの窓の乙女子の、月雪花の宝塚」と組の名前が歌われ、四節目は「昨日も今日も明日も亦、きらめく星の宝塚」と、この春に新設された星組の名も、ちゃんと入っていた。「朗らかに」が一緒に入っている点が、東京宝塚劇場の趣意書に通じ、この合唱詩が、一三自身の作詞だと思いたくならせるのである。一三の作詞と考えるもう一つの根拠は、昭和九年一月一日の東京宝塚劇場開場に当って、一三が抱負を述べたなかにも、「朗らかに」がくっついていることだ。

「朗らかに、清く、正しく、美しく、これをモットーとする我党の芸術は即ち高尚なる娯楽本位に基くところの国民劇である」（『清く正しく美しく』）

ここでは標語が宝塚よりはむしろ、株式会社東京宝塚劇場のものになっている。天津乙女の「宝三番叟」とレヴュー「花詩集」を柿落《こけらおとし》に公称三千人収容の大劇場が東京日比谷に開場したのを皮切りに、「宝塚」の名をくっつけた劇場が日本の大都市に次々建設された。東京では日比谷を中心に「東京宝塚」系の劇場、映画館が一挙にふえていくが、それと同時に「清く正しく美しく」の標語が、この頃から一段とふえた夥しい一三の著述のなかから、言葉の弾丸のように飛びだした。

昭和十年六月の有楽座開場の挨拶文。

「凡そ、劇界に存在する幾多の不合理や、其不純や、夫等の重圧に悩まされつつある私達一党の標語として、『朗らかに、清く、正しく、美しく』その凱《かちどき》を歌ふ時を楽しみて、『未来の劇団』を夢みつつ（略）大胆に進みたいと考へて居ります」

劇団というのは、有楽座開場前後に松竹傘下から参加した市川寿美蔵（寿海）、坂東簑助（三津五郎）、中村もしほ（勘三郎）ら歌舞伎俳優と、その前年専属契約を結んでいた女優夏川静江らを加えて作った東宝劇団であって、ここではこの劇団の標語のようにも見える。

昭和十二年の東京江東楽天地設立趣意書にも「私達の理想である『清く、正しく、美しく』御家族打連れてお遊びの出来る朗らかな娯楽地域を、国民大衆に捧げる」云々の言葉があり、以下は略すが、結局、小林一三在る所、すべての会社や集団が「清く正しく美しく」を目指して進むことになってきた。同じ昭和十二年にPCL、JO両映画社が一三をかなめとして東宝映画株式会社にまとまるのだが、その前夜から監督や俳優の引抜きが新聞種になり、毎度「東宝系の策動」として、一三の名も引合いに出された。これはまことに心外な話であると、一三が弁明している講演のなかに、あれは引抜きではなく、窮鳥懐に入る程度のもので、

「彼等はあまりに旧来の映画界の習慣に、ウンザリして、アキアキしてゐるので、清く、正しく、美しくといふ東宝のモットー（略）に賛意を表するのである」

と、PCL、JO関係者の言葉を引用するかたちで語っている箇所もある。

この標語の設定がただの語呂合せでなく、その時の一三にとって痛切な内容を持っていた証拠を、二つ挙げておく。

最初は昭和八年十一月、いま紹介した「朗らかに、清く、正しく、美しく」の歌詞が掲載され

た「歌劇」の、次の次の号に、「二つの批評」という題で一三が転載した宝塚評の記事と、その反論である。批評記事の方は、これが一三のいう「東京のヱライ人達」の一人に当るかどうか、当時既に高名だった音楽評論家野村光一の、昭和八年十月の宝塚少女歌劇新橋演舞場公演に関するものであった。

「先づ最初、歌舞伎レヴユー『誘拐事件』といふ、藤原時代みたいな衣裳を著け、児戯に類する和洋合奏に合せ、訳の解らぬ筋を演じてゐる超時代的産物を観て一種異様な感に打たれた。今時こんなものが存在することは全く天下の奇蹟である」

東京日日新聞からの引用である。

「レヴユーの本義はヱロ趣味にある。そしてそれは最尖端を行く洗練された近代的感覚に依つて被はれてゐる可きものなのである。要するに、それは一群の芸者に『浅い川』でも踊らせるのと同じ趣向を近代化したものに過ぎぬのだ。ところが、宝塚のレヴユーはさうではない。その精神は女学校の学芸会である。勿論、この頃は藤原時代式仮装行列では流石に飽きられて来たので、(略)舞台を現代のパリーに改め踊り子達に赤裸々な肢体を現はさせるに至つたが、実は、それは唯だ表面だけのことに過ぎず、内心は依然として堅固な古い道徳で縛つてゐるのである」

まだ続くのだが、これに対して一三は来年から東京宝塚劇場が開かれると、きっと宝塚の本質を理解しないこの種の批評もたくさん飛び出すことだろうと述べ、この批評を新聞で読んで憤慨の余り自分に対して手紙を寄せた「桜路みち子さん」の私信を、併せて掲載する、という断り書きをつけていた。「桜路みち子」は恐らく一三自身、もしくは一三の意を体した代筆者であろう。

「小林校長先生、先生はまさかこの批評家のお言葉通りに宝塚をお変へになりはしませんでせうね。今まで宝塚がおとろへる事を知らず年々盛んになつて行くのは、何の為めか先生にもちやんとおわかりで御座いませう。エロ趣味とやらで始め出した松竹レヴユーがいつの間にか宝塚の真似をやりはじめた事は何を物語るのでせう。宝塚がまちがつて居ないと云ふ生きた証拠ではありませんか。

小林校長先生、世に若い少女は絶える事はありません。美しい清い心の少女達のあるかぎり、今の宝塚は、その心の上に輝いてのびてゆく事でせう、宝塚の変らぬかぎりどれ程私達の心に宝塚が深く、根強くきざみこまれてゐるか、とうてい男の、それも年のいつた男の方などにはわからぬ事でせう」

結果としては、「桜路みち子」も野村光一も、同じ一面を見ながら評価が正反対なのだ。特に、「エロ趣味」と芸者の「浅い川」云々の表現が、今の言葉で言えば、一三の頭にきたらしかった。

第二番目は、二年後の昭和十年六月二十一日、同じ東京日日新聞紙上に、

「東宝小林社長に花柳界から絶縁状　侮蔑的な言辞を憤つて」

という派手な見出し記事で伝えられた事件だ。

「東京宝塚劇場社長小林一三氏が機関紙『東宝』四月号に『俳優は花柳界に知己を求めるなと言ひたい、低級な花柳界を対象にすることは芸の低下を意味して演劇を一般大衆に解放するために非常な障害になるからだ』云々といふ意見をのべたことが導火線となつて花柳界方面の神経を尖らしてゐたところたま〳〵有楽座の初開場にあたつて小林一三氏が『未来の劇団』といふパンフレットを来場者に配布しておなじやうな意見を再び発表したので、花柳界関係者の憤激するところとなり、去る十八日全国芸妓組合、全国料理組合、東京待合組合が聯合して神田区錦町の全国料理組合本部で役員会を開き、別項の決議を可決し、廿二日全国三萬の組合関係者に決議文と声明書を発送、東宝排撃の砲火をあげることになつたが、さらにその徹底をはかる第一歩として七

月一日中山晋平氏作曲生活廿年を祝ふ日本ビクター実演大会が東宝劇場で開かれるに際し千代菊、雛鶴、市丸の三姐さんが出演することになつてゐたが、同組合では三姐さんの所属支部を通じて東宝劇場への出演中止方を命ずるなど物々しい闘志を示してゐる」

なお、転載された決議文は次の通り。

「決議文　東京宝塚劇場主小林一三君が花柳界を低級と侮蔑し、劇界興隆の障害となると発表せるは無礼も甚しきものとみとめ、吾々花柳界は小林一三君の関係する一切の芝居、映画、演劇を観覧せざるは勿論東宝系と関係ある諸芸人と交渉を断つ

右決議す」

これについて「東宝側の話」では、その問題は、一三がたまたま「東宝」誌上に引用した新聞の座談記事に「低級な花柳界」とあったのが反感を買ったものと思います、と一応釈明した上で、「(劇場が)花柳界の客を取らうとすれば所謂ご祝儀といふものをその土地々々の芸妓屋待合に一軒残らず配つてそれも一軒当り六、七円かゝり来て下さるのは七割くらゐのものです、芝居の入場料が高くなつた原因もかういふところにあるのではないでせうか、花柳界の方がお出でにならぬとなればそれで結構です」

と突っぱねた。以下、新聞の見出しを追うと、

「義理に挾まれて市丸遂に廃業　ビクターへも辞表」(東京日日新聞六月二六日)

廃業とは、芸妓廃業届を組合と警察へ出すことを指す。

「伯鶴、円遊も出演を中止」(同日同紙)

大島伯鶴、桜川円遊が出演の決っていた東宝名人会の七月興行を降りた。

「名人会大崩れ　水芸の太夫も出演拒絶に

「劇場側穴埋めに奔命」（読売新聞六月二六日）
「正式に廃業届
『芸妓市丸』解消」（東京日日新聞六月二八日）
事件の直接の引金になった新聞の記事は、昭和十年三月十四日付大阪毎日新聞の「講演縮写」という欄に出た、燃料商秋守常太郎の発言である。この人が、大阪の名優中村鴈治郎の死をいたんで、ある日若手財界のクラブ清交社に関西の歌舞伎俳優を集めて座談会を開いた。席上、「関西劇団《ママ》の将来を慮る余り」彼が俳優たちに呈した四つの苦言が、「大阪劇壇へ直言」と題する記事になったのだ。
第一は、「商業上でいふ顧客本位をお棄てなさい」ということで、商売人同様、俳優も自由競争の原理を忘れて後援者本位になると、芸が疎かになり易い。
第二は、「俳優は花柳界に知己を求めるな」ということ。「低級な花柳界を対象にすることは芸の低下を意味して、演劇を一般大衆に開放するために非常な弊害となるからだ」
第三は劇壇内の門閥打破。
第四は観劇料を安くすること。
一三は雑誌「東宝」四月号に載せた「東宝劇団はどうなるだらうか？」という文章にこれを要約して載せ、右の要求と理想を実行するには、東宝劇団を育成するより他に道がないと結んだ。例によって勇気りんりん国民劇創成の目的を示し、同時に歌舞伎の世界の昔ながらの興行法や、「牡丹餅で頬つぺたを叩くやうなお世辞を言つて」役者を使う俳優操縦法を糾弾して、われらは「国民の要求してゐる理想に順応して」いくのみと述べた時に、はずみのついた筆がすべったのであった。

かねて一三は、俳優が花柳界の顧客――「連中」の数の多寡によって給料高が決定される慣行を批判していたから、秋守の言葉を、得たりやと引用したのだ（のちに出来た東宝劇団は、能力に応じた、個人あての、月給制に改め、「観客は此方で誘致しようという方法」を採ったが、その実行が現状にそぐわず「至難の業」であることは一三自ら「演劇経営作戦」などに記している通りだった）。

しかし、以上もまだ事件の表面であって、もっと奥には松竹という大興行会社に対する一三の挑戦があった。日比谷に建てた東京宝塚劇場と有楽座を根城に、新しい国民劇の旗を掲げようとした矢先に、予定していた幾つかの商業劇団の出演が、一三の言葉によれば「松竹の邪魔が入って」つぶれてしまった。一三が筆禍事件を起こしたのは、まさに「東宝劇団はどうなるだらうか？」という題名通りお先真暗な状況のさなかであった。

実は一三の松竹への敵愾心なら、まだこれをさかのぼること十四年の大正十年三月、大谷の兄白井松次郎に大阪毎日新聞紙上で公開の論争を挑んだ「大劇場論」に歴然とあらわれている。

「松竹経営者白井君。

日本の劇界に於ける唯一の権威者たる貴下に対し、突然本文を呈するに至つた原因は、昨年中座改築披露の御招待を受けました折、祝辞と喜悦とに充実した宏壮華麗なる白木造りの勾欄にもたれて、人知れず一種の悲哀に打たれた感慨が、今尚去らぬからであります」（「大劇場概論」）

これが書き出しである。改築したばかりの大阪道頓堀中座を、馬鹿げた浪費だときめつけることに発した一三の大劇場論はただの経営論ではなかった。かつて見物方法の簡易化・料金の低廉化・観劇時間の短縮を「三大方針」として近代化を志した帝国劇場の失敗の理由を、松竹の「旧式興行法が依然、旧幕時代のまま不自然な全盛を極めてをるから」と説き、「貴下の劇場とその興行法を木ッ端微塵に打毀すべく空想」せざるを得ないと宣言する挑戦状であった。

　ここで更に明治末の帝劇にまで一気に戻る。

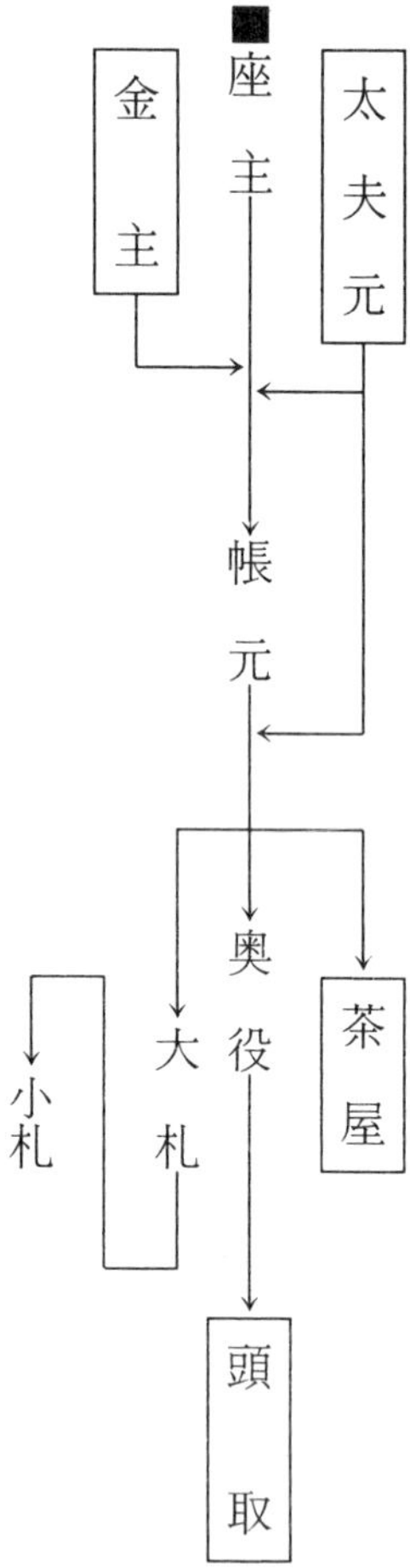

　右の図表は大正九年に出版された『帝劇十年史』の「旧芝居道の内部組織を窺ふ」章に掲げられた「簡明なる図解」である。旧式の興行組織の改革を説く編者は帝劇の「近代化」の意志を代弁してこれに色々解説を加えてくれるのだが、読めば一層わからなくなるという意味において、まさに言葉では言いあらわせないだけの存在理由のある複雑晦冥な組織・制度に違いないのであった。

　昭和二年の「太陽」六月号の「歌舞伎芝居の変遷」という文章が、帝国劇場の改革の失敗を短くまとめている。

「明治四十四年になつて今の帝国劇場が出来た。これも歌舞伎座の出来た当時のやうに、むしろ其れよりも、一層大きな抱負と自信を以て開場したらしいが、椅子席を断行したり出方を廃止したり、さういふ営業方面の以外には余り仕出来した事を見ない。花道をよしたのは大いに新劇を起すつもりであつたらうが、今日のやうな出し物で其れが却て弱点になつてしまつた。遊女屋の場を見せないといふ見識も何時しか撤回せられたのは、此れも旧劇を演ずる以上やむを得ないだらうが、斯くの如くして帝劇は次第に元の杢阿弥《（ママ）》になつてしまつた」

一三が慶応の先輩たちによる帝劇の失敗を他山の石としながら、しかも必ずしも成功ばかりとは言えない困難な改革を進めてきたことは、ここまで見てきた通りである。誰も頼んでいるわけではないのに、趣味から始まって日本の芸能の活性化の戦いに手をつけて、深入りして、苦しんで、おまけに人から憎まれもして、傷だらけになってもやり通してしまったのはどういうわけだろう。

既に紹介した通り、かつて韮崎の町に芝居小屋ができた時に初めて見物に行った小学生の一三が、「時姫」に扮した女形の美しさに撃たれ、その翌日か翌々日かに同じ役者の素顔を見て、「役者って穢いものだ」と思ったという逸話がある。この時、一三少年の鋭い目に穢いと映ったのは、あるいは制度の古さ、冥さの翳を含めての直感ではなかったか。それゆえ青年時代に花柳界の「美」に渇きあこがれた一三が、人となっては美の裏の翳の方に先に目をとめざるを得なくなった。

「清く正しく美しく」

そこには、日本の美と、美の裏合わせになっている古い冥いものとの矛盾を解き放ちたい一三の意志がひそんでいる。意志の底には、彼自身のすぎこし方から呻き出される痛切な思いが重なるから、たとえばそれは彼が深く、永く愛好して熄まない三味線を、自分の仕事場では使わないし、使わせない、というような決意の持続となって、この標語をただの語呂合せにとどまらせなかったのではないか。そして宝塚少女歌劇という「アマチュアーの一団」が、まがりなりにもこの世でこの言葉を現実に支える器であり得たのは、一三にとっても幸せであった。

「東宝対花柳界　紛擾近く解決

警視庁保安部長が調停」（東京日日新聞昭和一〇年九月一一日）

一三が生れて初めての欧米旅行に出発するのが、この九月十二日だが、新聞記事によれば、外遊前に一挙に解決することになり、一三が警視庁に呼ばれて懇談している。

「解決条件は小林社長より『自分は花柳界を低級と直接いったわけではないが問題を起して世間を騒がせたことは遺憾である』と陳謝の意を表し、花柳界の面目を立てる模様」

とあった。なお義理にからんで芸者を廃業した市丸は、東宝の専属に迎え入れられた。

この件はそれでめでたく納まるが、新聞記事は一三の外遊後も、松竹対東宝の対立を続けて報道している。

「松竹、東宝合戦、遂に血を見る

帝劇内で鉄拳沙汰」（東京日日新聞九月一四日）

「スター引抜きに松竹、極度に狼狽

東宝、いよ〳〵攻勢」（同紙九月二〇日）

「東宝、松竹の競願

警視庁、どう裁く？　浅草の劇場建設問題」（同紙九月二一日）

なお戦いは熾烈で、一三の憂いも尽きるところがない。昭和十一年四月、外遊から戻った一三は、懸案の欧米公演に持って行くために、十数年ぶりに歌劇作品を書いた。演劇改良がやかましくいわれたさなかの明治二十一年、「活歴」の七世市川団十郎のために書かれた「那智滝誓文覚」を改作した「歌舞伎レヴュー『恋に破れたるサムライ』」である。前記の村島帰之によれば「評判に破れた社長さんの脚本」と悪口を言った者もあったらしいが、美しい人妻袈裟（雲野かよ子）に恋して、その夫渡辺亘（小夜福子）を討つことを約束させた盛遠（天津乙女）が、言われた通り屋形に忍びこんで言われた場所に寝ている相手を討ち果たしてみれば、それが袈裟御前であったという悲しい物語である。

11景　大臣落第記

性来政治嫌いの一三が一転して、政治や財政について積極的な発言をするようになったのは、昭和二年東京電灯の役員（昭和三年に副社長）になったのがきっかけだった。一歩先しか見ない筈の人が、ここへ来て十歩先や五十歩先のことを言いだした。その意味で東京電灯入りは、一三の後半生に甚大な影響を及ぼした。日本一の大資本の、屋台骨のゆらいだ会社に入ったおかげで、社会経済史上の重要事件に片はしから直面することにもになった。この11景の冒頭しばらくが歴史講座に似てくるのも、そのせいである。

一三によれば独占事業に安住してきた東京電灯は、「独占打破」の世論の中で競争会社が認可されるたびに、買収・合併でふくれ上がりながら何とか危機をしのいできた結果、無用の投資を重ねて需要家へのサービス低下を招く羽目になった（「電力統制の幻影」昭和五年）。電力は許可事業だから政党の利権の対象となり、その上に昭和初年は有り余った電力の売込みに大電力会社が地盤を食い荒し合っていたから紛争が絶えず、かつて自由競争の原理に従って、みみず電車と嗤われた箕有電軌を阪急電鉄にまで仕立てて名を上げた一三が、ここにきて正反対の立場に立つことになった。

「電力統制は勿論必要である」

昭和五年一月号の「経済往来」に、一三はこう書いた。

「覇気満々として都に攻め登る勇士は、昔から、歴史が証明してゐる。それは田舎武士である。木曾義仲、織田信長の昔は言はずもがな、薩長足軽の天下を取りたる明治維新を顧るまでもない。東邦電力、日本電力の田舎武士は、今や虎視眈々として東電を目がけて包囲攻撃をしてゐる。何とかかとか妥協はしてゐるものの、既に政府の力によつて統制の実を挙ぐることが不可能であるかを実見した以上は、各自利害関係者の協定によつてのみその統制を実行するより外に途はないのである」

10景で、松竹に挑戦するおのれの姿を、江戸に攻め上る薩長の足軽にたとえる一三の文章を読んだばかりの私は、しばらく目を疑った。自由競争といい、独占の擁護といい、一三の手にかかるとその日によって立場を変えるゲームの作戦のようなものになる。

――その一方で、このまま不況下に借金をかかえて行詰り、財閥の金融資本家の言うなりに経営してゆかねばならぬくらいなら、「もういっそ国家社会主義になって、国家の一員として指図をする方が得だ」とさえ口にした。五大電力会社の経営者ならみんなそう考えてるんじゃないんですかと、昭和六年十一月号「文藝春秋」に載った作家直木三十五相手の対談に一三は語っている。

軍縮・拓務省廃止案・官吏減俸案を含む財政建直しの基礎として、民政党の井上大蔵大臣（元日本銀行総裁）が政治生命をかけた円の割高レートによる金本位制維持が、内外の要因から昭和六年秋には破綻しかけており、野党の政友会が今に政権をとり返したら必ずやるに違いない金輸出再禁止が招く円安を見越した「ドル買い」で、三井銀行が「財閥の悪徳」を代表して世の非難を浴び、池田成彬が新聞でその釈明をする、という末期症状の中で行われた対談であった（一方同じ頃、中国東北の旅順に駐屯する日本陸軍の関東軍は、柳条溝鉄橋を爆破して、これをきっかけに満洲制圧を進めていた)。

池田成彬のドル買い釈明の中には、東京電灯の持っている厖大な外国債の利払いのため、という一項が入っていた。一三の立場からすれば、如何にも辛いところであった。村島帰之の表現に従うと、昭和三年一三の副社長就任直後、債権銀行である「三井の池田成彬氏の腹案で」、東電が内外債を発行してひと先ず三井銀行貸付金の大部分を返済する措置をとらされた。『東京電灯株式会社開発五十年史』に出ているその時の「国際社債契約調印の記念撮影」を見ると、大勢の外国紳士に囲まれて、今まさに署名をしている若尾社長の左隣に池田が控えており、いやおうは言えなかった雰囲気がよく出ている。小林副社長の姿はそこには見えない。この日契約した外債は米貨社債七千万ドル、英貨社債四百五十万ポンドだった。

ところで契約時の昭和三年頃は、神戸商工会議所をはじめ銀行筋や貿易業界で金解禁を求める声が上っていた。そこで池田成彬主唱の外債発行は、金解禁による円高を計算しての投機的な性格もあったと見なす説もある(『現代日本産業講座』第四巻第二部第一章)。放漫財政の政友会田中内閣に代って、昭和五年一月から財界やジャーナリズムの要望と支援に応えて金本位制を復活した民政党浜口内閣が、円の実力より高い一ドル約二円の平価維持に努めている間は、為替相場はたしかに借り手側に有利であった。

もともと三井と政友会の密接な関りに加えて、山梨の親類筋の関係で政友会に近い一三は、岩下事件で憲政党嫌いに輪をかけた筈だから、これを母体とする民政党に好意を持つ筈がない。そのために、というのも失礼だが、彼は金解禁の当初から緊縮政策に反対して積極的な財政政策を説く少数の論客の一人だった。その論拠は、合理化には異議はないが、もっぱら資本主義擁護に重きを置くと、「人間」を軽視する結果になる。

「これからの世の中は『資本』の外に『人間の問題』を度外視することは出来ない。今までは『人間』を犠牲にして『資本』の繁栄を目的としたけれど、これからは先づ第一に生きるがための人間を、即ち生活問題を考へて経済政策の舵を取らなければ駄目である」（昭和五年三月刊、大阪朝日新聞社編輯『景気はいつ立直るか』より）

一三の警告によれば、

「徒らに恐れて緊縮政策を採り、眼前の輸出入平均のみに重きを置く結果として、産業の基礎を破壊するが如き懸念ある間は」

いつまで待っても景気は立直るべきものではないのであった。一三の処女財政論のために弁明すれば、かつて本格的な男女混成のオペラへの道を説く安藤弘を批判し、興行上の裏付けのない演劇改良を説く「学者先生」を嘲笑し、少女歌劇の歌を「日本人声だ」とけなす純洋楽派の音楽家を黙殺したのと同じで、純理論派や観念主義嫌いを一三の「主義」だと考えれば、東京電灯就任以後の彼の立場も一貫しているわけだった。

さて、民政党浜口内閣の井上（蔵相）財政下の昭和六年の景気は、果たして一三の予言通り一向に景気回復の萌しがなく、おまけに世界恐慌で九月にイギリスが金本位制から脱落した。銀行筋は民政党の金本位制即ち円の平価維持も支えきれなくなると見て、資本の論理から、——一三の弁護によれば「正金銀行が気前よくドシドシ売ってくれるので」——一斉にドル買いに走り、世の財閥不信感を一層募らせる役目を果たした。一三は、「何も知らない買手に罪なし」（「実業之世界」昭和七年三月）と一文を草して三井・三菱・住友銀行を弁護しながらも、複雑な思いで、世の中を動かす底流の変化を見据えていたに違いない。いっそ国家社会主義になればよい、とうそぶいたゆえんである。ちなみに、昭和六年十二月の政権交代にともなう金輸出再禁止で、為替相場は一挙に一ドル約三円の安値をつけた（この時三井はじめ財閥関係三銀行が噂通りの差益を得ていることを、決算報告の分析から割り出した学者もある。逆に東京電灯は、倍以上の利子を払わねばならなくなった）。

財閥富を誇れども
社稷を思ふ心なし

右の歌詞は、同じ昭和七年五月十五日、いわゆる五・一五事件で首相官邸を襲った軍人たちの一人、海軍中尉三上卓が作った「昭和維新の歌」の一節で、激しい語調が若者を酔わせる世相になっていた。昭和五年十一月に東京駅で民政党の浜口首相が、右翼の青年に狙撃されて重傷を負った（翌六年死亡）が、この年既に二月に前大蔵大臣井上準之助が、三月に三井の総帥団琢磨が、それぞれ右翼の青年に射殺されていた。取調べの結果、右の二件は「一人一殺」右翼の暗殺計画の一連と判った。残りの予定暗殺者のなかに他ならぬ東京電灯社長郷誠之助と、一三を東電副社長に据えた三井銀行専務池田成彬が、団琢磨と並んで「財閥系」代表として入っていた（昭和七年三月一七日東京朝日新聞など）。一三にとっても、ひとごとではなくなった。

続いて五月十五日に起こった「五・一五事件」も、一三には格別の衝撃を与えた筈である。首相官邸が、上天気の日曜日の午後五時半、海軍将校と陸軍士官学校生徒に襲われ、同時に政友会本部、牧野宮内大臣邸、警視庁、日本銀行、三菱銀行も手榴弾を投げこまれたりしたが、そのあと東京電灯の変電所が数カ所襲撃された。翌五月十六日東京朝日新聞号外は、

「各変電所を襲撃
帝都暗黒化を計る
別働隊盛んに暗躍」

という見出しで、官邸襲撃の約二時間後、別働隊が東京電灯田端、亀戸、鳩ヶ谷、鬼怒川電気下尾久各変電所を襲い、「全市を一時に暗黒化し混乱のうちに目的を遂行しようとしたものゝ如く」と、それぞれの被害状況を伝えた。いずれも小人数で、ハンマーで電流計を叩きこわされたり、爆薬を投げられたり、変圧器の冷却用ポンプのスイッチを何時のまにか全部切られたりしたが、亀戸変電所などは、

「もう少しで変圧器が焼けて大事を引起し同方面は真暗やみとなるところ」

とあった。なお翌十七日の朝日新聞は、別働隊の正体が、一味のばらまいたビラによって農民決死隊員であることが判明し、「いずれも井上、団両氏暗殺の血盟団事件関係者を出せる茨城県下の若き農民の一味」であると伝えた。彼等の一部は満洲に逃げ、主謀者と見られる愛郷塾長を除いて隊員十六名が逮捕されたのは一カ月のちのことであった。政治嫌いの一三だったが、こうしていやおうなしに、政治の方から直接踏みこまれては、積極的に対応するほかないと彼の性格なら思ったことであろう。

「能く聞け」とその一声やほととぎす
一声は鉄片かけたほととぎす

犬養首相が射殺された翌十六日、「悼木堂先生」の題で、一三は六句の連作俳句を作った。この事件から彼が受けた衝撃の大きさは、検閲のきびしい時代に「流言蜚《ひ》語録」と韜晦した題をつけ、おまけに「禁転載」と断った上で知人だけに配った、限定出版『雅俗山荘漫筆』に敢えて収録した文章によっても知られる。

「爆弾、暗殺、帝都暗黒策（引用者註・別働隊による変電所襲撃を指す）、軍人の直接行動、といふやうな恐慌時代が襲来した。資本主義打倒、既成政党撲滅、ファッショ運動、といふやうな

テロ時代の序幕が開展せられるべきその危険信号が、あらゆる方面に擡頭してゐる。盛んに流言蜚語が飛ぶ、沈痛の面影や、狂熱の姿勢や、戦慄の態度や。いやしくも甲乙相会するところ、食堂の大広間に、倶楽部の談話室に、待合の離れ座敷に。……」

しかし注目すべきは、一三の事件の受け取り方であった。一三は知識階級や実業家たちの多くがそうであったような、受け身の立場でも「戦慄」しつつでもなく、誤解を恐れずに言えば当事者として、むしろ昂揚して、受けとめた。そこで、自分の出番が近付いてきたという予感を、ありのまま書きとめずにはおれなかった。以下の文脈に乱れがあるのは、昂揚のせいかもしれない。

「かくのごとくにしてわが日本の前途は、いかに変化するであらうか。私は、明治・大正・昭和三代の活劇史を、眼前に送迎し来つて、今や資本主義崩壊の危機に立つ時、舞台上の一人として出演せなくてはならぬその運命はいつ来るだらうか」

言うところの「国家統制による新資本主義」の旗手として、責任と期待を負うて、あかりの入った舞台に登場する自分の姿を、この時彼は既に見ている。僅か八年後に実現する商工大臣就任の日を、右のやや沈痛な文章が照らし出している。果たして資本主義崩壊を防げるだろうかと自問しながら、

「この漫筆の記録は、やがて、予言者の宣告であり、歴史家の好材料となるかも知れない」

と書きとめた数行は、一三の文章独特の謙虚さも韜晦癖もかなぐり棄てて、読みようによってはきわめて率直な野心の告白だ。しかも、五十九歳の一三が少年のような使命感に燃えている。五・一五事件当時の危機感を最後の引金に、一三はここからまっすぐ「舞台」目がけて進んだと思われる。邸内の茶室の一つを「大小庵」と名付けて、胆大心小を人生訓とした一三のことだから、かつ恐れかつ畏れながら、しかし大胆に自分を駆ったに違いない。もし彼が大臣になったこ

との是非を問うのなら、八年前の、この決意の周辺を見るべきだろう。

実は五・一五事件直前に、五大電力会社（東京電灯・日本電力・東邦電力・宇治川電力・大同電力）の不況カルテル電力聯盟が成立していた。この時既に一三は、カルテルの自主規制では過当競争は抑えられないと見、五大電力を合併して政府半額出資の電力卸売会社と小売会社にまとめる案を、一人で電力統制委員会に提出した。五・一五事件が起こって二週間後には経済倶楽部で講演を行い、危機感を一層強調し、姑息な手段で現状維持をはかる各社の態度を、「近頃の言葉で申しますと、認識不足であらう」と警告して、即時合併を説いた。既に、かなり人目につく行動であった。

「自分達の持つ今日の現勢、今日の位置、今日の仕事の根底が如何に常軌を逸してをるかといふことをお互ひに諒解して社会共益のため直ちに合同に入るにあらざれば、丁度政党の信用が墜ちて政党の浄化を叫ばれるが如くに、電力界の浄化といふやうな問題が叫ばれて（略）妙な窮境に陥るであらうと心配せざるを得ないのであります」（「電力聯盟とその将来」昭和七年五月二三日）

——ここで昭和十二年に飛ぶ。

満洲事変に端を発する大陸での戦争はこの年七月中国本土に及ぶ「支那事変」となり、昭和十二年十二月召集の第七十三議会に、第一次近衛内閣は電力国家管理法案を提出した。同時に提出された国家総動員法ともども、政友会、民政党の二大政党はこれを政党政治の危機とみて強く抵抗した。いわゆる革新官僚の作文を陸軍が推進する両法案は、最初右翼の小会派が賛同しただけであったが、既に国民の信用を失って弱体化していた両政党は陸軍と右翼団体の国会内外での強硬態度に萎縮して、翌年三月に総動員法案を無修正で、電力管理法案を一部修正で可決、成立させた（岡義武『近衛文麿』）。田原総一朗著『生存への契約』によれば、政友・民政両党の反対気運も、富吉栄二議員が「電力国管は国防計画上、絶対に必要」という陸軍大臣の発言を引き出すに及んで消滅したという。富吉は社会大衆党員であり、両法案を推進する上での左右両派の奇妙な一致は、のちに商工大臣となった小林一三が経済統制を進める革新官僚を「アカ」呼ばわりして食言問題を起こしたことを直ちに連想させる。

ところが五年前、国家の統制と五大電力の自主的な合併を説いた一三の意見は、また微妙に変化していた。この時東京電灯社長・会長を兼任の彼曰く、こんどの電力管理法案は「革新運動につきものの幻想快感」から生じたもので、机上の作戦は「若い闘士にはおもしろいに違いない」し、「業者の立場を離れて、見物人として見るときはまことに甲斐甲斐しい、緋縅《ひおどし》の鎧甲《かぶと》で華々しいから、大向うがやんやとはやす」けれども、実態は「官僚独善の経営」をはかる「資本主義革新の前奏曲」である（経済倶楽部での講演）。――官営反対の理由は、今は戦費の調達をはかるべき大切な時である、公債発行に支障を来たさぬよう信用制度の維持が必要な時に、「電力問題をもって財界を脅すということは、まことによろしくない」と、いかにも苦しげであった。東邦電力の松永安左衛門などは腹を立てて田舎に引込んでしまったらしいが（田原総一朗前掲書）、一三はそのまま発電所や送電線の設備を強制出資のかたちで吸収した日本発送電株式会社の設立委員を仰せつけられ、創立と同時に理事に就任した。

昭和十三年秋には、近衛首相を党首として新党を作ろうとする動きが活潑になった（岡義武前掲書）。ナチスばりの一国一党を夢みる者、既成政党関係者で勢力挽回を図ろうとする者など、右から左までさまざまな人物が若い公爵に近付いては気に入りそうな話を持ちかけた。猟官が目的の肚に一物あるそんな連中よりは、善悪をはっきり識別して率直に忠言してくれる人を探しているが、思わしい人がいないので弱っていると、近衛自身が政界往来社の木舎幾三郎に洩らしていた（木舎幾三郎『近衛公秘聞』）。

ところで、『小林一三全集』第六巻巻頭に、近衛文麿と一三が和服姿でどこかの座敷に威儀を正して坐っている写真がある。上座の近衛は絽の羽織で、団扇の柄に右手を添え、一三も黒い夏羽織姿だが、こちらは両手先に力をこめて机のかどをつかんでいる。一三のうしろは葭障子が明け放たれ、風鈴が微かに揺れて夏か初秋の宵という風情だ。昭和十四年と説明がついているから、第一次近衛内閣と第二次のそれとの間の、近衛にとっては一息ついて構想中、といった時期だった。一三が六十六歳、近衛は四十八歳。二人とも生れて間もなく母を失ったことは共通しているが、解題によれば、「翁は近衛公とは以前からつきあいがあり、近衛の若さの力に嘱目し」とある。たまたま一三の永田町の邸は近衛邸に隣合っていたが、大正初年宝塚少女歌劇創設期の指導者安藤弘の記憶では、京都の安藤の新居に、当時同じく京都帝国大学に在籍した近衛が、音楽評論の兼常清佐博士に伴われて時たま訪ねて来て、宝塚の話なんかして行った。色々忠告もしてくれたという（安藤弘「宝塚少女歌劇の頃」）。まさかその頃から一三と付き合いがあった訳ではなかろうが、どこか気持の通うところがあったのだろう。直言者を求めていたという孤独な近衛には、恰好の話相手であったに違いない。すこし先を急ごう。

昭和十三年八月、一三は「天下の権を握った人々」という題で、ふしぎなファッショ政治家論を書いた。当時中学一年生だった私の語感では、ファッショとは軽快かつハイカラな流行語であって、日本放送協会のラジオでしばしば流すところの、

ジョビネッツァー

ジョビネッツァー

と聞える軽快なマーチで進む、イタリアの青年黒シャツ隊員のことだった。肯定否定に分類すれば、もちろん肯定的な風俗語だった。黒の開襟シャツが若い人たちの間にはやり始めていた。——一三は、歴史随想に類するこの文章を、ある日曜日、退屈しのぎに歴史物語を読んでいるうちに、足利尊氏が我が国の歴史では珍しくファッショと呼ぶに値する有能な人物であると思い至った、ということから書き起こしていた。さて、ムッソリーニとヒトラーの成功に照らせば、真のファッショ政治家に必要な条件は三つある。先ず第一番に若くなければならぬ。次に周到な準備の歳月がいる。第三に、自然の勢いとして生れる独裁政治でなければならない。ファッショは作ろうとして出来るものでない。この条件をみたす者を我が歴史上に拾えば藤原道長・北条義時・足利尊氏・徳川家康くらいのもので、天皇御親政の国体において、彼らは一様に永続する幕府、もしくは幕府的な長期政権を創り上げた人物である。

この観点から明治維新後の人物の中に真のファッショの名に値する者を求めれば、——と一三は近衛文麿の名を持ち出してくるのである。そして彼の年齢の若さが天下無敵の魅力として国民を引きずっていると結論を出した。

いきなり「逆賊」とその頃は言われた足利尊氏なんかを持ち出して、おだてているのか、威しているのかさっぱり判らない（「天下の権を握った人々」昭和一三年八月一六日）。

再び岡義武によると、近衛は昭和十四年正月第一次内閣総辞職後、全国民に根を張る新しい国民組織作りの研究をした。この組織を背景に政府を作って自分は軍部を抑えようとしたと近衛が戦後書き残している由だが、右翼の一部は、これを「幕府的存在をつくることが企図されているもの」と見て、国体論の立場から近衛を非難し、殺害すべしと言う者も出た（岡義武前掲書）。近衛の友人有馬頼寧が、その非難は当らないと言ったところ、公爵は答えて、

「僕の先祖にも藤原道長のような人がいるからネ」

と言ったそうだ。幕府といい、道長といい、先の一三の文章が思い合わされる言葉である。

前後するが昭和十三年七月、一三は「戦後はどうなるか」を出版した。中身は折々に書かれた評論と随筆だが、何時終るか見通しのつかなくなった「日支事変」の行先を憂いはじめた国民の間に、一三の予言者としての人気が高まったので、出版社でもその著書に『次に来るもの』『戦後はどうなるか』『事変はどう片づくか』と挑発的な書名を付け、それぞれ大いに売行きを伸ばした。

同年十月、宝塚少女歌劇訪独伊芸術使節団（スタッフを含めて四五名）が神戸を出帆。十一月、一行はベルリンの稽古場の窓から、偶然ナチスのユダヤ人教会焼打ちを目撃した（秦豊吉「欧州第一夜」）。

昭和十四年三月、日本軽金属株式会社を設立、一三は社長に就任。晩年の回想によれば、ソ連のドニエプル発電所を中心とする工業地帯を視察した時に、電力を大量に使うアルミニウム工業を、富士川と大井川の使いようのない電気を利用して興す一石二鳥案を思いついた。いわばドニエプル土産の結実であった。

同年四月、「宝塚少女歌劇訪米芸術使節団（六〇名）」が神戸を出帆。

同年七月、『事変はどう片づくか』を出版。軍費をまかなう赤字公債によるインフレーションの進行を「青年官僚の統制によつて仰へてゐる」現状を憂えて、空疎な標語や掛声の代りに、「ある程度の実情を話して国民をして安心せしむることである」と説く、表題名の評論を巻頭に据えたこの本は、看板通りの予言・警世の書であった。

中身の各論を詳しく見ていくと、自分がかつてドイツ・イタリア両国民を、独裁政治下に自由を奪われて窮乏していると憐れんだのは、今からみれば恥かしい大間違いで、「善良なる独裁政治は必ずしも憂ふべきものでないと」感じるに至った筋道を告白したり、第一次近衛内閣で大蔵大臣兼商工大臣だった池田成彬の経済政策について、「その統制の甚だ緩慢に過ぎ、失望を禁ぜざるを得なかつた」と批判するなど、立場はまちまちだが、大きく見れば資本主義陣営の内側から出された「資本主義機構の総動員」論（「資本主義制度の利用」より）、あるいは「財閥を国家と一蓮托生の運命に引きずり込む」方法論（前掲論文）というべきか。一三は「日支事変」の開戦直後も、「戦時国債発行解決策」として、インフレの元である赤字公債の日銀引受の代りに、五十億でも百億でも市中銀行と財閥がこれを自力で引受けるべしと、割当額の試案まで示したパンフレットを貴衆両院議員に配布して、「私設大蔵大臣」だと財界を苦笑させた（小林一三全集解題）ことがあった。その前年には「重役兼業廃止の弁」を書いて、一度に十五の肩書きを外したりもした。このような言動の積み重なりが、一層一三の人気を高めたに違いなく、『事変はどう片づくか』は五十版を重ねた。批判者もたくさんいたに違いないけれども、小林一三は既にこの時国民的声望を担う「新人」の一人であった。

自伝風の「三つの人生」という、恐らく談話筆記の文章がある。ここには昭和十五年三月の東京電灯社長辞任から、四カ月後の商工大臣就任までの事情が手短に話されている。電力国家管理の実施によって行く先の運命がほぼ決った東京電灯に一三が辞意を伝えた瞬間から、次の新しい幕が上がりはじめた。主立った役者がそろそろ登場する。急いで紹介すれば、——

三月十五日の重役会の席上、一三が勇退の意志を伝え、後任社長の推挙もして、これで大阪へ帰れる心づもりでいたところ、会長職だけはそのまま続けてくれと引止められた。それは承諾して決議を行っていると、外務省の佐藤尚武（元外務大臣）と、一息遅れて郷誠之助前東電社長か

ら電話がかかった。二人とも、話があるからそちらへ行くという。郷の方が先に来て、
「君、きょう東京電灯をやめて会長になるということはすんだか」
という。今すんだばかりだと答えると、君はイタリアへ行かなければならない、と言われた。親善使節として行くと聞いている所へ、佐藤も来て、自分は政府の代表として行くから、あなたは民間の代表として行ってくれ、と言った。それじゃ行きましょうと答えて、イタリアへ行ったのが四月だった。

こうして何となくイタリアへ行って、「のろのろ見物をしていた」が、六月十日、ヴェニスでいるところへ、イタリア参戦の知らせにぶつかった。これまでドイツが一国でイギリス・フランスと戦をしていたところへ、イタリアが参戦した。これで「親善使節」も解散して自由行動になった。一三はまっすぐベルリンへ向った。はじめはフランスからイギリス、アメリカを経て帰国のつもりだったが、そちらへは回れなくなった。外務省からシベリアを通って帰って来いと言ってきて、その通りに帰途についた。大連まで来ると、近衛文麿からすぐ帰れと、電報があった。それが七月二十日で、大連から船に乗って門司へ着くと、福岡から飛行機に乗れとの連絡が入っていた。羽田へ着いたら、東京電灯の重役だの阪急の重役などが迎えに来ている。それまでに友人から、大臣になるんだと電報を貰っていた。羽田の休憩所でみんなに相談すると、異口同音に、「是非引受けてくれなければ困る」という。何が何だかわからなくて、その晩に就任式をして商工大臣になったが、夢のような気がした。こういうふうになってしまったのが果たしていいか悪いかは、死んでからでなくちゃわからん。――

これは昭和二十七年頃、八十歳近い一三の談話筆記からの抄録である。そのあとに、彼はもうひとこと、こう付け加えている。

「なにはともあれ、われわれの先輩は来ておるし、郷さんも池田（成彬）君も今、日本は容易ならん時だから行かなくちゃいかんというので僕は出たんだ」

先に名前の出た木舎幾三郎（政界往来社社長）は、仕事柄近衛文麿と親しく、また信頼もされていたが、一三とも東電副社長の頃から顔見知りであった。この人が戦後、といってもまだ一三が在世中の昭和二十五年に書いた『近衛公秘聞』には、近衛と一三を引合せたのは自分で、それも、

「昭和十五年小林氏が遣伊商業使節として渡欧されるのに際して築地の某亭で、小林氏の送別旁々公をお招きしたのが、初めての対談ではなかつたかと思ふ」

と書いている。この時「初めて」逢ったかどうかはともかく、イタリアへ行く直前に逢っていることは、これによってはっきり判った。

同じ木舎が一三の死後、昭和三十六年に書いた『政界五十年の舞台裏』には、その春の送別宴のことが、もっと露わに書かれていた。木舎によると、「公は（引用者註・近衛公爵）次に組閣することがあったら、必ず小林さんを一枚入れようと決意していたので」、そのため一三の外遊の直前、「ワザワザ新橋の料亭『蜂竜』に小林さんを招待」して送別宴を開き、木舎も加えた席上で冗談まじりにこう言った。

「ぼくもヨーロッパに行こうと思っていますから、パリあたりで会えるかも知れませんナア。しかしその内、内閣が（引用者註・米内内閣）倒れるようなことにでもなったら別ですがネ。もし万が一、再びぼくに大命が降下するようなことでもあったら、是非お助け願いますよ」

パリで逢うことはおろか、五月一日ドイツの西部戦線攻撃開始、続いてイタリアの対イギリス・フランス宣戦布告のおかげで、一三もベルリンからシベリア鉄道経由まっすぐ日本へ帰るほ

かなかった。ところで、なぜ一三がイタリアへの親善使節に任命され、誰がその人選をしたのだろう。東京電灯社長辞任の重役会の席へ、外務省からの電話に一息遅れて電話をかけてきて、イタリア行きを納得させた郷誠之助が推薦者であることは明らかだが、それはまた一三を東京電灯に入れた池田成彬の了解なしには打てなかった工作ではなかろうか。先に出てきた『故人近人』（昭和二四年）という対談筆記の本に、池田成彬と話している名取和作が、

「商工大臣は、池田さんが近衛内閣の時に推挙したものだが、近衛さんは賛成したが、蔵相の賀屋（興宣）が反対した」

云々の発言をするのを池田が黙って聞いている。

池田はもとより三井の総帥だし、郷誠之助男爵は三菱を代表する顔だ。かつて東京電灯の建直しに一三の経営の才能が買われたように、こんども一三の財界人に珍しい国民的人気が買われたのだろう。つまり、商工官僚による統制経済への進軍の勢いを少しでも緩め、同時に国民の財閥への不信感を逸せるためにも、敢えて「新資本主義」を唱える一三を、彼らは推したのだろう。こうして一三がそれとなく因果を含められ、黒幕たちは近衛に根回しをすると共に、それまでこの在野の「新人」を公の資格で国外に出しておくことを考えたのか。それも、軍部と右翼、その背後の国民多数の心象をよくするために、ムッソリーニのもとに派遣して勲章を貰う手筈まで整えて。——

ついでに一三の出発に当って、彼を訪伊代表に推薦したのは陸軍省であるという意外な噂が流れたことも、伝えておこう。ローマ滞在中の日記に、一三が如何にも不機嫌そうに、こう書きつけている。

「五月二十四日

私は依然として野人たり、野人なるが故に純情なり。而も無欲なり得る也。豈に他意あらんやである。午後八時大使館に於ける在留日本人のお茶の会にゆく。

世のうさも知らでおもちゃの勲章を
つけて遊べる小供《ママ》等を見る
いさほしのありたる国に無位無官
無きとつ国の勲章おかし

五月二十五日
意外なる勲章を授けられたるは光栄なりとしても、理由なしにおなさけを頂戴するやうで心苦しくて気がすすまない。官吏の身分であるならばさぞかし喜ぶであらうと、黙つて座つている。

勲章をつけて出づれば我影の
まぼろしの中物笑ふ声」

こうして二日間にわたたって勲章にこだわり続けるのも、見え透いたお膳立てへの反撥に見えてくる。

一三がイタリア参戦の知らせを聞いたのはその二週間後の六月十日で、一行がヴェニスにいて、

うきことは伊太利つくせる歓迎に
日毎夜毎の衣更にぞ

という日々を過している最中だった。戦争のおかげでフランスへ行けなくなった一三は、一行とドイツに向ったが、ここでパリに無血入城した頃のヒトラー最盛期の国家を見た。こんどはまた逆に昂揚して、現地の朝日新聞特派員に答えて大いにドイツを讃えている。

「戦後のヨーロッパがどうなるか、今となつてはこりやもうドイツの天下を承認せざるを得ないだらうね。イギリスが本当に算盤高い賢明な国民なら今こそドイツと手を打つ可き時だ。併し戦争は金は掛るが勝つとぼろいから勝戦さに逸《はや》るドイツがそれを許すかどうか。ドイツの底知れぬ工業力と国内の纏《まと》め方を見ると、これならヨーロッパを好きな処へ持つて行く事も可能だらう」

経済方面のお話を、と聞かれて、

「金を持つた独（註・ドイツ）は金解禁をやり、窮屈な為替管理をやめて徐々に自由貿易に復帰する。但し従来の様な個人の利益を先にしたものでなく、国家の利益を第一とする新資本主義が、独を盟主とした欧洲に訪れるのではないか」

この記事からは、既に大臣の貫禄を感じる。

最後に、日独関係を何所へもって行くべきかという問題については、

「欧洲の現状を見れば何もぐづぐづしてゐる必要はないではないか。欧洲をこれから支配して行かふと云ふ独と当然日本は手を取つて行くべきだよ」

と、断言した。「氏の意見ははつきりしてゐる」と特派員も伝えている（朝日新聞七月五日ベルリン特電三日発）。

そのベルリンを経てモスクワからシベリア鉄道と満鉄を乗り継いで、一三が大連まで帰りついたのは七月十六日夜だが、丁度近衛文麿が組閣を始める前夜であった。『近代日本総合年表』によれば、

昭和十五年六月二十四日　近衛文麿、枢密院議員を辞任、新体制運動推進の決意を表明。

七月六日　社会大衆党解党。

七月十六日　畑陸相の単独辞職により米内内閣総辞職。

同日　政友会久原派解党。
続いて、
七月十七日　近衛文麿に組閣命令。
七月十九日　近衛・松岡洋右・東条英機・吉田善吾の首・外・陸・海相候補会合、国策を協議（荻窪会談）。

という運びで近衛文麿を中心に時局が急速に進み、当時中学生だった私の記憶では日本中が「新体制」を待ち構えていた時期だった。実は、大所帯の訪伊使節団の一行は、シベリア鉄道の都合で全員一緒に帰れなくなり、一三たちの先発組は、十日おくれる佐藤尚武団長らの後発組を残してモスクワを発っていた。

もし佐藤と同じ列車で、十日間遅れて帰国していたら大臣の椅子を与えられなかったろうと、のちに一三が書いているが、大連ヤマトホテルで船を待つ間に、東京から何か連絡があったらしく、七月二十一日らぷらた丸に乗る予定を急に変更して、一三だけ二十日朝十時出帆の吉林丸で門司に向った（東京日日新聞七月二二日）。この日の日記。

「七月二十日
大連を発する時船中へ函根《ママ》富士屋ホテルに居る名取君（引用者註・名取和作）から電報が来た。御無事帰朝お目出度う」池田さんも昨日よりコ、にゐる」今度の組閣はツンボサジキなり。君の入閣説しきりなりと氏は言ふ。私は直に返電した。
蒲焼の香ひは高し夕涼
街ゆく人の賑はしきかな
二五ヒゴロ帰京イサイそのせつ、池田さんによろしく」

池田さんは、勿論成彬のことである。ちょうど土用の最中で、久しく味わえなかった蒲焼の香が出てきたのであろう。翌昭和十七年四月に書いた「大臣落第記」に、右の日記の続きを一三自ら書き写している。

「私のやうに自我独立で、平素から勝手なことを言ひ通して来た人に、後援者もなければ、同情者も少いから、結局蒲焼の香を風のまにまにかぐことであらう。しかしもし私にお前は実際何をやりたいかと質問する先輩があるならば、電力の国策問題を解決したい立場から逓信大臣を引受けてやつてみせる勇気を持つてゐるけれど、おそらく世間は（もし存在するならば）宣伝省がいちばん適任だといふ風に誤解するだらう。世間の人達は大概その程度であると思ふ。（略）六時半、夕飯の鐘が鳴る」

何だか淋しい日記だ。さすがの一三も、何カ月間の自分のなかの期待と重圧と焦躁の繰返しにくたびれてきたのだろう。しかし、もうあと僅かの辛抱だった。

この数日来東京の新聞には、新体制の閣僚についての下馬評が盛んに出ているが、商工大臣として一三の他に、岸信介（商工次官）、鮎川義介、青木一男の名を並べた七月十九日の東京日日新聞は、「岸信介氏説が有力」と書いた。七月二十一日付の同紙は、「岸商工次官、荻外荘へ」の見出しで、組閣本部と新聞社のテント村のある荻窪の近衛公邸に、二十日午後三時十分岸商工次官が公爵の招致により赴いたとある。以下近衛公と記者の一問一答。ただし、まだ岸と逢う前の問答である。

問　今日（廿日）中に組閣を完了する見込みがあるか。

答　ない。

問　現在内定した閣僚があるか。

答　ない。
問　差当り如何なる人を呼ぶか。
答　岸商工次官を呼んでゐる。
問　岸次官の来訪は組閣に直接関係があるか。
答　ない。

同じ二十一日の東京朝日新聞朝刊も、組閣の段階で岸信介が商工大臣に有力、と書いている。ところがその日の朝、――岸次官が荻外荘を訪ねた翌朝、近衛から吉林丸船上の一三あてに「途中より飛行機にて至急お帰り願ふ」と電報が届いた。同時に、前日近衛公から「飛行機にて帰京方電報ありたる旨」大連ヤマトホテルから回電送して来たと、一三の日記に見え（『逸翁鶏鳴集』）、新聞記事と、一三の日記と、両方をつき合わせると、近衛と岸商工次官が逢ったことで、急転直下、一三の商工大臣が決定したと思わざるを得ない。更にこれを裏付ける岸の回顧談があるのだが、その前に岸信介という人の当時の政財官界での地位・勢力について触れておかないと、あとのつながりがよくない。

岸信介が商工省に岸ありと初めて注目されたのは、昭和四年浜口民政党内閣の官吏減俸案に省内の反対運動のリーダーとして活躍した時だという（『岸信介の回想』昭和五六年――これは昭和五三年から四年間にわたり、伊藤隆が聴き手となって、岸が語り、矢次一夫が補充するかたちのインタビューが重ねられた末、速記を伊藤が整理、さらに岸・矢次が手を入れて完成したもの。なお、岸の書簡、講演要旨、戦後戦犯容疑者として巣鴨プリズン入獄中の「断想録」「日記」などが収録されている）。右の『回想』によれば、岸は松岡洋右、鮎川義介と姻戚関係にあり、東京帝国大学在学中は国粋主義者上杉慎吉教授の木曜会メンバーであった。上杉の極端な国粋主義や保守主義にあきたらぬものがあったが、気分の上からは保守的国粋的だったという。大学卒業に際し、上杉教授から憲法講座の後継者たることを懇請されたが断って官界に入り、大正九年農商務省商工局に勤務。先ず産業合理化に取組むことが、商工官僚としての第一歩であった。大正十五年欧米出張中ドイツに寄って国家統制化の運動に興味を持ったが、この時の報告が昭和五年の金解禁時に至って漸く商工省内で注目され、改めてドイツへ派遣された。岸がこの時調べて帰ったのが、

「規格統一の問題」
「過度の競争を制限するカルテルの問題」
「重要産業に対する政府の保護および干渉の問題」

であった。これに軍がさっそく興味を持ってくいついてきた。——

日本の商工行政を、その場その場の思いつきのようなものから、産業行政として初めて系統立て、理論的な根拠を与えたのは、自分の上役の吉野信次だったと岸はいうが、内外の情勢をにらみながら日本での産業統制の筋書を作り、強く推し進めた官僚といえば、この二人にとどめをさすらしい。もっとのちの話になるが、昭和十一年広田内閣の商工大臣になった学者上がりの小川郷太郎は、吉野と岸が商工省にいては、大臣としての抱負経綸は行えないと言ったそうだ。結局二人は辞表を出して自分は満洲へ行ったと岸は語っている（吉野はのち第一次近衛内閣の商工大臣となった）。

小林一三が昭和五、六年頃、東京電灯副社長の立場から「電力統制」の必要をいち早く説き、先ずカルテルの結成を説いたのは、同じ昭和六年施行の、統制という言葉を法律語として最初に使った「重要産業統制法」を岸信介が起案し、臨時産業合理局の主任事務官として、右の法律の

実施に当った時期と一致している。この時期の岸信介と小林一三（ただし東電副社長としての一面）とは、考え方の上で蜜月時代にあったといえる。しかし、昭和五年のドイツ出張中に、岸から上司の木戸幸一（侯爵、のちの内大臣、近衛文麿の友人）にあてた書簡を読むと、

「合理化の真精神は国民的共働に在り。此の点が米国の合理化と独乙《ドイツ》の夫れとの最大の相違なり。一個の企業、一部門の産業と云う様なケチの問題に非ずして国民経済の問題なり」

といった強い語調が既に見え、その上、不況の中で軍が引き起こした戦争のおかげで、時代を導くのが軍と官、という様相が日に日に著しくなってきては、到底いつまでも同床同夢の人ではあり得なかった。

商工省をいったん追われたかたちの岸信介は、昭和十一年満洲国実業部次長に就任して、一層名を挙げた。彼が単なる統制から一歩進んで、ソ連の五カ年計画を参考にしたという「満洲産業開発五カ年計画」の実施責任者として腕をふるったからだ。当時三井、三菱は関東軍が忌避しているし、誘いをかけても先方も来ないから、鮎川義介の日産コンツェルンを根こそぎ持って来るなど、伊藤隆の解説によれば、「関東軍の圧倒的な権力を背景に、農業国であった満洲に重化学工業を根づかせるという計画」を実施して効果を上げた。この時代、満洲における実力者と言われたのは次の五人だった。東条英機、星野直樹、松岡洋右、鮎川義介、岸信介。その岸が、商工次官として戻って来たのが昭和十四年秋で、翌十五年夏の近衛の組閣に当って、誰もが新体制の商工大臣として彼を最有力と見たのは当然と言ってよかった。事実、満洲の五人男のうち、東条（陸軍大臣）・星野（企画院総裁）・松岡（外務大臣）と、三人までが第二次近衛内閣の閣僚になった。もし実力十分の岸がこの時商工相になれば、どんな「経済新体制」が布かれるか、経済界の人々は予め想像して恐れていたのではないか。統制強化には賛成しながら、かつて革新官僚に

よる電力事業の民有官営案に抵抗した一三にとっても、守るべき立場は同じであった。当時の論議の中心は「資本と経営の分離」を可とするか否とするかで、世の大勢は「民有国営」——企業の国家管理を進める革新側に傾いており、一三が大臣になるのは、その革新官僚の総帥とみなされる人が押えている商工省に、反対意志を持って乗りこむことであった。

先に紹介した巣鴨プリズンでの「断想録」の中に、岸の目から見た第二次近衛内閣組閣の様子が記されている。敗戦後A級戦犯として拘置されていた岸が釈放されたのは昭和二十三年十二月だから、昭和十五年から数えて六年目以後、そして八年以内に書かれた回想だ。これは、

「第二次近衛内閣は国民の大なる期待の中に荻外荘を組閣本部として組閣工作が行はれた」

と書き起こし、近衛が第一次内閣時代の苦い経験に基づいて、先ず陸海軍大臣と松岡洋右（外相候補者）を荻外荘に呼び、「数日にわたり」（新聞記事ではいちにち限り）根本方針を論議したことを記している。その会談が終った頃に、岸信介は「松岡叔父より招致せられ、企画院総裁（近衛公は国務大臣を兼ねしむる考なりとの事）就任に付近衛公の意見を伝へられ」意見を求められた。

企画院総裁にならないかと問われて、岸は母方の叔父の義兄に当る松岡に「直ちに拒絶する旨」を返答した。理由はいま商工省を去ることが出来ないからで、代りに満洲国総務部長星野直樹を推薦した。これで星野の企画院総裁は実現したが、重ねて近衛から同じ経路で、それなら商工大臣はと訊ねられた。こんどは即答せず、一晩熟考した結果、再び断ることにした。

「それは経済界の現状から見て余が商相に就任することは相当の衝撃を与へ其反対を激発するの虞がある。寧ろ余は商工次官の職に止まり誰か適当なる財界人を大臣に仰ぐ方が万事都合宜しかるべく、『私の商相就任は抜身の刀を振りまはすの感がある。刀は鞘に収めて置いた方がよろし

いと思はれる』と答へたのであつた」

岸はこの時四十三歳、よほど自信と勝算がなければ、こんな答は出せなかったと思われる。それから二日位してからと岸は書いているが、近衛の異母弟水谷川男爵から電話があって、荻外荘に来るようにとの言葉が伝えられた。——獄中で資料なしに書いたせいもあろうが、日数の計算が実際より多い目になっている。荻窪の呼び出しを受けたのは、商相辞退の同日午後でないと寸法が合わなくなる。——ともかく、その日木挽町にあった商工省を出たとたんに、岸の公用自動車が多数の新聞社の自動車に追掛けられた。荻窪の手前、中野の自宅へ寄って岸は松岡洋右に電話をかけ、「商相就任拒絶のこと」が近衛に伝わったかどうかを確かめ、かつ近衛から招かれて今から荻外荘に赴く由を通じてから、恐らく午後三時十分に荻外荘に着いて、新聞社の写真班の一斉包囲を受けた。応接室で岸はこの時初めて近衛と親しく話をした。

和服姿の近衛は落着いた物やわらかな調子で、岸の商相就任拒絶の意志は伝えられたが、大事なことゆえ、岸自身の口から理由をたしかめて置きたいと尋ね、岸が答えると、

「さうですか、判りました。然し私は実質的には貴方を商工大臣と思ひますから、其の積りでやつて下さい」

と近衛が言った。このあとの岸の文章をそのまま写す。近衛の一言に、

「年若の余としては感激せざるを得なかつた。続いて商工大臣には何人を適当とするやと質問せられ、余の返事に躊躇して居ると、『小林一三君はどうですか』と、尋ねられた。小林は余の未知の人であり、世間では毀誉半ばする人と思ふが、別に余としては意見のない旨を答へた。『それでは小林君の下で次官をやつて呉れますか』と云われ、喜んでやる旨を答へると、『それでは商工大臣は小林君にしませう』と決められた」（「断想録」）。

そのあと経済関係諸大臣の候補者について意見を求められたから、一人ずつ聞かれるままに岸は答えた。ところが実は、近衛の方が一枚上わ手で、実質的に貴方を商工大臣と思うと言った近衛公の言葉に感激したことは、同公の性格から見て、自分の軽率だったと、戦後の獄中で岸はまだ悔んでいる。

ともかくこのようにして、一三の商工大臣下命が決定された。ちょうどその頃一三は東支那海上で蒲焼の歌を詠んで淋しい日記をつけていた。途中から飛行機で帰京するようにという電報が、翌朝木浦沖航行中の船に届いたことも既に書いた。一三は直ちに日本航空福岡支所に、二十二日午後の直航便の手配を頼む旨打電した。東京日日新聞はこの夜吉林丸に無線電話をかけて一三を呼び出したが、

「東京へ着くまでは何も話せないとおつしやつて、自室へ引きこもつて出られません」

と無線局長が代って答えている。しかし船内は俄然お目出度い噂で一ぱいです、とも語っている。

翌二十二日の東京日日新聞夕刊は、午前七時前に門司に入港した船のスモーキング・ルームで、「とつくに朝食をすませて何時でも来いといった格好」の一三が、詰めかけた記者たちのおめでとうの声に、

「まだ何のことやらわからないぢやないか」

と言いながらも、閣僚の顔ぶれが並んでいる朝刊に目をうつして、

「これぢや僕が最年長だね」

とついうっかり口をすべらし、満更でもない顔付きだ、と伝える。欧州土産なら何でも話すが、「大臣」のことになるとニヤリとして口をとざすあたり、そろそろ大臣ポーズ、とも書いてある。

以下、各新聞の記事を綴ると、福岡雁ノ巣飛行場を午後三時に発ったダグラス旅客機は、二十二日午後五時四十五分羽田に到着、東宝や東電から出迎えの二百人ばかりが「しつかりやつて下さい」「お目出度う」を浴せる中を、虎ノ門霞山会館に移った組閣本部へ赴いて一三は近衛に逢った。

「会談僅か三分」、「国家の為だ、無条件受諾さ」、「空から入京の小林氏」、これが近衛との会見を伝える新聞の見出しだ。

「宝塚も日本軽金属も一切やめよう、これから政治の一年生だ――しかし独逸を訪れて大いに参考になつた。僕はマルクの重要性に目をつけねばと思ふよ。ポンド、ドルの時代からマルクの支配する時代が来る」

とドイツ仕込みの知識を披露したかと思うと忽ち、僕は、ドイツ語もイタリア語も出来はせん、ラジオが何を喋ってるか分りもしないし、駆け歩きさ、大したことはありゃせんヨと、呵々大笑したという。

親任式は夜遅く行われ、喪中のため列席しなかった河田蔵相を除く十一人の大臣の一人として一三は初めて宮中に参内した。その夜の感激を一三は次のように記した。

「宅へ帰ると、宅の人達が『あなたははじめて参内したのであるから、今日はどういふ御様子であつたか、竜顔の御麗しきを拝し奉ることが出来たか』と質問され、実は生れてはじめて宮中へ伺つたので、一向に不案内であるから、御車寄がどこにあるのか、何も知らないから無我夢中で、皇居の中を歩くと、なんとなく身体が竦むやうに、その尊さに打たれてゐた。もう自分といふものは、どこかへ吹き飛んでしまつて、まことに有難い、尊い御園の御中を通《(ママ)》して帰宅したのであるが、その晩は一晩眠られないくらゐ興奮した。これが本当の日本国民のすべての持つ精神だと心強く感じたのである。百姓町人の孤児として生れ、甲州の田舎に育つて、今この光栄ある官職に任ぜられたのであるから、感泣するのに不思議はないと思つてゐる」

　岸は近衛に向って、小林氏は世間では毀誉半ばする人、と言ったが、大臣就任直後の各新聞の評判記も、全くその通りであった。中学生だった私は、大阪の新聞の好意的な記事しか読んでいないから、今度調べて驚いたが、東京の各紙では社説などの固い記事はともかく、人物評ではむしろ、けなしたり、軽くいなしたりの記事の方が賛辞より多かった。しかも一様に「商人的」、「目先が利く」というのが、月旦の極め手となっている。恐らく当時の東京人が大阪人に対して持つ先入観が、実は甲州人である小林一三の属性として植えつけられたのだろう。よくあるのは統制経済の波に押されて商売に見切をつけた一三が、商人から政治家に転向して、近衛に目をつけて見事先物を買い当てた、という論法である。「高橋箒庵仕込の茶道に物を言はせて荻外荘との往復は頻繁だつたやうだ」と、茶道まで実利的な手段だと槍玉に挙げ、ドイツ・イタリアを廻って、俄かに全体主義に色揚げをしてきたが、政治は商売じゃない、時局の収拾は会社の更生や娯楽街の建設とは訳が違う、と警告しているのであった。観念として大臣は一人残らず国民の鑑、国家の柱石であったこの時代に、一三ほど軽く見られた人はいないのではなかろうか。ある新聞の記事では、奇抜な話をしてやると言って一三は、町の一商人や零細家内工業者を守るために、もっと百貨店を弾圧して無用のサービスをやめさせるなどの統制を加えねばならぬと説き、しかるに自分はデパートの重役である、どうだ奇抜な議論だろうと威張ってみせたと書かれ、「をかしな大臣」と笑われている。

　役所ではどうだったろう。「始めは処女の如く、それからグンとやるのが僕の好みだよ」と記者に話して、「処女のはにかみ、小林商相の初登庁ぶり」という見出しの記事を書かれたばかりの一三が、就任後一週間もたたないうちに、二十四も年下の岸次官を大臣室に招いて、「世間では余と君と喧嘩をすると云つて居るが、余は君とは喧嘩はしないよ。余は若い時から喧嘩は随分やつて来た。喧嘩して損したことは決してない喧嘩上手である。君と喧嘩して勝つて見た処が、小林もいい歳をして苦労人らしくもないと云はれるであらうし、負ければ何だといふことになり、何れにしても損ばかりで得のない喧嘩だから、そんな馬鹿なことはせぬよ」（岸信介「断想録」）。

と、岸にとって「誠に予期しないこと」を言った。

実は岸次官の方にも、大臣のこのような言辞を誘う態度があって、一三だけが変ったことをしたわけではない。通常、大臣が交代した場合、次官はその信任を問う意味で、一応辞表を出す慣習がある。岸もその考えを適当としており、一三の前任者藤原銀次郎が商相に就任した時は辞表を出して留任を求められたのであった。ところが、近衛から「実質的には貴方を商工大臣と思ひます」の一言があった為に、一三に対しては形式的に信任を問うことさえしなかった。岸自らがそのようにいっている。

こうした前置きがあって、一三はひと先ず蘭印（オランダ領東インド諸島、いまのジャカルタ）へ出かけた。この年の五月一日、まだ一三がイタリア滞在中、ヒトラーが西部戦線に攻撃開始を指令した為に、帰途パリに寄れなくなったことは既に書いたが、この時オランダもまたたくまにドイツ軍に占領され、女王と政府がロンドンに亡命政府を作った。もともと日本が必要とする石油・錫・ゴム・ボーキサイトなどの資源をもつ蘭印だから、その去就が問題になった。以前から日本に警戒的だった植民地政府が米・英側に近付けば、国際資本が入っている石油は一層手に入れにくくなる。そこで、前の米内内閣当時から蘭印に大使を派遣して経済交渉に当らせることが懸案になっていた。近衛内閣では松岡外相と小林商相の協議の結果、外交官の代りに実業界の大物を推す方針に変え、商工大臣が銓衡に当って一両日中に正式決定を見る筈、という新聞記事が出たのが七月三十日。どういうわけか八月に入ると二転して、小磯大将が候補になり、東条陸相や吉田海相までがからんできて、新聞記事の中ではいつのまにか商相の名前が脱落、陸・海・外相の三者が中心にほぼ一カ月間揉め抜いた末、三転して、八月二十五日付夕刊に、「小林商工大臣を特派することに内定せり」との内閣書記官長発表が出た。外相を通じて近衛首相から行ってくれと頼まれていったん辞退したが、「引受けた以上死を覚悟して出掛ける決心だ」という「商相談」が写真と一緒に東京朝日の一面トップに載っている。東京駅出発が八月三十一日午後十時半、翌朝伊勢神宮に参拝し、大阪と門司で壮行会に出席、九月二日門司から日昌丸に乗船、夕刻出帆した。当時中学生だった私が今なお覚えている一三の写真は、この時のものだと思う。商工大臣として、最初の華々しい仕事ではあった。だが実情は、使節銓衡の一件だけでも十分苦汁を嘗めさせられたのではなかろうか。戦後気楽に書いた「大臣落第の弁」で、そのことに触れている箇所がある。

「当時流行し出した経済新体制、共産主義的やり方を叩きつぶしたのは僕なんだから、その代りに軍部ににらまれ、これはいかんというようなところで、蘭印に東亜使節で行った。僕が在官中にあちらへ行ったのは、本当は帰って来たら追い出されていると思った」(「大臣落第の弁」)。

そんな一三にとって、門司の町の中で、思いがけないめぐり逢いがあった。昼間から山手の大きな料理屋で官民連合の送別会が催され、宴会が済んで玄関から門前の自動車に乗るまでのだらだら坂を降りる時、出てくる一三を一目見ようと道の両側にむらがった人々の中に、派手な浴衣の「六十五六ごろ」の老婆がいた。彼女の方が先に一三の顔を見つめていた。

「不図、その老婆の顔と私の視線があった時、ア、ちがふかしら、と思はず立留まった。彼女は横を向いて、それからスタ〳〵と隠れるやうに、逃げるやうに歩いて行った」(「忘れられない人」)。

3景で、真夜中の大阪道頓堀の川越しに、弁天座の櫓が焼け落ちるのを見ながら、二十一歳の一三と一つのかいまきにくるまって震えながら、まだ十五、六歳の赤襟の芸妓が、

「もっと焼けて、こっちまで焼けるといい」

と恨めしそうに呟いていた挿話を伝えた。その六つ歳下の芸妓に、老婆が似ていたと一三は言うのである。川のこちら側にある自分の養家まで焼けるといいと言ったのは、近く下関に売られて行く運命を悲しんでいたからと判った時には、もう彼女はいなかった。それ以来、一三は九州へ旅するたびに、「どこぞで必ず彼女にめぐり会うかも知れない、会って見たい、と心に念じていた」という。そのひとに一目だけめぐり逢えたのである。

そのためもあってか、十日間のバタヴィア(現ジャカルタ)までの航海中、一三は心を燃して大いに勉強した。蘭印政府との外交交渉に関して、どう聞かれればどう答えるか、仮想の問答集を作ったり、日本とジャワの交流史、現代の蘭印の人文地理経済を調べた。江戸時代の長崎出島のオランダ貿易というのは、オランダ本国と直接の交通かと思っていたが、バタヴィアの港を東西集貨の中継所にしていることも、船中の勉強で知った。更に航海中に少しずつ手を入れて、さまざまの思いをこめた次のような長詩を作った。形式は一三が好きな蕪村の「春風馬堤曲」を真似て、俳諧の心に、思い切って宝塚風の歌詞もとり入れた新風である。

爪哇《ジャワ》行

帝都百万歓呼声
　天てらす二百十日も無事なりき
壮士勇躍玄海灘
　八重の汐路もたそがれて
左舷に不老蓬萊の
島がくれゆく和田の原
いく夜ねざめの夢まくら
誰にかつげん夕月の
光は白し水や空
東天暁色比律賓
西陽斜印度支那
　仰げば南十字星
北斗の影はうすらぎて
静けき海はあけぼのゝ
常夏の国風涼し
ジャガタラ島にちかづけば
「沖の千鳥は霞に消えて
　岸による波片男波
　お春可愛や生き別れ」
歌にゆかりの荒磯は

昔も今に変りなく
御朱印船は帆をあげて
縦横自在とり楫《かじ》の
日本男児こゝにあり
極楽鳥のすむときく
邪破《ジャバ》顕正まっしぐら
雲煙波高日昌丸
遥望蘭領東印度

バタヴィアの外港タンジョン・ペリオックへの入港は九月十二日、埠頭で一三は蘭印軍儀仗兵の閲兵をした。この日発表したステートメントには、

「世界的混乱は各国が各々その所を得て生活の安定を得るために協調融和に失敗せる結果であるといふことが出来ようが、吾人は吾人の隣人との間に於てその失敗を繰返すことが如何に愚であるか、如何に人類の不幸を深く大きくならしめるものであるかを十分知つてをる」

という一節があった。宿舎はホテル・デス・インデス、その奥庭の一棟に一三の部屋があり、儀礼的な往復を済ませて、九月二十日頃から蘭印側首席代表ファン・モーク博士との本格的な会談を始めた。随員の一人だった一杉栄の回想によれば、一三の「政治や外交の事は素人で、使命は唯一つ、石油を売って貰いたい」という態度が「蘭印側をホッとさせた」結果、会談の滑り出しは上々であった。一三も、暇を作って、古道具屋で埃にまみれた宋胡銭などをみつけて来ては、寝室の洗面台で自分で洗って楽しむなど、充実した日々が流れていたのだが、それが九月二十七日の日独伊三国同盟成立の報道で一挙に様相が変った。ロンドン臨時政府の訓令を仰いでいた蘭

印政府は、敵国ドイツと同盟関係を結んだ日本に対して態度を硬化させた。おまけに随員の石本陸軍少将が病死し、その上、一三の末娘春子の夫が死去するという知らせも内地から届いた。幼い頃母と死別（父とは生別）してから、初めて受け取った身内の訃報で、一三はひどく力を落とした。バタヴィアで青少年団の大々的な親英デモが行われる中で会談は難航し、辛うじて共同コンミュニケと石油問題の交渉続行を発表したところで、十月二十日一三に突然召還命令が出た。

悪いことは続くもので、十一月二日一三が日本に戻ってみると、緊急事態が起こっていた。岸信介たちが練り上げた商工省の経済新体制確立要綱案が、一三の留守中に企画院に提出され、企画院案が決定されていたのだ。この内容は公表されなかったが、前述の伊藤隆の解説によれば、「『資本と経営の分離』、つまり生産の全面的な国家管理をめざすもの」で、「この経済新体制をめぐる『現状維持』派と『革新』派との対立は小林商相対岸次官の対立として顕在化した」（『岸信介の回想』）。ここからその対立抗争が目の前に展開するわけだ。問題の企画院案は、十一月初め、一三の帰国を待って、経済閣僚懇談会の審議にかけられ、星野企画院総裁は、一三たちからきびしい反駁を受けた。

このあたりの事情は当時報道を許されなかったから、一方的に岸信介「断想録」によって話を進めるより他ないが、先ず、一三の帰任と同時に風雨をはらむ問答があった。岸次官が留守中の事務報告をし、次に経済新体制問題について説明しようとしたところ、その問題については「大臣自ら考ふる所があるから、説明はきかぬ」と断られたのだ。

次に、右に述べた経済閣僚懇談会の審議の様子を岸が訊ねた時も、「会議内容は秘密とする旨の申合せだから」と、これも断られた。そこで岸も遂に、「大臣は予て私とは喧嘩をせぬとのことであつたが、これは大臣から喧嘩を売るやうなものではないか。経済新体制の事務当局の説明は聞かぬ。経済閣僚懇談会の内容は云へぬ。大臣の意見も云はぬ。といはれては余は商工次官の職責を尽すことは出来ぬ。大臣がかくて喧嘩を売られるならば、売られた喧嘩を買はねばならぬ」と息巻かざるを得なくなった。

もう一つ岸を怒らせたのは、一三がそのあと丸の内の工業倶楽部で、「経済新体制の考方はアカだ」と財界人に話したことが耳に入った時だった。この時も岸は形を改めて、

「大臣たるものが官吏の中に赤の思想を持つものありと断ずることは由々しい事だ。一町人の小林として何を放言せらるゝも余の問ふ所ではないけれども、苟も国務大臣たる小林氏の此の言葉は聞き棄てにならぬ」

と詰め寄ったと書いている。矢次一夫によると、岸信介もずいぶん商工省では上役と喧嘩をして、荒っぽい男という評判を取ったらしいが、詰め寄られた小柄な一三は、どのようにこれを受けとめただろう。幼い頃の奥の手を使って、素早く脇の下をかいくぐって、一発叩いて逃げただろうか。

アカ呼ばわりについて、岸はもう一つ挿話を書いている。それは衣料切符の制度を作ろうとした時で、足りない物資を必要な向きになるべく公平に配給しようという岸たちの考え方について、一三が「衣料切符の如きは赤色ロシアの行う処であつて、それは赤の考方だ」ときめつけたものだから、言われた方は大いに面喰らったという。それらを思い合わせると、「此の大臣の言葉は最早聞き棄てにはならぬと思はしめられたのであつた」と岸は書いている。

結局「経済新体制確立要綱案」は、昭和十五年十二月七日の閣議で決定、発表されるが、十二月はじめの一三と岸信介の動きはあわただしい。「断想録」によれば、企画院の原案は、一三を含めた経済閣僚懇談会で「骨抜的に修正」され、一三は工業倶楽部で、

「我遂に勝てり」

と豪語した。十二月四日の東京朝日新聞は、関西財界でも、経済新体制案は却って生産拡充を阻害するものだと政府関係当局へ申し入れ、小林商相が関西財界の意向を聴くため大阪へ赴くことになったと伝えている。このように財界に猛烈な反撥が起こったのは原案の内容が閣外に洩れた為で、これが問題になってのちに災が一三の身に及ぶのである。

岸次官の方でも大臣の頭越しにただちに星野企画院総裁に面会して、これに対抗する強硬手段まで考えたが、東条陸相の協力を得て陸軍からの意見具申で先の閣僚懇談会の決定をくつがえし、十二月六日原案通りに引戻して正式に決定した。ところが、更に十二月七日の閣議決定直前に、伍堂卓雄らの財界代表が共同意見書を近衛首相に手渡して最後の反攻をみせた。どちらが勝ったかよく判らないが、一三と岸信介がここで真正面から戦ったことだけは、はっきりしている。

岸の「断想録」では、その直後、鮎川義介と高碕達之助の仲介で、十二月八日二人は握手をしたと伝えている。そのくだりを引用する。

「小林商相は鮎川氏と面談し心境の一変するものがあつたらしく、十二月八日であつたと思ふが、余を大臣室に呼び、手を差し伸べて握手を求め、『もう君とのいきさつは綺麗に水に流し、何でも君の云ふ通りに盲判を押すよ』とのことであつた。大臣のかく心境の変化したことは甚だ結構であるけれども、曩の就任直後余との喧嘩云々といひ、又今回の態度といひ、率直ではあるが、大臣らしくないと感じた」

岸が次官として仕えた商工大臣は、伍堂卓雄、藤原銀次郎、小林一三の三人だが、その三代の商工大臣をどう評価するかとの問に答えて、岸は藤原に一番傾倒すると答えている。藤原は三井系の人で王子製紙の社長だったが、この人の考え方は柔軟で一番無理がなかったと岸は言う。小

林一三については、鋭いけれども、

「たとえば電気の問題でも、この電信柱は背が高すぎるから切ってしまえとか、電気の本質そのものを問題にするのではなくて、それに関連のある問題について、すぐ処理するという傾向があった」（『岸信介の回想』）

と批評している。

一三は東京電灯の経営者になった頃から資本主義の害悪とその修正を説いた人であった。それが大臣になった途端に、岸信介と真向から対立するようになった。商工大臣就任後の言動を見ると、かつて批判した旧体制を守るためにまるで身を挺して苦労を重ねている。岸自身が、「小林さんは自由主義経済の最も徹底したもの」と評したほどであった。

もっとも官僚嫌い侍嫌いという生れつきの気質は、よその国の統制経済を称讃し、ナチズムとマルクの制覇を確信したところで変るものではないから、一三が言うところの、「木挽町の雑漠《ママ》たる官庁へ——その昔神田に散在した私立学校のやうに散漫たるお役所に」「何等の用意もなく、準備もなく」（「大臣落第記」）入って行って、そこを本拠とする自負心の強い人々の集団と初めて顔をつき合わせた時に、お互いにどうしても肌の合わぬ違和感が百の理窟を飛び越えさせて、彼を持って生れた「自由主義経済の最も徹底した」立場へ戻らせたのかもしれなかった。

だから、十二月八日の握手で、対立が氷解するわけはなかった。僅か二週間のちに、内閣改造で内務大臣が入替り、平沼騏一郎が就任すると俄かに事情が変ってきた。

「十二月十五《（ママ）》日内閣の一部改造行はれ、平沼氏が内相に就任し左翼思想に徹底的断［弾］圧が加へられると一般に予想せられた」

と岸も書いているが、近衛首相が自分のブレイン・トラストであった人たちの代りに、元首相で右翼団体国本社総裁の平沼と、皇道派の陸軍中将を内閣に入れ、内務大臣、法務大臣にそれぞれ据えたのは、新体制——十月に発足した大政翼賛会そのものも「アカ」だ、という批判に押されての改造だったように思われる。果たして、企画院の官僚が共産主義の背後関係があるとの理由で検挙される企画院事件が起こったが、岸信介の回想によると、一三はこの時、官僚たちの糸を引く者として岸を辞職させる決意をした。「断想録」は、次のように述べている。

「小林商相は平沼内相に面談して次官を持て余して居る旨を訴へ、平沼氏は君は大臣であるから商工省の人事は君の思ふ儘にやればよいと答へられたさうで、商相は之を以て余を首切るべく激励せられたるものと解し、忽ち心機一転余との和解を覆して強硬態度に変つたものらしい」

一三は先ず松岡洋右を通じて岸の退任を懇請して、逆に翻意を勧められ、続いて「十二月二十三日頃」（註・岸の記憶違いか）の朝早く、一三自身が中野の岸の自宅に乗りこんだ（あとで引用する新聞記事では商相の訪問は二十七日午前八時で、これは岸自身が当日記者会見で発表した時日である）。この時岸は風邪気味で病床に在ったので夫人が代って面会すると、一三は筆と紙を求めた。続いて筆談のやりとりとなるが、以下は岸の目から見た当日朝の状況である。

「（小林商相は）『君の辞表を貰ひに来た。すぐ出して貰ひたい』と認めて寄越され余の進退に付ては十分に考慮した上で決したい旨を返事すると、更に『辞表が貰へるのですか、貰へないのですか』と平仮名と片仮名交りに乱暴に書かれた紙片が届けられた。『今は辞表は差上げられません』とはつきりとお断りした」（「断想録」）。

十二月二十八日付（二七日発行）朝日新聞夕刊に、見出しを消した上に、五段にわたって半分以上を白く残した異様な記事が、一三と岸の写真入りで載っている。白地は「残した」わけではなくて、検閲で消された部分である。

「小林商相は二十七日午前八時中野の自邸に病気療養中の岸次官を訪問したが、岸次官は発熱療養中のため面会を避けたので、商相は次官秘書を介し筆談をもつて突然次官の辞任を求めた」以下、岸がはっきり拒絶したこと。一三はその足で閣議に臨んだあと、平沼内相を官邸に訪ねて約十分間、「重要会談」をしたことが伝えられ、そのあとかなりの文章が削除されていた。海の中の島のように岸次官が同日正午記者団に対して筆談で行ったという発表だけが残されてから、そこで岸は、自分が辞意を表明したことは絶対ない、小林商相の来訪は事実だが直接面会もしていない、と念を入れて否定している。これは同日夕刻、一三が記者団に答えた談話──「今朝自分が突如次官宅を訪問したことは、大体において次官が辞意を決意したとの非公式な報告があつたから、辞表受取りの様な軽い気分で行つたのである」（朝日新聞一二月二八日朝刊）に対立するものである。一三の方はそれ以後この事件について一切触れていない。

余談になるが、二十七日朝、一三から辞表を求められた岸信介は、直ちに近衛首相に面会を求めている。それはかつて近衛第二次内閣の組閣に当って「実質的には貴方を商工大臣と思ふから」と言われた時の経緯があるからで、「一応近衛首相の意中を確めて進退を決する」つもりで電話で面会を求めたというが、逢えないと断られた。その時に話したのか、あらためて直接電話をかけたのか、成行きを話して首相の意向を聞いたところが、

「大臣と次官との衝突となれば、次官にやめて貰ふ外はありますまい」

と極めて冷静な返事である。「此の返事は余に取つては稍々意外であつた」、と岸は「断想録」に書いた。『岸信介の回想』では、この時の近衛の返答について、

「政治家とはこういうものか、俺はやはり若いのだなとしみじみ感じた」

と語っている。それですぐ辞表を出す決心をしたというのだが、実はこの前後に一三が木舎幾

三郎を使って、近衛に岸次官罷免についての助力を求めていた。木舎の手記によると、「ある晩、九時を廻った頃」とあるだけで、何日のことか判らないが、岸罷免について軍部から一三に圧力がかかって、険悪な状況になってきた時というから、夕刊の記事が検閲で白くなった当夜のことかもしれない。ともかく至急来てくれと電話で呼ばれて、木舎が永田町の小林邸を訪ねると、いつもとまるで違った強ばった表情の一三が待っていた。彼は岸罷免に至るまでの事情を話し、

「この上は近衛公の力によって、なんとか所管大臣としての面目を立てて欲しいと思うので、きみに来てもらったわけなんだ」

と言った。木舎がその足でほど近い総理官邸まで行くと、細川護貞秘書官が、

「あと十分も経ったら東条、松岡、秋田の三大臣が来られることになっていますから」

と言うので、急いで二階の応接室に上って執務中の近衛に逢った。一三の方の事情を手短に伝えて、

「この上は貴方の力で面目を立てて欲しいという話でした」

と言うと、近衛にしては珍しくはっきりした語調で、よく判った、善処すると伝えてほしい、いま三大臣が来るというのは恐らくその件だと思うが、自分の考えを述べて諒解を得ることにする、と明言した。木舎が「宙を飛ぶ思い」で階段を降りて行くと、丁度三大臣がやって来たところだったから「ああよかった」と思った。あとで聞くと、近衛はその時三大臣に「所管事項に関する一切は、当該大臣に一任してあることだから」自分としては指図がましいことは言いたくないと答えた由であった（木舎幾三郎『『大臣落第記』前後』）。

すこしよく出来すぎた話のようだが、木舎がこれを書いてから二十年後に出た『岸信介の回想』や「断想録」を見ると、この前後の記述が何となく符合するのである。

岸の方でも、ともかく辞意は固めたが、そのまま黙って辞表を出すと大臣が赤を駆逐すると放言している際だから、時節柄「赤」の烙印を押される恐れがある。岸の方にも身の危険があるからその夜一晩熟考の末、「確かな政治家を立会人として立会はしめ、辞職の理由を明瞭ならしめ小林氏をして無責任なる放言を為さしめない様に工作し置く必要」を認めた。松岡外相は姻戚だからこの際適当でないので、秋田拓相に頼むことにして、拓務省大臣室で秋田拓相立会の上、一三に面会して辞表を提出し、その代り、辞任を求めたのは「単に事務上の都合から」という言質をはっきり取り、後任次官を岸から推薦して「円満に落着した」というのである。そのあと、「小林商相は安堵の胸を撫で降ろし、関西に立つて行かれた。池田の自宅に於ける記者団との会見では、意気軒昂たるものがあつた様である」

と岸は書いている。ただし新聞報道では、大晦日に池田から帰京したのちに拓相を通じて一三が辞表を受取ったとあり、解決の日付と段取が少し違うが、以上が一三と岸信介の攻防戦の大筋である。焦点になった所有と経営の分離については、民有・国営を織込んだ企画院原案を、一三を先頭に立てた財界勢力が骨ぬきにした、とする見方が多く、一三自身も「当時流行し出した経済体制、共産主義的やり方を叩きつぶしたのは僕なんだから」(「三つの人生」)と昭和二十七年頃に書いているが、一方の当事者岸信介の「断想録」は、いったん経済閣僚懇談会で原案が骨ぬきにされたあと、東条陸軍大臣による原案支持の申入れと、小川逓信大臣の居中調停によって、「曩《さき》の決定を翻して原案通り正式に十二月六日に決定」し、更に経済閣僚懇談会の面目を維持するために懇談会自身の意見として最終的決定をしたかのような形をとったのだと書いている。

最終決定は、まず企業は民有・民営を本位とし、必要の場合に国営化する。中小企業の整理統合についても、維持が困難な場合に自主的に整理統合させる。――以上のようなあいまいで現実的な文案に落着いた。しかし中小企業の廃業と統合は既に進行中で、一三の在任中に国会で質問が出ているほどだし、名を捨てて実を取ったのは革新官僚の方だったと言えよう。ともあれ、「天皇の官吏」と言われてたださえ官僚の権力が強かった上に軍部の支持を受けた「革新官僚」の、その総帥たる岸を辞任させたのだから、一三の心が昂揚したのも無理はなかった。

だが、そのとがめが、意外なところで露われた。間もなく召集された第七十六通常議会で、一三は国家の機密漏洩のかどで小山亮議員の執拗な追及を受けた。小山はかつて社会民衆党（社会大衆党の前身）から無所属に転じて長野県東部の農民を基盤に選出された人で、昭和十三年に政府提出の国家総動員法と電力国家管理法案に政友・民政両党が抵抗した時、

「小山は賛成の側に回り、カゲになり日なたになって逓信当局を徹底的に援護射撃した」

と彼の伝記は伝えている（日本海事新聞社編『反骨一代——回想の小山亮』）。最初から「暴れん坊の〝闘う代議士〟」で、「思想的には無産政党に肩をもつかと思えば、軍部や〝革新官僚〟に組《ママ》みし、よくいえば変幻自在」（前掲書）

陸軍部内に顔がきき、政治的には「新体制」にいちはやく協力した戦争中の社会大衆党（三十七議席）に近いように思われる。なお、戦争末期、大臣をやめた岸信介が護国同志会という議会内党派をつくった時に、小山亮はこれに参加している。伝記には、小山が一三の「機密漏洩」に関する情報を入手した経路について三つの説が挙げてある。

1　小林と対立し辞任した岸元商工次官の線から提供されたという説

2　小山と親交のあった陸軍部内からの情報入手説

3　政界の黒幕Y氏が一役買っていたという説

当の岸信介は、「断想録」に、

「当時小林氏及其身辺にては小山君の攻撃の背後には余のありし様に考へられたけれども、余は何等の関係なかりしのみならず、当時は小山君とは未知の間柄であつた。小山君の攻撃は専ら憲兵隊の調書に拠つたものであつた」

と書いたが、その小山が先ず昭和十六年二月二十日の衆議院決算委員会でこんな質問をした。

「苟くも国家の機密に関する一切の漏洩は断じて許さるべきではないが、往々にして上層部の間にかゝる事実があるときいてゐる、果してかゝる事実があるのであるか」

これに対して田中陸軍省兵務局長が、「残念なことには上層部のある一部にかゝる事実があつたことは遺憾である」が、今は事実については申し上げられないと答えた。小山はそれを受けて、

「昨年経済新体制の企画院原案が経済閣僚懇談会で審議されてゐたとき右原案と全く同じものが民間に流布されてゐた、その出所を追及してみると当時渡辺銕蔵氏が小林商相の手許より借出してこれを模写し印刷して各方面に廻してゐる事実を発見したのである。国務大臣として一国の最高機密ともいふべきかゝる原案を審議中に民間に流布したといふ事実は当然にその責任を厳重に問はるべきである、軍は当時右の事実を知つてをつたのであるか、取調べををはつたのであるか」

と核心に触れる発言をした。このところ一三は風邪をひいて寝こんでいた。その夜の永田町私邸での筆談による記者会見では、「二十一日（翌日）に登院可能なりや」の質問に、

「いまだ三十七度内外の熱があるため、外出は医師の許可を得るを要する」

と答えており、大した風邪でないことは判る。もっとも若い頃から一三の家に出入りしていた丸尾長顕によると、大正十二、三年頃の話だが、自宅へ来いと呼ばれて出かけたところ、布団をしいて一三が寝ている。見たところ顔色は悪くない。熱があるというから、何度あるかと訊ねる

と、六度七分だと言われた。しかも平熱は六度四、五分と聞いて、丸尾は一三の用心深いのに感心した（丸尾長顕『回想　小林一三』）。

しかし昭和十六年二月下旬の一三は風邪への用心ばかりでなく、小山の質問を予知しての用心深い臥床だったとも受け取れる。一三の周辺が数日前から質問を封ずるための工作をしていたことも、のちに小山の追及の中にあらわれてくる。なお、一三が原案を見せたという渡辺は経済学者で渡辺経済研究所所長、戦後の東宝争議に当って社長に迎えられた人物だ。

ところで、朝日新聞（二月二一日付夕刊）の要約に従う限り、右の小山の質問に対する陸軍省兵務局長の答弁は答になっていない。曰く、陸軍省は、世間に流布された企画院原案の経済新体制要綱を作った官吏とは関係がない。従って軍には共産主義者は断じていない。なお、右の事件を取調べたかどうかは軍の信義にかけて申し上げられない、と言うのだ。否定も肯定もしないのは事実と認めたこととみなす、ときめつけておいて、更に小山は一三に脱税の事実があったと暴露して、商工大臣自身の出席と明確な答弁を求めた。

先に一寸触れた当夜の小林邸における記者会見の中に、こんな問答があった。

「問　小山代議士の質問を阻止すべく十九日夜十時頃陸軍当局に申入れをなさしめたりといふが事実なりや」

「答　全然知らず、初耳なり」（朝日新聞二月二二日）

松永安左衛門はかねて電気の国家管理に厭気がさして川越の奥に引込んでいたが、一三が大臣になると、衆議院議員の経験をもつところから、永田町の一三の邸に出かけては情況の分析や、答弁の仕方について相談にあずかっていた。とりわけ機密漏洩問題が起こってからはほとんど毎日、一三から相談を受けたという。この時、一三の側にいる者の意見が二つに割れた。知らないと言い切れというのが、当時代議士で解党したばかりの政友会の総務をしていた田辺七六（一三の異母弟）たち、松永はこれに反対して、「漏らす漏らさないの問題ではなく、友人の意見を参考に聞いたというだけのこと」だから、はっきりそう言明すべきだ、さもないと今に追いつめられる、と忠告していた（『小林一三翁の追想』）。

こんな風に、陣営内で二日間も論議を続けたあげく、三日目には態度を決めねばならなくなり、一三は後者の意見に従って包み隠さず喋ると約束して出て行ったと松永が語っているが、新聞記事によれば小山の最初の質問（二月二〇日）から、一三が国会に出て答弁するまでに六日間経過した。病気を理由に一三が永田町の邸にこもっている間に、二十一日には決算委員長からも委員会への出席要求があり、二十四日には同委員会で星野企画院総裁に対して、機密漏洩の日時・方法などに関する傍証固めの質問が小山議員から行われた。こうして相手方も爪をといで待ち構えている国会へ、ハトロン紙に包んだ水嚢と薬瓶持参の一三が現れたのが、二月二十五日午前十一時であった。

朝日新聞が要約しているこの日の小山の質問のなかに、いわゆる革新派の経済新体制に反抗した小林一三の役割と位置、当時の財界と革新勢力との力関係を端的に表わしている箇所があるので、そこを先に引用しておこう。

「小山氏　財界の現状維持派は革新勢力をすべて『赤』であると宣伝し、着々自己勢力の扶植につとめつゝあり、これがため澎湃《ほうはい》たる新体制樹立への国内の機運は著しく頓挫したかの観がある、この状態で進むならば、高度国防国家の建設などは思ひもよらないことになるであらう、しかも商相が企画院原案を漏洩したことによつて、これが革新勢力反撃への重大なる宣伝の具に供されてゐるのが実情である。商相はこの点からみてもよろしくその責任を痛感せられ、速やかに骸骨を乞う（引用者註・辞職を願うの意）べきである」

統制派は「高度国防国家建設」と「尽忠報国の赤誠」を武器に、自由派（財界）側の精神右翼の力を借りた「赤呼ばわり」を黙らせるべく努めたわけで、代表選手が今度は小山対小林に変ったのであった。

二十五日の質疑応答に戻る。

「小山氏　今日の統制経済のやり方は『赤』であるとみてゐるか、また『行きすぎ』であるとみてゐるか。

小林商相　なかには『行きすぎ』のものもある。

小山氏　計画経済は日本の国体と相容れないと考へてゐるのか。

商相　国防国家建設のために各種の計画をたてゝゆかねばならぬその意味で計画経済は必要である。

小山氏　現行計画経済のどの点が『行きすぎ』なのか。

商相　一般財界への影響もあるから具体的に指摘することは差ひかえる。

小山氏　たとへば配電国家管理は如何。

商相　所管外事項だから答弁できぬ。

小山氏　同問題についてこの一月大阪で自分は反対であるといつてゐる事実をお忘れであるか。

商相　記憶してゐない」

ここまでは朝日新聞の要約によったが、問題の経済新体制要綱の企画院原案を、渡辺銕蔵に見せたかどうかというやりとりについては、毎日新聞掲載の速記録によって二人に語らしめることにする。

「小山亮氏　十一月廿二日午後五時渡辺銕蔵氏から山地八郎氏（引用者註・商工省企画課長）起草の経済新体制原案と称するものをみせられ、それは違ふ、これが本物だといつて企画原案を見せたか。

小林商相　お答へ出来ない。

小山亮氏　国防保安法は何のために出来たと思ふか、自分の述べたことが事実でないなら結構であるが、これが事実なりとすれば貴方の取るべき態度は決つてゐるはずである、国務大臣としての責任を取るべきだ。

小林商相　左様な場合に責任を取ることは官吏であらうと実業家であらうと当然であると思ふが、渡辺君に原案を見せたかどうかは申上げられない。

小山氏　こんなことはいふつもりではなかつたのですが、私の友人で代議士の中原護司君といふのがあります、その中原護司君のところへあなたの弟の田辺（引用者註・田辺七六）といふ人が訪問しまして「君は小山と仲がいいか」「非常に仲がいい」「それならば小山にどうかさういつてくれ、あまり商工大臣を攻撃するのはやめるやうにして貰ひたい」と、ところが中原氏のいふのに「あれはさういふことをいふと、なほやめぬから引受けるわけには行かない」といふと、田辺といふ人は「自分がいふのは何だけれども、兄貴のやつたことは悪いんだ、実に悪いことは悪い、だから小山に会つて率直に誠意を披瀝して謝るからどうかその旨を小山に伝へてくれ」といふので（略）中原代議士は院内に来て私に伝へた、弟が兄のやつたことは悪いことは悪いんだといつて断りに来る位なんです、事実のないところにそんなことをやりますか、そこで私は中原氏にかう伝へてくれといつた、商工大臣がもしかやうなことを犯したならば私に謝る必要はないんだ、国務大臣として謝罪しなければならぬところのものは上御一人《かみごいちにん》である、上御一人に対して心から謝罪しなければならぬ、その政治的責任の重大性を痛感し、その輔弼の責任を痛感し尽忠報国の誠意に燃えるならば上御一人に対して責任をおとりになるのが一番正しいやり方だと思ふ。

かやうな問題、――機密漏洩事件でどんどん外間《ママ》に漏洩すれば、この経済新体制に反対しようとするところの財界の一部の人たちはあらゆる策謀をいたします、共産党でないものが共産党だといはれ、赤でもないものが赤だといはれる、大政翼賛会の中の人に対しても然り、各省の官僚においても然り、軍人において殊に然りである、企画院の審議室は赤色官僚の巣窟だといふが、審議室には現役の軍人がゐる、それまでが共産党主義者だといふやうなことをいはれてゐる、これを払拭してやるのが国民の義務ではないか、またデマが商工省をめぐつて起された問題であれば、あなたは一身を賭しても絶対責任がある、然るに知らぬ存ぜぬ、他の省の大臣が認めたことを知らぬ存ぜぬといつて国民の政府に対する信頼が高まるか、私は帝国陸軍のために、帝国の企画院のためにも、大きくいへば日本の政府の権威のためにもこの問題を明確にして国民の疑惑を一掃したいのである。（略）

小林商相　（略）機密をお前が洩らしたから、種々のデマとなつて世間に流布されたといふお話であるが、私はどういふデマを流布されてゐるか、また渡辺氏がどういふことをしてゐるのか知らず、さういふ機密の書類を――いはゆる機密の漏洩といふやうなことも断じてやつたことはないのであります、それも明言いたします、そして責任をとるといふことについては、私は畏くも上御一人に対し奉るばかりでなく、小山さんに対しても私自身としてはとるべき責任がありません、しかし責任をとるといふ観念については人後に落ちないつもりである、私は日本人の責任観念において断じて責任をおろそかにしようといふ考へのないことだけは御承知願ひたい」

まだ続くのだが、一三は小山が洗い出した七年前の脱税の事実についても、それが単なる手違いと、税務署・会計検査院間の解釈の違いによって起こったという経緯を明らかにした。

翌二月二十六日付朝日新聞は、この日のやりとりを評して、「今議会で比較的乏しかつた鍔ぜり合ひの論争がめづらしく展開されるといふので議場の興奮をよんだ」という。ただし、小山代議士が具体的な事実を示して鋭くつっこんでくるのを猛烈につっぱねた答弁は、「さすがに、かつての実業家小林氏に見られたる闘志を遺憾なく示したものの」、肝腎の漏洩の真相についてはなお国民的疑惑は解消せず、「星野（企画院）総裁は事実の所在を間接に肯定し、小林商相は真正面から否定してゐる」のが国民として奇怪にたえず、

「議会での論争には危機を一過したと見られぬでもないが、この視角からすれば、問題は一種不快な後味を帯びたまゝわれらの目の前に横はつてゐるといふべきではなからうか」

と結んでいる。一三が松永安左衛門の忠告に背いて、知らぬ、答えられぬ、の一点張りで押通したことは、松永に言わせれば、大臣としての命とりになった。

昭和四、五年来、東京電灯の経営者でありながら、修正資本主義の論客として、政治経済の批評に筆と弁舌で活躍してきた一三が、現実の政治世界に身を投じて議会で答弁を始めると、これまでの人気と裏腹に、新聞の評判が一向に芳ばしくなかった。一月下旬から、議会では物価統制と生産力拡充との矛盾、中小企業の統合が進んで深刻な失業問題が起こっていることについての質問が相次いだが、前者に関しては、

「商相が『鉄、石炭、電力の供給を豊富にすることが、唯一最善の物価対策であると思ふ』と云ふ様な意味の答弁をしてゐたのは、聞く者をして啞然たらしめ」

と書かれたし、後者について、零細業者の窮状を示して鋭くつめ寄られた商相が、

「相も変らず不得要領で、何をいはんとしてゐるかを捕捉するに困難であつた、この大臣、結局

いはんとするところを持たないのではないか」

と酷評された。その物の言いようにまで文句をつけられ、

「小林商相の場合もこれまでの議会だつたら或ひ《ママ》は論議の種を招き兼ねないものだ、事務当局の書いた答弁を朗読して、自分からクスリと笑ふなどは不謹慎も極まる」

と叱られたりしている。繰返すが、戦争中に現職大臣としてこれほど悪口を書かれた人も珍しいのではないか。

一般会計の七割を越した軍事費と巨額の国債に圧迫されて、誰がやってもうまく行く筈のない時代、――人々もジャーナリズムも「新体制」による抜本的な改革をまだ夢みていた期間に、自分の意志や体質に反した経済統制を進めなければならない責任者として、とても一三はその場しのぎの空疎な言葉を口から出すことが出来なかった筈だ。

歌人であり同時に住友の重役でもあった川田順が、一三の入閣の時に耳にしたと書きつけている、

「この人事は内閣に取っても、小林さんにとっても、大きなミスだね」（『小林一三翁の追想』）

という住友幹部の評言は、このような意味で発せられたのではなかったか。それでも一三は、有無を言わせず戦争へと地平線ごと傾いて、誰もが自分を打ち出せなかった「滅私奉公」の時代に、世間智のある人間ならとても真似の出来ない風に、人間くさい自分を格好わるくあらわし抜いた稀有な大臣だった。

機密漏洩問題について小山亮と渡りあった翌月も一三はなおめげずに大いに経綸を行い、新聞の政治面にしばしば登場した。しかし、「見出し」だけを拾い上げても、

「商相・事務当局対立　産業団体再編成問題で」（三月一四日）

「〃商相の態度甚だ遺憾〃鮎川氏語る」（三月二一日）
「商相、既定方針通り民間案提出に努力　鉄鋼増産具体案問題」（三月二二日）
「鉄鋼対策紛糾解決　商相、平生・高碕両氏と会見　民間案提出に決定」（三月二七日）

いつも、揉め事の中心に一三がいて、しかも孤立して袋叩きに遭っているという悲劇的な匂いが濃厚である。揉めた相手の鮎川は満洲重工業開発総裁鮎川義介、とめ男の高碕が同副総裁高碕達之助、平生は日本製鉄社長平生釟三郎。商工省との対立とは、重要産業に設立することになった統制団体を、必要最小限に留める方針を主張した一三が、椎名悦三郎総務部長ら岸信介の直系の部下と「正面衝突」したことだった。

　こうして最後まで無器用にぶつかりながら走り続けたあげく、一三は四月初めに首相から辞任を求められた。新聞に載った更迭の理由は、

「問題の小林商相は岸次官問題、議会中の国家機密漏洩問題、先般の石炭鉄鋼増産問題に関連して屢々その政治的な不安定性を暴露し近衛首相も小林商相の進退については深く憂慮し、同氏の辞意があれば直ちにこの更迭を行ふ決心をしてゐた」（朝日新聞四月四日）

　後任の商工大臣は海軍次官の豊田海軍大将、また企画院総裁も鈴木陸軍中将と決った。一三の退任の言葉は、

「国の方針が軍部大臣をして生産力拡充の第一線に立たせることになつたので辞めることにした。理由はたゞこれだけのことで、議会で色々問題になつた〃脱税〃とか〃機密漏洩〃などといふことに責任を感じて辞めるのでは断じてない、これだけは自分としてもはつきりしておかないと気がすまぬ、今後は大阪池田の雅俗山荘（小林氏の本邸）で悠々自適の生活を送る……」（朝日新聞四月五日）

であった。

こんどは逆に近衛首相に言いつかって一三に辞任を求める使いに走った木舎幾三郎の回想では、永田町の邸へ行くと一三の方から「ぼくの辞職問題だろう」と切出したという。最初は、辞任の代りに内閣参議に就任を頼んだが、言下に断られた。そして「交換条件を持ち出すなんて、余り老人をバカにしてるぢやないか」率直にやめて欲しいと言えば何時でもやめるのに、近衛さんは水臭いと一三は腹を立てた。怒りが鎮まってから、木舎は私案だがと断った上で貴族院に入って頂けないか、と一三に当ってみた。

「きみ、老人に苦労させるようなことは、もう考えないでほしい」

と、一三が笑った。そこで、首相官邸に戻って、改めて木舎から近衛に、小林の勅選議員への奏薦を頼んだ由である。

八カ月の在任期間と、イタリアへの使節としての四カ月の旅を加えても一年間の公生活に過ぎないが、『私の行き方』がベストセラーになって以来、一種の世直しの英雄として待望された時期から数えれば約五年の政治の季節が、これで終った。ところで、商工大臣をやめて西下した第一日の朝第一番に一三がやったことは、所蔵する美術品の蔵帳作りの依頼であった。

のち逸翁美術館副館長となった加藤義一郎は、一三が西下して第一夜を明かした京都の都ホテルからの電話で呼び出しを受けた。当時加藤は比叡山延暦寺の寺宝、寺什を書き上げる仕事を始めたばかりで、これが終り次第引受ける約束をした。実際に作業にかかれたのは丁度四年後の昭和二十年四月二日だが、加藤の日記体の手控によれば、それは次のような雰囲気であった。

「いよいよ待望の『お蔵帳』整備が始まる。六時すぎに出て八時半に池田着。すぐお倉へはいる。お好きな芸術、呉春からはじまる。翁が読み上げられるのを、ノートに鉛筆で書くのである。初めは入念に読まれるが、調子が出てくると返辞を待たずに連発、追っ掛けるのに骨が折れる。委細かまわずどんどん進まれるかと思うと『一寸見てみようか』と、幅をひろげ、釘にかけて見られる。やっと追いついて書き入れを了り、幅を拝見しようとすると、ご自身だけ見てくるくると巻いて仕舞われる。来客があって中絶。午後は『白鶴（美術館）』の山本氏来訪で中止。『費隠』の炉に火を入れてお茶。お相伴してかえる」

戦争末期の、大阪では空襲が一番ひどかった時期である。「費隠」は近衛文麿が命名した茶室で、のち雅俗山荘から旧邸に移して楳泉亭に附属させられた（加藤義一郎「お手紙に偲ぶ」）。

近衛文麿とは、その後も交際を続け、近衛家の法要に高野山まで一緒に出かけたり、宝塚ホテルへ招いたりもした。失脚後の孤独な近衛から、むしろ一三は頼りにされている感じであり、敗戦後戦争犯罪者として米軍に収獄される前夜自殺した近衛が、財産の管理については一三に相談するようにと言い残した話が伝えられている。

一三が大臣に専念した間に、「新体制」に即応するため宝塚少女歌劇団も先ず「少女」の二字を廃して「宝塚歌劇団」と改称、「機構の改革等一八〇度の大転回を敢行」することになった（朝日新聞昭和一五年一〇月五日夕刊「宝塚も新体制へ」）。レビューをここまで育て上げて来た第一人者の白井鐵造が、「追わるる如く」の心境でいったん宝塚をやめたのもこの頃――一三の留守中の出来事であった（白井鐵造『宝塚と私』による）。

これより先、昭和十年の有楽座開場に間に合わせて一三が強引に歌舞伎俳優を集めた東宝劇団が、公演のたびに赤字を重ねた末に解散していた。一三の「国民劇創成」の望みも、これで潰れたかに見えた。頭の中では彼の「国民劇」も、歌舞伎の洋楽化という単純な図式から、観客層、興行形態の規定にまで及ぶ、上質の大衆演劇といった線まで拡がってきたらしいのだが、実際には歌舞伎そのものへの執着から離れられないでいるのだった。

ところが、一三の意識とは関係なく、――あるいは一三の意志に反して、「アチャラカ」風を脱しつつあったロッパ一座が、昭和十五年の正月興行に「ロッパと兵隊」で大当りを取った。これは菊田一夫が火野葦平の許しを得て小説「麦と兵隊」「土と兵隊」（昭和一三年）から自由に潤色したもので、当時中学二年生だった私もラジオで舞台中継を聴いた記憶がある。ロッパの扮する召集兵の老分隊長が、中国の駐屯地で魚を焼きながらであったか、佐藤春夫の「秋刀魚の歌」をもじった詩を朗吟する。

「あわれ秋風よ
心あらば伝えてよ
兵隊ありて夕餉にひとり
秋刀魚を焼きて涙を流すと……」

およそ、そんな詩だったと思う。妻子のある分隊長が、口には出さないが多分煙で涙をごまかして海の彼方を想っているところが圧巻であった。

東宝で当時六大都市の映画館経営の他にロッパ一座とエノケンの企画一切を受持っていたという那波光正が、その著書に書いているけれども、この作品以後古川緑波は菊田一夫の脚本で「道修町」「長崎」「花咲く港」などの傑作を続けざまに出して、しかもすべてが大いに受けた。

「私はこれこそ小林翁の待望された国民劇ではなかったか、といまでも思っている」（那波光正「小林一三翁が遺されたもの」）

と那波は言う。

また宝塚を出て東宝の秦豊吉のもとで仕事を始めた白井鐵造も、同じ頃エノケンと宝塚出身の草笛美子の「エノケン竜宮へ行く」を皮切りに、やはり宝塚出身の小夜福子と歌手灰田勝彦の「木蘭従軍」、映画女優高峰秀子とエノケンの「桃太郎」などの「音楽劇」を書いて好評を得た。特に「木蘭従軍」と「桃太郎」は、戦後の帝劇や東宝のミュージカルの礎石になったと、のちに評価されたが、これらの仕事はやはり「東宝国民劇」の名で行われたものだ。皮肉なことに、一三の目がよく行きとどかない間に、思いがけない場所で、彼のまいた「国民劇」の種が、初穂をみのらせ始めたのだった。

更に本拠の宝塚でも、たとえば日米開戦の翌年昭和十七年夏の「新・かぐや姫」(宇津秀男構成・内海重典作)は、かつて小林一三が「竹取物語」の題で書いた「歌劇」を、日本のミュージカルとして完成させた作品だった。貴族をこけにしたり、天皇を求婚者に仕立てることは許されない時代で、それなりの苦心もあったが、レヴューで培われた実力の上に東南アジアや北方民族の舞踊・音楽もとり入れた一つの達成として、中学五年生でこれを見た私などは感動のあまり、願わくばこういう作品を書く人間になりたいと思ったほどであった。しかし同時に、天に戻るかぐや姫(桜町公子)が地上の人々に向って歌った「さよならみなさま」の歌は、こんなに綺麗でたのしい夢幻の世界は、いくら永かれと望んでももう間もなく永久に閉じられてしまうという、痛切な予告としてひびいた。

果たして、戦局も日常の身に及ぶ統制も、たちまちきびしく一転して、昭和十九年三月一日「第一次決戦非常措置令」により、大都市の大劇場が一斉に閉鎖命令を受けた。宝塚大劇場も郊外にあるにも拘らず、同じように突然閉ざされてしまった。私はまだ学生の身分であったが、勤労動員中で動きもならず、第一そんな報道も遠い世界の一些事のようにしか聞えなかった。

ところが、現地では「些事」ではなかったことが、ずっとのちになって判った。宝塚大劇場では二月二十六日が初日で、春日野八千代のいる雪組の三月公演が始まっていた。閉鎖予告の出た三月一日は通常の昼間一回の公演が行われ、東京では二日が初日の筈の東京宝塚劇場の花組三月公演は中止と決定、翌二日大劇場は節電のための休電日で予定通りの休演、当局から許された公演の期限は三月四日だったが、三日の朝から大変なことになった。――「大変」の話の前に、当時の道筋の説明をしておこう。

阪急電車宝塚線終点から、土産物屋や食堂の前を抜けて、「花の道」が新温泉・中劇場・大劇場に通じている。更に大劇場から先の歌劇団事務所前を通り、まだまっすぐ川下の方角へ百メートルも行ったところで、今は宝塚大橋が武庫川を渡っているが、昔は歌劇団事務所脇から松林の中を、川べりに直角に出て、迎宝橋を渡り、宝塚ホテルの脇を通って今津線宝塚南口駅へ行くのが早かった。往復ともこちらを利用するのが「宝塚通」であった。三月三日朝、歌劇団事務所よりまだ下手にある食堂「千鳥」に嫁にきたばかりの池田節子は、家の裏が騒がしいので花の道へ出てみると、裏の松原越しに、迎宝橋の上まで人が途切れず並んでいたので驚いた。

当時甲子園から今津線を使って宝塚に通勤していた作家で演出家の高木史朗は、いつもの通り南口駅の改札を出ると、ホテルの前まで人が並んでいた。砂糖の配給の列かと思って橋のたもとまで来て初めてその列が川向うの大劇場からつながっていることに気がついた。若い娘たちばかりが並んでいるのならすぐにそれと判ったのだが、ふだん来ないような人が多かったので判らなかった、と高木は語った。

「工員さんから、おじいちゃん、おばあちゃんまで、こんなにみんなが支持してくれるのかと思ったら、橋から楽屋口まで涙がとめどなく流れて来て」(昭和五六年談)

その月の公演は歌劇「桜井の駅」、舞踊劇「勧進帳」、歌劇「翼の決戦」の三本立で、高木は

「翼の決戦」の作ならびに演出者であったから、よけい感動が強かったのだろう。客がさばき切れず、急に正午・五時の二回公演となった。場内は通路も人で埋まった。「翼の決戦」は軍需工場の正門前を掃く箒の動きから音楽が流れだす、今でいう現代物ミュージカルだが、さまざまな層から成る満員の客が、舞台で一言いうたびに「ウォーッ」と反響をかえした。

　観客の一人だった若松栄は、三月四日の最終日の二回目の公演を見た。切符はその昼間女学校を休んだ同級生の一隊が、立見券を手に入れて待ってくれていた。学校がきびしいので、そんな日でも道具箱の中に忍ばせてあった私服の外套を、阪急電車に乗る時に制服の上に着ていた。二階席で見たが、はじめの「桜井の駅」（堀正旗作）は、小学校の頃から君国のために死ねと叩きこまれてきた材料だから期待しないで行ったところ、堀正旗の作品では、「生きてる者は少しでも生き残ってがんばれ」という正成のせりふが強調されてあるようで、意外で嬉しかった。「翼の決戦」が済んだあと、下で騒ぎがおこったらしいが、よく判らなかった、と語った。

　同じ日の同じ回、これで最後という舞台を一階の通路で立って見た張崎文子は、その日学校から一度家に帰って私服に着替えて来たので遅くなり、行きがけの電車はそれほど混んでいなかったが、劇場の改札口はごったがえしており、結局切符なしで入れた。「翼の決戦」で戦死する特攻隊の海軍将校に扮した春日野八千代が最後の挨拶をした時、みんなが泣き出して悲鳴のような別れの声をあげて舞台へ寄って行った。満員で通路も身動きならないので、誰もが椅子の上をとびこえとびこえ駆け集まったから大騒ぎになった。その時、自分の考えでは憲兵の下士官が銀橋（オーケストラ・ボックスを客席寄りにふちどる一種の横断花道）に上って、軍刀を引き抜き、

「非国民め！」

と叱った。友達の中には、あれはお巡りさんがサーベルを抜いたんだという人もいる。——

「最後の公演」を見た人のなかで、この二人から話を聞くことができた。

高木史朗の記憶では、幕が降りたあと、小林一三が舞台へ全員を集めた。みんながおろおろしていた。一三は口を開いて、みんな心配することはない。移動演劇隊による公演もこれからやっていくし、ちゃんと阪急が保証して、これからの生活には困らせない。だから、この芝居のように、みんなが勝利の日まで頑張りましょう、と話した。高木史朗はそれを聞きながら、大正十二年に宝塚が全焼した直後、この人が泣いている生徒を集めて、

「私が兼ねて願っていたみんながびっくりするような大劇場を建てる機会がやって来た」

と演説した故事を思い出した。

エピローグ

小林一三の文章と代筆者たちのそれとの見分けがつかないのは、本人がそこまで綿密な原稿校訂をするからだが、もう一つは材質の管理が徹底しているからである。自分で書こうが他人に書かせようが、どの一小部分といえども、自分の記憶・談話・日記・夥しい既発表の文章以外の材料、——たとえば新聞論調や社会通念のたぐいを使わないし、使わせもしない。その結果、おのずから文体まで、独特のやや表音的な仮名遣い同様に一三色に染められて（染まる人物でなければ代筆もさせない）、文章に於ても彼自身の王国を作り上げたためである。

一三が集めた書画や茶器も、それが彼の手に移ったとたん、置き場所まで含めて持主の肉体の一部になった。これは彼の体験が記憶の倉にしまわれる時に、ひとつひとつ主人の冥い体液で濃く染められるのと同じだ。一三こそ、自分のすべての体験、すべての文章、すべての書画骨董、すべての事業、財産を一視同仁、自分の体液の循環するコレクションとして直接管理すべく生涯を努めてきた、一大蒐集館の帝王であった。

大正三年、恩人岩下清周が失脚した時に、俄かに人々が離反していくさまを眺めて、「頼れる者は自分ひとり」と思い定めたと書いている一三の言葉は伊達ではなく、自分以外の尺度を徹底して認めないのはこの世を越えて、あの世にまで及んだ。彼は一切信心をしないだけでなく、自分より大きなものに身を任せるということがなかった。

不安がなかった訳ではない。前の幕間に紹介しておいた、『雅俗山荘漫筆第一巻』はしがきに、「今日まで余りに幸運すぎる私自身を省みると、その晩年は、何となく反動に苦しめられはしないだらうかといふやうな、いやな予感がする」

とあるような、「幸福すぎる」恐れ、「いやな予感」を、晩年一三は持つようになった。

右の文章を書いて八年後の昭和十五年秋、ジャカルタに滞在中末娘の夫の訃報が届いた時には、だから大変な衝撃を受けた。それまでは、

「私の家には一度も線香を立てるやうな不幸はなかったので、お仏壇もない。亡き母の五十回忌に新調しようといふ話もあったが、それも取止めて、押入れの片隅に古色蒼然たる祖父母と両親の位牌があるだけ」

だったのを改めて、「お仏間にはじめて新しい仏様を供養するやうになった」と「大臣落第記」（昭和一六年）に書いている。

尤も薬師寺管長であった橋本凝胤によれば、これより一年後の昭和十七年に一三が亡き母の七十回忌に追善茶会を催した時、開筵第一席に招待されたので時間より早く行って先ず仏壇への参拝を求めると、

「驚く勿れ。仏壇らしいものが祭ってある様子もない。唯二、三、祖先の位牌を形ばかりに並べてあるだけである。ここへ案内されて読経はした。然し決して家族の方が喜んでおられる様子もなく、何だか迷惑らしい様子であった」

凝胤の話を続けると、実は前述の「新しい仏様」も、一三の意志で求めたのではなく、かねて仏像を祭り仏壇を造りたいと夫に願って許されないコウ夫人から、凝胤が内々依頼されたものであった。小さな綺麗な仏像を造ってほしいとのことゆえ、凝胤は正倉院の専門家にはかって三寸

(一〇センチ)ほどの観音の檀像を造顕し、厨子に納めて持参したところ、たまたま一三に見つかってしまったというのだ。

「その時翁は以前からの如くそれをこばまれるかと思いきや、さにあらずして食卓のテーブルにのっけて」当日の客たちに紹会したのだが、仏間も仏壇もないから結局、

「廊下から茶の間に通う処の袋戸棚の中へ静かに目立たないように祭ることになって、心ばかりの開眼をした」(橋本凝胤「逸翁奇智」)

のであった。一三の死後初めて、コウの居間の押入上段に「ことう窓」をしつらえて、ここを本格的な仏壇にしたということだ。

大臣をやめて二年後の昭和十八年、近衛文麿のお伴で高野山を訪ねた時の茶会に、一三は求められてこんな話をした。自分は七十一歳(数え年)だが壮健で、苦しい時の神頼みといったような信仰とか帰依とかいう観念が乏しい。近頃趣味の方面からのお寺廻りがきっかけで、坊さん方のお近づきができ、今では毎月一回、薬師寺管長さんの話をうかがうところまで進歩したが、どうもまだ板につかない。仏教そのものの講話となると、ピンと来ないので閉口している。一日も早く緊張するようになりたいと思う。——

戦後一三は、一時幣原内閣の復興院総裁に返り咲いたものの、五カ月目に公職追放令によって辞任を余儀なくされ、再び浪人生活に入った。東宝生え抜きの那波光正によれば、この間に東宝労働組合の有名な大争議と、争議に際して会社側が作った子会社新東宝の離反という「東宝の戦後の二つの最悪の社難」によって、「東宝の財政的窮乏は底をつき、日本劇場・帝国劇場・有楽座・日比谷映画劇場の四館は、滞納税金支払不能のため公売に付するという通告を東京都から受け、まさに重大危機に直面した」(那波光正『小林一三翁が遺されたもの』)。当時額面二十五円

任するまで、僅か五年間に五人代っている。

の東宝の株価が二十三年（大争議中）に最低四十二円、二十五年（新東宝との紛争時）には十円五十銭にまで落ちた（三宅晴輝『小林一三』による）。社長も二十五年に一三の長男冨佐雄が就任するまで、僅か五年間に五人代っている。

公職追放後の一三は、専ら茶道三昧の日々を送っているように見えた（尤も一三の茶は、わび・さび・閑雅・風流に浸るものではなく、桃山式に形や伝統にとらわれぬ生き生きした「場」の創造を目的とする、数奇者のそれであったといわれる）。しかしのちに書いたものを読むと、この時期の一三は池田にひっそり暮らしながら東宝の窮状にひたすら思いを致していたことが判る。争議対策の社長に戦時下因縁のあった渡辺銕蔵を招いたのも、池田からの遠隔操作かもしれない。この頃（昭和二四年）吉田内閣の運輸大臣大屋晋三から追放解除措置を前提に新発足の国鉄初代総裁就任の依頼があり、戦前からの持論の官業整理論（註・たとえば昭和一一年「日本よ何処へ」）をひっさげて経営改革に乗り出すべくいったん承諾したところ、米軍総司令部が躊躇して不調に終るという出来事もあったが、昭和二十六年追放解除と殆ど同時に、長男冨佐雄に代って東宝社長に戻った。この頃三男米三は阪急電鉄専務に就任している。

「いま東宝に戻ってみてしみじみ感じたことは、僕の生涯で初めてマイナスの人となった。いま迄プラスの男だった僕が、十億の赤字で銀行にへいこらする。銀行はいいが高利貸にへいこらして、東京の真中を僕ははずかしくって歩けない。かつて何人にもプラスでやって来たのに、実に情ないみじめな目に遭っている。今日はオールマイナスだ。（略）来年八十になるが、この年をして高利貸の世話になっている」（「三つの人生」）

だがこの年満七十八歳の一三が四年後社長の席をもう一度長男冨佐雄に戻すまでに、東宝は一割五分配当を安定して続けるだけの実力を回復した。

最晩年の一三の仕事は、「復興」だけに終始したわけではない。昭和の初めに映画に目をつけたのと同じく、戦後日本放送協会が本放送を始めたばかりのテレビ事業や、シネラマ（立体映画）の検討など、新しい媒体に素早く鋭い目を配ったが、中でも最も心を燃やして立ち向ったのは円形劇場の建設だった。

今コマ・スタジアムと呼ばれる東京新宿と大阪梅田の両大劇場がその所産なのだが、この劇場を建てる直接のヒントを、最後の欧米視察旅行のサンフランシスコで得たのではないかという説がある。旅に出たのは、「週刊サンケイ」に自叙伝を載せていた最中の昭和二十七年秋で、急いでテレビと立体映画方式を研究するために連載も打ち切って、飛行機で先ずアメリカへ飛び立った。同行者は東宝の秦豊吉たちで一三の末娘鳥井春子も付添って行った。その鳥井春子の話。

サンフランシスコ側から見て、金門橋《ゴールデンゲートブリッジ》の手前右側に円形のレストランがあった。外から見ると、きのこの形をしていた。一三は、

「これは面白いねえ」

と自動車を停めさせ、駐車して中へ入り、お茶を飲んだ。中も円形で、真中で料理をしていた。その周囲を丸いスタンドがかこみ、同心円を描いてテーブルが配置してある。

「いいねえ」

一三は繰返し言って、一寸歩いては眺めていた。「真中で、舞台を廻しながらやればいいねえ」と言ったようにも思う。あの時円形劇場を思いついたのではないだろうか。……

鳥井春子はこのことが忘れられず、一三の死後十一年経った昭和四十三年に、アメリカ旅行のついでに同じ所をわざわざ確かめてきた。その時はまだ確かに営業を続けていたという。最近調

べたところでは、かつて Round House と呼ばれていたこのカフェテリアは、六、七年前廃業して現在（昭和五七年二月現在）は金門橋マネージメントの事務所に使われていることが、現地に住む私の年長の知人前原重孝の手紙で確認された。

旅行記「欧米空の旅」を見ると、一三は先ず、金門橋が「橋銭」を取って十五年で原価を償却し終り、もう一本橋を新設する費用を積立てていることに感心して、六甲山のドライヴウェイもこの方法でやればお茶の子サイサイだと思い、そのあと、

「金門湾大鉄橋の入口の右側に円筒形のガラス張りのレストランにて、眼下の監獄島から遠く対岸の夜景を観賞しながら私達一行は夕飯を終えて、それから二子山最高地を一周し、桑港繁華街の全貌、キラメク五色のような波濤の中をホテルに帰った」

と書きとめている。

もっとも、一三は、経費の節約という観点で円形の劇場には昔から興味を持っていた。円形の日比谷映画劇場を丸の内娯楽街の一環として建設したのは昭和十年だが、「あれを造るには今から十二年前（註・大正一二年）名古屋の国技館が売りものに出て、それを買いに行つた時から専門家を傭つてづつと研究した結果である」（「太閤記は処世技巧か」昭和一〇年）と書いているし、またダイヤモンド社の石山賢吉は、プールのスタンドに屋根をかぶせれば建築費が節約できるという一三の創意がコマ劇場につながるのだと言っている。昭和初年、宝塚に屋外五十メートルプールを作った時、三千人収容の観覧席をその時一緒に建設したのが、大変安上がりでできた。

「劇場とは、何ぞや。このスタンドにおい《（マヽ）》をかけたものではないか」

この発見で、スタンドにおおいをかけた円形の日比谷映画劇場を安く建て、更に戦後梅田と新宿コマ両劇場建設に至ったのだ、と（『小林一三翁の追想』）。

一三の名で発表された「梅田コマ・スタジアム設立の理由」という書類を見ると、「コマ」は日本玩具の独楽の意味で、動く円形舞台が独楽の動態をとり入れたから、かく名付けたとある。そして円形舞台の創設は、ルネサンス以来の平面的額縁舞台の世界からギリシャ・ローマの劇場の立体的な親近感を、観客と演技者の間に取り戻す意図を持ってのことだと主張している。そのために、

1 三つの廻り舞台を組み合わせた円形舞台。

2 当時漸く開発されたばかりのテープレコーダー、ワイヤレスマイク、立体音響装置を駆使した音響効果。

3 露出した円形舞台を照明操作で立体化し、「光線の演劇」を創造できる新鋭設備。

以上の三点を統合した全く新しい明日の劇場を、ここに芸能界に提供することで、小山内薫が言ったように、舞台の変化・発達・進歩が演劇の内容と観客の感性を変化・発達・進歩させることを信じ、将来の芸能の歴史がここから開けて行く日を夢みて、一層の努力を重ねたい。

——実はここまでは、梅田コマ・スタジアム初代支配人（現社長）伊藤邦輔が一三の意を体して代筆したが、校閲した一三が次の通り細筆で書き足している。

「如此に、いろ〳〵と私は其理想を申述べましたが、（略）円形劇場の理想は、たとへば回向院の角力場の如く周囲から見物が出来て、何万人の観衆が低料金によつて楽しめるものであるから、その理想に到着する迄の準備時代には多少の犠牲を払つてよい——と、営利会社としてはそういふ道楽は許されないと信じてゐる。こゝに於て私は、映画併用の舞台にて、即ち円形三分の二コマ・スタヂアムにて満足したいと思ふのであります」

回向院の角力場のように舞台を完全な円形劇場の中心に置くのが理想だが、使い方がむずかし

いとする現場の意見に一三が譲歩して、半ばむき出しの円形舞台を劇場の奥にはめこむことで、尖端の切れた三分の二円状の劇場で我慢したというのである。右の加筆は昭和三十一年九月か十月頃、梅田コマ劇場の開場は同年十一月、一三の死の二ヵ月前であった。

少し時間を戻そう。昭和二十七年末の欧米旅行は、十二年前に夫と死別して苦労してきた末娘と連れ立って、久しぶりに甘えられたりいたわられたりするのが、一三にとっては嬉しかったらしいが、一ヵ月間アメリカでテレビと立体映画視察の強行軍を続けたあと、ロンドン、パリ、ベルリンと廻って最後にローマに着いた時は、さすがの一三も疲労気味であった。ナポリへの小旅行は娘からさしとめられて、十二年前ムッソリーニから勲章を貰った思い出の土地のホテルで休息している間に最初の軽い発作を起こした。心臓喘息であった。末娘が一緒だったから大事にはならずに済んだ。

一三の肉体はこれ以来はっきり衰えだした。しかし、仕事の量が反比例してふえたことは既に述べた通りである。脈の結滞が続いて、珍しく宝塚歌劇団の恒例の拝賀式に欠席する年もあった。東西二つのコマ・スタジアムを同時に造る夢は、この時期に我かに具体化したのである。

年表によれば、

昭和三十年（八十二歳）一月　アーニイパイル劇場（東京宝塚劇場を改称して占領軍が使用していた）返還訴訟に勝訴。

同年四月　東京宝塚劇場再開。柿落公演は、既に宝塚に復帰していた白井鐵造の戦後の傑作「虞美人」を上演。

同年九月　東宝社長を辞す。後任は長男小林冨佐雄。

同年十一月　新宿コマ・スタジアム着工。

同年十二月　梅田コマ・スタジアム着工。

昭和三十一年（八十三歳）二月　新宿コマ・スタジアム社長に就任。

同年四月　梅田コマ・スタジアム社長に就任。

その春、長男冨佐雄夫妻がヨーロッパ視察旅行に出た。夏帰朝したが、その直前、突然冨佐雄の関係している某社が一時財政的危機に陥った。一三は心を痛めて解決に力を尽くした。更に、冨佐雄は帰国後体調が思わしくなく、その夏一三には伏せたままで慶応病院に入院した。すぐ手術が行われたが、悪性腫瘍と判った。この頃一三の心臓はかなり弱ってきたらしい。池田の邸に出入りする会社の人たちは、コウ夫人から「笑わさないで下さい」と固く言われていた。会社で大笑いするだけで、家に帰って来てもマラソンをしたあとのように心臓が打っているというのだ。終日家にいて、寝台に横たわっている日も多くなった。

そんな一三が、冨佐雄の病気に勘づいて、周囲が止めるのに上京して病院を見舞った。十月十六日のことだ。『小林一三翁の追想』に三男米三の手で抄録転載された日記は、次の通りである。

昭和三十一年十月十三日　小雨　終日在宅、夕方、菅野先生来診、十五日東上の許可を漸く与えられたが、心臓測定表によれば、まだ不完全なれど、十分に注意すれば……とのこと也。

十月十五日　晴　ツバメにて東上。

十月十六日　晴　慶応病院に冨佐雄の病床を見舞って帰宅、ベッドにて静養。五時すぎ、東宝歌舞伎を見にゆく、「モヅと女」「春夏秋冬」を見て非常につかれたから、「木曾の夕映」を半分見て帰る。モウ一度見るつもりだ。

余談になるが、日記にある「東宝歌舞伎」は長谷川一夫と、新しく東宝が契約を結んだ中村扇雀を組み合わせて、一三が失敗を重ねながらなお断念しなかった「歌舞伎の洋楽化」を文字通りそのままに実現させた企画で、しかも、ここに来て初めて興行的に大成功を見たのであった。心臓が悪くても「モウ一度見るつもり」になるのも一応は当然だろう。

　しかし、日記には何も書かれていないが、この日、顔面手術後の冨佐雄に逢ったことが心と体にこたえていない筈はない。もっと前のことだが、コマ・スタジアムの伊藤邦輔が池田の一三の邸を訪ねると、庭のブランコに下駄ばきの一三が乗っている。様子が変なのでよく見ると、ゆらしながら泣いているのだった。今日は工合が悪いと思ってそっと帰ろうとしたら、コウ夫人が、いま宝塚の三枚目の誰それさんがやめると言ってきて、それが悲しくて泣いているんですと説明した。そんな人柄だからこそ、却って日記の中では自分の辛さに触れず、ただ舞台を「モウ一度見るつもりだ」と書いたのか。

「人間というものは、元来、弱いものであり、つまらないものなのだ。しかし、もっとつきつめれば、つまるもつまらないもない」（『小林一三翁の追想』）

　これは冨佐雄を見舞に行った一三についての松永安左衛門の感想だ。永年の友人松永は、小林一三の性格の中に「不関心」という一面があるという。どれほど義理があっても、駄目なものは駄目だと断ることができる冷静な精神の持主ということらしい。ところが、その一三が病気をおして冨佐雄を見舞に行った。それは子供の為にもよくないし、自分にもよくない。それでも行ってしまった。不関心とか超然とかいうものを破ってしまった（松永安左衛門「半世紀の友情」）。

　毎月一三に逢っていた橋本凝胤は、不治の病床にある長男を見舞ったあと、口には出さないけれども一三が真に変ったと言う。

「あの物に動じない翁がつくづく死を客観的に見られ、死とはどんなことか、実際死んだらどうなるのか、死に至る過程としての病気に対する色々のことを私に聞かれた」

しかし、

「なかなか気の強い人であるため、精神的にショックを受けられていることは外部からは能く解ってはいたが御自分ではよほど我慢していられたと思う」（橋本凝胤「逸翁奇智」）

その一三は、「よほど我慢」しながら、二つのコマ劇場の仕上げに心を傾けていた。或いは心を傾けようと努めていた。梅田コマの方が一足早く十一月半ばの開場だった。長男を見舞ったあと、東京で新宿コマの現場を見たり打合せを重ねたり忙しく日をすごし、大阪へ戻ったのは十月末、翌日から直ちに梅田コマの打合せにかかった。それ以後暮の十五日までほとんど一日置きに梅田コマの工事現場を訪ねている。劇場につくと寒い客席の真中に、外套に帽子のまま坐りこんでいつまでも見守った。舞台稽古が始まると、宝塚と同じように註文を出し、手直しをさせ、日記には「仲々ウマクゆかないので心配である」と書いた。十六日に初日があいたが、十七日になって漸く、「久しぶりに気楽になって帰宅」とある。

この頃既に一三の顔色は白蠟のようだったと何人もの人が言っている。歩くことさえ杖をついてやっとのことだったのに、開場式にはモーニングに「梅田コマ」と書いた腕章をつけて、舞台で挨拶をした。緞帳前に突き出た半円形の舞台には、三重の、独立に上下・回転する盆が装置されており、三つの盆がせり上がると丁度ウエディングケーキの形になるわけである。ところが、柿落に「独楽三番叟」を踊った天津乙女は、このコマのステージが踊り手にも役者にも辛かったと言う。

「小林先生の夢だったコマの舞台も、実際に出来てみると普通の芝居には全く適さず……」と天津が書いているほどだから、専門家や楽屋内の評判がよくなかったに違いない。原案の円形劇場から三分の二円状劇場まで譲歩して、なおかつそうであった。おまけに、一週間目には開演中盆が上がったまま下りなくなった（天津乙女『清く正しく美しく』）。その為か、十二月に入ると、池田の福助堂に注文した大福を、一三は自ら楽屋を廻って出演者に配った。

「このコマ公演ではわざわざ池田で調製なさったおまんじゅうを持って『ご苦労さま』と一人一人の楽屋を全部回られた。こんなことはついぞなさったことがないのにと、私は何か変わったことがなければ……と虫が知らせたのか、ふと心配になった」（天津乙女前掲書）

一三の配り方は、誰もがするように部屋に一箱ずつ、人を使って届けさせるのではなく、自分の両手で大箱をかかえて、紙に包んだ大福を「お食べ」「お食べ」と一人に一箇ずつ手渡して行くのだ。「三箇不足、この次にお届けすることにした」と日記には書いてある。これでは疲れるだろう。

ある日の終演後、無人のステージに上った一三に、伊藤支配人が照明装置のことを説明していた。今では当り前かもしれないが、コマ・スタジアムは、取り付けられる限りの壁面からライトを集中照射して、天井のないむきだしの円形舞台の部分を浮き上がらせるように設計してあった。

客席にはもう誰もいなかった。舞台の上にも道具はなく、うすあかりの空間がひろがっていた。その時、一度（照明を）全部つけてみようと、一三が言ったように伊藤は回想に書いている。しかし、こちらも一度光をあてて目をみはらせてみようという気持があった。だから、照明室には予め連絡してあった。

盆の真中に一三を立たせて、地あかりから順にともっていくのを、舞台袖から伊藤支配人は見ていた。下から、横から、だんだん明るくなって、斜め上、二階正面と、光の棒が人声もない劇場の闇を音立てて走って一三に当った。色のつかない真白な光が、最後に三階正面からまっすぐ放たれると、杖をついて心もち頭を下げた一三が、それを受けとめて一つ肩を張ったように見えた。白髪の反射と同じまぶしさに、白蠟の顔がその時輝いた。

照明の説明の続きを話そうとしていた支配人は、その瞬間、声を失い、〃ここに演劇の神様がいる〃と思った。（伊藤邦輔「梅田コマスタジアムと小林先生」）

円形舞台上で光を浴びた一三が、その時何を考えたろう。

昭和八年二月二十三日という日付入りの随筆「無駄話」に、一三はこんなことを書いていた。東京宝塚劇場の新築工事中の頃だ。舞台美術家園池公功のロシアみやげの話に、日本は廻り舞台の元祖本家でありながら、場面転換と、半廻しより外に使っていない。ところがロシアでは盛んにこれを利用しているのだと。使い方は聞き洩らしたが、

「言はれて見ると至極御尤の注意で、あの廻し舞台を、レヴユウが如何に活用すべきかは刻下の急務である」――それから話は奇想天外な形式の劇場のことに及んだ。「其用途性質を電光石火的に変じ得る」ロンドンの建物を紹介して、世相の変化に従って物みな変革をとげる時、劇場だけがひとり旧状にとらわれることは馬鹿げている、と一三は記していた。

「否な、現在のあらゆる劇場（勿論東京宝塚劇場も含まれてゐることを悲む）は、私の貧弱なる空想が実行せらるゝ場合には廃墟的存在になるかもしれない――」

十二月二十日　晴　ハトにて上京。

十二月二十一日　晴　午前中来客多し、午後一時、慶応病院に冨佐雄を見舞ふ。新宿コマ建築場、渋谷東宝の改築を一巡す。

十二月二十二日　晴　十時半、三菱銀行にゆく、加藤武男と会談。東宝ミュジカルを見る。

加藤武男は慶応の同窓生で、この時一三は慶応義塾創立百周年記念事業に、三百万円の個人寄附を申し出ている。多分この時に、

「僕もそのうち死ぬかもしれない。その時は音楽葬で愉快に昇天するから驚くなよ」と話したらしい。加藤の追悼文には、思えばそれは「冨佐雄君の病状が思わしくなく、極度に悲観的になっておられた頃で、本当にお気の毒に堪えなかった」とある。

新宿コマの開場式は十二月二十八日で、引続きトッドＡＯ方式の映画「オクラホマ」を見、冨佐雄を見舞った。翌日も一日奔走し、夜十時すぎに東宝忘年パーティーに出席。この席上、映画俳優の「池部（良）と森繁（久弥）両君の強要により一場の私の夢を語る」と日記にある。当時東宝専務だった森岩雄は追悼文に、この演説をテープにとっておかなかったのは一生の不覚とも言うべきだったと悔んでいる。その文章によれば、開場は東京宝塚劇場地下食堂で、開始時間がかなり遅れた。一三の体を案じた森専務が、「どうして早くにお帰しするか、そのきっかけをも作りたかったので」、ほんの即興の挨拶をしてもらうつもりで頼んだのに、二十分近い演説になった。バンドの台に立って一三は次のように話した。森の記した要旨を更に要約する。

「東宝の再建も、諸君の努力のおかげで目鼻がついた。これは日本の再建にも深くつながっている。国民全体が努力を惜しまなければ、日本は実に立派な国になる。今の若い人は本当に仕合わせだ。働けば必ず仕合わせになれるに決まっているからである」

このあたりで一三は両手を激しく振り、「蠟の如き顔色は消えて紅潮し、目は強く輝いて見えた」という。

「東宝の若い諸君にも同じことが言える。努力をすれば東宝は日本と共に立派になり、諸君の腕の見せ場が多くなる。同時に東宝は、働く人に対して頼り甲斐ある会社になる。どこで働くより東宝で働くことが誇りであり、得であり、物心両様から報いられることが最も多いと諸君が知る日が来るだろう。また会社の経営者はそうしなければならないし、そんなことは訳なく出来るこ

とだ。今年はお骨折をどうもありがとう」（森岩雄「最後の演説」による）

　大拍手を受けて席に戻った一三は、つめたいものに軽く口をつけて、しばらく心気を休めていたが、気遣う森の勧めでやがて席を立つと、踊り始めていた人たちがすぐやめて道を開き、「心から拍手してこの偉大なる老人が良い年を迎えられるよう祈った。なかには万歳を叫ぶものさえあった。翁は人々に会釈を返しながら静かに会場を出て行かれたが」それが最後の後姿になった、と森は書いた。

　大阪へは翌朝の特急「つばめ」で戻った。心臓病の老人が六時間半揺られて大阪まで帰りながら、「直ちにコマのトッドＡＯオクラホマを見る」と日記にあるのは驚くというより、異様な感じに打たれる。三十六度七分の熱でも床に入るくらい慎重で細心な人だったというのに。

　日記は年が明けて一月十九日まで書き続けられた。最後に宝塚を見たのは一月八日（花組公演）、東宝支社とコマ劇場をのぞいたのが十日だった。なお、死後編集された一三の「大乗茶道記」に茶会が再録されており、一月二十日に、恒例の北摂丼会の茶事を邸内楳泉亭で催したことまでは分っている。もちろん、この日も一三が道具の取合せをした。

　小床には蕪村の短冊「鶯のあちこちとするや小家がち」——これは大正六年に毎日新聞記者伊達俊光が訪ねた折、わざわざ蔵から持ち出して見せたという記録が残っているなつかしく大切な蒐集品だ。

　床には桃山時代に「朝鮮征伐」に関った近衛信尹公筆「渡唐天神像自画賛」。

　釜は愛用の芦屋真形富士老松地紋。

　棗が唐物竹根彫梅鶯紋。

　八代焼と黒織部の茶碗・松花堂の茶杓・朝鮮唐津の花生・染付の水指などは詳細を略して、

蓋置が幕末の保全作、青交趾竹節。

いまここでは、茶会記から松・竹・梅に関わるものだけを抜き出した。茶道に全く不案内の私が恐れ気もなくこんな事を言うのは、一三の取合せに対する態度が伝統・流派にとらわれず、「私の趣味をここに披瀝する。それを判ってもらえばよい」という体のもの（茶道研究家小田栄一談）と教わった為で、それならこちらも無知なりに感じたことを放言して聞いて貰えばよいと気が楽になるのである。

実は昭和五十七年秋、大阪梅田で「小林逸翁茶会記による名品展」が開かれ、幸い逸翁美術館所蔵の茶器が茶会当日の取り合せのまま展示してあるのを見る機会があった。選ばれた十席のうちに、死の五日前の茶席が含まれていたのは、なお幸いであった。一三が取り合せをしたその日の道具は、会場の隅に作りつけられた小さな茶席に、本当に使われた時のように配置してあった。最後の茶席につらなったつもりで、床の画幅から茶釜に至るまで、俳諧の匂い付けのような、取り合せの鍵を歴史・地理とさまざまに考え合せながら小一時間も眺めつくしているうちに、私は「楳泉亭由来記」を思い出した。

一三が茶席「費隠」に合わせて、昭和二十三年に建てた八畳の広間が楳泉亭で、一三の手によるこの茶室の由来記は、「誕生の年に死んだ顔も知らない母親」が慕わしくてたまらなかったことから書き起こしていた。内容は、一三が生涯書きつらねてきた憎まれっ子の一代記とは大違いで、青年時代までは、ひとり床の中で「お母さん」と大きな声で叫んだことが度々であったと書いてある。

「私は、私を育てられたおばァさんに対してもその御恩は忘れられないけれど、私を生みっぱなしで死んだ亡きお母さんぐらいこの世の中に恋しい慕わしい人はないのである。その理由だとか、因縁だとか、そんなことはわからないのである」

それほど慕っているのに、仏壇にまつって焼香を捧げることともしない。命日にも関係なしに歳月をすごしてきた。――ところが、敗戦後俄かに先祖のことを思い出して、系図を調べたりするうちに、自分の祖父も、よほど不幸な人であったことが分った。彼は一男二女と、妻を早世せしめ、慶応二年に娘二人――一三の母と伯母――を残して死んでいるのだった。

「どういう性質の人であったか、少しも判らないが、お酒のみで、狂歌や俳句などに興味をもった風流人であったという話である。絵絹の肖像画を生前中に描かしめて残して置いたのを見ると、ほほえみを感じて愉快に思うのである」

実は一三の家の押入の片隅に、ずっと入れっぱなしにしてあったその祖父の位牌に書かれた戒名が「実顔梅泉居士」で、楳泉亭の名はそこから取ったというのが由来記の骨子であった。しかも、

「私の母は実顔松心大姉、私の姉は竹代、今年八十歳、私と共に壮健である。松竹梅にちなみあるのもお祖父さんの雅号梅泉に基づく尽きぬ流の末とせば、私の先祖として祀るべき梅泉居士は忘れることの出来ない、なつかしの面影である」

そこで、一三は元日には楳泉亭に梅泉居士の肖像画幅を床にかけて初釜のお茶を献じ、家族と共に新春の御慶を祝うことにしていると言うのであった。

即ち松・竹・梅。――梅の絵に松の釜。蓋置が竹で棗も梅。何もむずかしく考えることはないのだ。一三にとって最後のたのしみになった茶会の道具の取合せから、こうして祖父・母・姉への想いを読み取ったことで、それをこの作品の主人公へのひそかな挨拶としたいのである。

三男米三の記録によれば、五日後の一月二十五日夜一三は、いつものように階下の食堂でコウ

夫人と食事をとった。夫人は風邪気味で一三より早く自室に引きこもり床に入った。一三は午後九時頃床につくために便所に行く途中、コウの部屋の扉を叩いて、

「気分はどうだ、お休み」

と声をかけた。用便後部屋に帰って、それから急に苦しくなった模様である。

午後九時半頃、知らせを聞いて隣家から米三が駆けつけた時は、胸をおさえて苦悶していたが、その夜、十一時四十五分に、一三は静かにこの世を去った。病名は心臓喘息であった。

葬儀は一月三十一日、宝塚大劇場で宝塚音楽学校葬として行われた。この日大阪中のタクシーが皆宝塚へ集ってしまったといわれている。式典の総指揮は白井鐵造で、会葬者は四千近い座席を埋めつくした。但し、個人の定席だった「ろの23」の椅子だけは残して。

同日発行された二月一日付毎日新聞夕刊は、

「さすが歌劇の父を送るにふさわしくグランド・レビューを見るような新形式で行なわれた」

と伝えている。

あとがき

昭和五十八年十月に出版された『わが小林一三』には、あとがきを付けなかった。「幕間」の章に私情もたくさん書きつけたから、これ以上何か加えることが憚られたからだ。

なぜこの人について書いたかは、本文の中に記した筈だし、またそうなっていないと困るが、どのようなきっかけや経緯でこの本ができたかを、ここで簡単に触れておきたい。

昭和五十五年五月、庄野潤三氏の長篇『ガンビアの春』の出版に際し、版元の河出書房新社の人を含めた小人数で祝杯を上げた席で、大阪における「阪急文化」と「阪神文化」の比較論が出た。抽象論ではなく、プロ野球の阪神タイガースの人気に、なぜ阪急ブレーブスが敵わないか、というようなことだ。

そんな話題が出たのは、その二年前に、同じ出版社から出た庄野氏の『水の都』から、澪を引いている。聞き書きによって書かれた小説の、話し手の一人が茶道具商で、この店は先々代が大阪高麗橋で小さな店を開いたばかりの時に、

「あんたとこ、道具屋か」

と声をかけて入ってきた最初の客が、小林一三だった。そんな場面が作中にある。その初めての客が、一生を通じての、いちばんのお得意になってくれた、というのだ。

出版社のスタッフが両方の作品に関わっていたせいで、私は調子に乗って、小林一三が創めた宝塚歌劇が、昭和初年の一時期に、わが国における西洋の流行歌の窓口だった、という話をした。

聞いていた庄野潤三氏が、小林一三の生涯を調べて、今のそのような話を書くようにと奨め、福島氏がこれに賛同した。

本文に書いた通り、私方の次女が宝塚歌劇団に在籍しており、「父兄」の立場としてその創立者であり生涯「校長先生」と尊敬された人物のことは書きにくいし、遠慮もしたい。生返事で凌いだが、その夜は何度も話題がそこへ戻って、私は困ってしまった。

七巻揃いの小林一三全集は持っていて、『日本歌劇概論』などを読んでみたことはあったが、文章が詰屈してあまり読み易い本ではない。まだ書くとは確約しないまま、ともかく『逸翁自叙伝』を読んでみた。これも読みにくい。具体的なことしか書いてないのに、先に進めない。文体のねじれと、時に書き手の思いこみが瘤のようにふくれて行手を立ちふさぐせいで、どちらも大事な箇所に限って、そうやって読者を押し戻した。のちに、小説を書く手がかりを貰ったのも、実はそこからなのだが、当時の私は、ますます意気阻喪した。そのうち、とつぜん私の母方の曾祖父に当る人の名前に行き当った。

むかし私の家に同居していた母方の祖母は、三井物産の初期の番頭の娘で、娘時代に「三井さま」の奥さまから目をかけられていたのが自慢の種だった。「また始まった」と聞き流してきたが、その木村某という人の名が、『逸翁自叙伝』に、とつぜん回想の記事の中に出てきた。しかも、祖母が生きていたら喜んで目を回すが、一三独特の思いこみによって、誤って「三井物産社長」に出世させられていた。なぜそんなところに、その名前を出してきたのかも分らず、考えているうちに却って読みにくい本との間に、蟻の穴ほどの通路ができた。

同じ年の十二月に宝塚出身の歌手・女優越路吹雪の告別式が青山斎場であり、「外来文化の根づきとして、その日本語のシャンソンに野の花の香りがあった」という弔辞（山本健吉）に、宝塚の創始者の悲願の達成を感じたあと、帰途偶然宝塚の作家故高木史朗氏に出逢い、小林一三の評伝風小説を書くことについて、しばらく話を聞いてもらった。当時雑誌「文藝」福島副編集長からは、その間たびたび励ましを兼ねた慫慂を受け、「宝塚」とその背景の文化を愛する者の目で、その根元にさかのぼって見定めてほしいと言われた。こんなことが重なって、書く方に心が向いたのだと思う。

翌昭和五十六年二月、東京有楽町の日劇が最後の幕を下ろしたが、その夜のテレビのニュースに、照明の老技師が、

「東宝はもともと宝塚のレビューから始まった会社です。今の（松岡）社長さんは三代目ですから、隔世遺伝で、きっとレビューの劇場を作って下さると信じます」

と語ったのが印象に残った。老技師自身はその秋定年になるそうだから、生活の問題でこれを言ったのではなく、義経のように、アラビヤのローレンスのように、小林一三への再来信仰が、それを言わせたと思われた。

三月、福島紀幸氏と大阪池田の小林公平氏（現阪急電鉄社長）を訪ねて、執筆の了解を頂き、かつ故人の長女吉原とめ子、次女鳥井春子氏、ほか故人と親しいつながりのあった方々や、関係諸機関への取材のための御紹介を受けた。また当時逸翁美術館主事（故）小野幸吉氏らが、小林一三日記の清書をされていたが、のちには、その門外不出の日記原本を、執筆上必要な小部分に限っての閲覧を願って、これを許されるなど、作者として、はかり知れない幸いを得た。

なお、文中にお名前を出していない多くの方々にも、取材や、そのための紹介や、資料の閲覧などについて多大の便宜をはかって頂いたことが、一つ一つ有難く思い出される。その方々に加えて、雑誌掲載から、単行本、更に文庫版の編集に至るまでお世話を受けた福島紀幸氏、愚かな

著書を実に深く読んで下さって雑誌「新潮」の書評で大きな励ましをたまわった上に、このたび解説を書いて下さった辻井喬氏、そして装幀の田淵裕一氏に御礼申し上げる。

文庫版になったお蔭で若干手を加え、章数をふやしたり、八年前には疑問のまま残っていた点をはっきりさせたりできて有難い。

最後になったが、長いものを（あるいはその一部を）読んで下さった方に、心から御礼申し上げたい。

平成二年十二月

阪田寛夫

（このあとがきは文庫版で付されたものです）

解説

辻井喬

明治以後の我国の経営者のなかで、小林一三ほど独創性に富み、それゆえに誤解され、その誤解と戦いながら確固とした事業を構築することに成功した指導者はまず例を見ないと言っていいのではないか。図書出版という出版社が〝経済人叢書〟を企画し、その一巻として〝逸翁自叙伝〟が取り上げられた時、私はその解説でこの点について触れた。そのなかで、

「なかでも、逸翁自叙伝は、生前、小林一三本人が筆を取ったものだけあって、人間を浮き彫りにしている点においても、経営史の資料としても、作家阪田寛夫氏の『わが小林一三――清く正しく美しく』と並んで、小林一三に関する文献の双璧と言うことができよう」

と書いた。（この文章は参考のために原出版社の諒解を得て本文末尾に再録した）

だが、考えてみれば、これは極めて珍らしい出来事と言うことができよう。我国の文学的伝統のなかでは、経営者の自伝と、一流の作家の作品が共にその経営者像を描き出す資料として併立するなどということは、およそ考えられないことなのであったから。

経営者の書いたものは、およそ文学としては価値のないものであり、文学者の書いたものは、

経営の書とは無縁であるのが普通なのだから。

　この異例の事態が可能となったのは、小林一三という人物が際立って魅力ある個性を備えていたことが、ひとつの条件を作っていよう。しかし、そうであればあるだけ、その素材を、オマージュに陥らず、経営ものによくある卑俗な実利主義的解説に堕《だ》すことなく、文学作品に形象化することは、ほとんど不可能に近いのではないかと私は思っていた。

　その私の予想は、阪田寛夫のこの作品に接して覆えされた。

　いわゆる阪急文化圏に生れた阪田氏は、つとめて主観を押え、事実に則して描く、という文体を採用することで、かえって阪田寛夫の目を通した小林一三翁を描き出すことに成功しているのである。

　みみず電車と悪口を言われた箕面電車からはじまって阪急電鉄にまで成長させた私鉄の経営も、沿線開発の手法も、見事に再建を果した東京電灯の社長としても、小林一三はその当時の経営感覚からは突出していて、彼がどのようにしてその独創性を周囲の人々に理解させ、決して上質な人ばかりではなかった財界人の妨害を排除して事業を推進したのかは、凡百の経営書では決して解明しきれないことのように私には思われた。

　この作品を読みはじめる前の私の不安は、そのように強い性格を持った経営者と、どちらかと言えば地味で、静かに読者の共感に訴えてくるスタイルを持った阪田氏との取組みが、どのような結果を生むか、という点にあった。経営者の言動は現実世界における効果を考慮しているから、文学的リアリティからは遠い場合が多いのである。その俗な計算を取り除き、諸々の言動の奥に隠されている姿を描き切る作業を、阪田氏がどのように行なったのかが、私にとっては大きな関心事でもあった。

通読して、阪田氏はその課題を、全く氏の固有の手法によって成し遂げたように思う。氏はあくまでも資料に忠実であり、前後矛盾している小林一三の発言や日記、回想録についても、敢えて推測を混えずに使っている。その結果、小林一三の姿がより一層リアルに表現されている。

なかでも、宝塚歌劇がどのような思想的文脈のなかで構想され、いくたの試行錯誤を重ねながら、一種の国民演劇と呼べるものに発展していったかの叙述は、作者が興味を持っていた分野の事柄であるとしても詳細を極めていて説得力がある。また、戦争のための統制的な経済体制が進む時代に、たまたま商工大臣に任命されてからの悪戦苦闘ぶり、自由主義経済を貫こうとして敗れ、後に『大臣落第記』を書いた身の処し方に現れている潔さと稚拙さとは、読者に小林一三の眼光の鋭さと膚のぬくもりとを同時に感じさせずにはおかない。独創的事業の創立者に、完全で超人的な姿を求める崇拝者には不満が残るかもしれないが、阪田氏は作家としての批評精神をいささかも曇らせることなく生身の小林一三を描き出しながら、しかもその目は対象に向って暖かく注がれている。

彼は二つの〝幕間〟で自らの感想を語ることで、その他の部分は伝記として書いているが、むしろその伝記の部分に、材料の取捨選択と配列に際して働いている作者の虚構構築の効果が示されていることは興味深い。

作品であるからこそ、巧まずして一人の独創性に富んだ経営者の生涯を描き得た事実は、文学というものの秘密を開示している。

ドキュメントやルポルタージュこそ真実を伝えるものであり、文学作品は虚構であるからして絵空事に過ぎないという、マスメディア時代における通念に対する力強い反証がここにはあると思われる。

そのような、文学史的な意味合いにおいても、この作品は、重要な存在感を持っており、明治以後の我国近代文学の特異な性格を裏側から照し出すようにも思われるのである。

（附）小林一三について

小林一三に関する伝記、談話集、評論等の出版は、全集をはじめ数多く、そのいずれもが活々と彼の面影を伝えている。この現象は経営者・実業家に関する本の大半が安手のオマージュや、低俗な心理分析の筆致で書かれている読物に過ぎず、好奇心に駆られて読んだとしても、その印象は時と共に泡のように流れ去ってしまうのが多いなかで著しい特徴のように思われる。

なかでも『逸翁自叙伝』は、生前、小林一三本人が筆を取ったものだけあって、人間を浮彫りにしている点においても、経営史の資料としても、作家阪田寛夫氏の『わが小林一三――清く正しく美しく』と並んで、小林一三に関する文献の双璧と言うことができよう。

氏自身、「私から見た私、または、私という人、と言ったような題名で書くつもりであったが、自叙伝となるといろいろ束縛されるので面白くないように思う」と、この書籍名は出版社がつけたものだと断っているように、これは束縛を意識せずに書かれているだけに、一気に読まずにはいられないような活力に溢れているけれども、さてその印象を簡潔に解説しようとすると適切な言葉がなかなか浮んで来ないのである。従来、小林一三については、阪急グループ・宝塚歌劇団の生みの親であるだけに「個性的な巨人」というような評価が行われてきたようだが、それではどのように個性的なのか、と問われると、写真で見たことのある、意外に小柄な、鋭い眼光を放っている卵型の顔ばかりが浮んで来てしまうのだ。つまり彼は一個の具体的な存在なのであって、それ以外ではない。つまり、〝経営者〟とか〝実業家〟とか〝文学者〟というような通常の分類のなかに、なかなか行儀よくおさまってはくれない人物だと言えるだろう。そのように独自性を持っていたために、小林一三は不遇に甘んじた青年時代以後も、しばしば失意の底に沈まなければならなかった。

小林一三は一八七三年（明治六年）に生れ、一八九二年（明治二五年）慶応義塾を卒業して三井銀行に入り、やがて大阪支店に勤務する。二十四歳の頃には「十六歳の可憐な愛人があった」と小林一三は書き、「大阪を離れて文学青年的恋愛生活を洗い清めよう」と決意したりする。しかし、ことは思うように運ばず、「小林さんという人はきっと女で失敗する」などと言われて幾度かの見合いも不成功に終る。結婚話ばかりではない。百貨店の三越に副支配人として行く話も、待遇のいい三井系の箱崎倉庫へ派遣される予定も何故か実現しない。

こうした挫折が、秩序が定まっていた時代のことではなく、銀行の倒産があり、疑獄事件があり、財閥間の消長も烈しく、政界、官界、財界、言論界が入り乱れて争い、群雄が割拠しているような、日本資本主義の形成期とも言える時期にあっての挫折だから、小林一三の不羈奔放ぶりは尋常一様のものではなかったのではないかと想像される。

それでいて彼は真面目な銀行員であった。信義に厚く、恩を受けた先輩に対しては、たとえ相手が逆境に陥っても協力する姿勢を変えることがなかった。大阪経済界の指導者であった岩下清周が疑獄事件に連座した際も、彼は世間の非難に抗して彼を弁護している。その結果、自分も苦況に陥った小林一三は、

「嗚呼少女歌劇！　実業家として立つ私の四囲の同人達から見るなら、何たる馬鹿気た暢気な仕事に没頭する愚さよ、と笑はれていることも知らぬではありません。（中略）没義道な世間に対し、軽薄なる輿論に対し、一種の反抗心を有して居った私は、少女歌劇に没頭することによって、

貴下の攻撃者に対し、恰かもモップのような傍若無人の群衆に対し、その当時、冷静を保ち得たことと信じています」

と書いた。この一文は、彼の著作である「歌劇十曲」の巻頭に掲げられた、岩下清周への献呈の辞である。

そのように尊敬もし、協力の姿勢を貫いた岩下氏に対しても、理屈が通らない事柄については「実は会社の所有でないものを、岩下さんからのお話だとしても、会社の金を支出することは出来ない、と頑固に主張して」という記述に見られるように公私の区分は極めて明快であった。小林一三自身が作ったという宝塚少女歌劇の標語「清く正しく美しく」は、あながち彼の行動原理と縁のないものではなかったのである。

この献呈の辞に反俗精神の片鱗を見せている小林一三は、しかし秀れた大衆感覚の所有者でもあった。彼が日本の創作オペラ「熊野」を見にいった時、悪口を言い合っている教養人の声には耳も傾けず、天井桟敷に集っている学生達の意見を聞いて、宝塚唱歌隊を作る計画に自信を持ったという話は、彼の意志決定の底に流れている大衆感覚の質を証明している。この彼の発想はしばしば〝芸術家〟と衝突した。「弥次喜多お化け大会」で大当りを取った若き日の菊田一夫が生真面目で笑いの少ない「ロッパの開拓者」を書いた時、「まともな芝居をと道楽をやってみたんですが」と弁明する彼を、小林一三が路上で怒鳴りつけたというような逸話は、彼の徹底した大衆娯楽主義を示していよう。この小林一三の経営方針は、明治以後の我国の芸術の根本的な欠陥を衝いたものであった。この点では新しい電鉄経営と共に、演劇を事業として成立させた最初の経営者であったと言うことができる。

彼は輸送事業を、大衆が住み、通い、楽しみ、働くために利用する設備を動かす仕事と考えていて、決して鉄道運営そのものを自己目的にすることがなかった。その点では、かつての「国鉄」と正反対の考え方に立っていたと言えよう。この認識から沿線の開発、という構想が生れてくる。我国の私鉄経営者の中で、小林一三のスケールに近付き得た人物は、田園都市計画を第二次大戦前に早くも構想していた五島慶太であったろうか。小林が箕面電車を成功させるに至る苦闘の過程は、まさしく独創的な経営者の面目を伝えて躍如たるものがある。

このように、小林一三の事業家としての活躍を自伝に沿って見てくると、彼の行動様式にはいくつかの特徴があることが分る。この特徴は、一九二七年（昭和二年）東京電灯の経営再建のために役員として参加して以後の後半生をも貫いているので、生得のものと考えることができるだろう。

そのひとつは、合理性・近代性と共存している人情味である。かつて電力の鬼と言われた友人松永安左衛門は、小林一三の性格のなかに〝不関心〟とでも言うべき、阪田寛夫によれば「どれほど義理があっても、駄目なものは駄目だと断ることができる冷静な精神」があったと述べている。これは近代性の一面であって、そのために俗からは「冷たい男」という非難を受けることになるのだけれども、その彼には岩下清周に対する行動に見られるように、恩に対してはどこまでも報いようとし、卑劣な行いによって受けた仇に対しては死んでも許さぬ戦いを挑むという、生来の気性に支えられた活動があった。幼時からの逆境を克服する過程で、頼りになるのは自分だけだという気持が、かえって彼の人間性の幅を広く深くしていたのである。

第二に、彼には逆境を転じて幸運に、禍い転じて福にという、逆転の発想と呼んでもいいダイナミズムがあった。

「私は実に運がよいと思った。銀行のサラリーマンから会社の重役に昇格した。とは言うものの北銀事件が起らなかったら、私は世間にある普通の重役と同じように――」という述懐は、こうした思想を東洋人らしく表現したものである。彼が所有経営者になってしまったのは、その電鉄事業は失敗すると人々が思っていて株式の引受手がなかったからなのだから。

三番目には、自己満足と安逸を強く嫌う心情である。後年、茶事に親しみ、書画骨董に馴染んだ際も、障子を外すと土足で椅子に腰かけたまま喫茶できる仕組を考え、洋画や西洋の美術品を茶室に飾ったような一面は、伝統を尊重しながらも作り変えずにはいられない性格の現れであったろう。この精神が大衆感覚と結びついたところに、宝塚歌劇の成功は約束されていたのである。

創業間もなく、赤字が累積し、阪急電鉄がもっとも大きな難問を抱えていた大正三年から七年のあいだに、彼は二十二本の脚本を書いている。晩年、筆を絶つまで、彼の生理は、経営者として苦闘をしいられるような時期ほど創作欲を刺激されるという、一見不可解な現象を示している。これはおそらく、小林一三の経営の本質を理解する上での鍵の部分であって、まだどのような経営学の手法も解明していない側面のように思われる。この際、書かれた作品がどのように娯楽性の強いものであったか、芸術性の高いものであったかは、おそらく重要な事柄ではなく、青年の時代から彼が志向していた作家としての時間を持つことが、おそらく彼に逆境に耐える活力を回復させ、心に平静を取戻す発条になっていたところが重要であるだろう。前述「歌劇十曲」に附せられた献呈の辞は、小林一三のこのような生理の秘密をも物語っているようである。当時、彼のこうした行動様式は敵対者にとってもっとも攻撃しやすい〝弱点〟であったに違いない。「不真面目だ」「何たる馬鹿気た――」といったような批判は、小林一三の周辺にもあったのである。

自叙伝を読むと、小林一三の考えている真面目さと、いわゆる〝財界〟の評判との間には本質的な差違があったことが分ってくる。彼の、土居通夫に関する記述や「結局おえらい方々の掛声だけで、進んで整理の責任をとるという事業家がいないから――」というような北浜銀行救済問題についての表現は、彼がいわゆる〝財界人〟をどのように見ていたかを窺わせるものがある。

彼が立てる計画は、しばしば当時の財界の常識からは、突飛な、あるいはあまりに大胆なアイデアとしか映らず、恋愛を貫いた青年時代から、小林一三は立身出世や保身の常識のない困った、恐い男と思われていた形跡がある。したがって、新しい事業が企画されたり、難問にぶつかったような時、起用すべき人材として小林一三の名前があがるのだが、皆で相談を進めていくと、いつのまにか彼の名前が消えてしまうという事態が何度も繰返された様子が、この自叙伝には明らかである。しかし小林一三の考える真面目さは、失敗したらどう責任を取ったらいいかを考えて行動を起すという点にあった。

そのような彼は東京電力再建の手腕を評価され、大胆で財界の〝常識〟にとらわれない言動が、次第に高まっていた国家非常時の雰囲気のなかで人気を呼び、ついに商工大臣に推薦される。一九四〇年（昭和一五年）、小林六十七歳の時である。しかし、彼の手腕はあくまでも民間人としての自由闊達さの上に成立していたので、岸信介のような生粋の統制官僚が勢力を伸ばしつつあった軍国主義的な機構のなかで、主張が実現する可能性は少なく、やがて「大臣落第記」を書かなければならなくなる。この商工大臣就任は自他双方の誤認の上にもたらされた事柄であったと言うべきであろう。この件についても経営ものを得意とする二流ジャーナリズムは、小林一三が、「統制経済の高まりに商売の先行に見切をつけて近衛文麿に取り入って転向した」と、その先見の明を評価する論説を掲げた。

このように小林一三の足跡を辿ると、生前、彼がいかに世俗に理解されなかったかが分ってくるのだ。

明治以後、我国は幾人もの秀れた経済界の指導者を持つことができた。これは工業化の成功にとって欠くことのできない要素であったが、この経営者群像はそれを渋沢栄一、森村市左衛門、金原明善らに見られる道徳的経営者と、多くの財閥の指導者に共通する、政商的実利主義者、そして時代の要請を受けて新しい事業を形成した創造的経営者に分類することができよう。小林一三がその創造的経営者型に属することは言うまでもない。しかし、そればかりでなく、彼が強靱な道徳性と大衆性を持っていた点を見逃してはならないだろう。小林一三が、

「これからの世の中は〝資本〟の外に、人間の問題を度外視することはできない。今までは〝人間〟を犠牲にして〝資本〟の繁栄を目的としたけれど、これからは先ず第一に生きるがための人間を、すなはち生活問題を考えて経済政策の舵を取らなければ駄目である」

と主張したのは、世紀末をむかえた今日から数えて約六十年昔の一九三〇年（昭和五年）のことであった。

本作は一九八三年に小社から刊行され、一九九一年に増補の上河出文庫に収められました。本書は、文庫版を新装版として刊行するものです。

阪田寛夫

一九二五年大阪生まれ。詩人、小説家、児童文学作家。東京大学文学部卒業。七五年『土の器』で芥川賞、八四年『わが小林一三』で毎日出版文化賞、八七年『海道東征』で川端康成文学賞、八九年恩賜賞・日本芸術院賞を受賞。童謡、児童文学の分野でも「サッちゃん」『トラジイちゃんの冒険』など多くの名作を発表した。二〇〇五年死去。娘は元宝塚トップスターの大浦みずきで、自身も宝塚ファンとして知られた。

わが小林《こばやし》一三《いちぞう》

清く正しく美しく

二〇二二年一一月二〇日　初版印刷
二〇二二年一一月三〇日　初版発行

著者　阪田寛夫
発行者　小野寺優
発行所　株式会社河出書房新社
〒一五一-〇〇五一
東京都渋谷区千駄ヶ谷二-三二-二
電話　〇三-三四〇四-一二〇一［営業］
〇三-三四〇四-八六一一［編集］
https://www.kawade.co.jp/

写真　田村茂
装幀　木庭貴信＋角倉織音（オクターヴ）
印刷・製本　凸版印刷株式会社

Printed in Japan
ISBN978-4-309-03085-2